KB181596

올빼미는 밤에만 사냥한다

The Owl Always Hunts at Night

올빼미는 밤에만 사냥한다

사무엘 비외르크 | 이은정 옮김

황소자리

1972년 봄 어느 금요일, 그날의 일정을 끝낸 산데피오르의 목사는 막 교회 문을 닫으려던 참에 예고에 없던 방문객을 맞았다.

젊은 여성 방문객은 초면이지만 젊은 남성은 익히 알고 있었다. 그는 이 고장에서 크게 존경받는 선박왕의 장남이었다. 선박왕은 노르웨이에서 손꼽히는 부자일 뿐만 아니라 교회의 독실한 후원자였다. 그의 관대함 덕분에 교회는 수년 전 예수의 생애를 17개의 장면으로 묘사한 거대한 마호가니 조각 제단을 설치할 수 있었다. 이 제단에 대한 목사의 자부심은 대단했다.

젊은 커플은 특별한 요구를 했다. 다른 누구도 참석하지 않는 결혼 예식을 목사가 집전해주기를 청했다. 그런 결혼식 자체야 드물지 않았지만 요구의 이유가 워낙 특이해서 처음에 목사는 농담일 거라고 생각했다. 하지만 선박왕이 얼마나 완고하고 보수적인 노인인지 잘 알았으므로 이 커플이 매우 진지하다는 사실을 이내 확신했다. 선박왕은 최근 들어 건강이 많이 안 좋아져서, 들리는 소문으로는 임종이 멀지 않다고 했다. 앞에 앉은 젊은이는 곧 막대한 재산을 물려받게 될 테지만 그의 부친은 아들에게 한 가지 상속 조건을 걸었다. 다른 집안의 혈통이 자신의 가족에 섞여서는 안 된다는 내용이었다. 다시 말해 그의 상속자와 결혼할 여성은 이전 관계에서 아이를 낳은 적이 없어야 했다. 여기에 문제가 있었다. 선박왕의 아들이 사랑에 빠진 여자에게는 전 남편과의 결혼생활 동안 낳은 아이들이 있었다. 두 살 난 딸과 네 살짜리 아들이었다. 다만 아이들은 숨겨질 것이며, 신부는 선박왕의 요구에 부합하는 여성으로 소개될 것이다. 따라서 목사는 조용히 커플의 결혼만 집전해주면 된다, 비밀을 밝혀낼 사람은 없다. 가능하겠는가?

이것이 커플이 제시한 계획이었다. 젊은 남자에게는 오스트레일리아에 사는 먼 친척이 있었다. 그녀가 선박왕이 세상을 뜰 때까지 아이들을 돌봐주기로 약속했다. 일년, 어쩌면 2년쯤 뒤에 아이들을 노르웨이로 데려올 것이다. 누가 알겠는가. 선박왕이 예상보다 빨리 천국의 문에 이를지. 목사는 어떻게 생각하는가? 우리가 원하는 시간에 우리를 도울 의향이 있는가?

목사는 그들의 요청에 숙고하는 척했지만 사실은 마음의 결정을 내린 터였다. 젊은 남자가 책상에 슬쩍 올려놓은 봉투가 꽤 두툼해 보였다. 어떻게 젊은 연인을 돕지 않을 수 있겠는가? 그게 아니라도 늙은 선박왕의 요구는 매우 비합리적이다, 그렇지 않은가? 목사는 커플의 결혼식 주례를 맡겠다고 동의했다. 그 다음주, 문을 닫아건 교회의 웅장한 제단 앞에서 조촐한 예식이 거행되었다. 그들은 그렇게 결혼을 했다.

한 해도 지나지 않은 1973년 1월, 목사는 다시 방문객을 맞았다. 이번에는 젊은 여자 혼자였다. 한눈에도 괴로워 보이는 그녀는 달리 누구를 찾아야 할지 몰라서 왔다고 목사에게 털어놓았다. 늙은 선박왕은 이미 세상을 떠났는데 뭔가 잘못된 게 틀림없었다. 그녀는 목사에게 자기 아이들에 대한 소식을 전혀 듣지 못했다고 하소연했다. 뿐만 아니라 남편의 친척은 아이들의 사진과 편지를 보내주겠다고 약속했지만 한 마디 안부 인사조차 받지 못했다. 그녀는 오스트레일리아에 있다는 남편의 친척이 정말 존재하는지 의심했다. 자신이 결혼한 남자가 애초 생각했던 사람이 아니었다고도 했다. 그들은 더 이상 대화도 나누지 않고, 잠자리도 하지 않는다. 게다가 남편에게는 차마 말할 수 없는 어두운 비밀이 있다. 그것에 대해 생각하기조차 싫다. 목사님이 도와줄 수 있겠는가? 목사는 그녀를 당연히 도와줄 거라며 진정시킨 뒤 자신이 방법을 생각해 볼 테니 며칠 후 다시 오라고 말했다.

다음날 아침, 여자는 죽은 채로 발견되었다. 산데피오르 시내 외곽 베스트뢰아에 있는 선박왕의 호화저택과 그리 멀지 않은 깊은 협곡에서, 자신의 차 운전대에 쓰러져 있었다. 언론은 그녀가 마약에 취한 상태에서 운전했음을 암시했고, 경찰은 그녀의 죽음을 비극적인 사건으로 취급했다.

목사는 가족을 도와 장례식을 마친 뒤 젊은 선박왕을 만났다. 젊은 부인이 사고 전날 자신을 찾아온 사실이며 아이들을 걱정했다는 이야기를 선박왕에게 들려주었다. 그 어떤 얘기, 그 얘기는 덧붙이지 않았다. 젊은 선박왕은 잠자코 들으며 고개를 끄덕였다. 그러고는 아내가 안타깝게도 최근 건강이 매우 좋지 않았다고 설명했다. 약을 복용하고 술도 많이 마셨다. 어쨌든 목사는 비극적인 결말을 목격한 사람이었다. 젊은 선박왕은 면담을 마친 뒤 종이쪽지에 숫자를 적더니 책상을 가로질러 쓱 내밀었다. 솔직히 이 고장은 목사에게 너무 좁지 않은가? 가능하다면 수도와 가까운 다른 지역으로 옮겨 주님을 섬기는 게 더 보람되지 않겠는가? 목사는 의자에서 일어났다. 그가 젊고 막강한 선박왕을 본 것은 그때가 마지막이었다.

몇 주일 후 목사는 가방을 꾸렸다.

그리고 다시는 산데피오르에 발을 들이지 않았다.

소녀는 매트에서 담요를 덮고 꼼짝 않고 누워 다른 아이들이 잠들 때까지 기다렸다. 소녀는 다짐했다. 오늘 밤에는 꼭 할 것이다. 더 이상 무서워하지 않을 것이다. 더 이상 기다리지 않을 것이다. 소녀는 일곱 살이고 이제 많이 자랐다. 날이 어두워지면 가볼 것이다. 오늘 저녁에는 알약을 삼키지 않았다. 줄리아 보모에게 착한 아이는 어떻게 하는지 보여줘야 했을 때 그냥 혀 밑에 물고 있었다.

"보여줘 봐."

혀를 내밀었다.

"착하구나, 다음."

소녀의 오빠는 오랫동안 그랬다. 사람들에 의해 허름한 지하실에 갇혔던 후로 항상 그랬다. 오빠는 매일 밤 알약을 혀 밑에 숨기고 삼키지 않았다.

"보여줘 봐."

혀를 내밀었다.

"착하구나, 다음."

잘못했다고 말하지 않으면 어둠 속에서 3주일을 보내야 했다. 아이들은 모두 그에게 잘못이 없다는 것을 알았지만 어른들은 그를 지하실에 가두었다. 그후로 그는 변했다. 매일 밤 알약을 삼키지 않고 혀 밑에 감추었다. 약효가 나타나기 시작하면 솔솔 잠이 왔다. 소녀는 오빠의 그림자가 발끝으로 살금살금 방을 나가 사라지는 것을 보곤 했다.

소녀는 다른 아이들이 잠들었는지 확인할 수 있을 때까지 기다렸다가 방을 빠져나왔다. 겨울인 데다 나무들 사이로 땅거미가 내렸지만 아직은 별로 춥지 않았다. 어린 소녀는 맨발로 마당을 가로질러 그림자를 따라갔다. 이윽고 소녀는 나무에 가려져 보이지 않게 되었다. 절대로 남의 눈에 띄지 않게 조심해서 울창한 나무 사이를 종종걸음으로 달려가 마침내 '무단침입자는 처벌합니다'라는 푯말이 붙어있는 문에 이르렀다. 소녀가 탐색해야겠다고 결심한 곳이 바로 여기였다.

소녀는 오빠와 다른 남자애들이 이곳에 관해 수군거리는 소리를 들었다. 보육원에서 멀리 떨어진, 사람이 살지 않는 이 낡고 허름한 움막을 직접 본 적은 없었다. 그들은 매일 아침 6시에 일어나고 매일 밤 9시에 잠자리에 들었다. 수업과 숙제, 요가, 빨래, 그리고 반드시 해야 하는 허드렛일에 휴식 시간은 단 15분밖에 되지 않는 일상이 언제나 똑같이 반복되었다. 변화는 없었다. 소녀는 귀뚜라미 소리에 미소 지으며 발바닥을 간질이는 부드러운 풀잎을 느꼈다. 샛길에서 틀림없이 그 움막이 있을 거라고 짐작되는 곳을 향해 울타리를 따라 조심스럽게 걸어갔다. 이유는 모르지만 무섭지 않았다. 오히려 마음이 가벼웠다. 그때까지만 해도 무서움이라고는 없었다. 소녀는 아름다운 숲속의 향기를 맡으며 혼자 이런저런 생각을 했다. 새처럼 자유롭고 행복했다. 환하게 웃으며 별처럼 보이는 식물을 손으로 더듬었다. 그들이 주는 알약이 그리 독하지 않았을 때 종종 그랬던 것처럼, 마치 꿈을 꾸는 듯했다. 걸어가다 나뭇가지가 나오면 몸을 숙였고 가까운 곳에서 부스럭거리는 소리가 들려도 놀라서 몸을 벌떡 일으키지 않았다. 혹시 코알라 곰이 나무에서 뛰어내린 것은 아닐까. 소녀는 속으로 피식 웃으며 곰을 쓰다듬으면 어떤 느낌일까 궁금해했다. 녀석들의 발톱이 날카로워서 절대 껴안을 수 없다는 것은 잘 알지만 어쨌든 손가락 사이로 복슬복슬하고 따뜻한 털이 느껴지고 부드러운 코가 자신의 목을 간질일 것 같았다. 그때 자신이 밖으로 나온 이유가 기억났고, 멀지 않은 곳에 오두막 벽이 보이자 걸음을 멈췄다. 소녀는 고개를 기울이고 잿빛 나무판자를 살폈다. 숲속에 그곳이 있었다. 내가 숨을 수 있는 곳. 내가 혼자 머물 수 있는 곳. 소녀는 조심스럽게 움막으로 다가갔다. 문이 가까워질수록 기뻐서 피부가 얼얼했다.

어린 소녀는 자신을 기다리고 있는 그 광경이 영원히 자신을 바꿔놓을 줄, 두고두고 매일 밤 생각나게 될 줄은 상상도 못했다. 딱딱한 침대에 누워 담요를 덮고 있을 때도, 울다가 경찰에게 발견되어 지구를 가로질러 비행기를 타고 갈 때도, 완전히 다른 말소리가 들리는 낯선 나라에서 푹신한 침대에 누워있을 때도 생각이 났다. 나무로 된 손잡이를 돌려 삐걱대는 문을 천천히 열기 전까지만 해

11

도 그에 대해 아무것도 몰랐다.

안은 어두웠다. 몇 초가 지나서야 겨우 볼 수 있었지만 틀림없었다. 처음에는 그저 윤곽만 보였지만 이내 모든 것이 또렷해졌다. 그가 안에 있었다.

오빠.

오빠는 옷을 입지 않고 있었다. 완전히 알몸이었다. 홀딱 벗었는데 몸이 뭔가로 뒤덮여 있었다. …깃털인가? 오빠는 구석에 웅크리고 있었다. 새처럼, 딴 세상의 괴물처럼 구부정한 모습으로 입에 뭔가를 물고 있었다. 작은 동물이었다. 쥐인가? 오빠는 온몸을 깃털로 뒤덮은 채 죽은 쥐를 입에 물고 있었다.

이 모습은 소녀의 인생을 바꿔놓았다. 오빠는 천천히 고개를 들어 소녀를 바라보았다. 마치 소녀가 누구인지 모르는 것처럼 호기심으로 가득 찬 눈빛이었다. 깃털로 뒤덮인 손 맞은편 창문으로 빛이 들어왔다. 그의 팔이 허공을 가로질러 천천히 움직이기 시작했다. 이윽고 입이 벌어지며 눈부시게 하얀 이빨이 보이더니 입에서 쥐가 툭 떨어졌다. 그는 퀭한 눈으로 소녀를 응시하며 말했다. "나는 올빼미다."

1부

1장

식물학자 톰 페테르손은 차에서 카메라 가방을 꺼냈다. 숲으로 들어가기 전 그는 걸음을 멈추고 잔잔한 피오르 건너편 풍경을 감상했다. 10월 초 어느 서늘한 토요일이었다. 햇살이 주변 풍경을 적시고 반짝이는 부드러운 빛은 머잖아 겨울이 되면 사라질 붉고 누런 잎사귀에 내리쬐었다.

페테르손은 자신의 일을 사랑했다. 특히 야외 현장에 나올 때면 더욱 그랬다. 그는 오슬로 대학과 아케르후스 카운티에 고용되어 드라코세팔룸 또는 용머리라는 식물의 증거를 기록하는 일을 했다. 멸종 위기에 처했지만 오슬로 피오르 근처 숲에 자라고 있다고 알려진 식물이었다. 그는 최근에 블로그를 통해 새로운 정보를 얻었다. 이 희귀한 식물이 새롭게 발견된 정확한 위치와 개체수를 기록하는 것이 오늘의 작업이었다.

용머리는 10~15센티미터까지 키가 자라고 푸른색이나 진청색 또는 보라색 꽃이 피는데 가을이면 시들어서 곡물로 이용되는 갈색 씨앗을 남겼다. 이 식물은 희귀할 뿐만 아니라 더 희귀한 용머리 수액나무 좀벌레의 서식처이기도 했다. 금속처럼 푸른 빛을 띠는 이 벌레는 용머리 식물의 꽃만 먹고 살았다. 페테르손은 오솔길을 벗어나 관찰력 좋은 아마추어 식물가가 알려준 경로를 따라 걸어갔다. 자연의 기적에 저절로 미소가 흘러나왔다. 이따금 창조의 경이로움을 생각하면 놀라지 않을 수 없었다. 물론 한 번도 입 밖으로 말한 적은 없었다. 그는 부모한테 배운 대로 신은 결코 존재하지 않는다고 믿었기 때문이다. 그렇더라도 아주 작은 것부터 큰 것까지 모든 것은 서로 미묘하게 엮여있었다. 매년 가을이 되면 새들은 어마어마하게 먼 거리를 날아 늘 가던 남쪽 땅에 둥지를 틀었다. 또 잎사귀는 영락없이 색깔이 변해 나무와 대지는 살아있는 예술작품이 되었다. 그랬다, 그는 절대로 입 밖으로 내어 말하지 않았지만 자주 그런 생각이 들었다.

그는 키 큰 두 그루 가문비나무 사이에서 방향을 틀어 시냇가를 따라 그 식물이 있을 거라고 추정되는 곳으로 걸어가며 다시 웃음 지었다.

시내를 건널 때 앞에 있는 관목 숲에서 바스락거리는 소리가 들렸다. 페테르손은 걸음을 멈췄다. 셔터를 누르기 위해 카메라를 들었다. 오소리인가? 방금 들린 소리가 뭐지? 이 수줍음 많은 동물은 사람들이 기대하는 것처럼 쉽게 모습을 보여주지 않았다. 오소리 사진을 블로그에 올리면 좋을 것 같았다. 게다가 좋은 이야깃거리도 될 것이다. 용머리와 오소리, 정말로 완벽한 토요일의 여행이었다. 그는 소리를 따라 걷다 어느 순간 작은 공터에 들어왔음을 깨달았다. 실망스럽게도 동물은 보이지 않았다.

공터 가운데 뭔가 있었다.

사람의 알몸.

소녀였다.

10대쯤 될까?

페테르손은 너무 놀란 나머지 카메라를 떨어뜨렸다. 카메라가 야생화 위로 떨어지는 것도 몰랐다.

소녀가 죽어있었다.

저건 깃털인가?

오, 하느님.

10대 소녀가 숲속에 알몸으로 쓰러져 있었다.

깃털에 둘러싸인 채,

입에는 흰 백합이 물려있었다.

주위를 두리번거리던 페테르손은 **빽빽**한 풀숲을 비틀거리며 **빠**져나왔다. 오솔길로 접어든 그는 허겁지겁 자신의 차로 달려가 경찰에 연락했다.

2장

강력반 형사 홀거 뭉크는 이혼 전에 살았던 뢰아의 집 근처 차 안에 앉아있었다. 그는 이곳에 오겠다고 약속한 걸 문득 후회했다. 10년 전까지만 해도 당시 아내이던 마리안네와 이 하얀 집에 살았다. 하지만 그 후로 한 번도 집 안에 들어가 본 적이 없다. 뚱보 형사는 담뱃불을 붙이고 차창을 내렸다. 몇 년 전 건강검진을 받았을 때 의사는 언제나 그렇듯 기름진 음식을 줄이고 담배를 끊으라고 권유했다. 그러나 쉰네 살의 이 형사는, 특히 담배의 경우 전혀 그럴 마음이 없었다. 생각을 하려면 담배가 필요했고, 생각하기는 그가 무엇보다 즐기는 일이었으므로.

홀거 뭉크는 체스, 낱말맞추기 퍼즐, 난해한 수학문제 풀이처럼 뇌세포를 자극하는 일이라면 무엇이든 좋아했다. 종종 노트북 앞에 앉아 친구들과 체스게임 이야기를 나누거나 어려운 문제 따위를 풀었다. 조금 전에도 몇 년 전 온라인으로 만난 민스크의 대학교수인 친구 유리에게서 메일을 받았다.

호수 안에 쇠기둥이 있다. 기둥의 반은 호수 바닥에 박혀있다. 기둥의 3분의 1은 수면 아래 있다. 기둥의 8미터는 수면 위로 올라와 있다. 쇠기둥의 전체 길이는 얼마인가? 행운을 비네, J.

뭉크가 이메일로 답장을 하려는데 휴대전화가 울렸다. 화면을 확인했다. 미켈손. 그뢴란에 있는 오슬로 경찰청의 상사였다. 뭉크는 휴대전화 벨이 울리게 내버려두었다. 전화를 받을까도 생각했지만 결국 무시하기로 했다. 그는 붉은색 버튼을 누른 뒤 주머니에 넣었다. 지금은 가족과 보내는 시간이었다. 10년 전에는 실수를 저질렀다. 그는 가족과 충분한 시간을 보내지 않았다. 시계추처럼 일만 했다. 심지어 집에 있을 때도 머리에는 온통 다른 생각뿐이었다. 뭉크는 문득 자신이, 마리안네가 다른 남자와 살고 있는 집 밖에 있음을 깨달았다.

홀거 뭉크는 수염을 긁적이다 백미러를 보았다. 뒷좌석에 놓인, 황금색 리본을 맨 핑크색 선물상자가 눈에 들어왔다. 오늘은 손녀 마리온의 생일이었다. 눈에 넣어도 아프지 않은 여섯 살 손녀. 그가 다시는 이 집에 발을 들여놓지 않기로 맹세했음에도 뢰아까지 차를 타고 온 진짜 이유는 그 때문이었다. 뭉크는 담배를 한 모금 깊이 빨다가 한때 결혼반지를 끼었던 손가락을 자기도 모르게 매만졌다. 아내와 헤어지고 난 후 10년 간 반지를 끼고 다녔다. 자기 손으로 반지를 뺄 수가 없었다. 마리안네. 그녀는 그가 사랑한 단한 사람이었다. 언제나 함께 할 거라고 믿었던 그녀와 이혼한 이후 뭉크는 그 누구와도 데이트를 하지 않았다. 기회는 있었다. 다만 옳은 일이라고 생각되지 않았다. 얼마 전 결혼반지를 어렵사리 뺏지만 버릴 수가 없었다. 반지는 집 욕실 캐비닛에 넣어두었다.

홀거 뭉크는 한숨을 내쉰 뒤 담배를 한 모금 더 빨았다. 분홍색 선물상자를 흘끗 보았다. 어쩌면 이번에도 실수를 한 것인지 모른다. 딸 미리암은 할아버지가 어린 마리온에게 원하는 것을 모두 사줘서 아이를 망치게 한다고 끝없이 잔소리를 했다. 그는 딸이 찬성하지 않아도 손녀가 갖고 싶어하는 것들을 사주곤 했다. 화려한 저택과 자가용 승용차가 있는 바비인형 세트. 그는 이미 수없이 훈계를 들었다. 아이를 망치는 법이라든지 여성의 몸과 성역할 그리고 도달할 수 없는 이상향에 대해. 하지만, 빌어먹을! 그것은 그냥 인형일 뿐이었다. 어린아이가 갖고 싶다는데, 뭐가 해롭단 말인가?

휴대전화 벨이 다시 울렸다. 이번에도 미켈손이었다. 뭉크는 다시 붉은색 버튼을 눌렀다. 세 번째 벨이 울렸을 때 그는 상대가 미아 크뤼거인 것을 알고 잠시 망설였다. 유난히 아끼는 젊은 동료였지만 전화를 받지 않았다. 지금은 가족이 우선이어야 했다. 전화는 나중에 다시 걸면 될 일이다. 아니면 오늘 저녁 아무 때나 유스티센에서 차 한 잔 마시며 얘기할 수도 있지 않을까? 가족과 재회한 뒤 미아에게 연락하는 게 더 좋을 것이다. 오랫동안 미아에게는 말하지 않았지만 그는 자신이 미아를 얼마나 그리워했는지 알고 있었다.

6개월 전 뭉크는 트뢴델라그 해안 근처 섬에서 살고 있는 미아를 데리러 갔다. 미아는 전화도 없이 스스로 세상과 단절했다. 그는 베르네스까지 비행기를 타고 날아가서 차를 빌린 다음 지역 경찰에게 부탁해 그녀가 있는 섬까지 배를 타고 갔다. 사건 파일을 가지고 가서 미아에게 수도로 돌아오라고 설득을 했다.

홀거 뭉크는 자신의 팀을 자랑스러워했지만 그 중에서도 미아 크뤼거는 특별했다. 그는 미아가 20대 초반, 경찰대학에 재학 중일 때 옛 동료인 경찰대학장의 추천을 받아 그녀를 채용했다. 처음에는 경찰청에서 조금 떨어진 카페에서 편안하게 그녀를 만났다. 흰색 점퍼에 착 달라붙는 검정색 바지 차림의 풋풋한 미아 크뤼거는 미국 인디언처럼 검고 긴 머리에 좀처럼 보기 힘든 연청색 눈빛을 지니고 있었다. 게다가 영리하고 당당하고 침착했다. 뭉크는 한눈에 미아가 마음에 들었다. 미아는 상대가 자신을 테스트하고 있다는 사실을 아는 것처럼 눈을 반짝이며—*내가 멍청이거나 뭐 그런 부류인 줄 아세요?*— 묻는 말에 정중하게 대답했다.

미아 크뤼거는 몇 년 전에 쌍둥이 여동생 시그리를 잃었다. 경찰은 퇴옌의 지하실에서 헤로인을 과다투여한 뒤 사망한 시그리를 발견했다. 동생의 죽음이 시그리의 남자친구 탓이라고 생각해오던 미아는 몇 년 후 트뤼반 호수 근처에서 캠핑카를 검문하던 중 우연히 그와 마주쳤다. 그때 그는 다른 희생자와 함께 있었다. 미아는 순간적 분노를 이기지 못해 그의 가슴에 총 두 발을 발사해 사망하게 했다. 그 광경을 목도한 홀거 뭉크는 미아의 입장에서 총격은 자기방어였다고 옹호했지만, 그의 의견은 받아들여지지 않았다. 대신 뭉크는 수도 밖으로 좌천되었고, 미아는 정신과 치료를 받는 상황으로 이어졌다. 뭉크는 시골에서 2년을 근무한 뒤 오슬로 마리뵈스가테에 있는 강력반 반장으로 복귀했다. 뭉크는 곧바로 미아를 불러들였지만 복귀 후 첫 사건을 수사하는 과정에서도 미켈손은 미아를 향해 우려 섞인 시선을 거두지 않았다. 결국 미켈손은 미아에게 정신과 상담을 받는 것과 더불어 업무에 적합하다고 판단될 때까지 강력반 건물에 발도 들이지 말라며, 두 번째로 그녀의 직무를 정지시켰다.

뭉크는 그뢴란의 상사에게서 걸려온 전화를 또다시 퇴짜 놓고는 거울에 비친 자신을 바라보았다. 도대체 내가 여기서 뭘 하는 거지? 벌써 10년이나 지났다.

홀거 뭉크, 이 멍청아. 미아만 정신과 상담을 받아야 하는 게 아니라고.

뭉크는 한숨을 내쉬며 차에서 내렸다. 밖은 더 추워졌다. 여름은 확실히 끝났다. 이제 겨우 10월이 시작되었을 뿐인데 가을도 끝난 것 같았다. 그는 더플코트를 단단히 여미고 휴대전화를 꺼내 유리에게 답장을 보냈다.

48미터 ;) HM

담뱃불을 끈 그는 뒷좌석에서 지나치게 큰 선물을 꺼냈다. 뭉크는 심호흡을 두 번 하고 천천히 자갈길로 걸음을 옮겼다.

3장

콧수염이 성긴 남자의 입술이 움직이고 있었다. 하지만 미아 크뤼거는 그의 말을 듣고 싶은 기분이 아니었다. 그의 말은 미아의 귀에 와닿지 못했다. 그녀는 갈매기가 보고 싶었다. 파도가 바위에 부딪칠 때 나는 바다 냄새가 그리웠다. 한적함도. 자신이 왜 또 이런 일을 겪어야 하는지 의아했다. 정신과 의사를 만나 내 이야기를 털어놓으라니. 그런다고 뭐가 나아질까? 미아는 주머니에서 사탕을 꺼내며 애초에 정신과 상담을 받겠다고 동의한 것을 후회했다.

정서적으로 불안하고 업무에 부적합함.

빌어먹을 미켈손. 그는 사태를 파악하지 못했다. 그는 한 번도 사건을 해결해본 적이 없었다. 정치인들에게 아첨 떨어서 지금의 지위를 얻었을 뿐이다.

미아는 한숨을 내쉬며 책상 뒤의 남자가 무슨 말을 하는지 이해하려고 애썼다. 그녀는 분명 대답하고 싶었지만 그의 질문이 귀에 들어오지 않았다.

"어떻게 생각하세요?" 미아는 이해할 수 없는 표지문구를 단 잡지들로 가득했던 대기실을 떠올리며 물었다. '마음 수련과 건강' '건강해지기 위한 쉬운 방법'.

"약 말이죠?" 세 번쯤 물었을 때에야 의사가 대꾸하며 의자에 등을 기대고 안경을 벗었다.

그건 친근함의 표시였다. 미아에게 이곳이 안전하다는 신호였다.

미아는 한숨을 내쉬며 사탕을 입에 넣었다. 의사는 자기가 누구를 상대하고 있는지 모르는 걸까? 미아는 어릴 때부터 사람들의 마음을 꿰뚫어보았다. 갈매기가 보고 싶은 이유도 그 때문이었다. 갈매기에게는 악의가 없다. 그저 자연의 일부였다. 바위에 부서지는 파도도 적막함도, 그외 것들도 그랬다.

"네." 미아는 그것이 적당한 대답이었기를 바라며 말했다.

"약을 끊었다고요?" 의사는 이렇게 물으며 안경을 다시 썼다.

"몇 주일 동안 먹지 않았어요."

"술은?"

"술도 한동안 입에 대지 않았어요." 미아가 또 거짓말을 했다.

미아는 상대방의 머리 위쪽에 걸린 벽걸이 시계의 바늘을 보았다. 너무나 천천히 움직이며 미아에게 여기에 더 있어야 할 운명이라고 말하고 있었다. 그녀는 미켈손이 미웠다. 그리고 이 정신과 의사. 의사를 탓할 수는 없었다. 그는 단지 도우려고 애쓸 뿐이었다. 게다가 훌륭한 의사라고 들었다. 마티아스 왕. 미아는 운이 좋았다. 치료를 받겠다고 동의한 후 인터넷에서 그 이름을 발견했다. 경찰을 통해 의사를 소개받을 마음은 없었다. 과연 환자에 대한 비밀이 보장될까? 그럴 가능성은 없었다. 미아 크뤼거에 관한 비밀이 보장될 리 없었다.

"시그리에 대한 이야기를 나눴으면 좋겠어요."

경계심을 살짝 내려놓던 미아가 도로 긴장을 했다. 아무리 자상하고 이해심이 많은 의사라고 해도 자신의 감정을 여기에서 털어놓고 싶지는 않았다. 그녀는 이쯤에서 다시 중무장을 했다. 정신과 의사와 꼭 필요한 상담만 할 것. 필요한 서류를 받을 것. *건강해 보이며, 대화 내용은 의미 있었고, 과제를 잘 수행함. 이 환자를 즉시 업무에 복귀시킬 것을 권고함.*

미아는 웃으면서 머릿속으로 미켈손에게 가운뎃손가락을 들어 보였다.

업무에 부적합함.

웃기지 마, 처음에는 그렇게 생각했다. 하지만 정리할 힘도 없이 그대로 둔 이삿짐에 둘러싸인 채, 오랫동안 복용해온 약물을 갈구하며 새로 구한 비슬레트의 아파트에서 혼자 5주를 지내는 동안 다시 과거로 후퇴했다. 그녀는 사랑하는 사람을 모두 잃었다. 시그리. 어머니, 아버지. 할머니. 오스고르드스트란 외곽에 있는 묘지에서 빠진 사람은 단 한 명 자신뿐이었다. 미아가 원하는 것은 이 세상을 떠나는 일뿐이었다. 이런 절망에 작별을 고하는 것. 하지만 자신이 동료들을 얼마나 그리워하는지 깨달았다. 외딴 섬에서 혼자 지내다 일에 복귀했을 때 이런 삶도 가치 있을지 모른다는 믿음이 생겼다. 적어도 한번 해보겠다고 마음먹었다. 한동안 그랬다. 동료들은 좋은 사람들이었다. 좋은 사람들. 그녀가 정말로 관심을

기울이는 사람들.

뭉크, 쿠리, 킴, 아네트, 루드비 그뢴리에, 가브리엘 뫼르크.

"시그리." 책상 뒤의 의사가 그녀를 재촉했다.

"네?" 미아는 자신보다 먼저 상담을 마치고 진료실을 나오던 소녀의 모습을 떠올렸다. 자기보다 열다섯 살쯤 어려 보였는데, 얼굴에 수치심이 서려있었다. *나도 그래. 나도 지금 정상이 아니야.*

"우린 얘기를 나눠야 해요. 그렇지 않아요?"

시그리 크뤼거.

몹시 사랑하고 그리워하는

여동생이며, 친구이자 딸.

1979년 11월 11일에 태어나 2002년 4월 18일 사망.

의사는 다시 안경을 벗고 의자에 등을 기댔다.

"우리는 이제 여동생에 대해 이야기해야 해요. 그렇지 않아요?"

미아는 가죽재킷의 지퍼를 올리며 벽에 걸린 시계를 쳐다보았다. "알아요." 그녀는 고개를 끄덕이며 가볍게 웃었다. "하지만 다음 기회로 미뤄야 할 것 같네요."

마티아스 왕은 약속 시간이 끝났음을 알리는 시곗바늘을 보고는 실망한 표정을 지었다. "좋습니다, 그럼." 그는 책상 위 진료기록지에 펜을 내려놓으며 말했다. "다음주 같은 시간에 뵙죠."

"좋아요."

"그 문제는 중요하기 때문에…." 그가 다시 말을 꺼냈지만 미아는 이미 방을 나선 뒤였다.

4장

막상 결혼생활을 했던 옛 집에 들어서자 짜증스럽던 마음 한편으로 안도감이 밀려왔다. 이곳에서 마리온의 생일파티를 하기로 동의한 것에 대한 짜증. 옛 기억에 휩싸이지나 않을까 하는 두려움으로부터의 안도감. 어떻게 대응해야 할까 막막했지만, 실제로 들어와 보니 자신이 기억하는 집과 별로 비슷하지 않았다. 대대적으로 고쳤다. 벽을 허물고 다른 색 페인트를 칠했다. 뭉크는 놀랍게도 옛 집이 좋았다는 생각이 들었다. 주위를 둘러볼수록 마음이 더 편안해졌다. 후룸 출신의 교사 롤프에 대한 흔적은 어디에도 없었다. 어쩌면 오늘 오후는 그리 나쁘지 않을지도 모른다.

마리안네는 정중하고 상냥하게 "잘 지냈어요?"라고 물으며 견진성사, 생일, 장례식처럼 어쩔 수 없이 얼굴 마주쳤던 때와 다름없는 표정으로 문가에서 그를 맞았다. 포옹 같은 호의 표시는 없었지만 그렇다고 이혼 초기처럼 괴로워하고 실망하는 기색이나 미워하는 눈길도 없었다. 그저 절제되고 우아한 미소만 있었다. *어서 와*

요, 홀거. 거실에 앉아있을래요? 난 마리온의 케이크에 장식을 하려던 참이에요. 초가 여섯 개. 아이가 이렇게 빨리 자란다는 게 믿어져요?

뭉크는 더플코트를 복도에 걸고 선물을 거실로 옮겼다. 그때 계단을 바쁘게 걸어 내려오는 작은 발소리에 이어 높은 톤의 즐거운 비명이 들려왔다.

"할아버지!" 마리온은 할아버지에게 달려와 힘껏 안겼다. "이거 제 것이에요?" 아이는 얼빠진 듯 선물을 바라보며 휘둥그레진 눈으로 환호성을 질렀다.

"생일 축하한다." 뭉크는 웃으면서 손녀의 머리칼을 쓰다듬었다. "여섯 살 된 기분이 어떠니?"

"아무렇지도 않아요. 어제 다섯 살이었을 때랑 똑같아요." 마리온은 선물에서 눈을 떼지 않은 채 조숙하게 웃었다. "지금 열어보면 안 돼요, 할아버지? 네? 제발요?"

"'생일 축하' 노래 부를 때까지 기다려야 해." 어느새 2층에서 내려온 미리암이 말했다. 딸은 아버지에게 다가와 포옹을 했다. "와 주셔서 고마워요, 아빠. 잘 지내셨죠?"

"잘 지냈지." 뭉크는 딸이 커다란 선물을 이미 다른 선물이 놓여있는 거실의 테이블로 옮기는 것을 도와주면서 대답했다.

"와, 저게 다 내 선물이네! 빨리빨리 열어보게 해주세요." 소녀가 애원했다. 아이는 오랫동안 기다린 게 분명했다.

뭉크는 딸을 보며 미소를 지었다. 딸의 따뜻한 눈길을 보면 기분이 좋아졌다. 이혼 후 그들의 관계는 좀처럼 편치 않았지만 시간이 흐르면서 아버지에 대한 딸의 미움도 서서히 가셨다.

10년이었다. 부녀의 냉랭한 관계는 이혼 때문이었다. 그가 너무 열심히 일했기 때문이었다. 하지만 세상사에 등가의 법칙이 작용하기라도 하듯, 서로의 관계가 가까워진 것도 그의 일 덕분이었다. 6개월도 채 지나지 않은, 그의 팀이 수사했던 사건들 중 가장 중대했으며 미리암과 마리온이 직접 관련되었던 사건. 뭉크는 다섯 살 난 손녀가 납치되었던 그 사건으로 부녀의 사이가 멀어지지 않을까, 나머지 다른 일과 함께 그 사건에 대해 딸이 자기 탓을 하지는 않을까 두려웠다. 하지만 정반대였다. 미리암은 한 번도 그를 탓하지 않았다. 그저 수사팀이 사건을 해결한 것에 대해 고마워했다. 새로 찾은 존경심. 뭉크는 자신을 바라보는 딸의 눈에서 그것을 읽었다. 이제는 달라졌다. 딸은 마침내 아버지의 직업이 얼마나 중요한지 이해하게 되었다.

미리암과 마리온, 두 사람 모두 치료를 받았다. 유능한 경찰 심리학자가 그들의 끔찍한 경험을 극복하도록 도왔다. 다행히 그 사건은 어린 손녀의 마음에 깊은 상처를 남기지 않은 듯 보였다. 그 일이 얼마나 끔찍한 결말을 가져올 수도 있었는지 이해하기에는 너무 어렸다. 그랬다. 잠 못 드는 밤도 있었고, 악몽에서 깨어나 울 때도 있었지만 증상은 빠르게 치유됐다. 물론 아이 엄마의 경우에는 좀 더 힘겨웠다. 미리암은 한동안 혼자서 악몽에 계속 시달렸다. 어쩌면 지금도 그런 상태인지 모른다고 뭉크는 생각했다. 딸이 속마음을 모두 털어놓을 정도로 부녀 사이는 가깝지 않았다. 하지만 적어도 같은 방향을 향해 가고 있었다. 한 번에 한 걸음씩.

"요하네스는 어디 있니?" 뭉크가 소파에 앉으며 물었다.

"그이는 근무 중이에요. 울레볼 병원에서 호출이 와서 가지 않을 수 없었어요. 될 수 있으면 일찍 돌아온댔어요. 아시다시피 중요한 역할을 맡고 있어서 그게 쉽지 않은가봐요." 딸이 윙크를 하면서 말했다.

뭉크는 다정하게 웃으며 딸의 윙크에 화답했다.

"케이크가 준비됐어요." 마리안네가 입가에 웃음을 띠고 거실로 들어오며 외쳤다.

홀거 뭉크는 그녀를 슬쩍 보았다. 보고 싶지 않았지만 그렇다고 일부러 안 볼 수도 없었다. 마리안네는 잠깐 그와 시선을 마주쳤다. 뭉크는 예전처럼 그녀를 주방으로 데려가 꽉 껴안고 싶은 마음을 간신히 억눌렀다. 대신 이유는 다르지만 역시 자신을 억제하기 어렵게 만드는 마리온을 으스러져라 안아주었다.

"열어봐도 돼요? 그 재미없는 노래보다 선물이 더 중요하단 말이에요."

"'생일축하' 노래를 불러야 해. 케이크의 촛불도 꺼야 하고." 마리안네가 손녀의 머리를 쓰다듬으며 말했다. "게다가 모두 모일 때까지 기다려야 해. 그래야 모두가 너의 멋진 선물을 볼 수 있지."

마리안네, 미리암, 마리온 그리고 자신. 홀거 뭉크에게는 행복한 오후를 위해 이보다 더 멋진 그림이 없었다. 하지만 모두 모일 때까지 기다려야 한다는 전처의 말은, 연극에서 더 등장할 누군가가 있음을 암시하는 대사와 같았다. 때마침 현관문이 열리며, 롤프가 나타났다. 후룸 출신의 교사. 그는 손에 커다란 꽃다발을 들고 환하게 웃고 있었다.

"롤프 할아버지다!" 마리온이 명랑하게 말했다. 그러고는 문으로 달려나가 그의 품에 안겼다.

손녀의 작은 팔이 자기가 그토록 증오하는 남자를 껴안는 것을 보며 뭉크는 질투심으로 마음이 쓰렸다. 그는 세상 무엇보다도 이 아이를 소중하게 여겼다. 하지만 아이가 생각하기에는 언제나 이런 것 같았다. 할아버지는 혼자고, 할머니와 롤프는 함께 있는 걸로.

"보세요. 이렇게나 선물을 많이 받았어요!" 마리온은 롤프에게 선물을 보여주려고 거실로 데려갔다.

"와, 대단하구나." 그가 마리온의 머리를 쓰다듬으며 말했다.

"그것도 제 선물이에요?" 마리온이 롤프의 손에 들려있는 꽃다발을 보며 웃었다.

"아니, 할머니를 위한 거야." 롤프는 어깨 너머로 얼굴을 붉히고 있는 마리안네를 보며 대답했다. 그녀는 문가에서 그들을 지켜보고 있었다.

뭉크는 롤프를 바라보는 전처를 슬쩍 살폈다. 그것으로 행복한 감정은 끝이었다. 행복한 가족을 연기하는 것. 뭉크는 롤프와 악수를 나눈 뒤 경멸하는 남자가 전처에게 화려한 꽃다발을 안기며 그녀의 뺨에 키스하는 모습을 지켜보았다.

고맙게도 그 순간 마리온이 그를 구출해주러 왔다. 아이는 흥분해서 발갛게 상기된 얼굴로 더 이상 기다리지 않으려고 했다.

"우리 어서 노래 불러요." 아이가 졸랐다.

그들은 서둘러 노래를 불렀다. 마리온은 무슨 일이 있어도 노래에 집중하지 않을 태세였다. 노래가 끝나기 무섭게 케이크의 촛불을 혹 불어서 끄고 선물에 달려들었다.

30분도 안 되어 소녀는 모든 일정을 끝내고 전리품 앞에 맥없이 앉아있었다. 바비인형은 빅히트였다. 마리온은 두 팔로 뭉크의 목에 매달렸다. 뭉크는 또다시 딸로부터 자신의 의견을 무시했다고 책망 어린 시선을 받을 거라 예상했지만 그런 일은 일어나지 않았다. 딸은 감사의 미소를 지었고, 그래서 뭉크는 모든 게 잘 되었다고 느꼈다.

선물상자가 개봉된 후 어색한 순간이 찾아왔다. 마리안네와 롤프는 커피테이블 반대편에 앉아있었다. 대화에 참여해야 할 것 같은 압박감이 들었지만 누구도 선뜻 나서지 못했다.

뭉크의 휴대전화가 그를 구해주었다. 미켈손이었다. 그때 단 한 번 미켈손의 타이밍이 완벽했다. 뭉크는 양해를 구하며 밖으로 나가 참았던 담배에 불을 붙이고는 수신 버튼을 눌렀다.

"네?"

"왜 전화를 받지 않았나?" 상대방은 짜증 섞인 목소리로 툴툴거렸다.

"가족과 시간을 보내느라고요." 뭉크가 대답했다.

"잘했군." 미켈손이 빈정댔다. "즐거운 시간을 망친 건 아닌지 모르겠는데, 자네가 필요해."

"무슨 일입니까?" 뭉크가 물었다.

"A233. 10대 소녀야." 미켈손의 말투에서 빈정거림이 가셨다.

"어디요?"

"후룸 외곽. 어떤 식물학자가 오늘 오전에 시신을 발견했어."

뭉크는 담배를 길게 한 모금 빨았다. 그때 현관문 저편에서 깔깔거리는 마리온의 웃음소리가 들려왔다. 안에서 누군가 마리온과 술래잡기를 하고 있었다. 아마도 그의 자리를 꿰찬 그 얼간이일 것이다. 뭉크는 짜증스럽게 고개를 저었다. 과거에 결혼생활을 했던 집에서 손녀의 생일파티를 하다니. 도대체 무슨 생각을 했던가?

"당장 자네가 현장에 가줬으면 하네." 미켈손이 말했다.

"알았어요. 곧 가죠." 뭉크는 이렇게 말하고 전화를 끊었다. 담배를 던지고 다시 집 안으로 향하는데 문이 열리며 미리암이 나타났다.

"무슨 일 있어요, 아빠?" 딸이 찡그린 얼굴로 아버지의 표정을 살피며 물었다.

"응? 응…, 그냥 일 때문에."

"그렇군요." 미리암이 웅얼거렸다. "전 그저…."

"왜, 미리암?" 뭉크는 성급하게 물었지만 이내 자제하고 딸의 어깨를 다정히 다독였다.

"중대발표가 있으니 마음의 준비를 하세요." 딸이 눈길을 피하며 말했다.

"중대 발표?"

"두 분이 곧 결혼할 거예요." 미리암은 여전히 시선을 피하며 재빨리 대답했다.

"누가?"

"엄마와 롤프. 제가 엄마한테 지금 발표하는 것은 때가 아니라고 말씀드렸지만…." 미리암은 사뭇 걱정스러운 표정으로 그를 바라보며 물었다. "안으로 들어가실 거죠?"

"사건이 터졌어." 뭉크는 달리 어떻게 대꾸해야 할지 몰라 불쑥 말했다.

결혼을 한다고? 사전에 그런 약속이 되어있었다니. 나는 도대체 무엇을 바랐던 것일까? 뭉크는 자신에게 화가 났다. 내가 지금 무슨 생각을 하는 거지? 이렇게 어리석은 멍청이가 또 있을까. 하지만 지금 그에게는 신경 쓸 일이 따로 있었다.

"가시려고요?" 미리암이 물었다.

"그래." 뭉크가 고개를 끄덕였다.

"잠깐만요. 제가 가서 코트 가져올게요." 미리암은 잠시 후 그의 더플코트를 가지고 돌아왔다.

"축하한다고 대신 전해주렴." 뭉크가 중얼거리고는 곧장 자신의 차를 향해 걸어갔다.

"전화주실 거죠? 드릴 말씀이 있어요. 저에게는 중요한 일이에요. 시간 날 때, 아셨죠?" 미리암이 그의 뒤에 대고 소리쳤다.

"그래, 미리암. 전화하마." 뭉크는 이렇게 말하고 서둘러 자갈길을 걸어 검정색 아우디에 올라탄 뒤 시동을 걸었다.

5장

오후 5시밖에 안 되었는데 후룸란데 먼 외곽에 쳐놓은 경찰 저지선
에 도착했을 때 밖은 어둑어둑했다. 창문에 신분증을 갖다 대자 저
지하던 젊은 경찰관이 당혹스러워하며 얼른 손짓을 했다. 뭉크는
저지선을 지나 200~300미터쯤 되는 곳에 차를 세우고, 차가운 가
을 공기 속으로 나왔다. 그는 담뱃불을 붙이고 코트 깃을 여몄다.

"뭉크 반장님?"

"누구신지?"

"올슨입니다. 경찰서장이죠."

뭉크는 키가 크고 어깨가 딱 벌어진 초면의 경찰관이 내민 장갑
낀 손과 악수했다.

"현재까지의 조사내용은?"

"희생자는 북서 도로에서 600미터쯤 떨어진 곳에서 발견됐습니
다." 올슨이 빽빽한 숲을 가리키며 말했다.

"지금 저기에 누가 있죠?"

"감식반원과 병리학자. 그리고 반장님네, 콜스타드인가요?"

"콜쇠요." 뭉크는 대답하면서 아우디의 트렁크를 열고 웰링턴 부츠를 꺼냈다. 그때 그의 휴대전화 벨이 울렸다.

"반장님? 킴입니다. 도착하셨어요?"

"응, 길 아래쪽. 자넨 어디 있나?"

"텐트 옆이에요. 비크가 이제 막 조사를 끝내고 시신을 옮기려고 하는데 제가 반장님이 올 때까지 기다려야 한다고 말했어요. 지금 반장님께 갈게요."

"잘했네. 어떤가?"

"한동안 편히 잠들기는 글렀어요. 진짜 악질이에요."

"무슨 뜻이야?" 갑자기 불길한 감정이 엄습한 뭉크가 물었다.

홀거 뭉크는 강력반 형사 생활만 근 30년을 하면서 숱한 일을 겪었다. 따라서 그는 대체로 자신이 목격한 범죄현장으로부터 직업적인 거리를 유지할 수 있었다. 만약 그 말이 킴 콜쇠가 아닌 다른 사람에게서 나왔다면 걱정하지 않았을 것이다. 모든 사건에 감정적으로 휘말리는 미아라든가 항상 요요처럼 오르락내리락 하는 쿠리라면 간단히 무시했을 것이다. 하지만 킴이라면? 예감이 좋지 않았다.

"제가 설명할까요, 아니면 직접 와서 보실래요?" 콜쇠가 말했다.

"간단히 설명해주게." 경찰차가 사이렌을 울리며 범죄현장 근처로 지나가는 바람에 뭉크는 손가락으로 귀를 틀어막고 말했다.

"여보세요, 반장님?" 콜쇠가 불렀다.

"그래. 자네가 조금 전에 한 말 다시 좀 해봐."

"10대 소녀예요. 17~18세쯤 되는 것 같아요." 콜쇠가 계속했다.

"그런데 알몸이에요. 뭐라고 말하면 좋을까, 일종의 의식처럼 보여요. 시신 주위에 온통 깃털이에요. 그리고 촛불이⋯." 또 다른 경찰차가 경광등을 켜고 지나가는 바람에 뭉크는 다시 손가락으로 귀를 틀어막았다. "무언가를 상징하는 것처럼 놓여있어요."

콜쇠의 목소리가 다시 끊겼다. 뭉크는 올슨을 노려보았다. 올슨은 휴대전화로 통화를 하면서 저지선 근처에서 일어나는 상황을 손짓으로 지시했다.

"잘 안 들려."

"일종의 펜타그램(오각별) 모양이에요." 콜쇠가 설명했다.

"뭐라고?"

"알몸의 10대 소녀인데, 시신이 특정한 모양으로 뒤틀려 있어요. 눈을 뜨고 있고 사방에는 깃털이⋯."

잡음이 더욱 심해졌다.

"뭐라고!" 뭉크는 다시 손가락으로 귀를 틀어막고 소리쳤다.

"⋯꽃이."

"뭐라고?"

"누군가 시신의 입에 꽃을 꽂아두었어요"

"뭐야?"

"잘 안 들리시나 보군요." 킴이 낄낄 웃었다. "제가 지금 그쪽으로 가겠습니다."

"그래. 난 여기⋯." 뭉크가 휴대전화에 대고 소리쳤지만 콜쇠의 전화는 벌써 끊겨있었다.

뭉크는 고개를 절레절레 흔들고 담배를 한 모금 깊이 빨았다. 그

때 올슨이 다가왔다.

"처음에 시끄러운 기자 두세 명이 가까이 접근했는데, 이제 전체 구역을 출입 통제해야겠습니다."

"잘했군요." 뭉크가 고개를 끄덕였다. "대면조사는 시작했습니까? 저기 집들?"

"네." 올슨은 고개를 끄덕였다.

"뭣 좀 목격한 사람이 있나요?"

"지금까지는 없습니다."

"좋습니다. 도로 위쪽으로 떨어져 있는 야영지도 반드시 포함시키세요. 겨울이라 문을 닫았을 거라고 생각했는데, 아직 이동식 주택이 있더군요. 누가 압니까, 우리가 운이 좋을지."

올슨은 다시 고개를 끄덕이고는 사라졌다.

뭉크는 웰링턴 부츠를 신고 코트 주머니에서 털모자를 찾았다. 그는 피우던 담배를 한쪽으로 던지고 새 담배에 불을 붙였다. 시린 손가락으로 라이터를 켜기도 어려웠다. 맙소사, 엊그제까지만 해도 여름이었는데. 게다가 늦은 오후일 뿐인데도 벌써 겨울밤처럼 춥고 어두웠다. 그때 커다란 횃불 뒤 어둠 속에서 킴이 얼굴을 보이며 그를 향해 걸어왔다.

"준비되셨어요?"

준비가 되다니?

"제 뒤에 바짝 붙으세요. 길이 만만치 않아요."

뭉크는 고개를 끄덕인 뒤 동료를 따라 숲으로 난 길을 걸어갔다.

6장

미리암 뭉크는 묄레르가타의 아파트 밖에서 초인종을 눌러야 할지 말아야 할지 망설이며 서있었다.

줄리의 아파트였다. 옛 친구인 줄리는 미리암에게 꼭 한번 놀러 오라고 문자메시지를 보냈다. 몇 년 전까지만 해도 둘은 가까운 친 구였다. 반항적인 10대 시절, 그들은 압제에 반대하는 것이 의미있 다는 믿음으로 블리츠Blitz(1982년에 설립된 오슬로의 무정부주의, 공 산주의·사회주의 청년단체—옮긴이)에 드나들었고 국제 엠네스티 에서 자원봉사도 했다. 지금은 그 시절이 까마득한 옛날처럼 느껴 졌다. 다른 시대, 다른 인생. 미리암은 한숨을 내쉬며 손가락을 천 천히 초인종으로 가져갔지만 이내 손을 내리고 다시 망설였다. 마 리온은 엄마와 롤프가 돌봐주고 있었다. 하룻밤 재우고 데려오기 로 했다. 마리온은 할머니 집에서 생일파티를 하고 주말도 할머니 와 보내겠다고 고집을 부렸다. 요하네스는 평소처럼 근무 중이었 다. 텅 비어있는 아파트로 돌아가고 싶은 마음은 없었지만 그래도 선뜻 초인종을 누를 수가 없었다. 마리온을 임신한 후로 파티에 가본 적이 없기 때문은 아니었다. 천만에, 그녀는 나름대로 사회생활을 했다. 그녀를 망설이게 한 이유는 따로 있었다. 신발을 내려다보던 미리암은 문득 자신이 우스꽝스럽게 여겨졌다. 화려한 원피스에 예쁜 구두 차림이었다. 마지막으로 이렇게 차려입은 게 언제인지 기억도 나지 않았다. 거울 앞에서 한 시간 넘게 이 옷 저 옷 갈아입고 화장을 했다. 이내 마음이 바뀌어 옷을 갈아입고 화장을 지운 뒤 소파에 앉아 TV를 켜고 마음을 진정시키려 했지만 힘들었다. 마침내 TV를 끄고 다시 화장을 한 뒤 거울 앞에서 여러 가지 옷을 갈아입은 끝에 이제야 여기에 온 것이다. 10대 소녀처럼 떨리고 몇 년 만에 처음으로 긴장되고 초조했다.

너 도대체 뭐하는 거니?

미리암은 자신에게 실망하며 고개를 절레절레 흔들었다. 넌 지금 행복해, 그렇지 않아? 그녀는 지난 몇 주일 동안 이 말을 몇 번이고 되뇌었다. 넌 행복해, 미리암. 너에겐 요하네스가 있어. 마리온도 있고. 네가 원하는 삶을 살고 있어. 그래도 어쩔 수가 없었다. 자꾸만 해서는 안 되는 생각을 했다. 떨쳐버리려고 애썼지만 잘 되지 않았다. 밤에 자려고 베개에 머리를 뉘었을 때도, 아침에 잠에서 깨어났을 때도, 욕실 거울 앞에서 이를 닦을 때도, 마리온을 학교에 들여보낸 뒤 커다란 주철 대문 앞에서 손을 흔들며 인사를 할 때도, 자꾸만 같은 생각이 맴돌고 그 모습이 어른거렸다. 언제나 똑같은 얼굴이.

안 돼, 이러면 안 돼.

그녀는 마음을 고쳐먹었다.

더 이상은 안 돼.

미리암은 한숨을 내쉰 다음 재빨리 계단을 걸어 내려가기 시작했다. 그때 등 뒤로 문이 열리며 줄리가 나타났다.

"미리암, 어디 가는 거야?" 줄리는 이미 술을 많이 마신 듯했다. 한 손에 레드와인이 가득 담긴 술잔을 흔들며 큰 소리로 웃었다. "창문으로 너를 봤어. 길을 잃었나 했지. 어서 들어와." 줄리는 건배하듯 술잔을 높이 쳐들고는 미리암에게 계단을 올라오라고 불렀다.

"층수를 잘못 알았나 했어." 미리암은 거짓말을 하며 천천히 계단을 올라가 친구와 포용했다.

"반가워." 줄리는 깔깔 웃으며 미리암의 뺨에 입을 맞췄다. "어서 들어와, 어서." 한때 미리암에 대해 모르는 것이 없었던 줄리는 친구를 아파트 안으로 이끈 뒤 발로 차서 현관문을 닫았다. "신발은 벗을 필요 없어, 어서 들어와. 만날 사람들이 있어."

미리암은 등을 떠밀리다시피 해서 손님들로 가득 찬 거실로 들어갔다. 창턱과 소파, 팔걸이의자와 마룻바닥에 사람들이 앉아있었다. 작은 아파트가 서까래까지 사람들로 가득 찬 느낌이었다. 담배 냄새와 불법 물질의 기체가 방 안과 갖가지 모양 술병과 술잔 위에 짙게 깔렸다. 모히칸 스타일의 머리를 초록색으로 물들인 젊은 남자가 음향장치를 장악하고는 레이먼즈Ramones(미국의 4인조 펑크록 밴드—옮긴이)의 노래를 틀고 있었는데 어찌나 소리가 큰지 벽이 울릴 지경이었다. 줄리는 목청을 한껏 높여 모두에게 주목하라고 소리쳤다. 미리암은 달리 할 게 없었다.

"이봐, 시레." 줄리가 날카롭게 외쳤다. "그놈의 시끄러운 펑크록 좀 꺼줄래."

미리암은 아무 말도 하지 않았다. 그녀는 친구의 손을 잡고 문가에 서있는 동안 문득 자신이 과하게 차려입은 데다 완전히 노출된 것처럼 느껴졌다.

"모두들, 여기 주목!" 줄리가 소리치는 바람에 모히칸 머리를 한 남자는 어쩔 수 없이 볼륨을 낮췄다. "여긴 내 오랜 친구, 미리암이야. 지금은 상류층에 속해있지. 그러니 오늘밤 우리도 천민처럼 굴지 말고 좀 더 고상하게 행동하자고. 알았지?" 줄리는 요란하게 웃으며 레드와인 잔을 높이 들어 건배를 했다. "잠깐만. 아직 안 끝났어. 미리암의 아버지는 경찰관이야. 그래, 그렇다니까. 그것도 아주 유명한 형사 홀거 뭉크 씨. 그러니까 너희들, 이 파티에 마약수사반이 들이닥치는 것을 원치 않으면 그 마리화나 눈에 띄지 않게 해. 가이어, 너 말이야."

줄리는 술잔으로 레게 머리에 아이슬란드 풍 스웨터를 입은 젊은 남자를 가리켰다. 그는 창턱에 걸터앉아 입에 커다란 마리화나를 물고 행복한 웃음을 짓고 있었다.

"좋아, 이제 다시 켜도 좋아." 줄리가 모히칸 머리를 한 남자에게 웃어보였다. "하지만 펑크록 말고 좀 점잖은 걸로 틀어줘."

미리암은 바닥이 갈라져서 자신을 삼켰으면 좋겠다고 생각했지만 다행히 누구도 줄리의 말에 큰 관심이 없는 듯했다. 잠시 후 음악이 다시 울려퍼지고, 사람들은 아무 일도 없었다는 듯 마시는 일에 몰두했다. 줄리는 미리암을 데리고 거실을 지나 주방으로 갔다.

그러고는 주방 조리대에 있는 레드와인 상자에서 와인을 꺼내 한 잔 가득 따라주었다.

"와줘서 얼마나 기쁜지 몰라." 친구는 다시 한 번 미리암과 길게 포옹했다. "나 좀 취했어, 미안."

"괜찮아." 미리암은 호기심 어린 눈으로 주방을 둘러보았다.

그는 거실에도 없었고 주방에도 없었다. 아무래도 자신의 걱정이 지나쳤던 것 같다. 파티. 그냥 파티일 뿐이었다. 자신의 또래들이 10대처럼 즐기는 파티. 그뿐이었다. 그 이상도 아니었다. 미리암은 요하네스의 의사 동료들과 어울리는 정식 만찬에 익숙해져 있었다. 자동차나 전원 별장, 은제 식기류나 도자기 브랜드 따위에 대한 대화도 할 만큼 했다. 그녀는 지금 어울리지 않는 옷을 입고 있었다. 그래서 뭘 어쩌라고? 이것은 그냥 파티였다. 그 외에 아무것도 아니었다. 걱정할 것도 없었다.

"그게 정말이에요?" 미리암은 방금 전까지 줄리가 서있던 곳으로 고개를 돌렸다. 줄리 대신 다른 사람이 서있었다. "그게 정말이에요?" 젊은 남자가 엷게 웃으며 다시 물었다.

"뭐가 정말이죠?" 미리암이 주방을 둘러보며 물었다.

"홀거 뭉크 씨가 당신의 아버지라는 것? 경찰관이라고요? 강력반 형사 아닌가요?"

미리암은 그 질문이 좀 짜증스러웠다. 어려서부터 그런 말을 수없이 듣고 대답해야 했다. *쟤네 아빠는 경찰이래, 그러니까 쟤한테 아무 말이나 하면 안 돼.* 하지만 미리암은 그 질문을 한 젊은 남자의 눈에서 그가 숨은 의도 없이 순수하게 물어본다는 사실을 읽었

43

다. 자신은 더 이상 학교 운동장에 혼자 남겨진 여덟 살 어린애가 아니었다. 흰색 셔츠에 둥근테 안경을 쓴 젊은 남자는 눈빛이 따뜻했다. 특별한 의도도 없이 그저 관심을 표현할 뿐이었다.

"그래요, 그분이 우리 아빠예요." 미리암은 오랜만에 그렇게 말해도 괜찮을 것 같은 느낌을 받았다.

"멋지군요." 둥근 안경테 젊은 남자는 이렇게 대꾸하고 음료를 한 모금 마셨다. 할 말이 더 있는 듯한 표정이었지만 더 이상 말하지 않았다.

"그래요, 멋져요." 미리암이 다시 레드와인 잔으로 시선을 옮기며 대꾸했다.

"당신은 뭘 하죠?" 젊은 남자가 물었다.

"무슨 뜻이에요?" 미리암은 다소 방어적으로 되물었지만 즉시 후회했다.

그 남자는 수줍은 듯 다소 어색해했다. 그저 대화하려고 애쓸 뿐이었다. 어쩌면 수작을 거는지도 모르지만 틀림없이 그런 쪽에 경험이나 재주가 없는 것 같았다. 그가 술잔을 그러쥔 채 오늘밤 자신에게 행운이 깃들기를 빌고 있을 때 미리암은 그에게 미안한 감정이 들 뻔했다. 그는 이 자리에 어울리지 않는 것처럼 보였다. 잘 다림질한 바지 안에 단정히 넣어 입은 흰색 셔츠. 반짝반짝 광이나는 구두는 언뜻 비싼 이탈리아제 같았지만 자세히 보니 그저 값싼 모조품이었다. 미리암은 문득 그것을 평가하는 자신이 부끄러워서 절레절레 고개를 흔들었다. 몇 년 전만 해도 자신 역시 창턱에 걸터앉아 마리화나를 피우는 젊은이들 중 하나였다. 그랬던 자신이 요즘은 진품 스카로쏘scarosso(이탈리아의 수제 가죽구두 명품 브랜드—옮긴이) 구두와 가짜를 판별할 수 있게 되었다.

"난 아기 엄마예요." 미리암은 상냥하게 대답했다. "한때 저널리즘을 공부했죠. 다시 공부할까 생각하고 있지만 지금은 그냥 전업주부예요."

"아, 그렇군요." 둥근 안경테의 남자가 다소 실망한 표정으로 말했다.

미리암 뭉크는 신나는 파티나 제의가 결코 부족하지 않은 아름다운 여인이었다. 하지만 '내겐 여섯 살짜리 딸이 있어요'라는 말은 대다수 남자들이 실망해서 슬금슬금 뒷걸음질 치도록 만들기에 충분했다. 그녀 또한 남자친구가 없어도 신경 쓰지 않았다.

"그러는 당신은 뭘 하죠?" 미리암은 여전히 상냥하게 물었다. 하지만 이제 상대는 바람 빠진 풍선 같았고 벌써 다른 누군가를 물색하고 있었다.

"이 친구는 포스터 디자인 분야에서 뛰어난 인재예요. 그렇지, 야코프?" 갑자기 거기에 그가 서있었다. "야코프, 이 여인은 미리암이라고 해. 미리암, 내 친구 야코프예요. 두 사람이 얘기 나누는 거 봤어요." 그가 미리암에게 윙크하며 웃어보였다.

"아, 지난번에 말한 그 여자…." 둥근 안경테의 남자가 웅얼거렸다. 그는 당황해서 자리를 피하려고 했다. "난 한 잔 더 마셔야 할 것 같아." 야코프가 자신의 술잔을 가리키고는 슬며시 사라졌다.

"당신이 말한 그 여자라뇨?" 미리암이 웃으며 물었다.

"아, 알잖아요." 그가 살짝 웃으며 대꾸했다. "옷이 예뻐요. 여기에서 그런 스타일의 옷을 입은 사람을 봐서 반가워요."

"고마워요." 미리암이 정중하게 말했다.

"그렇다면?"

"그렇다면 뭐요?" 그녀가 반문했다.

"여기에 사람이 점점 많아지는 것 같지 않아요?"

"너무 많죠." 미리암이 키득거렸다.

"인테르나쇼날렌에서 괜찮은 마르가리타(데킬라를 기본으로 한 칵테일 중 하나)를 마실 수 있다고 들었어요." 그가 웃으며 말했다.

"이런 말을 하게 될 줄은 꿈에도 몰랐지만," 미리암이 따라 웃었다. "지금 당장 데킬라를 마시고 싶어요."

"그럼 가야겠죠." 그는 미리암에게 윙크를 하고 나서 술잔을 주방 싱크대에 내려놓았다. 그리고 앞장서서 조용히 시끄러운 사람들 사이를 빠져나갔다.

7장

동료들에게 쿠리로 알려져 있는 욘 라르센 형사는 아파트로 들어가기 위해 열쇠를 열쇠구멍에 넣느라 안간힘을 썼다.

그는 약혼녀에게 수도 없이 그만두겠다고 약속했다. 두 사람은 일년 넘게 돈을 모으고 있었다. 매달 2,000크로네. 피지는 약혼녀에게 꿈의 목적지였다. 그 파라다이스에서 3주일쯤 쉬며 파라솔 밑에서 이국적인 칵테일을 마시기, 하늘색 바다에서 색색의 물고기와 헤엄치기, 그녀가 진정으로 즐기지 못하는 일로부터 해방되기는 그녀의 목표였다. 하지만 쿠리는 지금 나갔다 왔고, 그 약속을 엉망으로 만들었다.

쿠리는 나지막이 욕설을 중얼거리다 마침내 작은 열쇠를 간신히 구멍에 끼웠고 되도록 조용히 아파트로 들어갔다. 재킷을 벗어 걸려고 했지만 옷걸이를 찾지 못했다. 복도에서 비틀거리며 침실로 갈까 아니면 곧장 소파로 피신할까 궁리했다. 소파는 둘이 모은 돈을 낭비하고 열받은 상태로 귀가했을 때, 변명거리마저 찾지 못한 그가 궁여지책으로 잠을 청하는 곳이었다. 그는 또 포커게임을 했고 크게 잃었다. 밤새 좋은 패를 갖고 있었지만 스트레이트로 올인했다가 플러시에 당하고 말았다. 그의 칩이 새로운 주인의 손에 들어가자 테이블 맞은편 승자는 그를 보며 씩 웃었다. 술을 마실 수밖에 없었다. 그녀가 그 기분을 알기나 할까?

빌어먹을.

쿠리는 벽에 기대어선 채 신발을 벗은 뒤 비틀거리며 거실 소파 쪽으로 몸을 돌렸다.

피지, 그곳은 약혼녀의 이상향이었다. 하지만 왜 술을 마시러 지구를 반 바퀴나 날아가야 한단 말인가? 그런 것은 집에서도 할 수 있었다. 쿠리는 비틀비틀 거실을 가로질러서 근육질의 몸을 흰색 이케아 소파에 던졌다. 쿠션 하나에 머리를 누이고 담요를 끌어당겨 몸을 덮으려 했지만 겨우 무릎까지만 왔다. 그러고 나서 까무룩 잠이 들었나보다. 어느 순간 휴대전화 벨소리에 잠을 깼다.

"여보세요?"

밖이 환했다.

"일어났나?" 뭉크가 물었다.

"일어났냐고요?" 쿠리는 중얼거렸지만 쿠션에서 머리를 들 수가 없었다.

뭉크의 귀에는 그 목소리가 짜증나고 기분 나쁘게 들렸다. "팀원 모두에게 연락하고 있네. 한 시간 안에 팀 브리핑에 올 수 있나?"

"일요일이에요?" 쿠리가 하품을 했다.

"그래서 올 수 없다고?" 뭉크가 퉁명스레 물었다.

"전…." 쿠리는 말을 하려고 했다. 자면서 침을 흘렸는지 뺨이 축축했다. 그는 머릿속에서 단어를 끄집어내려고 애썼지만 입 밖으로 나오지 않았다.

"한 시간 안에 올 수 있나?"

"그럼요." 쿠리는 간신히 대답하며 소파에서 반쯤 일어나 앉았지만 몸이 지난밤의 잔혹한 기억을 되살려 주었다. 그는 다시 소파에 드러누울 수밖에 없었다. "수니바한테…, 물어봐야 해요. 일요일에 산책하기로 했는데 취소해도 괜찮은지…. 우리는 신선한 공기나 마시려고 언덕에 오르려던 참이었어요. 그런데…." 쿠리는 제대로 떠지지 않는 눈으로 약혼녀를 찾으려고 거실을 애타게 둘러보았다. 그녀는 집에 없는 듯했다.

"로맨틱한 계획을 망쳐서 미안한데 자네가 와줬으면 좋겠어." 뭉크는 전혀 미안한 기색 없이 말했다.

"왜요, 무슨 일 있습니까?"

"전화로는 말 못해. 한 시간이야, 알았지?"

"네, 그럼요. 가야죠. 다만…."

그러나 뭉크는 벌써 전화를 끊은 후였다. 쿠리는 부엌으로 가서 진통제 세 알을 찾아 1리터나 되는 물과 함께 삼켰다. 그런 다음 비틀거리며 샤워실로 가 뜨거운 물이 나올 때까지 서있었다.

마리뵈스가테에 도착해서 현관문에 코드를 입력하는데 아네트 골리가 도착했다. 쿠리는 아네트가 좋았다. 그녀는 매우 조용한 여자였다. 게다가 유능한 변호사였고 언제나 솔직하고 간단명료했다. 누군가는 그녀가 미켈손에게 아첨을 떨어서 총애를 받고 있다고 생각하지만 쿠리는 그런 증거를 한 번도 본 적이 없었다.

"좋은 아침이에요." 아네트가 그보다 앞서 엘리베이터에 오르며 말했다.

"옙." 쿠리가 중얼거렸다. 술과 담배에 찌든 목소리. 자신의 목소리를 의식한 쿠리가 헛기침을 해서 목청을 가다듬었다.

"지난밤에도?" 아네트의 물음에 쿠리는 얼굴을 붉히며 우스꽝스러운 미소를 지었다.

"아니…, 왜요?"

"악취가 나요."

"술 몇 잔 했어요. 그게 다예요." 쿠리가 중얼거렸다. 지난밤의 복수심이 다시 치밀어 올랐다. 엘리베이터가 살짝 흔들리며 2층을 향해 움직이기 시작했다.

"그런데 무슨 일 있어요?" 그가 애써 웃으며 물었다.

"후룸에서 10대 소녀가 발견됐어요." 아네트는 그렇게만 말했다.

"그렇군요. 무슨 단서라도?" 쿠리가 말했을 때 엘리베이터는 2층에 도착했다.

아네트는 살짝 찡그린 얼굴로 고개를 젓더니 앞질러서 사무실로 들어갔다. 쿠리는 그 모습을 오늘은 입 다물고 있는 게 낫겠다는 신호로 받아들였다. 그는 탕비실에 들러 큰 머그잔에 커피를 따른 뒤 흘리지 않게 조심하면서 비상상황실로 걸음을 옮겼다.

쿠리는 팀원 전체에게 가볍게 목례를 했다. 킴 콜쇠, 루드비 그뢴리에, 가브리엘 뫼르크, 뭉크가 얼마 전에 새로 채용한 여자 신입. 그녀의 이름이 뭐랬지? Y로 시작하는 이름이었는데? 짧은 금발에, 다소 사내처럼 옷을 입었지만 나름대로 예쁘장한 외모였다. 그래, 일바. 방 뒤편에서 의자를 발견한 쿠리는 커피를 조심스럽게 테이블에 내려놓았다.

뭉크는 이미 연단 앞에 자리잡고 서서 프로젝터를 조종하기 위해 리모컨을 손에 쥐고 있었다. 보통 팀 브리핑을 할 때 그렇듯 미간에 주름을 잡고 좀처럼 웃지 않았다.

"루드비, 불 좀 꺼줘요." 뭉크가 손에 쥔 리모컨 버튼을 누르며 무뚝뚝하게 말했다.

그의 뒤편 스크린에 사진이 떴다. 쿠리는 그 사진을 보자 자리에서 벌떡 일어났다. 술이 확 깼다. 사진은 그를 강타했고, 순간 사무실에 온 것을 후회했다. 거짓말을 했어야 한다. 아프다고 말했어야 한다. 소파에 그냥 있을 걸. 셔츠 안에서 식은땀이 흘렀다. 손이 벌벌 떨리고 손가락을 가누기 힘들었다. 쿠리는 아무도 눈치채지 못하기를 바라면서 커피잔을 움켜쥐었다.

"어제 오전, 한 소녀의 시신이 후룸란데 외곽 숲에서 발견되었다." 뭉크가 말했다. "하랄스펠레라고 불리는 곳으로 가는 길 너머 어디쯤이야. 시신을 발견한 사람은 오슬로 대학에서 일하는 톰 페테르손. 46세의 식물학자다. 그곳에 자생하는 어떤 식물 사진을 찍으러 갔다 우연히 소녀를 발견했다."

지금껏 온갖 험한 꼴을 보아오면서 이런 상황에 면역이 된 줄로만 알았다. 하지만 이번에는 달랐다. 숙취도 별 도움이 되지 않았다. 알몸의 소녀는 겁에 질려 보였다. 눈을 뜨고 있었다. 게다가 한 팔은 위로 향하고 다른 팔은 이상하게 옆으로 툭 튀어나온 게 도저히 불가능한 자세(사실상 어떤 형태)로 뒤틀려서 놓여있었다.

뭉크는 다시 클릭했다. 다른 사진이 나타났다. "병리학자에 따르면 소녀는 발견된 곳에서 목 졸려 죽은 후 우리에게 발견된 자세로 놓였을 가능성이 크다. 나중에 더 자세히 조사해보겠지만 지금 단계에서 이런 정보는 아무 도움이 안 된다." 뭉크는 재빨리 클릭을 더했고 뒤편 스크린에 여러 장의 사진이 나타났다.

"깃털이다."

다른 사진.

"이건 초."

또 다른 사진.

"이건 가발."

또 다른 사진.

"시신의 팔 모양이다."

또 다른 사진.

"이건 문신이다. 말 머리 아래 A와 F 글자가 새겨져 있다."

쿠리는 커피를 한 모금 마셨지만 삼킬 수가 없자 들키지 않게 잔에 도로 뱉었다. 그는 브리핑을 놓치지 않으려고 애썼다. 눈앞이 빙빙 돌았다. 신선한 공기가 간절했다. 뭉크가 전화를 했을 때도 그는 아직 술에 취해있었다. 그가 쓰러지지 않고 어떻게든 사무실까지 온 것도 그 덕분이었다. 하지만 이제 숙취가 산사태처럼 밀려와서 테이블에 드러눕지 않으려면 정신을 똑바로 차려야 했다. 후치던가? 내가 후치를 마셨던가? 희미한 이미지가 떠올랐다. 외스테로스 근처 아파트 엘리베이터였던가? 수염을 기른 어떤 남자와 향수 냄새를 짙게 풍기고 하이힐을 신은 여자들. 그리고 테이블 위 커다란 술병. 맙소사. 자신이 쓰레기처럼 느껴졌던 게 당연했다. 그런데 수니바는 어디 있었지? 그녀는 이미 사실을 알았나? 그래서 이번에는 영원히 자기 엄마와 살려고 떠났나?

"그리고 이건 마지막이지만 아주 중요하다." 뭉크의 목소리가 아주 멀게 느껴졌다.

또 다른 사진이 나타났다.

"시신의 입에 꽂힌 꽃. 두려움으로 눈을 크게 뜨고 있다."

"미친놈, 사이코군." 킴 콜쇠가 뒷자리에 대고 속삭였다.

쿠리는 더 이상 버틸 수가 없었다. 어제 먹은 모든 것이 몸 밖으로 나오려 했다. 그는 애타게 문을 찾았다. 당장 밖으로 뛰쳐나가고 싶었지만 다리가 말을 듣지 않았다. 그래서 그 자리에서 커피잔을 움켜쥐고 심호흡을 했다.

"1차 병리학 보고에 의하면," 뭉크는 팀원들의 반응에 신경 쓰지 않고 계속해서 말했다. "여러 가지 특징을 보여주는데, 우리 또한 개별적으로 조사할 테지만, 우선 이것부터 잘 보기 바란다."

새로운 사진이 나타났다. 쿠리는 그것들을 쳐다볼 수가 없었다.

"마지막 사진이다. 시신의 무릎과 팔꿈치 피부가 벗겨져 있다. 손바닥은 심하게 물집이 잡혀있고. 이상할 정도로 야위어 있어. 보다시피 쇠약해진 상태야. 사실상 신경성 식욕부진 환자처럼. 어쩌면 그것도 이유가 될 수 있을지 모르지." 뭉크는 스크린에 마지막 사진을 띄워둔 채 앞에 놓인 서류를 뒤적였다. "병리학자에 의하면 시신의 뱃속에서 발견된 거라고는 사료뿐이라고 한다."

"네?"

방 안이 다시 술렁였다.

"동물한테 먹이는 사료 말입니까?" 루드비 그뢴리에가 물었다.

"그래요." 뭉크가 고개를 끄덕였다.

"맙소사…."

"개 사료요?"

"어떻게 그런 일이…?"

"이해가 안 돼요." 신참 일바가 말했다. 그녀는 정말로 어리둥절한 표정이었다.

"정상적인 음식물이라 할 만한 것이 전혀 발견되지 않았어." 뭉크가 강조했다. "하지만 아까 말했듯이 이것은 단지 1차 보고서일 뿐이다. 비크가 내일 더 주기로 했으니 그때까지 기다려야지. 그 사이에…." 뭔가 말하려던 뭉크가 휴대전화 벨소리에 시선을 돌렸다. 그는 휴대전화 화면을 확인하고 전화를 받았다. "네, 리카르드 씨. 문자 받으셨습니까?"

리카르드 미켈손. 쿠리는 뭉크가 상관의 이름을 저런 식으로 부르는 걸 본 적이 없었다. 다른 팀원들 역시 표정이 달라지며 이해할 수 없다는 듯 어깨를 으쓱했다.

뭉크는 입에 담배를 문 채 팀원들에게 휴식을 취하라고 신호 보내듯 발코니로 향했다.

8장

미아 크뤼거는 약통을 앞에 죽 늘어놓은 채 아파트 마루에 무릎을 꿇고 앉아 뚜껑을 열지 말아야 할 이유를 찾고 있었다. 그녀는 밤새 두 팔로 차가운 몸을 감싼 채 텅 빈 아파트를 서성이다가 창문 앞 매트리스 위에 뻗어버렸다.

그곳에서 그녀는 행복한 꿈을 꾸었다. 시그리에 관한 꿈이었다. 늘 반복되는 꿈. 흰색 원피스를 입은 쌍둥이 여동생이 웃음을 머금고 손짓을 하며 노란 밀밭을 달려오는 꿈.

어서 와, 미아. 어서 와.

그 꿈은 몹시 위로가 되었다. 미아는 마음이 차분해졌다. 따뜻해졌다. 인생은 어쨌든 살아볼 가치가 있을 거라는 생각이 들게 해주었다. 하필 그때 잠이 깨버렸다. 도시의 소음 때문이었다. 현실의 소음. 이 헤아릴 수 없는 우울함에 미아는 왜 자신이 살아보려고 했는지 기억도 나지 않았다. 그러겠다 마음을 먹었기 때문에? 바닷가에 있는 집 바깥. 외로운 섬, 히트라. 이 세상을 등지기 위해 갔

55

던 곳. 미아는 오래 전에 그런 결심을 했었다. 이제 정말로 그 모든 것을 다시 겪어야 한단 말인가?

어서 와, 미아. 어서 와.

알았어.

적어도 시도는 해야지?

안 돼.

어서 와, 미아. 어서 와.

미아는 온몸이 떨리도록 한기를 느꼈다. 담요를 목까지 끌어당긴 채 희고 가느다란 팔을 약통으로 뻗었다. 설명서를 읽으려고 했지만 잘 보이지 않았다. 불을 켜지 않았던 것이다. 미아는 자신이 전기료를 제대로 냈는지도 기억나지 않았다.

술을 마시려고 바닥에서 몸을 일으켰다.

술은 마시지 않아요.

그동안 잘 했다. 건강하고 건전하게 살기 위해 술병을 모두 치웠다. 세탁 바구니 밑에 감춰두었다.

나는 그저, 내가 속하고 싶지 않은 세상, 이 도시의 아파트, 전원을 켜보지도 않은 세탁기 속 지저분한 세탁물들 사이에 술병을 넣어두었을 뿐이야.

미아는 욕실 거울에 온몸을 비춰보다 몇 달 전 히트라의 집 거울에서 보았던 자신을 떠올렸다. 그때는 차마 자신의 모습을 볼 용기가 나지 않았다. 하지만 지금은 마치 유령처럼 보이는 거울 속 자신을 똑바로 응시했다.

노르웨이인 특유의 반짝거리는 연청색 눈동자. 가녀린 흰 어깨에 쏟아져 내린 길고 검은 머리카락. 결코 지워지지 않을, 왼쪽 눈가 3센티미터 가량의 찢어진 상처. 프라하에서 치기 어린 밤을 보낸 후 엉덩이 팬티라인 바로 위에 새긴 작은 나비 문신. 미아는 오른쪽 손목에 찬 작은 은팔찌를 어루만졌다. 그녀와 시그리가 견진성사 때 서로 바꿔 찬 하트와 닻 문양, 그리고 글자 부적이 달린 어린이용 팔찌였다. 미아의 팔찌에는 M 글자가 달려있었고, 시그리의 팔찌에는 S 글자가 달려있었다. 그날 저녁 피로연이 끝나고 손님들이 모두 집으로 돌아간 후 자매가 오스고르드스트란의 침대에 함께 앉아있을 때 시그리가 갑자기 팔찌를 바꿔 끼자고 제안했다.

네가 내 거 가지면 난 네 거 갖는 거야?

미아는 그 후로 은팔찌를 손목에서 뺀 적이 없었다.

미아 문빔.

할머니가 그녀를 부르던 애칭이었다.

넌 아주 특별해, 그거 알고 있지? 다른 아이들은 예쁘지만, 미아, 넌 알고 있지? 넌 다른 사람들이 보지 못하는 것을 보는 능력이 있단다.

생물학적인 할머니는 아니었지만 미아를 친손녀처럼 아껴주었다. 시그리와 미아, 미아와 시그리. 귀여운 두 쌍둥이는 중년의 부부 에바와 퀴레 크뤼거가 입양한 아이들이었다. 그들의 생모는 너무 어려서 아이들을 원하지도 않았고 돌볼 수도 없었다.

엄마, 아빠, 할머니, 시그리.

네 사람은 같은 묘지에 묻혔다. 미아는 모든 것을 잃어버렸다. 미아는 지저분한 세탁물 더미 속으로 팔을 뻗어 술병을 꺼낸 뒤 여전히 속옷 차림으로 덜덜 떨며 약병이 놓여있는 마루 위 매트리스로 왔다.

정신과 상담을 받으라고?

웃기지 말라고 해.

나는 노력했어, 그렇지 않아?

마티아스 왕. 성긴 콧수염에 친절하고 다정하며, 똑똑하고 사려깊고, 죽도록 공부하고 수련을 한, 오슬로에서 가장 유능한 의사였다. 하지만 그는 절대로 몰랐다.

"내가 무슨 생각을 하고 있는지 알아요, 미아?"

미아는 술병 뚜껑을 비틀어 돌렸다. *"아뇨?"* 그리고 술병을 입술에 가져갔다.

"당신을 병들게 하는 것은 당신의 직업이에요."

따뜻함이 목구멍을 타고 내려가는 것이 느껴졌다.

"무슨 뜻이에요?"

그 느낌이 미아를 꿈속으로 데려갔다. 시그리에게.

"당신은 다른 경찰과 달라요."

미아는 꿀꺽꿀꺽 술을 마셨다. 온기가 온몸으로 퍼졌다.

"어떻게요?"

이제는 한기가 거의 느껴지지 않았다.

"당신은 너무 걱정이 많아요. 그게 당신을 갉아먹어요."

미아는 담요를 끌어당겨 몸을 덮었다. 마음이 조금 편해지고 위안이 되었다.

"왜죠, 마티아스?"

흰 알약이 든 다섯 개의 약병.

"당신은 세상의 온갖 악을 봐야 해요. 모두 느껴야 해요. 다른 경찰들에겐 그저 직업적인 일이지만 당신에게는 뭐랄까, 잘은 모르지만…, 마치 자신에게 일어난 것처럼 느껴져요. 자신이 그런 잔혹함의 희생자처럼 느끼는 거죠. 내가 과장한다고 생각해요?"

미아는 다시 술병을 입에 가져갔다.

"아뇨, 틀렸어요."

열어야 할 뚜껑이 다섯 개였다.

"물론 당신을 많이 상담하지 않았으니 당신을 잘 안다고, 속속들이 안다고 주장할 순 없어요. 하지만 뭐랄까, 그게 당신에 대한 내 첫인상이에요."

이제 미아는 오랫동안 술병을 입에 대고 있었다.

"그럼 다음주에도 진행할까요?"

아뇨.

"방법을 찾을 수 있을 거라고 생각하는데, 어때요, 미아?"

아뇨.

미아 크뤼거는 술병을 내려놓고 가만히 손목에 찬 은팔찌를 만졌다.

아뇨. 난 그렇게 생각하지 않아요.

미아는 차가운 리놀륨 바닥에 놓인 알약 통의 뚜껑을 천천히 열기 시작했다.

9장

비슬레트로 가는 검정색 아우디에 앉은 홀거 뭉크는 기분이 언짢았다. 올레볼스바이엔에서 빨간색 신호등에 차를 멈추었을 때, 유모차를 끌며 웃는 얼굴로 바로 앞 횡단보도를 건너는 젊은 부부가 보였다. 그는 담배에 불을 붙이고 고개를 절레절레 흔들었다. 어쩌다 이렇게 됐지? 그에게는 그리 오래된 일처럼 느껴지지 않았다. 마리안네와 그. 유모차를 탄 미리암. 그녀가 다시 결혼을 한다는데, 왜 머릿속에서 떨쳐버리지 못할까? 사실 그에게는 생각해야 할 더 중요한 일이 많았다. 살해당해서 알몸으로 숲속에 버려진 열일곱 살 소녀. 그것도 입에 꽃을 물고 깃털 위에 놓여서. 게다가 그는 미켈손의 비위를 맞추려고 아부를 했고, 그 일 때문에 신경이 예민해졌을 가능성도 있었다. 사실 숲속에 있는 흰색 텐트 안으로 들어가서 거기에 누워있는 소녀를 본 순간 뭉크는 무엇을 해야 하는지 알고 있었다. *미아 크뤼거를 복귀시켜야 한다.* 그에게는 전국 최고의 수사관들로 이루어진 유능한 팀이 있지만 그래도 그녀만한 인재는 없었다.

그때 뒤편에서 울리는 경적 소리에 그는 상념에서 빠져나왔다. 신호등이 초록색으로 바뀌었고 젊은 부부는 어디론가 사라지고 없었다. 뭉크는 자동차에 기어를 넣고 비슬레트 스타디움으로 차를 몰았다. 결혼을 한다고? 도대체 그게 무슨 의미가 있을까?

그가 주차하고 차에서 내리려 할 때 휴대전화 벨이 울렸다.

"반장님, 루드비입니다."

"아, 네?"

"소녀의 신원을 알아냈어요."

"벌써요?"

"네."

뭉크는 루드비 그뢴리에와 신참 경찰관 일바에게 실종 소녀 명단을 부탁해둔 터였다.

"도대체 누구죠?"

"더 확인해봐야 하지만, 내가 보기에는 그녀가 틀림없어요. 이름은 카밀라 그린. 석 달 전에 실종됐어요. 신장이며 눈동자 색깔, 문신 등 인상착의는 일치하는데 뭔가 딱 들어맞지는 않아요."

"무슨 뜻입니까?"

"시간이 걸린 것도 그 때문입니다." 그뢴리에가 계속했다.

뭉크는 싱긋 웃으면서 담배에 불을 붙였다. 시간이 걸렸다? 그가 요청한 지 두 시간도 지나지 않았다. 뭉크는 미켈손에게 미아를 복귀시켜야 한다고 주장했던 것이 다소 미안해졌다. 그에게는 이미 전국에서 손꼽히는 수사관들이 있었다.

"계속하세요." 뭉크가 차에서 내리며 말했다.

"카밀라 그린." 그뢴리에가 보고를 계속했다. 마치 스크린에 쓰인 글을 읽는 것처럼 들렸다. "1995년 4월 13일 출생. 초록색 눈. 어깨가 넓은 편이고 짙은 금발. 신장 168센티미터. 체중 70킬로그램. 부모는 사망했고, 헬레네 에릭센이라는 여자가 실종신고를 했어요. 그녀는 후룸란데 보육원의 원장이랍니다."

"70킬로요?" 뭉크가 차문을 닫기 전 차에서 사건 파일을 꺼내며 되물었다. "그렇다면 그녀가 아니죠. 우리가 본 시신은 깡말랐잖아요. 그러니⋯."

"알아요." 그뢴리에가 말을 가로막았다. "하지만 내게 사진이 있어요. 틀림없이 그 소녀예요. 카밀라 그린. 그 외 모든 점이 일치해요. 문신이며 모두."

"오케이. 그 소녀가 언제 실종신고 됐다고 그랬죠?"

"7월 19일. 그런데 그 점이 이상해요. 명단에서 그녀를 찾아내는 데 시간이 걸린 것도 그 때문이고."

"그게 뭔데요?"

"실종신고를 했던 헬레네 에릭센이라는 보육원장이 다시 '실종되지 않았다'고 철회했어요. 그것도 겨우 며칠 후에."

"그렇다면 소녀를 찾았다는 건가요?"

그뢴리에는 마치 다시 모니터를 확인하는 듯 머뭇거렸다. "아니, 찾지는 못했어요. 단지 실종신고를 철회했어요."

"음, 이해되지 않는군요." 뭉크가 미아의 아파트를 흘깃 보며 말했다.

양쪽 창문이 어두웠다. 진작 전화를 걸어보았지만 미아가 받지 않았다. 그래서 이렇게 차를 타고 직접 만나러 온 터였다.

"…그런데 그 여자가 전화를 받지 않아요." 그뢴리에가 말했다.

"누가요?"

"헬레네 에릭센. 전화번호는 있는데 전화를 받지 않아요."

"알았습니다." 뭉크가 도로를 건너며 물었다. "카밀라의 부모가 사망했다고 했죠? 그럼 누군가 그녀를 맡아서 돌봤겠죠. 그녀에 대해 더 알아낸 내용은 없나요?"

"지금 내가 알고 있는 건 이게 전부예요. 이곳, 후룸란데 보육원." 그뢴리에가 대답했다.

"어떤 곳이죠?"

아파트 입구로 걸어간 뭉크는 소용없다는 것을 알면서도 죽 늘어선 초인종을 살펴보았다. 미아는 자신이 어디에 사는지 사람들이 아는 걸 원치 않았다. 뭉크는 몇 걸음 뒤로 물러나 다시 창문을 올려다봤다. 재미있게도 두 사람은 그리 멀리 떨어지지 않은 곳에 살았다. 그가 살고 있는 테레세가테는 여기에서 2~3분 거리였지만 그는 한 번도 미아의 집을 방문한 적이 없었다. 아니 생각해보면 재미있다기보다 슬픈 일이었다. 뭉크는 담배꽁초를 바닥에 던지고 새 담배에 불을 붙였다. 다시 죄책감이 밀려왔다. 미켈손이 미아를 직무 정지시킨 이후 그들은 몇 번밖에 만나지 않았다. 잠깐, 그것도 건성으로 유스티센에서 얼굴을 본 게 전부였다. 미아는 거리를 두었고 단답형으로 말했다. 그녀가 겪은 모든 일을 생각하면 이상할 게 없었다. 몇 번의 전화 통화, 몇 번의 차 한 잔. 그는 미아를 더 배려했어야 한다. 더 좋은 상관, 더 좋은 친구가 됐어야 한다. 하지만 미아는 사생활을 중시하고 간섭당하는 것을 싫어했다. 그녀를 혼자 내버려둘 수밖에 없었다.

"아직 많은 것을 알아내지는 못했지만 문제 청소년들을 위한 일종의 위탁가정처럼 보입니다." 그뢴리에가 대답했다. "웹사이트가 있긴 한데…."

"1990년에 만들어진 거예요." 뒤편에서 일바가 소리쳤다.

"업데이트가 안 돼있어요." 그뢴리에가 덧붙였다.

"혹시 거기에서 화훼사업도 합니까?"

"그렇습니다." 그뢴리에가 계속했다. "우리가 아는 바로는 그래요. 문제 청소년들을 위한 시설이죠. 그곳에서 일도 하고요. 지금으로서는 그 정도만 알고 있습니다."

"알겠습니다." 뭉크가 대답했다. "계속 조사하세요. 참, 그녀 이름이 뭐라고 했죠?"

"헬레네 에릭센."

"아하. 그녀와 통화될 때까지 계속 시도하고, 카밀라 그린에 대해서도 더 알아보세요."

"이미 그러고 있습니다." 그뢴리에가 말했다.

"좋습니다." 뭉크는 이렇게 말하고 전화를 끊었다.

다시 미아에게 전화를 걸었지만 여전히 받지 않았다. 문득 아무 초인종이나 눌러서 미아가 받는지 시험해볼까 생각했지만, 운 좋게도 그때 마침 누군가 문을 열고 나왔다. 몸에 착 달라붙는 현란한 운동복을 입은 젊은 여자였다. 뭉크는 재빨리 담배를 던지고 문이 닫히기 전에 건물 안으로 들어갔다.

2층, 그가 아는 건 그게 전부였다. 언젠가 유스티센에서 함께 집까지 걸어온 적이 있었는데 그때 미아가 그런 말을 했다.

저기, 제가 사는 곳이에요. 저의 새로운 집.

그녀는 술에 취해있었고 빈정대는 투로 중얼거렸다.

집. 그녀가 말하는 집은 따뜻한 온기가 있는 가정의 의미로 들리지 않았다.

뭉크는 씩씩대며 2층으로 올라갔다. 다행히 2층에는 두 가구뿐이었다. 한 집에는 현관에 문패가 붙어있었다. '군나르와 비베케의 집'. 다른 집에는 문패가 없었다.

뭉크는 더플코트의 단추를 풀고 초인종을 누른 뒤 기다렸다.

10장

미리암 뭉크는 낯선 아파트에서 잠이 깼다. 낯선 침대는 아니었다. 설마. 그녀는 그런 짓은 하지 않았다. 그는 신사였고 심지어 그런 기미도 보이지 않았다. 그는 담요를 가지고 와서 소파에 잠자리를 만들었다. 그녀의 집과는 전혀 다른 아기자기하고 아늑한 아파트였다,

완전히 다른 삶. 미리암이 임신하기 전과 비슷한 자유로운 삶. 그녀와 요하네스가 프로그네르에 새로 장만한 아파트에는 이탈리아제 타일 바닥에, 침실에는 다운라이터 전등이 설치되어 있었다. 냉장고는 버튼만 누르면 얼음이 나왔고 채소를 더 오래 신선하게 보관하는 칸이 따로 있었다. 식기세척기에는 디지털 계기판이 달려 있었다. 전화로 리모컨을 작동하는 전자식 라디에이터는 귀가하기 전에 집 안 온도를 최적의 상태로 맞춰놓을 수 있었다. 새로 구입한 차는, 미리암은 심지어 어느 회사에서 만든 것인지도 몰랐지만, 언뜻 보아도 최신 사양을 모두 갖춘 차였다. GPS, 4륜구동, 앞좌석

과 뒷좌석의 에어백, DVD 스크린, 선루프와 스키박스. 하지만 이 아파트의 분위기는 완전히 달랐다. 셀로테이프로 벽에 붙여놓은 낡은 포스터들. 한쪽 구석의 레코드 플레이어. 곳곳에 흩어진 옷가지. 소파에 앉아있자니 창틈으로 찬바람이 들어왔다. 이곳은 어찌나 추운지 담요를 둘러써야 했다. 미리암은 커피테이블에 놓인 담배로 손을 뻗었다.

오슬로의 10월. 겨울이 찾아왔고, 평소 같으면 주방에 있는 자동 온도조절기를 가동해 아파트 전체의 온도를 조절했을 것이다. 그래야 잠이 덜 깬 마리온이 아침을 먹기 위해 식탁에 앉았을 때 춥지 않았다. 미리암은 일말의 죄책감을 느꼈다. 나는 나쁜 엄마다. 그렇지 않은가? 파티에 가고, 그 후 여기로 와서 밤새 낯선 사람의 소파에 앉아 와인을 마시며 아무한테도 말하지 않았던 것들에 대해 몇 시간이고 이야기를 나눴다. 부모님의 이혼, 그때의 감정에 대해, 그리고 요하네스에 대해. 그녀는 내심 부모에 대한 반항과 집에서 벗어나고 싶은 마음에 철없던 시절 아빠와 정반대인 남자의 아이를 갖고, 그를 선택했다.

미리암은 담배에 불을 붙인 뒤 테이블에 놓인 핸드백을 더듬어 전화기를 꺼냈다. 요하네스에게서 온 전화는 없었다. *보고 싶어* 혹은 *어디에 있어?*라는 문자메시지도 없었다. 엄마가 보낸 문자만 한 통 남겨져 있었다. *마리온이 하룻밤 더 자고 간다는데 괜찮겠니? 내일 우리가 학교에 데려다 주었으면 좋겠대.*

미리암은 답장을 보냈다. *좋아요, 엄마. 마리온에게 대신 뽀뽀해주세요.* 미리암은 휴대전화를 내려놓고 담요 아래 무릎을 세우고 앉아 포스터를 살펴보았다.

동물의 자유는 우리의 자유다.

뢰켄 농장의 행태를 막아라.

미센에 위치한 농장에 관한 포스터였다. 돈을 벌기 위해 유기된 동물들을 사들여 실험용으로 외국에 팔기 전까지 가둬두는 농장이었다.

그들이 만나게 된 것도 그 때문이었다.

지기.

미리암은 다시 죄책감에 사로잡혔다. 하지만 당장 일어나 옷을 입고 택시를 잡아타고 프로그네르의 집으로 가서 남편이 병원 근무를 마치고 돌아왔을 때 귀여운 여자친구처럼, 현숙한 아내처럼 굴어야 할지 아니면 한때 스스로 주도했던 삶을 진하게 떠올려주는 생기 넘치는 이 작은 집에서 담요를 덮어쓰고 앉아있어야 할지 결심이 서지 않았다.

뢰켄 농장의 행태를 막아라.

미리암은 모세바이엔에 있는 동물보호연맹의 보호소에 간 적이 있었다. 뭔가 의미 있는 일을 하며 살아할 것 같았기 때문이다. 엄마 노릇 외에 다른 일을 하고 싶었다. 버려진 고양이를 돌보는 것 말고 다른 야망은 없는 품위 있는 두 여성 토브와 카리. 고양이들에게 먹이주기. 고양이 안아주기. 그들은 그게 중요하다고 확신했다. 단순한 일이지만 미리암도 그것으로 충분했다.

그런데 어느 날 그가 거기에 있었다.

그가 처음 왔을 때 토브와 카리는 유명인사가 방문하기라도 한 듯 10대들처럼 얼굴이 빨개지며 킥킥거렸다. 미리암은 처음에 그가 다른 자원봉사들과 무엇이 다른지 알지 못했다.

하지만 이제는 안다.

빌어먹을.

미리암은 새 담배를 꺼내 불을 붙였다. 그때 침실 문이 열렸다.

"일어났어요?"

"네." 미리암이 대답했다.

"잠 좀 잤어요?"

그가 눈을 비비며 조용히 마루를 가로질러 걸어와 맞은편 의자에 앉았다. 그리고 가져온 담요를 더욱 단단히 둘러썼다.

"조금요." 미리암이 얼굴을 붉혔다.

"그랬군요." 그가 테이블에 놓인 담뱃갑에서 담배를 꺼내며 웃었다. 지기는 담배에 불을 붙이고 고개를 한쪽으로 기울였다. 서글서글하게 웃음 띤 눈으로 담뱃불 너머 미리암을 응시하며 그는 곧장 본론으로 들어갔다. "우리 이제 무엇을 할까요, 미리암?"

미리암은 갑자기 메스꺼움을 느꼈다. 그녀는 담뱃불에 시선을 고정한 채 꼼짝 않고 앉아있었다. 예전의 자신으로 돌아온 것처럼 느끼게 해주는 누군가와 밤새 앉아있을 때의 그 몽롱함이 다시 찾아왔다.

"난 커피 마시고 싶은데. 당신도 마실래요?"

좋아요.

"이제 가봐야 할 것 같아요."

난 하루 종일 여기에 있고 싶어요.

"알았어요." 지기가 웃었다. "아침도 대접하지 않고 보내서는 안 된다고 생각했는데 당신이 선택해요."

제발 그만 말해요. 안 그러면 난 갈 수 없을지도 몰라요.

"아뇨. 난 그만 가봐야 해요."

"그렇겠죠. 자신에게 어울리는 곳으로 가야겠죠."

옷을 입고 아파트 밖으로 나왔을 때 미리암은 자신에게 문제가 있음을 깨달았다.

그녀는 사랑에 빠졌다.

그것은 단순한 열병 이상이었다.

다시 저 남자와 연락하지 못하게 되면 어쩌지?

택시를 타고 집에 오는 내내 이 생각이 떠나지 않았다.

다 지나갈 거야.

미리암은 현관 옆 콘솔 테이블에 열쇠를 내려놓고 침실로 걸어가며 옷을 벗었다. 그리고 이불 속으로 들어가 베개에 머리를 누이자마자 잠이 들었다.

11장

홀거 뭉크가 다시 초인종을 누른 뒤 두세 번 노크를 하고 나서 막 돌아서려는데 문이 열리며 미아가 나타났다.

"대체 뭐야. 지금 몇 시인지 알아? 일요일 오후 4시라고."

뭉크의 책망에 미아는 멋쩍은 미소를 띠며 그를 안으로 안내했다. 신발을 벗고 외투를 벗어 걸려던 뭉크는 걸 데가 마땅치 않자 마루에 내려놓은 뒤 미아를 따라 거실로 들어갔다.

"집이 지저분해서 죄송해요." 미아가 말했다. "짐을 풀 시간이 없었어요. 뭐 좀 드실래요? 차? 여전히 술은 안 드시죠?"

미아가 그간 너무 무심했던 자신에 대한 서운함을 드러낸 건 아닐까 걱정했지만 그런 기미는 없었다.

"전 막 샤워하려던 참이었어요. 기다려 주시겠어요?"

"물론이지. 신경 쓰지 마." 뭉크가 말했다.

"고마워요. 2분이면 돼요."

미아는 욕실로 사라지고 그 사이 뭉크는 혼자 무엇을 해야 할지 모른 채 거실 한가운데 서있었다. *짐을 풀 시간이 없었다는 것은* 괜한 거짓말이었다. 뭉크는 예전에 살았던 회네포스의 아파트를 떠올렸다. 그 역시 짐을 풀지 않았을 뿐더러 단칸방을 집으로 여길 마음도 없었다. 이 아파트가 꼭 그랬다. 창문 아래 마룻바닥에 매트리스가 깔려있고, 그 위에 담요와 베개가 놓여있었다. 집 안 곳곳에는 상자에 든 짐들이 흩어져 있었다. 어떤 상자는 열다 말고 닫아둔 것처럼 보였다. 벽에는 아무것도 걸리지 않았고 가구도 거의 없었다.

미아도 어느 정도는 노력을 한 듯했다. 여기저기 이케아 포장상자가 굴러다니고 반쯤 조립하다 만 흰색 의자와 설명서 옆 바닥에 놓여있는 다리, 겨우 조립해서 완성한 작은 테이블이 보였다. 뭉크는 낮은 의자에 털썩 앉아서 테이블에 사건 파일을 올려놓았다. 그는 여기에서 그것을 봐야 하는 게 내키지 않았다.

미아는 몹시 아파 보였다. 또다시. 히트라에서처럼 안 좋아 보였다. 그때 미아를 보며 섬뜩했던 느낌이 오늘 또 들었다. 미아, 정상일 때는 강인하고 에너지가 넘치고 눈빛이 맑았던 그녀가 유령처럼 변해있었다. 매트리스 옆 바닥에 반쯤 마시다 만 아르마냑 술병과 술잔이 놓여있었다. 구석에는 다 먹은 피자상자 세 개가 쌓여있었다. 뭉크는 다시 죄책감이 밀려왔다. 더 빨리 왔어야 했다. 그녀는 끔찍해 보였다. 지난번 마지막으로 유스티센에서 만났던 저녁에는 명랑하고 잘될 것 같은 희망이 보였는데 지금 미아의 눈은 히트라에서 나오기 전과 같았다. 퀭하고 생기가 없었다.

뭉크가 일어나 복도에 둔 더플코트에서 담배를 가져왔다.

"안에서 피워도 돼, 아니면 발코니에 나가서 피울까?" 욕실에 대고 소리쳐 물었지만 샤워기를 틀어놓았는지 대답이 없었다. 뭉크는 그냥 발코니로 나갔다. 꽁꽁 언 몸으로 밖에 서있을 때 마지막으로 사라지는 햇빛이 보였다. 비슬레트 스타디움과 도시의 다른 곳이 적막한 어둠 속에 잠기고 있었다.

"잔인한 놈."

뭉크는 자기도 모르게 욕설을 내뱉었다.

팀원들 앞에서는 그러지 않았다. 절대로. 그는 전문적이고 신중하며 침착하고 유능했다. 그가 보스인 이유였다. 그는 사건에 영향 받는 것도 남이 모르게 했다. 하지만 이번에는 감정이 스멀스멀 기어오르는 것처럼 느껴졌다. 자꾸만 후룸에서 본 장면이 떠오르며 몹시 심란했다. 그들은 많은 사건을 접했다. 뭉크는 언제나 희생자와 그 가족에게 연민을 느꼈다. 사랑하는 가족을 잃은 사람들을 강타한 극한 비극에 공감했지만 그렇더라도 대부분의 비극은 이성적으로 설명이 가능했다. 논쟁이 오가다 불행한 결과로 이어졌다든지 도시의 범죄집단 간 대결이라든지 인간관계에서 오는 질투 등등. 가끔 그가 해결한 사건에는 인간적으로 이해할 수 있는 부분도 있었다. 살인을 두고 인간적이라는 표현을 쓰는 게 부적합하지만 (절대로 입 밖으로 내어 말하지는 않았지만 종종 그런 생각을 했다) 직업상 궁극적으로 이해가 되는 살인사건일 때는 언제나 안도했다.

그런데 이번에는 아니었다.

이 사건은 인간적이지 않았다.

뭉크는 복도에서 더플코트를 가져와 다시 발코니로 나간 다음 새 담배에 불을 붙였다. 미아가 수건으로 몸을 감싼 채 욕실을 나와 다른 방으로 들어가는 게 보였다. 아마도 옷장이 있거나 옷상자가 있는 방이리라. 뭉크는 다시 모든 것, 전체적인 상황에 불안감을 느꼈다. 그리 오래되지 않은 몇 달 전 미아는 현실을 떠나기로 결심했었다. 혼자서 먼 섬으로 숨어버렸다. 그런데 그가 데리고 왔다. 자신들은 미아가 필요해서 이용했지만 그러고 나서 도와주지 않고 내버려두었다. 아니, 자신들이 아니라 그녀를 버린 것은 미켈손이었다. 경찰청이 그랬다. 시스템이 그랬다. 자신이 그런 게 아니다. 자신이 결정할 수 있었다면 미아 크뤼거는 그녀가 원하는 한 일을 계속했을 것이다.

"문을 열어두려면 차라리 안에서 피우는 게 나을 텐데요."

미아가 몸에 착 붙는 검정색 바지에 흰색 롤넥 점퍼를 차려입고 머리에는 수건을 두른 채 웃으며 침실에서 나타났다. 이어서 그녀는 수건을 빼고 머리를 말리기 시작했다.

"그래, 미안." 뭉크가 웃었다.

딴 생각을 하느라 미처 거기까지 생각하지 못했다. 그는 담배를 아래 거리로 던지고 안으로 들어와 이번에는 발코니 문을 닫았다.

"만약 내가 지금도 수사관으로 일하고 있다면," 미아가 창문 아래 매트리스에 걸터앉으며 웃었다. "일요일 오후에 사진이 가득 든 파일을 가지고 들른 홀거 뭉크 씨를 보면서 세상 밖에 뭔가 대단히 충격적인 일이 일어난 거라고 추측했겠죠? 그러니까 내가 다시 필요할 만큼 경찰에 다급한 일이 생긴 건가요?"

뭉크가 소파에 털썩 앉으며 말했다. "비공식적이야. 미아가 수고 좀 해줘야겠어."

"제가 굽실거리기를 바라나요?"

뭉크는 그녀의 목소리에서 저의를 찾으려고 했지만 이번에도 실패했다. 그녀는 편안하고 심지어 행복해 보였다. 문가에서 그와 마주쳤던 생기 없던 눈은 다소 활기를 되찾았고, 그의 방문을 반가워하는 듯 보였다.

"우리가 알고 있는 게 뭐죠?" 그녀가 물었다.

"혼자서 볼 테야, 아니면 내 의견을 원해?"

"선택해야 해요?" 미아가 테이블에서 파일을 집어들며 물었다.

뭉크는 파일을 열어 사진을 바닥에 늘어놓는 동안 그녀의 눈빛이 바뀌는 것을 눈치챘다.

"어제 오전에 시신을 발견했어." 뭉크가 설명했다. "후룸란데에서 멀리 떨어진 곳이야. 숲으로 200~300미터쯤 들어간 곳. 하이킹하던, 아니, 식물 사진을 찍던 식물학자가 시신을 발견했어. 이런 모양으로 있는….'

"의식이군요." 뭔가 짚이는 데가 있는 듯 마지막 사진을 바닥에 내려놓으며 미아가 중얼거렸다.

"그렇게 보이기는 해. 그런데….'

"뭔데요?" 미아는 시선을 들지 않은 채 물었다.

"내가 잠자코 있을까, 아니면…?" 뭉크는 문득 자신이 그녀를 방해하고 있을지도 모른다는 생각이 들었다.

"네. 아니, 죄송해요. 계속하세요." 미아가 바닥에 놓인 아르마냑술병 뚜껑을 열어 술잔 가득 따르며 중얼거렸다.

"미아 말대로 언뜻 보면 무슨 의식처럼 보여." 뭉크가 계속했다. "가발, 깃털, 초. 시신의 팔 모양."

"펜타그램 모양이네요." 미아가 술잔을 입술에 가져가며 말했다.

"응. 일바도 그렇게 말했어."

"일바?"

"퀴레가 다른 곳으로 발령이 났어." 뭉크가 설명했다. "일바는 경찰대학을 막 졸업했지. 그리고⋯."

"저처럼요?" 미아가 다시 사진으로 시선을 옮기며 웃었다.

"아니. 미아는 졸업을 하지 않았지, 안 그래?" 뭉크가 다정하게 대꾸했다.

"제게 기회를 주지 말지 그러셨어요! 그런데 어떻게 된 거예요?"

"일바?"

"아니, 저요." 미아가 바닥에서 사진 한 장을 집어들며 물었다.

"무슨 뜻이야?"

"미켈손요. 이번에는 어떻게 된 거예요? 잠깐, 제가 맞춰볼게요. 제가 계속해서 정신과 치료를 받겠다고 동의하는 조건으로 복귀되는 건가요?"

"그래." 뭉크는 의자에서 자세를 뒤척이며 말했다.

"여기에서 피우세요. 재떨이가 어디 있을 텐데, 저기 부엌 선반에 있을 거예요." 미아는 여전히 사진에서 눈을 떼지 못했다.

"카밀라 그린이라고 해." 뭉크가 담배에 불을 붙인 뒤 말했다. "나이는 17세. 문제 청소년을 위한 위탁시설에서 3개월 전에 실종신고를 했어. 1차 부검 결과, 위에서 동물 사료가 발견되었어."

"네?" 미아가 그를 올려다보며 물었다.

"개 사료."

"맙소사." 미아는 다시 사진에 눈길을 주었다.

그녀는 아르마냑을 한 모금 길게 마셨다. 그녀의 눈은 지금 다른 생각에 잠긴 듯 보였다. 뭉크는 전에도 이런 모습을 많이 보았다. 미아는 더 이상 여기에 있지 않았다. 휴대전화 벨이 울려서 뭉크가 전화를 받기 위해 발코니로 나갈 때도 그녀는 쳐다보지 않았다.

"네. 뭉크입니다."

"루드비입니다. 그녀를 알아냈어요."

"누구요?"

"헬레네 에릭센, 소녀 실종신고를 했던 여자. 그녀가 지금 여기로 오고 있습니다."

"금방 갈게요." 뭉크는 재빨리 대답하고 전화를 끊었다.

그가 다시 거실로 왔을 때 미아는 술잔을 새로 채우고 있었다.

"그래서?"

"그래서 뭐요?" 미아가 멍한 눈으로 그를 올려다보며 물었다.

"어떻게 생각해?"

"제가 내일 사무실로 갈게요. 지금은 혼자 보고 싶어요."

"좋아." 뭉크가 대답했다. "정말 괜찮은 거지? 원하면 내가, 음, 먹을 것을 좀 갖다줄까?"

미아는 다시 사진을 들여다보며 손을 내저었다. "내일 봬요."

12장

빨간색 패딩재킷을 입은 마흔 살의 키 작은 여자는 비슬레트 스타디움 옆 가로등 아래 선 채 아파트를 나서는 베이지색 더플코트 차림의 뚱뚱한 사내를 지켜보고 있었다. 그는 담뱃불을 붙이고 뭔가 생각하듯 멍하니 서있다가 검정색 아우디를 타고 떠났다.

"지금 뭘 기다리는 거지?" 옆에 서있던 그녀보다 스무 살 어린 젊은 남자가 비니를 귀까지 끌어내려 쓰고 경계하듯 주위를 살피며 말했다. "나 추워."

"조용히 해." 여자는 그게 거기에 잘 있는지 확인하려고 주머니에 손을 넣으며 대꾸했다.

팔찌였다.

"어려워봤자 얼마나 어렵겠어?" 젊은 남자가 떨리는 손으로 입가에 매달려 있는 담배에 불을 붙였다. "그 여자가 우리한테 돈을 줄 거라고 당신이 말했지?"

빨간색 재킷 입은 여자는 남자를 데리고 온 것을 후회했다. 그들은 서로 잘 아는 사이도 아니었다. 이 일은 그녀 혼자, 오래 전에 했어야만 한다.

그녀는 재킷을 여미며 아파트 2층을 올려다보았다. 희미하게 불이 새어나오는 것으로 보아 그녀는 틀림없이 집에 있었다. 하지만 뭔가 감이 좋지 않았다.

"한 대 맞았으면 좋겠어." 남자가 얕은 기침을 하며 툴툴댔다.

"조용히 해." 여자가 다시 말했다. 그녀 역시 그런 기분이었다. 비참한 기분을 날려주고 원하는 온기를 전해줄 주사가 간절했다.

"나한테 보여줘봐요." 그가 손을 내밀며 속삭였다.

"뭘 보여줘?"

"팔찌. 그걸 주면 그 여자가 돈을 줄 거라며?"

여자는 다시 아파트를 올려다보며 주머니 속 물건을 남자에게 보여주었다.

"이거야?" 남자는 가로등 불빛에 팔찌를 비춰보며 어이없다는 듯 말했다. "이게 어떻게 그만한 값어치가 있지? 내가 보기에는 애들이 차는 장난감 같은데. 빌어먹을. 5분이면 가판대라든지 세븐일레븐 같은 데를 털 수 있었는데. 이까짓 걸로 얼마나 벌겠어? 제정신이야?"

여자는 팔찌를 도로 빼앗아 재킷 주머니에 넣었다.

하트와 닻 모양, 글자 M이 달린 은팔찌.

"정서적인 가치가 있어." 그녀는 마약에 대한 갈증을 겨우 누르며 나지막이 대꾸했다.

"뭐라고?" 젊은 남자는 초조하게 주위를 둘러보며 다시 담배를 한 모금 빨았다. "아, 씨발! 세븐일레븐 털자니까. 아니면 레페한테 좀 달라고 해보자고. 그 자식은 나한테 신세를 졌어. 틀림없이 우리에게 한 대 줄 거야. 게다가 그 자식 이 근처에 살거든. 어때? 그까짓 팔찌는 5달러도 안 돼. 그게 대체 뭐라고? 난 더 이상 여기 못 있겠어."

빨간 재킷 입은 여자가 위를 올려다보고 있을 때 창문이 열리며 검은 머리의 여자가 발코니에 나타났다. 그녀는 한 손에 술잔을 들고 있었다. 도시의 어둠을 응시하듯 한참을 그곳에 머물던 그녀가 이내 집 안으로 들어갔다. 창문이 닫혔다.

미아 크뤼거.

그녀는 오래 전에 했어야 했다.

오래 전에.

"자, 어서." 젊은 남자는 담배꽁초를 바닥에 던지고 애원하다시피 졸랐다. "어서 여길 떠나자고, 응? 추워 죽겠단 말이야."

"입 다물어. 돈 때문만은 아니야."

"아니라고?" 남자가 물었다.

"그래."

"빌어먹을. 아까랑 말이 다르잖아."

"우린 한때 친구였어." 여자가 짜증스럽게 남자에게 쏘아붙였다.

그녀 혼자 여기 왔어야 한다.

"친구? 누구랑? 당신이랑 저기 사는 저 여자랑?"

"입 닥쳐. 응?"

"친구라면 왜 그냥 돈을 달라고 하지 않는 거지? 미치겠군. 이봐, 시세. 어이가 없네! 도대체 왜 우리가 여기 서있느냐고?"

"아니, 저 여자가 아니라, 시그리."

"시그리가 누군데?"

"저 여자의 동생."

극도로 흥분한 남자는 주변을 두리번거리며 빈 담뱃갑에 남아있는 부스러기를 모아 새 담배를 말려고 했다. "미치겠군. 시세, 농담 아니야. 더 이상 기다릴 수 없어. 난 지금 하고 싶다고. 당신은 안 그래?"

"난 그 자리에 있었어." 빨간 재킷의 여자는 아파트 위쪽에서 어른거리는 그림자에 시선을 떼지 않으면서 중얼거렸다.

"어디?"

"난 그 자를 봤어."

"무슨 말이야?"

"그 자가 그녀를 죽이는 걸 봤어."

남자는 이제 말이 없었다. 얇게 만 담배를 입에 문 채 불을 켜지 않은 라이터를 담배 앞에 들고 동작을 멈췄다.

"아, 씨발! 진짜 짜증나게 만드는군. 도대체 누굴 죽였는데?"

시그리.

그녀는 그때의 기억을 되살렸다.

진작 왔어야 했다.

그녀는 그 자리에 있었다.

"씨발, 나 급하다니까. 당신은 우리가 현금을 얻게 될 거라고 말했잖아."

"뭐라고?"

"레페가 우리한테 돈을 빌려줄 거야. 여기에서 멀지 않아. 가자.
이건 완전 시간낭비야."

마흔 살의 여자는 조심스럽게 다시 한 번 주머니 속의 은팔찌를
움켜쥐고는 손가락 사이로 그것을 느꼈다. 그때 갑자기 아파트 불
빛이 꺼지고 어둠만 남았다.

"어서."

"잠깐만 입 좀 닥치고 있어."

"미치겠군. 시세, 갈 거야 말 거야?"

"레페가 정말 우리한테 돈을 빌려줄 거라고 생각해?"

"물론이지. 그 자식은 나한테 신세를 졌어. 이건 쓸데없는 짓이
야. 어서 가자고."

그녀는 마지막으로 어두운 아파트 창문을 올려다봤다. 그러고는
초조해하는 남자를 따라 필레스트레데로 걸음을 옮겼다.

2부

13장

가브리엘 뫼르크는 마리뵈스가테 모퉁이에 있는 신문가판대 앞에 서서 6개월 전 경찰에서 첫 근무를 시작하기 전 긴장한 마음으로 이 자리에 서있던 때를 돌이켜보았다. 젊은 해커는 그때만 해도 경찰 업무 경험이 전혀 없었다. 아니 사실상 직업을 가져본 적이 없었다. 경찰은 M16(런던에 있는 해외정보국)에서 그의 이름을 알아냈다. 그는 영국 정보국이 인터넷에 올려놓은 매우 어려운 코드를 해독했다. *당신은 암호를 풀 수 있습니까?* 알고 보니 그것은 채용광고였고, 그는 자신의 해결방법이 옳았다는 통보를 받았지만 채용되기 위해서는 영국 국적자여야 했다. 가브리엘은 그 일을 금세 잊고 지냈는데 어느 날 홀거 뭉크에게서 연락을 받았다. 곧 태어날 아기도 있는데 어떻게 이처럼 괜찮은 일자리를 거절하겠는가? 더구나 여자친구가 알면 절대로 용납하지 않을 터였다.

가브리엘은 노란색 건물로 들어가기 전 신분증 카드를 찾아 자신을 인식시켰다. 10대 소녀. 후룸의 숲에서 나체로 발견된 소녀.

그는 그 사진에 대한 생각만으로도 몸서리가 쳐졌다. 어린 여자아이가 나무에 매달린 채 발견된 사건 이후로 이런 감정은 처음이었다. 그때는 거의 직장을 때려치울 뻔했다. 자신이 이런 일에 발을 담근 게 큰 실수였다는 생각이 가장 먼저 들었지만 다행히 사건은 해결되었다. 게다가 그도 사건 해결에 기여했다.

그 후 뭉크가 자기 집무실로 그를 불러 칭찬을 해주었다. "가브리엘, 자네가 없었다면 우린 해내지 못했을 거야." 가브리엘은 자신이 중요한 일에서 일정 역할을 했다는 사실에 자부심을 느꼈다.

가브리엘이 카드를 쥔 채 엘리베이터 패널의 2층 버튼을 누르려고 할 때 뒤편에서 익숙한 목소리가 들렸다.

"같이 가요."

뒤를 돌아다본 가브리엘은 자신을 향해 뛰어오는 미아를 발견하자 놀랍고도 반가운 마음이 들었다.

"고마워요." 엘리베이터 문이 닫히고 미아가 숨을 헐떡이며 인사했다.

미아 크뤼거.

"복귀하신 거예요?" 가브리엘은 자신의 얼굴이 붉어지는 것을 상대가 눈치채지 않기를 바라며 인사했다.

"그런 것 같아요. 그들한테 지옥에나 떨어지라고 말했어야 했는데, 그렇죠?

"아마도 그럴 거예요." 가브리엘이 웃었다.

"기록은 입수했어요?"

"네?"

"그 소녀의 통화기록. 희생자 말이에요."

"아뇨." 가브리엘이 대답했다. "시간이 좀 걸릴 거예요. 공무원들이 요구하는 쓸데없는 절차, 그런 거 때문이죠. 뭔지 아시잖아요."

"그냥 그들의 시스템을 해킹해서 알아내면 안 돼요?"

"반장님은 원칙대로 하는 걸 좋아하세요." 가브리엘이 다소 당황해하며 웃자 미아도 웃었다.

미아는 그보다 앞장서서 복도를 걸어가 카드를 리더기에 댄 다음 그를 위해 문을 열어주고 나서 손수 문을 닫았다. 그때 뭉크가 보였다.

"내가 11시라고 말했던 것 같은데? 11시는 11시지, 30분이 지나서가 아니라." 뭉크가 큰 소리로 말하고 비상상황실로 사라졌다.

"지금 반장님 기분이 별로예요." 가브리엘이 다소 미안해하며 말했다.

"그런 것 같네요." 미아는 이렇게 대꾸했지만 별로 개의치 않는 눈치였다.

"11시라고 했으면 11시에 모여야지. 프로페셔널리즘을 보여주자고, 그렇지 않아? 어디까지 했더라? 이봐, 우리 어디까지 했지?" 뭉크는 지금 비상상황실에서 소리치고 있었다. 그는 억지로 동면에서 깨어난 곰처럼 으르렁거렸다.

미아 크뤼거.

가브리엘은 그녀가 돌아와서 기뻤다.

14장

"좋아." 뭉크가 스크린 앞 자신이 늘 서는 지점에 자리를 잡고서 입을 열었다.

가브리엘 뫼르크는 미아가 비상상황실로 들어서자 모두의 얼굴이 빛나는 것을 보았다.

"문빔." 루드비 그뢴리에가 소리를 지르며 가장 먼저 일어나 그녀와 포옹했다.

아네트 골리도 악수를 하려고 자리에서 일어났다. 킴 콜쇠는 환하게 웃으면서 의자에 앉은 채로 엄지를 치켜세웠다.

"좋아." 뭉크가 다시 말했다. "여러분이 보다시피 미아가 돌아왔다. 우리 모두 진심으로 환영한다. 덧붙여 혹시 누구에게 감사해야 하는지 궁금하다면 여러분이 보고 있는 이 사람이다. 모두 눈치챘겠지만 내가 미켈손에게 아첨한 것은 이번이 처음이자 마지막이다. 하지만 내 생각에는 그만한 가치가 있다." 뭉크는 짧게 웃으며 프로젝터를 켜다가 갑자기 물었다. "쿠리는 어디 있나?"

뭉크는 방 안을 둘러보았지만 고개를 젓는 얼굴들만 마주칠 뿐이었다.

"애기를 듣지 못했나 봅니다." 킴이 말했다.

"좋아." 뭉크가 버튼을 클릭하며 대답했다.

스크린에 사진이 나타났다. 죽었지만 적어도 사진에서는 생기발랄한 소녀가 졸업앨범에나 나올 법한 표정으로 카메라를 보며 활짝 웃고 있었다.

"후룸에서 발견된 소녀는 17세의 카밀라 '그린이라는 사실이 확인됐다. 1995생. 보육원에서 자랐고, 어릴 때 교통사고로 어머니를 잃었다. 아버지는 프랑스에 체류중인데 그의 이름이…."

"로랑 클레멘츠입니다." 루드비 그뢴리에가 끼어들었다.

"고마워요, 루드비."

"그와 연락을 취하려고 했지만 지금까지 안 되고 있다." 뭉크가 계속했다. "헬레네 에릭센의 말에 따르면 카밀라 그린은 아버지와 거의 연락을 하지 않았다고 한다. 더 어렸을 때는 여름방학이면 프랑스를 방문하곤 했다지만. 그녀는 노르웨이의 사회복지기관에서 보살핌을 받았다."

"죄송한데, 헬레네가 누구죠?" 가브리엘이 물었다.

"아하, 밤이 너무 길었군. 모두들 그간의 진척상황에 대해 미처 말하지 못해서 미안하네." 그가 목청을 가다듬고는 앞에 놓인 패리스 미네랄을 마셨다. "헬레네 에릭센은…, 아직 그녀 사진은 준비되지 않았죠?" 뭉크가 그뢴리에를 쳐다보며 물었다.

루드비 그뢴리에가 말없이 고개를 끄덕였다.

"좋습니다. 카밀라 그린은 일곱 군데 가정에 위탁되어 자랐지만 그 어디에도 정착하지 못한 것으로 보인다." 이렇게 말하며 뭉크는 재빨리 수첩을 넘겼다. "여기 네 군데 가정의 주소가 나오는데, 그녀는 모두 도망쳐 나와 결국 15세에 후룸란데의 보육원으로 왔다."

뭉크는 질문을 기대하는 듯한 표정으로 팀원들을 향해 손을 들어보였다. 그가 하품을 참았다. 잠을 충분히 자지 못한 듯했다.

"헬레네 에릭센요." 일바가 뭉크에게 계속할 것을 재촉했다.

가브리엘은 일바가 미아 크뤼거를 슬쩍 곁눈질하는 것을 보았다. 일바가 어떤 기분일지 짐작이 갔다. 자신도 처음에 그런 기분이었다. 부당한 것은 말하지도 행동하지도 않는 미아 크뤼거와 한 방에 있다는 경이로움.

"그래, 고마워." 뭉크가 계속했다. "어제, 후룸란데 보육원 원장 헬레네를 만났다. 3개월 전에 카밀라 그린이 실종됐다고 신고한 당사자지. 루드비와 내가 그녀를 법의학연구소로 데리고 갔고, 그녀는 시신이 카밀라가 맞다고 확인해줬다." 그러면서 뭉크가 다시 그뢴리에를 쳐다보며 물었다. "돌아갈 때 그녀의 상태가 어땠죠?"

루드비는 한숨을 내쉬며 고개를 저었다. "좋지 않았습니다. 크게 충격을 받았어요."

"참 누군가 동행했던데, 그녀를 보필하는 사람인가요?"

루드비가 고개를 끄덕이며 대답했다. "파울루스라는 청년으로, 그녀의 조수라고 하더군요."

"좋습니다." 뭉크가 수첩을 뒤적이며 대답했다.

침묵이 흘렀다. 뭉크는 다시 버튼을 클릭했다. 범죄현장을 찍은 사진이 나타났다. 하나는 그들이 이미 본 장면으로 카밀라가 나체로 흰 꽃을 입에 문 채 이상한 자세로 누워있는 사진이었다.

"이 파울루스라는 청년은…?" 뭉크가 다시 그뢴리에를 흘깃 보며 말을 이어나갔다.

"아직 사진은 입수하지 못했습니다."

"좋습니다. 파울루스는 후룸란데 보육원 출신인데, 지금까지 우리가 알아낸 바에 의하면 헬레네의 오른팔로 보인다. 우리한테 보육원 원생과 고용인, 교사, 그 외 관련 있는 사람들의 명단을 보내준 것도 파울루스다. 루드비? 명단 보내줬죠?"

"그렇습니다." 루드비는 앞에 놓인 서류를 보며 설명했다. "후룸란데 보육원은 문제 청소년들을 위탁 교육하는 곳입니다. 헬레네에릭센이 1999년 가을에 설립했는데, 개인 소유지만 정부의 지원을 받고 있습니다. 울레볼 병원과 디케마르크 병원의 정신과와 섭식장애 클리닉과도 협력하고 있죠. 탐문 결과, 모두 보육원에 대해 긍정적인 평가를 하더군요. 어디에서도 적응하지 못한 어린이나 청소년들이 후룸란데 보육원에 머물면서 도움을 받고 있는 것으로 보입니다. 실제로 그곳에서 여러 해째 거주하는 원생도 있고." 루드비가 다시 서류를 뒤적였다. "물론 초기의 일이지만, 내가 만나본 모든 사람들이 그곳, 특히 헬레네 에릭센을 칭송하더군요. 그녀는 원생들에게 엄마 역할을 해준 것으로 보입니다. 계속 조사해보겠지만 지금으로서는 딱히 의심할 만한 정황이 없습니다."

"좋습니다, 루드비. 고마워요. 음…."

"제 차례인가요?" 킴 콜쇠가 씁쓸한 미소를 띠며 나섰다.

"그래. 부탁하네, 킴." 뭉크가 고개를 끄덕였다.

"시신이 발견된 후 범죄현장에 경찰관을 투입했습니다." 킴이 말했다. "집집마다 방문해서 설문조사를 하고 범죄현장을 샅샅이 살펴보았지만 법의학적인 증거에 한해서는 별로 발견된 게 없습니다. 워낙 하이커들한테 인기가 있는 지역이라 주민들의 신발 밑창까지 조사하지 않는 이상 현장의 발자국은 별 의미가 없을 것 같습니다. 개인적으로 의문스러운 점은 딱히 없지만 계속해서 알아보고 있습니다. 현재 스벨비크와 뢰켄, 산데에 지원요청을 해놓았고, 뭔가 나올 때까지 계속 수사해야죠. 어딘가에 유용한 게 있을지 모르니까요. 지역이 넓어서 시간이 걸릴 테지만 이미 작업에 착수했고 뭔가 찾아낼 때까지 멈추지 않을 겁니다. 현재 확보한 법의학적 증거는 이미 여러분이 알고 있는 겁니다. 깃털, 초, 입에 문 꽃. 제가 보기에는 백합 같습니다만. 그리고 목격자가 있습니다." 그가 아이패드의 화면을 넘기며 이야기를 이어나갔다. "올가 룬이라는 연금생활자 할머니인데, 시신이 발견된 곳 근처에 있는 길과 연결된 도로가에 살고 있습니다. 그 할머니의 진술에 의하면 초저녁 뉴스 직후 옆면에 스티커를 붙인 흰색 밴을 목격했다더군요. 그리고 나서 11시 심야뉴스 직전에 같은 길로 그 밴이 돌아 나오더랍니다."

팀원들은 이 말에 미소를 지었다. TV 편성 스케줄로 시간을 짐작하는 할머니를 쉽게 상상할 수 있었다.

"스티커요?" 미아가 처음으로 입을 열었다.

"그래요. 그 할머니가 그렇게 말씀하셨어요."

"로고인가요?"

"내 생각에는 그걸 뜻하는 듯해요."

"어떤 종류의 로고인지는 모르는 건가요?"

킴이 다시 아이패드 스크롤을 내렸다. "여기에 그에 대한 말은 없어요. 나도 다른 경찰로부터 보고를 받았는데, 내가 직접 가서 할머니한테 여쭤보려고 생각 중이에요."

"좋아, 킴. 고맙네. 가브리엘?"

다른 생각에 빠져있던 가브리엘 뫼르크는 자신이 호명되자 깜짝 놀랐다. "네?"

"전화통화 기록은 어떻게 됐나?"

"요청은 해놨는데, 지금 기다리는 중입니다."

가브리엘은 미아 크뤼거를 힐끗 보았고, 그녀는 그에게 윙크를 했다.

"좋아." 뭉크가 대답했다. "미아?"

미아가 자리에서 일어나 스크린 앞으로 걸어나왔다. 뭉크는 그녀에게 리모컨을 건네주고 연단 옆 의자에 앉았다. 미아는 길고 검은 머리를 뒤로 넘기고 목청을 가다듬은 뒤 클릭을 해서 첫 번째 사진을 불러왔다.

"충분히 살펴볼 시간은 없었어요. 어제 이 사진을 받았거든요." 그녀가 웃으면서 조금 미안해했다. "하지만 눈여겨봐야 할 몇 가지가 있어요."

순간 실내가 조용해졌다. 미아가 스크린으로 고개를 돌렸다.

"이 범행은 계획된 게 틀림없어요. 그것도 오랫동안. 처음 든 생각은 이 범죄현장이 치밀하게 연출되었다는 점이에요. 그렇게 생각하지 않으세요?" 미아는 팀원들이 대답할 때까지 기다리지 않고 몇 장의 사진을 더 클릭했다. "가발. 깃털. 시신 주위의 초. 시신이 나체라는 점. 팔의 모양. 입에 문 꽃. 이건 의식이에요. 얼핏 떠오른 생각은 제물이라는 거예요. 누군가에게 바쳐진 제물." 미아는 스크린 앞으로 다가가 사진의 다양한 부분을 가리켰다. "초가 배열되어 있는 형태, 5각성五角星이에요. 펜타그램. 이 모양을 보면 즉시 어떤 것이 떠오르죠. 이것은 어둠이나 악으로 이르는 관문의 상징으로 알려져 있죠. 지금은 정확한 결론을 내리지 못하겠지만 틀림없이 그런 쪽에 빠진 사람이나 단체가 연관되었을 거예요. 오컬트나 사탄주의."

미아는 질문을 기다리듯 주위를 둘러보았지만 모두가 침묵만 지키고 앉아있었다.

"제 말이 무슨 뜻인지 이해하셨어요?"

몇 명은 고개를 끄덕였지만 아직까지 입을 연 사람은 없었다.

"성폭행을 당한 증거는 없는 걸로 알고 있는데, 맞죠?"

미아는 뭉크를 쳐다보았고, 그는 말없이 고개를 끄덕였다.

"좋아요." 미아는 새로운 사진을 연달아 클릭하며 말을 이었다. "처녀겠군요." 미아가 희생자에 대한 클로즈업을 멈췄다. "이런 의식에서는 그 점이 필수적이죠, 그렇지 않아요?"

여전히 아무도 말이 없었다.

"카밀라 그린이 처녀라는 의미는 아니에요. 요즘 열일곱 살 소녀들은 그렇지 않은 경우가 많죠. 그보다는 그녀가 성폭행을 당하지 않았고, 여기 이런 상징들 가운데 나체로 *온전하게* 놓여있다는 뜻이에요. 그 점이 중요해요." 미아는 뭉크의 미네랄워터 병에 손을 뻗어 한 모금 마시며 자기만의 생각에 빠져들었다.

"미아?" 뭉크가 가볍게 기침을 했다.

"네?" 미아가 그를 바라보며 퍼뜩 정신을 차렸다. "아. 죄송해요." 그녀는 다시 버튼을 두르고 다른 사진을 띄웠다. "아까 말씀드린 대로, 전 이 사진들을 자세히 들여다볼 시간은 없었어요. 그래서 그저 피상적으로 드리는 말씀이에요."

미아는 다시 고개를 들고 방 안을 찬찬히 둘러보며 미소 지었다. 여기저기에서 묘하게 고개를 끄덕였다. 가브리엘 뫼르크는 자신과 마찬가지로 그들도 모두 비슷한 기대감을 갖고 있음을 눈치챘다. 미아는 자신들을 그리로 안내할 것이다. 살인범에게로.

"그러니까 누군가 일부러 이렇게 둔 거예요. 나체로, 사람들 눈에 띄게. 열일곱 살의 소녀 카밀라 그린을. 그래서…." 미아가 다시 말을 멈추자 뭉크는 이내 그녀의 주의를 환기시켰다. "그러니까 우리가 그녀를 찾아낸 거예요. 범인은 어떻게든 그녀를 보여주려고 했어요. 이 점이 중요해요." 미아가 뭉크를 돌아다보았다.

"물론이야." 그가 기침을 했다.

"그런데 우리는 신체적인 증거를 더 갖고 있어요." 미아가 계속했다. 그녀가 클릭을 몇 번 더 하자 처음에 보았던 사진이 나왔다. "카밀라 그린은 건강하고 정상적인 소녀였어요. 물론 그녀에게도 문제가 있었고, 뭐랬죠? 일종의 집과 같은 위탁시설에서 살았어요."

"후룸란데 보육원." 뭉크가 거들었다.

"하지만 이것 보세요." 새로운 사진이 나타났다. "실종되기 전 카밀라의 체중은 정상이었어요. 반면 시신으로 발견되었을 때는 이런 모습이에요."

가브리엘은 참고 보기가 힘들었다.

"깡마르고, 굶주려 있어요. 무릎에 멍과 찢긴 상처가 있고." 미아는 계속해서 사진을 클릭했다. "그녀의 팔꿈치 그리고 굳은살이 박인 손바닥 등등에도. 그녀는 3개월 전에 실종됐어요. 건강했던 10대 소녀가 이런 모습이 됐어요. 어딘가에 갇혀 지낸 거예요."

가브리엘은 이제 시선을 내리깔았다. 차마 스크린의 사진을 바라볼 수 없었다. 갇혀 지냈다고? 그는 이 상황을 견디기 위해 애쓰는 팀원이 자신만이 아님을 알 수 있었다.

"질문 없어요?" 미아가 물었다.

잠시 이어지던 침묵을 깨고 마침내 누군가의 목소리가 들렸다. "제가 의아했던 게 있는데, 그게 동물 사료라고요?" 일바가 조심스럽게 입을 열었다.

"맞아요. 동물 사료." 미아가 대답했다.

"그게 무슨 의미죠?"

미아가 동료들을 둘러보았다. "동물이었다는 뜻이죠. 그렇게 생각하지 않아요, 킴?"

"어떻게 판단해야 할지 모르겠어요, 미아." 킴이 낮은 목소리로 중얼거렸다.

"그녀는 동물 취급을 받았어요." 미아가 다시 테이블에 놓인 물을 한 모금 마신 뒤 설명했다.

"도대체 왜…?" 신참 여형사 일바는 여전히 얼굴이 사색이었다.

"그야 나도 모르죠." 미아가 어깨를 으쓱했다. "아까 말했듯이 난 어제서야 이 사진들을 봤어요. 그리고 이 생각은 단지 얼핏 떠오른 단상이에요."

미아는 뭉크를 힐끔 보았고, 뭉크는 그녀에게 앉으라는 신호를 보냈다.

"오케이, 고마워." 뭉크의 말이 떨어지자 미아는 자기 의자로 돌아갔다.

긴 침묵이 흘렀다. 다른 팀원들은 미아의 활약상을 익히 보아왔고 그 능력을 알고 있었지만, 일바는 방금 일어난 일이 여전히 의아한 듯했다.

뭉크가 일어나서 다시 스크린 앞으로 나왔다. "좋아, 좋았어." 그가 수염을 긁적였다. "담배 피울 시간인데, 그렇게 생각하지 않아?" 뭉크가 이렇게 말하고는 손뼉을 쳤다. "자자, 딱 한 대 피우고 시작하자고. 조짐이 좋아."

방 안의 누구도 대꾸하지 않았지만 가브리엘은 킴 콜쇠가 피식 웃는 모습을 보았다. 뭉크는 팀에서 유일하게 담배를 피웠다. 그러니 이런 휴식은 순전히 그를 위한 것이었다. 다른 사람들이 앉아있는 동안 뭉크는 코트를 걸치고 발코니로 나갔다.

"조짐이 좋다고?" 킴 콜쇠가 의아한 표정을 지었다. "반장님한테 오늘 무슨 일이 있는 건가?"

미아가 어깨를 으쓱했다.

"그게…." 루드비가 입을 열다가 서둘러 말문을 닫았다.

"뭔데요, 루드비?" 킴이 물었다.

하지만 그륀리에는 대답하기를 꺼려했다. "반장님이 우리한테 직접 말할 거야." 루드비가 중얼거렸다.

"뭔데요?" 미아가 호기심이 나서 물었다.

루드비는 주저하다가 사건파일에서 서류 한 장을 꺼내 미아에게 건넸다. "한 시간 전에 이 명단을 받았어."

"무슨 명단이에요?"

"후룸란데 보육원의 원생과 직원 명단."

"오, 이런." 미아가 서류를 훑어보다 나지막이 중얼거렸다.

"왜, 뭐가 잘못됐어요?" 킴이 물었다.

"롤프 라이케." 미아가 조심스레 내뱉었다.

"롤프 라이케가 대체 누군데요?"

"마리안네의 남자친구."

"마리안네는 또 누군데요?"

"마리안네 뭉크." 루드비가 조용히 부연했다.

"반장님 전처?" 킴이 놀란 듯 물었다.

"그렇다네." 루드비 그륀리에가 고개를 끄덕였다. "마리안네 뭉크의 남자친구, 롤프 라이케. 그가 거기 교사 명단에 있어."

"오, 이런." 킴이 한숨을 내쉬었다.

"그러게 말이야." 그륀리에는 뭉크가 발코니에서 돌아올 기미가 보이자 명단을 도로 파일에 끼워넣었다.

15장

이사벨라 융은 몹시 초조해하며 자기 방 거울 앞에 서 있었다. 이런 기분은 처음이었다. 정말로 이상했다. 몇 개월 전 정신과 의사가 이곳을 추천했을 때 그녀는 언제나처럼 심드렁했다. *아무래도 상관없어요.* 하지만 지금은 모든 게 달라졌다.

이사벨라 융은 여러 차례 보육원을 들락날락했다. 아빠와 프레드릭스타에서 지내고 싶었지만 여건이 되지 않았다. 사회복지기관에서 그렇게 판단했다. 그녀는 아빠가 술을 마시고 집을 자주 비워도 상관없었다. 밥은 얼마든지 스스로 해먹을 수 있었다. 혼자 책가방을 싸고 버스정류장에 갈 수도 있었다. 하지만 아빠와 사는 게 불가능했으므로, 그녀는 어쩔 수 없이 북부에 사는 엄마와 함께 지낼 수밖에 없었다.

엄마.

이사벨라는 그 생각을 하면 몸서리가 쳐졌다.

이사벨라는 혼잣말로 욕설을 내뱉었다. 그 여자는 엄마로서 빵

점이었다. 사람들은 어떻게 그걸 모르지? 엄마라면 마땅히 자식을 보살펴야 한다. 다정하게 말을 건네고, 칭찬해주어야 한다. 불평을 입에 달고 살아서는 안 된다. 딸을 비난하고, 딸에게 못생겼다고 말하고, 쓸모없다며 구박하고, 커서 잘되기에는 글러먹었다고 말해서는 안 된다. 딸이 학교에서 얼마나 잘하든, 선생님으로부터 얼마나 칭찬을 많이 받든, 자기 방을 얼마나 깨끗하게 정리하든 그것은 중요하지 않다. 처음에는 그 집, 그 뒤에는 다른 집, 그러다 열세 살 때 가출을 했다. 남의 차를 얻어 탔다. 그 길로 모든 것이 뒤죽박죽되었다. 이사벨라는 아빠가 음주운전을 해서 감옥에 가도 상관없었다. 혼자서 잘 살 수 있었다. 하지만 그렇게 되지 않았다. 사회복지기관에서는 그녀를 다시 데려갔고, 이번에는 오슬로의 섭식장애 클리닉으로 보내졌다. 먹는 것을 거부했기 때문이다. 그 후로 이사벨라는 그들을 모두 지옥에 보내버리겠다고 마음먹었다.

어떻게 되든,

상관없어.

그러다 섭식장애 클리닉에 있는 아이들 사이에서 도는 소문을 들었다. 그곳은 괜찮다는 말. 후룸란데 보육원은 다른 곳과 다르다는 말이었다. 그래서 의사가 그곳을 제안했을 때 썩 내키지 않았지만 동의했다. 그리고 지금 이 면담이 잘 되어 이곳에서 살게 되었으면 좋겠다고 생각하는 자신에게 놀라며 거울 앞에 서있었다.

이사벨라 융은 화장을 다르게 하고 더 단정한 옷, 블라우스나 뭐 그런 것을 입었어야 했나 후회했다. 비록 헬레네가 그런 것들에 신경 쓰지 않을 거라는 사실은 잘 알지만 그래도 후드티와 찢어진 바지는 지나친 것 같았다.

처음 이곳에 도착했을 때 이사벨라는 그다지 긍정적이지 않았다. 여기에도 규칙은 있었다. 수업은 강제적이었다. 여자아이들이 묵는 큰 기숙사가 있고, 남자아이들을 위한 더 작은 기숙사와 커다란 비닐하우스 세 동, 그리고 여러 개의 별채와 농기구 보관소, 주차장이 있었다. 헬레네는 첫날 이곳을 구경시켜주며 여기저기 경계를 표시해놓은 지도를 보여주었다. *그랬다, 마치 가도 되는 곳과 가면 안 되는 곳을 가르쳐주는 것 같았다.* 모두 7시에 일어나야 하고, 8시에는 아침식사, 그리고 주중에는 요일에 따라 점심시간이 되기 전까지 농장에서 일을 하거나 수업을 받아야 했다. 그러고 나서 저녁 6시가 될 때까지는 더 잡다한 일을 하고 밤 11시 소등하기 전까지는 자유 시간이었다. 고객에게 꽃을 배달하는 따위의 일을 하지 않는 한 누구도 보육원 밖으로 나갈 수 없었다. 하루 중 저녁 8시~10시 이외에는 인터넷이나 TV 시청을 할 수 없었다. 전화도 금지되었다. 저녁식사 이후에야 휴대전화를 사용할 수 있지만 잠자리에 들기 전에는 반납해야 했다. 보육원 생활 첫날, 이사벨라 융은 *여기에서 오래 버틸 수 없겠다고* 생각했지만 놀랍게도 그러지 않았다.

며칠 안에 그녀는 일종의 평화를 찾았다. 잔소리도 없었다. 비난도 없었다. 여기에서는 모두가 그저 평화로워 보였다. 모든 게 헬레네 덕분이었다. 헬레네는 다른 어른들과 달랐다. *나는 네게 무엇이 최선인지 알아. 내 말대로 하면 돼.* 하지만 헬레네는 전혀 그렇지 않았다. *나 여기에서 살고 싶어.*

이사벨라는 오랜만에 행복하다고 느꼈다. 전에 살던 집에서는 아무도 그녀가 무엇을 하는지 관심이 없었다. 아침에 늦게 일어나도 됐다. 밤에도 원할 때까지 깨어있었다. 몇 시간씩 인터넷으로 TV를 보거나 채팅을 했다. 눈꺼풀이 씰룩거릴 때까지 모니터 앞에 몇 시간이고 앉아있었다. 이사벨라는 자신이 오로지 온종일 일을 하기 위해 새벽(7시, 도대체 누가 그렇게 하겠는가!)에 일어나는 것을 즐기게 될 줄 꿈에도 몰랐다. 하지만 이사벨라는 그게 좋았다.

이사벨라는 결국 옷을 차려입지 않기로 결정했다. 평소에 입는 청바지와 후드티를 입고 거울에 한 번 비춰본 뒤 방을 나섰다. 방문을 닫으려는데 바닥에 떨어져 있는 꽃이 보였다. 흰색 백합이었다. 왜 내 방 앞에 백합이 떨어져 있지? 그녀는 꽃을 주워 잠깐 살펴보다 방문 앞에 붙은 쪽지를 발견했다.

나는 네가 좋아.

이사벨라 융은 재빨리 복도를 훑어보는 자신의 뺨이 붉게 달아오르는 것을 느꼈다. 누군가 여기에 서있었지만 노크할 용기가 나지 않아 꽃과 쪽지만 남기고 사라진 것이다.

나는 네가 좋아.

글씨 아래 그림이 그려져 있었다. 일종의 서명이었다. 꽃을 두고 간 그는 수줍어서 자신의 이름조차 쓰지 못하고 대신 이런 것을 그려놓았다. 처음에는 그게 무엇인지 알아보지 못했다. 새? 큰 눈을 가진 새, 혹시 올빼미? 꽃향기를 맡는 이사벨라의 심박동이 서서히 빨라졌다. 재빨리 주위를 살폈다.

누가 나를 좋아하지?

비밀스러운 숭배자?

이사벨라 융은 자신의 방으로 돌아와 베개 위에 꽃과 쪽지를 조심스럽게 내려놓았다. 그런 다음 통통 뛰는 용수철처럼 활기차게 밖으로 나갔다. 여학생 기숙사를 막 나왔을 때 이사벨라는 뭔가 잘못되었음을 감지했다. 가장 좋아하는 여자애 중 한 명인 세실리에가 보였다. 그 애는 눈물이 글썽한 눈으로 이사벨라가 잘 모르는 여자애를 감싸고 있었다.

"무슨 일 있니?"

"너 소식 못 들었어?" 세실리에가 힘겹게 말했다.

"아니, 무슨 일이야? 말해줘."

"카밀라를 찾았대."

"카밀라 그런?"

세실리에가 고개를 끄덕였다. "응, 죽었대. 살해당했대. 사람들이 숲속에서 찾아냈대."

"어머나, 세상에." 이사벨라는 말을 잇지 못했다.

"원장님이 지금 교실로 모이래." 세실리에가 흐느꼈다.

"그런데…? 어떻게….."

그때 파울루스가 나타났다. 그가 마당 맞은편에서 그들을 불렀다. "원장님이 기다리고 계셔. 어서들 와."

검은 곱슬머리에 눈동자가 유난히 연푸른 청년을 보자 이사벨라의 심장이 빠르게 뛰었다. 그의 목소리는 한없이 슬프게 들렸다.

16장

오후 6시, 뭉크와 미아가 검정색 아우디를 타고 후룸란데 보육원으로 가고 있을 때 이미 수도에는 어둠이 짙게 깔려있었다. 만약 미아가 결정할 수 있었다면 브리핑 미팅이 끝난 직후 곧바로 출발했을 것이다.

그들이 늦게 출발한 이유는 헬레네 에릭센이 먼저 원생들에게 통보해주어야 했기 때문이다. 경찰이 들이닥치기 전에 카밀라 그린을 알고 있는 모두에게 비극적인 소식을 전해야 할 필요가 있었다. 두 사람이 지금 가는 것도 그 때문이었다. *그러니까 우리 둘이 동시에 휘젓고 다니는 것을 막고 싶었겠지.* 뭉크의 표현에 따르면 그랬다. 미아도 동의했다. 문제 있는 과거를 가진 10대 아이들. 그 아이들 중에 경찰과의 관계가 불편한 사람이 있을 거라는 생각이 들었다. 필요한 정보를 얻자고 경광등을 울리며 경찰차가 들어가는 것은 도움이 되기보다 해로울 수 있었다. 하지만 미아는 마음이 편치 않았다. 사진들 속에서 뭔가 놓친 것처럼 찜찜했다. 그게 무엇인지 딱 꼬집어 말할 수 없는 게 안타까웠다.

너무 성급해.

어쩌면 그게 자신의 문제일 수 있었다. 뭉크는 더 진득하고 더 침착했다. 비록 오늘은 행동이 이상했지만, 그것은 보육원 직원 명단에서 알게 된 사실을 감안할 때 그리 놀랄 일이 아니었다.

미아는 재킷주머니에서 사탕을 꺼내고는 창문을 열었다. 뭉크가 새 담배에 불을 붙인 뒤 E18 도로로 진입했다. 5시만 넘으면 어둠이 찾아왔고, 미아는 어둠이 싫었다. 일년 중 이맘때면 시작되는 추위. 마치 세상이 여기에서 더 잔인해야 직성이 풀릴 듯 숨막히게 하는 검은 담요 같은 어둠. 사람들은 이제 몇 달 동안 빛 없이 살아가야 한다. 들판을 달려오는 시그리 꿈을 꾸면 몸의 온기를 느끼는 상태가 다시 시작되지만, 미아는 불과 24시간 전에 첫 번째 약통을 열고 약을 삼켰던 기억에 몸서리치며 우울한 기분을 떨쳐버렸다.

뭉크는 또다시 미아를 구했다. 운명을 바꿨다. 만약 뭉크가 문을 두드리지 않았다면 자신은 더 이상 여기에 없을 것이다. 미아는 목구멍에 손가락 두 개를 넣어 알약을 토해냈다. 지금 생각하니 조금 부끄러웠다. 자신과 약속을 해놓고 너무 빨리 포기했다.

미아는 히터를 최대한으로 틀기 위해 몸을 앞으로 숙이며 잠시 궁리를 했다. 자신이 모르는 척 해봐야 소용없다. 돌파하지 않으면 안 된다는 생각이 들었다.

"저한테 언제 얘기하실 거예요?"

"뭘 얘기해?" 뭉크가 물었다.

"어서요, 반장님. 저도 그 명단 봤어요. 우리 모두 봤어요. 이제 어떻게 될 거라고 생각하세요?"

"뭐가?" 뭉크는 이렇게 되물었지만 미아의 말뜻을 짐작하는 듯한 표정이었다.

"롤프 라이케요." 미아가 말했다. "롤프가 거기 교사로 있잖아요."

뭉크는 새 담배에 불을 붙이려다 말고 창문만 응시했다.

"그건 반장님이 이 사건을 맡아서는 안 된다는 의미예요. 알고 계시잖아요. 만약 미켈손이 알게 되면 반장님을 수사에서 손 떼게 할 거라고요. 지금 무슨 생각하시는 거예요? 반장님이 개인적으로 관련돼 있고 그래서 위태로워질 수도 있어요. 그런데 다른 팀원들에게 한 마디도 하지 않는다, 그러면⋯."

"알았어. 알았어." 뭉크는 손을 저어 미아의 말을 가로막으며 한동안 창문만 응시하다 엉뚱한 얘기를 꺼냈다. "두 사람이 결혼한대." 뭉크가 시선을 피했다.

"누가요?"

"마리안네와 롤프."

미아가 고개를 절레절레 흔들었다. "도대체 그게 무슨 상관인데요?"

뭉크가 다시 침묵했다.

"오, 맙소사. 반장님은 이것보다 훨씬 나은 분이에요." 미아가 한숨을 쉬었다.

"뭐보다?"

"제 입으로 설명해야 해요?"

"응, 설명해줘야 해." 뭉크는 이제 정말로 짜증이 난 듯했다. 그는 차선을 바꿔 트레일러 트럭을 추월하더니 다시 안쪽 차선으로 돌아온 다음 대시보드에서 담배를 꺼내 불을 붙였다.

"반장님." 미아가 한숨을 쉬었다. "반장님 생각을 알기 위해 제가 정신과 의사가 되어야 할 필요는 없지만 이건 딱 봐도 어처구니가 없어요."

"뭐가?" 뭉크는 미아가 무슨 말을 하려는지 잘 아는 듯했지만 이렇게 물었다.

"만약 롤프가 요행히 이 사건의 용의자로 밝혀진다면 마리안네가 그를 차버릴 테고, 반장님에게 문이 열릴 수도 있겠죠. 하지만 솔직히 말하면, 이건 엉성한 각본에 해피엔딩으로 끝나는 할리우드 영화를 그대로 베낀 것 같다고요. 반장님답지 않아요." 미아는 그를 향해 다정하게 웃었고, 뭉크가 웃음으로 답하자 안도했다. "반장님은 가끔 사람을 짜증나게 한다니까요, 그거 아세요?"

"누군가 미아한테 말해줬군." 뭉크는 자신의 순진함을 어필하기라도 하듯 고개를 가로저었다. "그 녀석이 커다란 꽃다발을 들고 왔더군." 뭉크가 살짝 한숨을 내쉬며 말했다.

"안됐네요." 미아가 대꾸했다. "하지만 벌써 10년이 지났어요."

"나도 알아."

"그럼, 우린 어떻게 해야 하죠?"

"뭘?"

"그가 거기에서 교사로 일한다면서요? 반장님이 이 사건에서 손을 떼야 하는 문제 말이에요."

뭉크는 액셀러레이터를 밟아 다시 트레일러 트럭을 추월한 뒤 한숨을 내쉬며 대답했다. "되도록 빨리 그를 제외시켜야지."

"그래야 해요." 미아가 고개를 끄덕였다. "그는 틀림없이 관여되지 않았을 거예요."

"그래, 틀림없이."

"어서 확인하고 명단에서 지워요."

"알았어." 뭉크가 말했다.

"반드시 그렇게 해야 해요, 네?"

"틀림없이."

"이제 그 문제는 해결됐네요." 미아가 고개를 끄덕였다.

"그건 애초 문제도 아니었어."

"맞아요." 미아가 웃었다.

"도대체 쿠리는 어디 있는 거야?" 그들이 아스케르에 도착해서 167번 도로로 나가는 출구를 찾을 때 뭉크가 물었다.

뭉크는 화제를 바꾸고 싶은 게 분명했다. 미아는 그의 속마음을 받아준 자신이 내심 뿌듯했다. 미아는 뭉크가 여전히 마리안네를 사랑하고 있음을 알았지만 10년이 지난 지금도 그것을 심각하게 받아들인다는 사실이 놀라웠다. 그가 새삼 안쓰러웠다.

"모르겠어요." 미아가 대답했다. "전화를 받지 않아요."

"빨리 수사에 복귀하는 게 좋을 텐데. 우리가 얼마나 힘든지 알면서." 뭉크는 핸들을 돌리며 투덜거렸다

"그러게 말이에요. 그런데 말씀드렸듯 연락이 안 돼요. 어제 수니바에게 메시지를 남겨놓았는데, 그녀도 답장이 없네요."

"수사 인력을 더 잃을 여유가 없어." 뭉크가 단호하게 말했다.

"무슨 뜻이에요?"

"못 들었어?"

"뭘요?"

뭉크는 미아를 돌아다보며 말했다. "킴."

"킴이 왜요?"

"우리를 떠나려는 것 같아." 뭉크가 한숨을 쉬었다.

"네? 왜요?" 미아가 깜짝 놀라 물었다.

"회네포스로 발령을 내달라고 요청했어."

"킴이요? 시골로 옮기겠대요?" 미아가 웃었다. "도대체 왜요?"

"결혼하려는 것 같아." 뭉크가 툴툴거렸다. "결혼, 요즘 그게 유
행인가봐."

"결혼을 해요? 누구랑?"

"거기에서 사는 그 교사 기억나? 그 형제 있잖아?"

"그럼요. 나무에서 어린 소녀를 찾아냈던 그 아이들 말이죠?"

뭉크가 고개를 끄덕였다. "에밀리에 이사크센. 킴이 그 교사와
연애 중이잖아. 두 사람이 형제를 입양하고 싶어하는 것 같아."

"잘됐네요." 미아가 웃었다.

뭉크가 쓴웃음을 지었다 "그래, 그러려는 것 같아. 하지만 우리
는 어떻게 하고? 킴이 없이 우리가 어떻게 해낼 수 있을지 상상이
안 가. 게다가 멍청이 쿠리마저 나오지 않겠다고 하면⋯."

"반장님은 유능한 인력을 또 찾으실 거예요. 그 방면에 소질이
있으시잖아요."

"이 사건이 끝날 때까지는 그만두지 못할 거야. 내가 그 점은 분

명히 해두었어." 뭉크가 투덜거렸다.

"어떻게 생각하세요?" 자동차 불빛이 앞쪽 표지판을 가리켰을 때 미아가 물었다.

후룸란데 보육원. 500미터.

"이 사건에 대해?" 뭉크가 물었다.

"네." 미아가 고개를 끄덕였다.

"우리끼리 말인데."

"네."

"느낌이 별로 좋지 않아. 뭔가 있다는 것은 알겠는데. 내 말이 무슨 뜻인지 알겠어?"

"악惡이죠." 미아가 나지막이 대꾸했다.

뭉크는 가볍게 고개를 끄덕이며 큰 도로를 빠져나가 멀리 불빛이 새어나오는 비닐하우스 쪽으로 차를 돌렸다.

17장

헬레네 에릭센의 작은 사무실은 슬픔으로 분위기가 무거웠다. 미아는 원장과 원생들이 슬픈 소식을 삼킬 수 있게 시간을 준 뭉크가 고마웠다. 그들 앞에 앉은 키가 훤칠한 여자는 넋이 나가 말을 제대로 잇기도 힘들어했다.

"먼저 갑작스런 통보에도 방문을 허락해주셔서 고맙게 생각합니다." 뭉크가 목청을 가다듬고 코트의 단추를 풀었다. "지난밤 도와주신 것도요. 이 사건이 원장님에게 얼마나 큰 충격일지 잘 알고 있습니다. 이런 비극적인 일이 일어난 마당에 적절치 않다고 여겨질 수도 있는 질문을 해서 괴롭히게 되어 정말 송구합니다. 우리로서는 되도록 빨리 수사를 시작하는 게 중요해서요. 이런다고 카밀라를 돌아오게 할 수도, 여러분의 슬픔을 사라지게 해줄 수 없다는 것도 잘 알고 있지만, 이런 짓을 한 자는 반드시 밝혀져야 합니다."

"그럼요, 물론이죠." 헬레네 에릭센은 가볍게 고개를 끄덕였다.

미아가 보기에는 이 여자가 보육원의 책임자인 게 분명했다. 책상에 앉아있는 자세만으로도 권위가 느껴졌다.

"좋습니다." 훌거가 고개를 끄덕였다. "우리는 이미 원장님의 조수로부터 이곳 직원과 입소자의 명단을 입수했습니다."

"파울루스요."

"그렇군요, 파울루스. 고맙습니다." 뭉크가 미소를 지었다. "그런데 입소자에 대한 더 자세한 정보가 필요해서요."

"원생이에요." 헬레네 에릭센이 고쳐주었다.

"아, 그렇죠. 죄송합니다. 그러니까 이곳에서 생활하는 원생들에 대한 자세한 정보 말입니다. 지금 당장 우리가 아는 것은 그들의 이름뿐입니다. 그들의 병력 기록이라든지, 개인사에 관한 것도 필요합니다. 그들이 누구이고, 어떤 과거를 가지고 있으며, 어떻게 해서 여기에 오게 됐는지. 제 말을 이해하시는지요?"

헬레네 에릭센은 잠시 논쟁을 벌일 것처럼 보였지만 결국은 고개를 끄덕였다.

이 여자는 원생들을 보호하고 있군.

미아 크뤼거는 그녀에 대한 존경심이 생겼다.

"좋습니다." 뭉크가 웃으면서 자신의 수첩을 펼쳤다. "그럼, 이것부터 물어보겠습니다. 원장님은 7월 19일 카밀라가 실종됐다고 신고했는데 며칠 후 그 신고를 철회하셨더군요. 왜죠?"

"지금 생각하면 제가 바보였어요. 네, 제가 그랬어요. 하지만 카밀라는 언제나 그랬어요. 제 말은…, 카밀라가 전에도 그랬다는 말이에요."

헬레네 에릭센은 잠깐 말없이 앉아있었다. 미아는 그녀가 카밀라 그린에 대해 말할 때 과거형으로 서술하려 애쓴다는 것을 간파했다.

"어땠죠?" 뭉크가 그녀의 대답을 유도했다.

"불안정했어요."

"어떤 식으로 불안정했나요?" 뭉크는 그녀가 다시 정상궤도에 오르도록 다정하게 이끌었다.

"아뇨. 불안정한 게 아니고, 죄송해요. 그건 적당한 표현이 아니에요. 특별했어요. 카밀라는 특별했어요." 헬레네 에릭센이 말을 이어나갔다. "그 애는 규칙과 권위를 싫어했어요. 종종 도망쳤지만 언제나 마음이 정리되면 돌아왔죠. 모든 것을 자기 방식대로 했어요, 그냥 자기 생각대로요."

"알겠습니다." 뭉크가 고개를 끄덕였다. "그래서 실종신고를 했는데 그 후에…?"

"여기 규칙은 매우 엄격해요." 헬레네 에릭센이 설명했다. "어떤 아이들은 그걸 좋아하고 어떤 아이들은 그렇지 않죠. 하지만 어디나 다 그렇죠. 우리의 생활이 그래요. 뭔가를 얻으려면 뭔가를 해야 하죠. 이해하시겠어요?" 헬레네는 그들을 보며 희미하게 웃었다.

"그래서, 카밀라는…?" 뭉크가 다시 물었다.

"카밀라는 7월 18일 저녁 교대시간에 나타나지 않았어요. 그리고 다음날 아침 확인했더니 자기 방에 없었어요. 그래서 제가 실종신고를 했지요."

"그런데 신고를 철회한 이유가 뭐죠?"

"며칠 후에 문자메시지를 보내왔어요."

"뭐라고 하던가요?" 뭉크가 물었다.

헬레네 에릭센은 한숨을 내쉬며 고개를 절레절레 흔들었다. "자기를 찾을 필요가 없다고요. 자기는 잘 지낸다고 했어요. 아빠를 만나러 프랑스에 갔다고요."

"그 말을 믿었습니까?" 미아는 말을 내뱉고 나서야 자신의 말투가 다소 퉁명스러웠다는 생각이 퍼뜩 들었다. "제 말은…, 그 문자에서 뭔가 잘못되었다는 의심이 들지 않았느냐는 뜻이에요."

헬레네는 잠깐 망설이다 뭉크를 쳐다보았다. "아뇨. 전…."

"아무도 원장님을 비난하지 않습니다. 이런 말을 할 필요도 없지만." 뭉크가 그녀를 다독였다.

"제가 눈치챘어야 하는데." 헬레네 에릭센이 앞에 놓인 책상을 응시하며 말했다. "하지만 그 애가 원래 좀…."

"불안정했나요?" 뭉크가 말했다.

"아뇨. 그게 아니고 제가 말했듯이, 그 표현은…, 적절치 못했어요. 뭐랄까, 자유분방했어요." 금발의 여인이 다시 그들을 보며 말을 이었다. "자유분방했다는 표현이 낫겠네요. 카밀라는 사람들이 시키는 대로 하는 걸 싫어했어요."

"그런데 문자메시지는 사실로 느껴졌다고요?" 미아가 물었다.

"네."

"혹시 누군가 이런 짓을 할 만하다고 짐작되는 사람은 없나요?" 미아가 계속해서 물었다.

"아뇨. 없어요." 헬레네 에릭센이 다시 뭉크를 쳐다보며 머뭇머뭇 대답했다.

"여기 원생이나 직원들 중에 정신적 외상을 입은 사람은 없나요? 카밀라를 깃털 위에 올려놓고 입에 꽃을 물리는 걸 즐길 정도로 힘겨운 어린 시절을 겪은 사람은요?"

"아뇨. 제가 어떻게 그걸…." 그녀가 놀란 눈으로 중얼거렸다.

"없다고 단정하시는 거죠?" 미아는 뭉크의 시선을 무시하고 밀어붙였다.

헬레네 에릭센은 잠깐 침묵하다 뭉크를 힐끗 쳐다보더니 다시 책상을 응시했다. "그래요." 그녀가 조그맣게 대답하고 나서 고개를 들어 다시 그들을 쳐다보았다. "그래요, 없어요."

뭉크는 미아를 노려보며 뭔가 말하려는 표정을 지었다. 그때 노크 소리가 들리며 곱슬머리 청년이 고개를 들이밀었다.

"원장님. 저, 우리가…," 청년은 헬레네 에릭센이 혼자가 아님을 알고 말꼬리를 흐렸다. "아, 죄송합니다. 전…."

"괜찮아, 파울루스." 헬레네 에릭센이 웃었다. "무슨 일인데?"

"여학생 몇 명이…, 그게, 뭣 때문인지는 모르겠지만…." 젊은이가 다시 미아와 홀거를 흘끗거렸다.

"파울루스, 나중에 얘기해도 되지?"

"그렇기는 하지만…."

"우리가 기다리죠." 뭉크가 얼른 고개를 끄덕이며 끼어들었다. "전혀 문제될 거 없습니다."

문가의 청년은 걱정스럽게 미아와 뭉크를 바라보더니 다시 자신의 상관에게 시선을 돌리며 말했다. "제 생각에는…, 음, 지금 이야기하시는 게 좋을 것 같아요. 괜찮으시다면요."

"정말 괜찮죠?" 헬레네 에릭센이 미아와 뭉크를 보며 물었다.

"물론입니다." 뭉크가 말했다. "우리는 가진 게 시간뿐인걸요."

"정말 고마워요." 그녀가 웃으며 의자에서 일어나 나가면서 덧붙였다. "오래 걸리지 않을 거예요."

이윽고 문 닫히는 소리가 들렸다. 작은 사무실에 단둘이 남겨졌을 때 뭉크가 미아를 보며 고개를 절레절레 흔들었다.

"왜요?" 미아가 어깨를 으쓱하며 물었다.

"좀 가혹했다고 생각하지 않아?" 뭉크가 책망했다.

"저 여자는 뭔가 알고 있어요."

"무슨 뜻이야?"

그때 헬레네 에릭센이 문을 열고 들어와 다시 의자에 앉으며 말했다. "죄송해요. 아까 어디까지 말했죠?"

"입소자 기록요?" 뭉크가 다소 당황하며 되물었다.

"원생이에요." 헬레네가 다시 그의 말을 바로잡았다.

"아, 네. 죄송합니다." 뭉크가 사과를 했다. "우리가 그것 좀 봐도 될까요?"

"먼저 우리 변호사와 의논해봐야 해요." 헬레네 에릭센이 대답했다. "우리가 하는 일이 합당한지, 노출해서는 안 되는 정보를 노출하는 것은 아닌지 먼저 확인해야 해요." 그녀가 한층 밝아진 눈빛으로 두 사람을 보며 웃었다.

"좋습니다." 뭉크는 날카롭게 미아를 곁눈질한 뒤 고개를 끄덕였다. 그러고는 수염을 긁적이며 수첩을 넘겼다.

18장

가브리엘 뫼르크는 마리뵈스가테 자신의 사무실 모니터 앞에 앉아서 스스로 뿌듯해했다. 젊은 해커는 홀거 뭉크를 존경했지만 언제나 그렇듯 브리핑 때 뭔가 미흡함이 느껴졌다. 나이. 아마도 그 때문인 것 같았다. 뭉크는 이제 곧 55세가 된다. 그렇다고 그가 퇴물이 되지는 않을 테지만, 가끔 상관은 함께 일하는 팀원들이 자신이 처음 경찰에 몸담았을 때와 전혀 다른 시대에 살고 있다는 것을 잊는다.

열일곱 살 소녀 카밀라 그린이 입에 꽃 한 송이를 문 채 후룸란데에서 발견되었는데, 누구도 소셜미디어에 대해 언급할 생각을 하지 못했다. 가브리엘은 손을 들고 그 점을 지적하고 싶었지만 참았다. 뭉크의 기분도 좋지 않고, 상사에게 요즘 세태에 대해 강의하기에는 적절한 때가 아니라는 판단이 들었다.

그냥 혼자 확인해보는 편이 나을 것 같았다. 어쩌면 그 과정에서 수확을 얻을지도 모른다. 가브리엘은 키보드 옆에 놓여있는 캔

콜라를 한 모금 들이켜고 새 껌을 입에 넣었다. 카밀라 그린이라는
이름으로 여러 개의 페이스북 계정을 찾아냈지만 사진에서 본 소녀
의 것은 아니었다. 비키니를 입은 남캘리포니아에 사는 소녀, 고양
이 사진을 올려놓은 플로리다에 사는 중년 여자, 스웨덴에 사는 누
구, 헝가리에 사는 소녀. 모두 그가 찾는 카밀라 그린은 아니었다.
정말로 이상했다. 그는 처음에 그녀의 페이스북 계정이 없다는 사
실을 이상스럽게 생각했다. 하지만 이내 자신이 이름만 가지고 검
색했다는 사실을 깨닫고는 여러 가지 조합을 시도한 끝에 마침내
찾아냈다.

cgreen.

페이스북 계정도 있고 인스타그램 계정도 있었다. 그게 전부였
다. 가브리엘은 다시 한 번 인스타그램의 사진을 넘겨보며 경찰 특
유의 시각으로 분석하려고 애썼다. 뭔가 이상했기 때문이다. 그는
즉시 눈치챘다. 포스팅이 몇 개밖에 없었다. 페이스북 역시 업데이
트된 내용이 몇 개 되지 않았다. 인스타그램에 올린 사진도 마찬
가지였다. 열일곱 살 소녀치고는 이례적이었다. 셀프 사진만 몇 장
올라있었다. 후룸란데 보육원의 자기 침대로 추정되는 곳에 앉아
있는 사진 밑에는 '심심해'라는 캡션이 달려있었다. 또 '내일 회오
리바람 탄다!'라는 설명글 위에는 같은 배경, 같은 침대 앞에서 엄
지를 치켜세운 채 웃고 있는 사진이 포스팅되어 있었다. 말 사진도
여러 장 올라있었다. '좋아요'는 별로 많지 않았다. 댓글도 많지 않
아서 '잘 지내지?' '보고싶다, 친구야!' 정도였다. 그 외에 별다른 내
용이 없다는 사실이 가브리엘에게는 흥미로웠다. 스크롤을 내려서

계정이 오픈된 날짜를 보기 전까지는 그랬다.

6월 30일.

계정 오픈일이 최근이었다. 둘 다 같은 날짜였다. 6월 30일. 카밀라가 실종되기 겨우 3주 전이었다.

가브리엘은 다시 콜라를 들이켠 다음 뭉크처럼 추리하려고 노력했다. 카밀라는 실제로 이제 막 소셜미디어를 시작한 걸까? 아니면 예전 계정을 삭제하고 실종되기 3주일 전에 새로운 계정을 만든 걸까? 그랬다면 왜? 가브리엘은 다시 사진들을 살펴보았다. 그때 누군가 문 두드리는 소리가 들렸고 그는 깜짝 놀랐다. 미아 크뤼거가 문 틈으로 고개를 내밀었다.

"바빠요? 뭐하고 있어요?"

"네?" 가브리엘이 당황해서 반문했다.

"비밀?" 미아가 웃었다.

"네?"

"야동 보는 거 아니죠?"

"아, 네." 가브리엘이 크게 고개를 끄덕이며 맞장구를 쳤다. "쿠리 선배를 위해 사진을 찾고 있어요."

"어련하겠어요." 미아가 재킷 지퍼를 내리며 웃었다. "이번에는 어떤 사진이 필요하대요?"

"노르웨이 전통의상을 입고 낙타를 탄 아시아계 여자." 가브리엘은 화끈거리는 얼굴이 진정되는 것을 느꼈다.

미아가 웃었다. "그는 취향도 다양해요, 그렇죠?"

"네, 아마도." 가브리엘은 미아가 자신의 눈을 똑바로 쳐다보자 약간 허둥대며 대답했다.

"그래서 찾았어요?" 미아가 스크린에 뜬 사진을 보며 물었다.

"네." 가브리엘이 대답했다.

"반장님이 인터넷 도사는 아니에요, 그렇죠?"

"그렇죠." 그가 웃었다.

"당신이라도 있어서 정말 다행이에요." 미아가 웃으면서 그의 어깨를 가볍게 쳤다.

"아, 네." 가브리엘은 얼굴이 또 붉어지지 않기를 바라면서 중얼거렸다.

"그래 뭣 좀 알아냈어요?" 미아가 다시 모니터를 보며 물었다.

"페이스북과 인스타그램 계정요." 가브리엘이 두 개의 인터넷 페이지를 나란히 띄워 미아가 볼 수 있게 해주었다.

"난 이쪽에 전문지식이 없어서요." 미아가 말했다. "우리가 지금 뭘 보고 있는 거죠?"

"만든 지 얼마 안 되는 계정이에요." 가브리엘이 헛기침을 했다.

"그래요?" 그녀의 눈이 잠깐 휘둥그레졌다. "얼마나 됐는데요?"

"실종되기 3주일 전이에요."

"농담하는 거예요?"

"아뇨."

"그게 무슨 의미예요? 누가 여기에 들어오죠?"

"인터넷에요?" 가브리엘은 마음이 놓이기 시작했다. 화끈거리던 뺨이 진정됐다.

"난 10대 소녀가 아니라서 소셜미디어는 잘 모르는데. 그녀는 이런 것에 생소하지 않았겠죠?"

가브리엘이 얼굴을 찌푸렸다. "그렇겠죠."

"오케이. 누군가 계정을 삭제하고 새로운 계정을 여는 건 어떤 경우인가요? 당신 생각에는 왜 그럴 거 같아요?"

"여러 가지 이유가 있겠죠. 우연의 일치일 수도 있고요. 굳이 어떤 이유가 필요하지 않다는 말이죠." 가브리엘이 계속했다. "가령 당신에게 연락하고 싶지 않은 페이스북 친구가 있어요. 그렇다고 친구삭제를 하자니 이유를 설명하기 난감하고, 그럴 때 새로운 프로필을 만드는 게 더 간단하죠."

미아는 눈을 치켜뜨며 어깨를 가볍게 으쓱했다.

"하지만 대부분은 무슨 일인가 있음을 의미하죠."

"어떤?"

"경우의 수야 다양하겠죠. 예를 들면 헤어진 남자친구에게 요즘 친구 맺고 있는 사람들을 알리고 싶지 않은 경우라든지."

"친구 맺기?" 미아가 웃었다. "그거 당신이 하는 거 아닌가요?"

"무슨 뜻이죠?"

"친구 맺기, 그거 인터넷에서 사람들이 하는 거 아닌가요?"

미아의 질문은 뭉크의 세대에게나 어울릴 법했다. 하지만 가브리엘은 미아가 소셜미디어를 하지 않는다는 사실을 알고 있었다. 그녀는 프라이버시를 소중히 여겼다. 페이스북에 미아 크뤼거의 팬페이지가 있었던 것도 몇 년 전의 일이었다.

"맞아요. 노르웨이 전통의상을 입은 아시아 여자를 검색하지 않을 때는 그러면서 시간을 보내죠." 가브리엘이 웃었다.

121

미아가 모니터에 시선을 고정한 채 웃었다. "말이네요?" 그녀가
사진 중 한 장을 가리키며 물었다.

"네. 카밀라는 말 타기에 관심이 많았나봐요."

"회오리바람이라." 미아가 페이스북 메시지를 가리키며 나지막
이 중얼거렸다.

"아마 말 이름 같아요, 그렇죠?"

"그런 것 같네요. 낙타가 아니라면." 가브리엘은 뺨이 다시 화끈
거리는 것을 느꼈다.

미아가 몸을 일으키려다 마치 뭔가를 생각하는 듯 잠깐 모니터
앞에 머물렀다. "좋아요." 그녀는 잠시 후 고개를 끄덕였다. "당신
도 올래요?"

"어디요?"

"보육원에서 카밀라의 소지품을 받았어요. 그게 당신이 여기에
서 알아낸 사실을 뒷받침해줘요."

"무슨 뜻이에요?"

"말. 내가 보기에는 여기에서부터 시작해야 할 것 같아요." 미아
는 다시 모니터 앞에서 멈췄지만 생각은 딴 데 가있는 듯한 표정이
었다. "올래요?" 잠시 후 그녀가 다시 물었다.

"가야죠." 가브리엘은 고개를 끄덕인 뒤 미아를 따라 비상상황실
로 향했다.

19장

스컹크는 과거에는 고민한 적 없는 딜레마에 빠졌음을 깨달았다. 젊은 해커는 자신의 별명이 된, 가운데 흰 줄이 나있는 뻣뻣한 검은 머리카락 아래로 비니를 당겨쓰고 그림자 속으로 들어가기 위해 길을 건넜다. 여느 때라면 경찰을 찾아간다는 고려는 꿈에도 해본 적이 없었다. 말도 안 되는 일이었다. 그가 속한 세상에서 정부기관을 돕는다는 것은 대역죄였다. 그런데 지금은? 간밤에 본 동영상 때문에? 그는 다른 선택지가 없음을 알았다.

젠장!

그는 후드를 쓰고 담뱃불을 붙인 다음 가끔 집을 나설 때 다니던 길과 다른 길을 선택했다. 스컹크는 밖에서 별로 시간을 보내지 않았다. 특별한 이유는 없었다. 퇴옌에 있는 그의 지하실에는 필요한 모든 것이 갖춰져 있었다. 그만의 벙커였다. 누구도 그를 찾을 수 없는 곳. 하지만 지금은 머리를 식힐 필요가 있었다.

불쌍한 소녀.

내가 왜 직감을 따르지 않았던가? 그 서버를 멀리해야 하는 건데. 그는 온라인상에서 이런 것을 잘 맡는 후각을 지니고 있었다. 어디를 접속하고 멀리해야 하는지에 대한 일종의 육감이었다. 이번에도 경고가 들어왔지만 듣지 않았다. 유혹이 너무도 컸던 것이다. 그가 발견한, 그가 본 동영상이.

빌어먹을.

스컹크는 담배를 한 모금 더 빨고 재빨리 돌아서서 방금 왔던 길로 되돌아가기 시작했다. 그는 자신의 행동에 실망했다. 피해망상일까? 그답지 않은 행동이었다. 지난 10년, 그는 해커로서 전혀 두려움이 없었다. 단 한 번도. 그는 언제나 통제를 잘했다. 어떤 흔적도 남기지 않았다. 그는 아마추어가 아니었다. 숨죽여 욕설을 내뱉은 그는 담배를 던지고 길을 건넜다. 그리고 끝없이 뒤를 흘끔거리며 아무 길이나 택해 집으로 향했다.

퇴엔 공원에 이르렀을 때 그는 내면에서 아나키스트의 본성이 다시 솟구치는 것을 느꼈다. 그는 양심에 비추어 자신이 한 짓에 대해 전혀 죄책감을 느끼지 않았다. 그것을 자신의 업무라고 여겼다. 자신은 로빈 후드가 아니었다. 혼자 힘으로 돈을 모았다. 자신이 돈을 빼앗은 상대는 워낙 부패해서 그런 대접을 받아도 마땅했다. 그의 비즈니스 콘셉트는 훌륭한 만큼이나 단순했다. 마음에 들지 않는 회사를 골라 그 서버의 보안 약점을 찾아낸 뒤 대부분의 사업체가 관련되기 마련인 부패라든지 뇌물, 환경 규제 위반 따위의 부정직한 거래에 대한 정보를 입수해서 그것을 빌미로 이득을 취했다.

스컹크는 고개를 절레절레 흔들었다. 만약 노르웨이 국민들이 이 사실을 속속들이 안다면 어떻게 될까? 자신이 어떤 음모에 휘말려 있는지, 자신이 이용하는 서비스를 제공하고 마켓 진열대마다 상품을 가득 채워 공급하는 기업들이 실제로 어떻게 돈을 벌어들이고, 어떤 식으로 부자가 되었는지 대중이 안다면 아마 폭동이 일어날 것이다.

그 일은 결코 어렵지 않았다. 그는 한 번도 장애물에 부딪힌 적이 없었다. 언제나 무언가를 알아냈고, 자신이 알아낸 내용을 익명의 이메일로 보내 그 사실이 밝혀지는 것을 원치 않으면 돈을 보내라고 요구했다. 사실상 갈취였다. 그러면 약점을 가진 멍청이들은 언제나 기꺼이 돈을 보내주었다. 그들에게는 하나같이 수치스러운 비밀이 있었다. 스컹크의 양심은 절대적으로 깨끗했다.

하지만 이번에는 달랐다.

이 동영상.

이 회사는 단지 통신시장에 제품을 판매하는 독점권을 얻기 위해 구소련 국가에 불법적으로 뇌물을 준다든지, 수백만 달러 개발원조금을 개인 용도로 낭비한 아프리카 지도자에게 뒷돈을 주고 유전 탐사권이나 무기, 지뢰, 마약 판매권을 받는 그런 회사가 아니었다.

이번 경우는 달랐다.

이번에는….

젠장.

스컹크는 머릿속을 비우려고 다시 담배를 피웠다. 가브리엘 뫼르크에 대한 생각이 떠나지 않았다.

그들은 몇 년 전 함께 이 일을 시작했다. 처음에는 순수하게 재미였다. 인터넷도 잘 연결되지 않고 계산기 크기의 프로세서에 컴퓨터 저장용량이 10MB밖에 되지 않던 시절 두 사람은 엘렉트론과 피닉스라는 이름으로 침실 컴퓨터 앞에 앉아서 NASA, CIA를 비롯해 무엇이든 해킹했지만 그때는 그저 게임이었다. 그와 가브리엘은 뚫기 불가능하다고 여겨지는 시스템을 뚫었다. 그러던 어느 날 가브리엘이 캠프를 갈아탔다.

그게 그들 사이가 멀어지게 된 계기였다. 가브리엘은 자신들의 기술이 파괴를 하거나 혼란을 일으키는 게 아니라 좋은 일에 쓰여야 한다고 생각했다. 두 사람이 서로 마지막으로 본 날, 테디의 소프트 바에서 맥주를 마시며 극심하게 언쟁을 벌였다. 그 후로 그들은 연락을 끊었다. 그가 마지막으로 들은 소식은 가브리엘이 경찰을 위해 일하기 시작했다는 거였다.

젠장.

스컹크는 담배를 한 모금 더 빨고 마음의 결정을 내렸다.

연락해야 했다.

가브리엘 뫼르크. 다른 방법은 없었다. 스컹크는 담배를 내던지고 다시 어깨 너머를 흘깃 쳐다본 뒤 벙커로 향했다.

20장

미아 크뤼거는 웨이터를 불러 기네스와 예거마이트스터를 각각 한 병씩 주문한 뒤 웨이터가 가자마자 앞에 놓인 서류철을 열었다.

그녀는 헤그데하우그스바이엔 아래쪽에 위치한 유서 깊은 술집에 있었다. 겨우 몇 분밖에 떨어져 있지 않은 아파트가 춥고 쓸쓸할 때 위로 삼아 찾는 곳이었다. 오늘은 마침 안쪽 귀퉁이에서 좋아하는 테이블을 차지했다. 숨기 좋고 혼자 생각에 잠기는 동시에 주변 삶의 활기를 느낄 수 있는 곳이었다. 미아는 언제나 이곳이 좋았다. 학창시절 이곳에서 많은 시간을 보냈다. 빨간색 가죽시트와 흰색의 테이블보를 씌운 칸막이 테이블. 흰색 셔츠에 나비넥타이를 맨 웨이터들. 정장 차림의 비즈니스맨부터 허름한 차림의 예술가와 작가들까지 다양한 손님들. 여기에 오면 누구나 숨을 수 있었다. 무엇보다 오슬로에서 음악을 틀지 않는 몇 안 되는 장소라는 점이 좋았다. 미아는 스피커의 시끄러운 음악에 끝없이 방해받는 것보다 잔 부딪히는 소리 너머로 속삭이는 소리가 들리는 조용한 분위기가 더 좋았다.

미아는 맥주를 벌컥벌컥 마시고 첫 번째 사진을 보았다. 알몸의 소녀. 펜타그램 모양으로 놓인 초들. 바닥에 깔린 깃털. 소녀가 쓴 노란 가발. 입에 문 꽃. 맥주를 한 잔 다 비우자 적당히 취기가 올랐다. 미아는 한 잔 더 주문한 다음 가방에서 펜과 수첩을 꺼냈다.

3개월.

비쩍 마른 몸. 찰과상과 멍.

위장 속 동물 사료.

시신으로 발견되기 3개월 전 실종신고.

주변의 목소리들이 서서히 사라지고, 미아는 점점 더 생각 속으로 침잠했다. 틀림없었다.

누군가 그녀를 감금했던 것이다.

여기, 노르웨이에서. 평범한 사람들이 아침에 일어나 사랑하는 이에게 인사한 뒤 직장에 출근하고, 수다를 떨며 점심을 먹고, 유치원에서 아이를 데려와 저녁을 먹고 집안일을 하고 뉴스를 시청한 뒤 또다시 평범한 내일을 맞이하기 위해 침대로 가서 불을 끄는 동안, 17세의 카밀라 그린은 어딘가에 홀로 갇힌 채 공포에 질리고 죽을 정도로 굶주림에 시달렸다.

미아 크뤼거는 두 번째 기네스를 들이마시고 입술을 꾹 다물었다. 24시간도 지나지 않은 그때로 돌아가지 않으려고 안간힘을 썼다. 악랄한 어둠.

어서 와, 미아, 어서 와.

안 돼.

어서 와, 미아.

안 돼. 지금은 안 돼.

하지만 우린 함께 있을 수 있어!

안 돼. 시그리. 난….

"한 잔 더 드릴까요?"

미아 크뤼거는 앞에 서있는 웨이터의 목소리에 정신이 번쩍 들었다. "네?"

"한 잔 더 드릴까요?" 나비넥타이를 한 나이 지긋한 웨이터가 그녀 앞의 빈 잔을 향해 고갯짓을 했다.

"네. 부탁해요." 미아는 이렇게 말하고 희미하게 웃었다.

웨이터는 친절하게 고개를 끄덕인 뒤 새 맥주 두 잔을 가지고 돌아와서 내려놓고 다시 사라졌다.

제기랄.

미아는 서류를 도로 가방에 넣고 떨리는 손가락으로 작은 술잔의 술을 비웠다.

빌어먹을.

아무래도 자신은 그것을 잃어버린 것 같았다. 재능. 다른 사람이 볼 수 없는 것을 보는 능력. 뭉크가 경찰대학에서 훈련도 채 끝내지 않은 자신을 뽑은 이유. 어쩌면 정신과 의사의 말이 옳을지도 몰랐다.

당신의 직업이 당신을 병들게 해요.

당신은 걱정이 너무 많아요.

그게 당신을 죽일 거예요.

미아는 수첩 사이에 볼펜을 끼워 재킷에 넣었다. 술집 입구에 서 있는 종업원에게 목례를 하고 잠시 신선한 공기를 마시러 밖으로 나왔다. 의자가 보였고 그날 자신들이 한 거래에 대해 얘기하면서 담배를 피우는 술 취한 비즈니스맨 두 명도 보였다.

범인은 자기 나름대로 그녀를 치장한 거야.

미아는 그 생각을 애써 피했지만 지금 다시 떠올랐다.

그 소녀를 치장한 거야. 금발 가발을 씌우고, 입에 꽃을 물리고, 그녀를 보기 좋게 만든 거야. 뭔가를 위해 준비시킨 거야. 카밀라, 그녀는 알몸이야. 처녀. 뭔가를 위해 그녀가 필요했던 거야. 우리가 알지 못하는 어떤 것.

미아는 살짝 비틀거리며 종업원을 지나 자신의 테이블로 돌아갔다. 다시 수첩을 꺼내고 볼펜을 기울였다.

범인이?

혹시 한 명이 아니라 더 있는 것은 아닐까?

그때 테이블에 올려놓은 휴대전화의 진동이 울렸다. 화면에 '홀거'라는 이름이 떴지만 그냥 내버려두었다.

맥주를 한 모금 마신 뒤 더 깊이 생각했다. 가발. *왜 그런 특별한 가발을 씌웠을까?* 카밀라는 정확히 금발은 아니었다. 그런데 하필 왜? 금발을? 그녀는 금발이어야 했다, 왜 그랬을까? 17세. 젊은 나이. 스칸디나비아인. 금발. 마른 몸매? 그녀가 더 말라야 하기 때문에 굶긴 것일까? 왜 그녀를 가뒀을까? 그녀가 이런 모습이어야 했기 때문일까? 꼭 이런 모습? 이제 펜이 종이 위를 바쁘게 날아다니고, 그녀의 주변은 사라졌다.

그녀는 이런 모습이어야 했다. 가발. 금발과 마른 몸매. 이건 원래의 그녀가 아니었다. 원래의 모습이어서는 안 됐다. 거기 누워있던 것은 카밀라가 아니었다. 다른 누구였다. 거기 누워있는 것은 누구일까? 너는 누구니?

미아는 의식하지 못하는 사이에 맥주잔을 비우며 수첩 위에 계속해서 끼적였다.

제물.

초와 깃털.

그런 것들로 둘러싸여 있다.

꽃.

그녀는 누군가에게 제물로 바쳐졌다.

"더 드릴까요?"

미아는 자신이 어디에 있는지도 모르는 채 당황해서 고개를 들었다. 그녀는 뭔가, 안쪽 깊숙한 곳에 있는 뭔가에 다가갔었다. 하지만 현실이 그녀를 다시 불러냈다.

"한 잔 더 드릴까요?" 웨이터가 물었다.

"네." 미아는 재빨리 고개를 끄덕이고는 있던 곳으로 돌아가려 애썼지만 이미 감을 잃어버렸다. 칸막이 테이블에 맥주 마시는 사람들만 보였다. 미아는 자신이 얼마나 술을 많이 마셨는지 퍼뜩 깨달았다. 휴대전화의 글자조차 잘 읽을 수 없었다.

홀거 뭉크.

그가 여섯 번이나 전화를 걸었다. 그리고 문자도 보냈다.

미아, 어디야? 전화 좀 해.

그의 전화번호를 발견한 미아는 정신을 차리려고 애썼다. 전화벨 소리가 멀게, 아주 멀게 들렸던 것이다. 딱 꼬집어 말할 수 없지만 뭉크를 생각하니 죄책감이 밀려왔다. 술을 너무 많이 마셨기 때문이었다. 기분이 우울하기 때문이었다. 사라져버리고 싶기 때문이었다. 뭉크가 자신에게 큰 기대를 걸었기 때문이기도 했다. 미아는 첫 만남을 생생하게 기억했다. 뭉크는 자신이 책임자를 맡게 될 새 수사팀에 들어오라는 제안을 받는 게 얼마나 큰 행운인지 이해시키려고 했다. 하지만 인터뷰 내내 자신이 어떤 대가를 치르더라도 미아를 채용하고 싶다는 의도를 노골적으로 드러내는 바람에 미아는 별로 긴장되거나 불편하지 않았다. 그는 그렇게 좋은 사람이었다, 홀거 뭉크. 미아가 그를 좋아하는 것도 그 때문이었다. 그는 자신의 감정을 드러내기 싫어했지만 거의 투명했다. 적어도 미아에게는 그랬다.

어서 와, 미아, 어서 와.

웨이터가 맥주를 다시 가지고 왔을 때 저편에서 상관의 굵은 목소리가 들렸다.

"왜?" 뭉크가 퉁명스럽게 말했다.

"왜냐고요?"

"응, 왜?"

"저한테 전화하셨잖아요." 미아는 멀쩡한 것처럼 들리기를 바라면서 목소리를 가다듬었다.

"맞아." 뭉크가 대답했다. 마치 다른 일로 바쁘거나 자신이 전화한 것을 깜빡 잊은 듯한 목소리였다. "몇 시간 전에 언론사에서 전화 두 통을 받았어. 한 군데는 〈다그블라데〉, 하나는 〈VG〉." 그가 이제야 집중하며 말했다. "이런 말을 해도 되는지 모르지만 뽀록났어. 그들이 내일 범죄현장 사진을 내보낼 거야. 아마도 온라인에는 벌써 올라왔을 거야."

"범죄현장요?" 미아가 놀랐다. "어떻게 알았죠?"

"낸들 아나?" 뭉크가 투덜거렸다. "하지만 우리가 할 수 있는 일은 많지 않아. 그래서 그들에 맞춰 대처할 수밖에 없어. 내일 아침 아네트가 그뢴란에 보고할 거야. 우린 9시에 기자회견을 할 거고. 그러고 나서 무엇을 할지 결정해야지. 하지만…." 뭉크는 다음 말을 생각하는 듯 침묵했다.

"하지만 뭐요?"

"우린 지금까지 언론을 통제해왔어. 그런데 중요한 것은…." 뭉크가 목청을 가다듬었다.

"뭔데요?"

다시 침묵이 이어졌다.

"미아는 세간의 이목을 피할 필요가 있어." 뭉크는 그 말을 꺼내기 힘들었던 듯 재빨리 말했다.

"무슨 뜻이에요?" 미아가 물었다.

"미아는 한쪽으로 비켜나 있을 필요가 있어."

"한쪽으로요, 어떻게?"

"미아는 공식적으로 직무에 복귀한 게 아니야. 미아도 이런 경우에 어떻게 되는지 잘 알 거야. 당신의 명성 때문이지. 만약 언론이 미아가 이번 수사에 참여한 것을 알게 되면…, 미아는 대외적으로 아직 직무정지 상태야. 그러니….”

미아는 점점 짜증이 밀려왔다. 그녀는 맥주잔에 손을 뻗어 길게 한 모금 마셨다.

“듣고 있어?” 뭉크가 희미하게 물었다.

“네, 듣고 있어요.” 미아가 퉁명스럽게 대꾸했다. “미켈손이 반장님을 노리고 있죠?”

“음, 그래. 하지만….”

뭉크는 모든 상황이 불쾌한 듯했다. 미아는 그를 힘들게 해봐야 소용없는 짓이라는 걸 알았다. 그의 잘못이 아니었다. 만약 뭉크에게 결정권이 있다면 미아를 위해 무엇이든 할 거라는 사실을 미아는 잘 알았다.

“마음 놓으세요, 반장님.” 미아는 이렇게 말한 뒤 애써 마음을 다스렸다. “필요하다면 투명인간이 될게요. 괜찮아요.”

“고마워.” 그가 안도하듯 말했다.

내가 무엇 때문에 언론과 말을 하고 싶겠는가? 그들은 미아가 시그리의 남자친구 마르쿠스 스코그를 총으로 쐈을 때 몇 주일 동안이나 따라다니며 못살게 굴었다. 미아는 아파트를 나올 수도 없었고, 결국 오슬로의 다른 지역에 있는 호텔에 숨어지내야 했다. 천만에, 절대로 기분 나쁘지 않았다. 자신은 얼마든지 사람들의 눈을 피할 용의가 있었다.

“괜찮아요. 그 점은 걱정 마세요, 반장님. 그러니까 오늘 저녁에는 온라인에, 내일 아침이면 신문 1면에 나온다는 거죠?”

“그럴 것 같아.” 뭉크는 미아가 화제를 바꿔주어 고마웠다.

"하지만 시신 사진은 내지 않겠죠?"

"당연하지. 그들이 아무리 멍청이라도 몇 가지 원칙은 지키지."

"그럼 뭘 신문에 낼까요?"

"그저 범죄현장."

"시신이 발견된 장소 사진?"

"나도 자세한 건 몰라. 다만 펜타그램 모양의 초와 깃털은 있을 거야. 피에 굶주린 독수리들 같으니. 어떻게 거기를 알아냈는지 루드비가 지금 알아보고 있어. 그리고 말할 게 있는데…."

미아가 다시 맥주를 한 모금 들이켜는데 문가에서 낯익은 얼굴이 보였다. 머리를 짧게 깎고 체격이 탄탄한 불독같은 남자가 자신을 들여보내지 않으려는 종업원과 말씨름을 하고 있었다.

"루드비가 깃털에 대한 정보를 얻었어."

"네?" 미아가 자리에서 벌떡 일어나며 물었다.

"범죄현장의 깃털 말이야. 올빼미 깃털이래."

"올빼미요, 깃털 전체가요?"

"응, 틀림없어. 그걸 어떻게 구분하는지는 잘 모르지만…."

"반장님, 내일 다시 얘기해요." 미아가 그의 말을 가로막았다. "일이 생겼어요, 괜찮죠?"

"뭔데? 알았어, 좋아. 10시에 팀 브리핑이야."

"알았어요."

"그래, 고마워." 뭉크가 중얼거렸다.

"천만에요." 미아는 전화를 끊고 문가에서 벌어지고 있는 말씨름 현장으로 갔다.

"미아." 미아를 발견한 쿠리가 실실 웃으면서 그녀에게 손을 내밀었다.

"손님은 입장 금지입니다."

"난 취하지 않았어. 얼간이 같은 놈." 쿠리가 자신의 팔을 잡고 있던 종업원의 우악스러운 손아귀에서 풀려나며 혀 꼬인 발음으로 중얼거렸다.

"괜찮아요. 이 사람은 나와 함께 나갈 거예요. 먼저 내 물건을 갖고 올게요."

"미아, 이 자한테 말 좀 해줘." 쿠리가 제 발에 걸려 바닥에 고꾸라졌다

"이 손님은 입장 금지입니다. 다시는 이 손님을 여기에서 보고 싶지 않습니다." 미아가 가방을 가지고 돌아왔을 때 종업원이 단호하게 말했다.

"내가 왜 들어갈 수 없는 거야? 난 여기 들어온 적도 없어. 그리고 나 안 취했다고. 내가 술 마시는 거 봤어?"

"자, 쿠리." 미아는 이렇게 말한 뒤 동료를 술집 밖으로 끌고 나오며 종업원에게 사과의 미소를 보냈다.

3부

21장

흰색 자전거 안전모를 쓴 남자는 집을 나서고 싶지 않았다. 하지만 오늘은 선택의 여지가 없었다. 냉장고에 먹을 게 없었기 때문이다. 아직 많이 남은 줄 알았는데. 지난번 장을 보러갔을 때 구입한 식료품들. 언제인지 기억나지 않지만 제법 되었다. 아마 지난주 화요일, 아니면 4월의 화요일? 아니, 4월은 아니었다. 그 점은 확실했다. 3월 다음 4월. 3월은 너무 오래 전이었다. 3월에는 청소부가 초록색 컨테이너에 모아둔 쓰레기를 수거하러 왔었다. 그래, 4월은 아니었다. 화요일도. 그들은 화요일에 쓰레기통을 비우러 왔다. 그럴 때면 보통 욕실에 숨어있기 때문에 그건 확실히 기억했다. 화요일이 되면 그는 청소부들이 전화를 빌려 쓰거나 화장실을 이용해도 되는지 물어보려고 집에 올까봐 욕실에 숨어있었다. 언젠가 한 번 그들이 한 짓 때문이었다. 장갑 낀 청소부는 변기 시트에다 오줌을 흘리며 누고는, 실내에서 자전거 안전모를 쓰고 있다고 그를 놀렸다. 그 후로 그는 청소부가 올 때마다 욕실에 숨었다.

매주 화요일. 3월에. 아니, 3월뿐만 아니라 매달 그랬다. 10월, 지금은 10월이었다. 그는 며칠 전에 달력을 새로 넘겼다. 그래, 기억이 났다. 9월에서 10월로 바뀌었다. 9월 달력에는 갈매기 사진이 있었다. 그런데 지금은 갈매기 사진 대신 여우 사진이었다. 끄트머리가 하얀 꼬리를 가진 교활한 여우. 여우는, 그가 식탁에 앉아 마지막 남은 참치 캔을 먹고 있을 때 그를 보며 눈을 찡긋했다. 냉장고가 텅 비자 그는 내키지 않지만 조만간 자전거를 타고 장을 보러 가야 한다고 생각했다. 다만 언제나 그렇듯 사람들이 자신을 비웃지 않기를 바랐다.

슬그머니. 그것이 그들의 방법이었다. 그가 보고 있을 때는 그러지 않았다. 절대로 그러지 않았다. 심지어 친한 척했다. 추잉검을 씹는 젊은 여자와 계산대 뒤에 서있는 또 다른 여자는 그가 필요한 품목을 적은 목록을 보여주면 친절한 척했다. 그와 함께 돌아다니면서 바삭한 비스킷이라든지 토마토소스에 절인 고등어 캔, 폭찹 따위를 바구니에 담는 일도 도와주었다. 그럴 때 그들은 웃지 않았다. 돈을 지불할 때도, 심지어 계산기에 찍힌 금액에 해당하는 돈이 그의 지갑에 없을 때도 그러지 않았다. 친절한 척, 계산을 도와주는 척했다. 문제는 그 후였다. 그가 가게를 나와 자전거를 타고 집으로 돌아가는 척하며 실제로는 빈병 수거함 뒤에서 지켜보고 있을 때나 '후룸란데 슈퍼마켓'이라고 쓰인 밴 뒤에 숨어있을 때, 그들은 수군거리며 그를 비웃었다. 무릎을 치면서 큰 소리로 웃어대기도 했다. 그가 언제나 자전거 안전모를 쓰고 다닌다는 이유에서였다. 오늘처럼 길이 미끄럽지 않으면 어느 길로 가든 자전거로 보통 20분 걸렸다. 그는 자전거의 자물쇠를 풀고 조심스럽게 큰길을 달려 내려가며 평소보다 더욱 긴장하고 있는 자신을 느꼈다.

　오늘은 거의 35분이 걸렸다. 날씨가 쌀쌀했다. 더 이상 9월이 아닌 10월, 이제 거의 겨울이었다. 혹시 이게 모두 내 잘못은 아닐까? 그는 최근에 날씨가 너무 추운 것도 자신의 잘못일지 모른다고 생각했다. 언젠가 공기가 점점 데워지고 있다는 글을 읽은 적이 있었다. 쓰레기를 제대로 분리수거하지 않으면 북극과 남극의 빙하가 녹는다고 했다. 그래서 평소 그는 그 점에 매우 신경을 썼다. 무슨 일이 있어도 음식물 쓰레기는 음식물 쓰레기통에 버리고, 플라스틱은 플라스틱 수거함에 넣었다. 한 번도 종이나 상자를 다른 쓰레기와 섞어서 버리지 않았고 우유팩과 깡통은 버리기 전에 반드시 찌그러뜨렸다. 그런데 몇 주일 전 몹시 아팠다. 머리가 지끈거렸고 낮에는 열에 들떠 꿈까지 꿨다. 그 바람에 분리수거하는 것을 깜빡 잊었다. 쓰레기를 구분하지 않고 한꺼번에 버렸고 자신의 실수를 깨달았을 때는 너무 늦었다. 그는 자신의 실수를 만회하려고 나흘 동안 아무것도 먹지 않았다. 하지만 어지럼증이 생겨서 결국 무어라도 먹을 수밖에 없었다. 이튿날 잠에서 깨어났을 때는 마당에 서리가 내려있었다. 그때 이후로 길에 불빛이 보일 때마다 자신이 한 짓을 들킬까봐 겁이 나서 식은땀을 뻘뻘 흘리며 부엌 커튼 뒤에 숨었다. *사람들이 나를 잡으러 오는 거야.* 하지만 다행스럽게도 도로를 벗어나 그의 집으로 온 차는 없었다. 그런 일은 거의 없었다. 원래 그를 찾아오는 방문자는 좀처럼 없었다. 화요일에 오는 청소부들밖에는.

그는 자전거 거치대에 앞바퀴를 대고 자물쇠로 잠근 다음 배낭에 챙겨온 체인으로 뒷바퀴를 묶었다. 자물쇠 두 개가 잘 잠겼는지 몇 분 동안 확인한 뒤 빙빙 돌며 가게 문을 향해 걷기 시작했다. 곧장 안으로 들어가는 법은 없었다. 아니, 딱 한 번 그런 적이 있기는 했다. 그때 그는 딴 생각을 하느라 곧장 문을 열고 가게로 들어갔는데, 그만 끔찍한 일이 일어났다. 가게 안에 왕방울만한 눈에다 침을 턱까지 질질 흘리는 거대한 회색 늑대가 있었던 것이다. 얼마나 놀랐던지 그는 선글라스를 선반에 떨어뜨리고 밖으로 뛰쳐나가다 문을 정면으로 들이받았다. 그때 어디에선가 구급차가 나타났다. 모든 간호사와 바늘과 실을 들고 그의 얼굴을 꿰매던 의사까지 그를 비웃었다. 그 후로 그는 조심하는 게 상책이라는 교훈을 얻었다. 그래서 지금은 언제나처럼 미적미적 작은 호를 그리며 가게로 다가가, 먼저 유리진열장에 붙여진 광고를 훔쳐보는 척했다. 오늘의 세일 상품을 보는 척하면 바보처럼 보이지 않기 때문이었다. 바비큐 소시지 19.90크로네. 종이기저귀 두 통 가격으로 세 통. 오늘은 늑대가 보이지 않았다. 흰색 자전거 안전모를 쓴 남자는 안도의 한숨을 쉬었지만 몇 분 더 기다리며 다시 확인했다. 그러고는 용기를 내어 마침내 슈퍼마켓 문 앞으로 성큼성큼 걸어갔다.

문을 열자 언제나 그렇듯 머리 위에서 딸랑딸랑 종소리가 났다. 하지만 이번에는 마음의 준비를 해서 그리 두렵지 않았다. 그는 포개놓은 장바구니에서 한 개를 집어들고 주머니에서 쇼핑 목록을 꺼낸 다음 재빨리 통로를 따라 이리저리 움직였다. 우유, 좋았어. 계란, 좋았어. 연어 필레, 좋았어. 이제 기분이 좀 나아졌다. 오늘은 명단에 있는 품목들을 쉽게 바구니에 넣었다. 가끔 그렇듯 필요한 식품 중에 동이 난 것도 없었다. 바나나, 좋았어. 감자, 좋았어. 닭고기. 좋았어. 그는 미소를 지었다. 오늘은 운이 좋았다. 보라, 얼마나 수월하게 하고 있는지. 그는 닭고기를 좋아했지만 언제나 바구니에 넣을 수 있는 것은 아니었다. 가끔은 그저 감자만 먹어야 했지만 오늘은 전혀 문제가 없었다. 오늘은 닭고기가 저절로 들어왔다. 혹시 겨울이 이렇게 빨리 찾아온 게 내 잘못은 아니지 않을까? 그는 슬며시 미소 지으며 마지막 품목을 바구니에 넣고 당당히 계산대로 걸어갔다.

젊은 여자가 잡지를 내려놓고 분홍색 풍선껌을 크게 불었다. 그녀는 그를 바보 취급하듯 눈길도 주지 않았다. 아니, 사실은 살짝 웃었다. 컨베이어벨트에 식료품을 올려놓았을 때, 패딩재킷 아래에서 심장이 빠르게 뛰는 것을 그는 느꼈다. 어쩌면 상대방도 알았을지 모른다. 오늘은 그에게 운이 좋은 날이라는 것. 날씨가 추운 게 그의 잘못이 아니라는 것을.

"쇼핑백 필요하세요?" 젊은 여자가 상품을 스캔하며 물었다.

"아니오. 됐어요." 그가 만족스럽게 웃었다. 그리고 구매한 물건들을 배낭에 넣으려고 하는데 그것이 보였다. 계산대에서 가장 가까운 판매대였다.

신문이 진열되어 있었다.

오, 이런.

"카드로 하실 거예요, 현금으로 하실 거예요?"

그는 그 자리에 얼어붙어서 꼼짝도 할 수 없었다. 모두 1면에 실려있었다.

사진.

어떻게 저럴 수가…?

"저기요? 결제는 어떻게 하실 거예요?"

"닭고기가 저절로 왔어요." 그는 신문의 사진에서 눈을 떼지 못하며 중얼거렸다.

"무슨 말을 하는 거예요?"

"닭고기."

"네?" 여자는 이제 황당해했다.

"닭고기가 저절로 왔다구요. 언제나 그런 건 아니에요."

"알았어요." 계산대 뒤의 여자가 말했다. "그러니까 카드로 하실 거예요, 아니면 현금으로 하실 거예요?"

"아니오, 난 배낭이 있어요."

"배낭요?"

"쇼핑백은 필요없어요."

"알겠어요. 그건 그렇고, 결제는 어떻게 하실 거예요?"

"내 잘못이 아니에요."

"무슨 말이에요?"

"난 고양이를 죽이지 않았어요."

"고양이요?"

여자의 눈빛이 바뀌었다.

"난 개도 죽이지 않았어요."

"개요? 네, 알겠어요. 그런데 카드로 하실 거예요, 아니면….."

늑대가 다가오고 있었다. 안경을 쓴 뚱뚱한 늑대가 슈퍼마켓 뒤편의 다른 문에서 들어왔다. 늑대는 점점 가까이 왔고, 흰색 자전거 안전모를 쓴 남자는 가게 밖으로 도망치고 싶었지만 발이 떨어지지 않았다. 마치 바닥에 찰싹 달라붙은 것 같았다. 그는 눈을 감고 손가락으로 귀를 틀어막았다. 오늘은 화요일이었다. 게다가 3월. 청소부가 올 때는 욕실에 숨어있는 게 나을지도 몰랐다. 아니, 3월이 아니라, 10월이라고. 여우가 그렇게 말했었다.

"이봐, 짐 자넨가?"

눈을 뜬 짐은 상대가 늑대는 아니라는 것을 알았다. 그는 마음씨 좋은 남자였다. 이 가게 주인. 수염을 기른 마음씨 좋은 남자.

"닭고기가 원해서 바구니에 들어갔어요." 그가 이렇게 우겼다.

수염을 기른 주인이 계산대 뒤편 여자를 바라보며 어깨를 으쓱했다. "결제에 무슨 문제가 있었나?"

껌 씹는 여자는 손가락으로 관자놀이를 누르며 고개를 절레절레 흔들었다. 그러자 수염을 기른 마음씨 좋은 남자가 엄하게 노려보았고, 여자는 얼른 고개를 숙였다.

"자, 짐. 어서 물건을 배낭에 넣어." 마음씨 좋은 가게 주인은 이렇게 말하며 그를 도와 물건을 배낭에 넣었다.

"난 개를 죽이지 않았어요." 짐이 격렬하게 도리질했다.

"자네가 그러지 않았다는 거 알아." 수염 기른 마음 좋은 주인이 짐을 문으로 데려갔다. 문은 자동으로 열렸다.

"짐, 오늘 결제는 신경 쓰지 말게. 결제는 나중에 하면 되니까, 알았지?" 짐이 자전거 자물쇠를 푸느라 낑낑대는 동안에도 주인은

145

이를 드러내며 빙그레 웃었다. 소리내어 웃지는 않았다. "물건이 필요하면 내가 배달해줄 수도 있네. 자네는 그냥 전화만 하면 돼. 내가 집까지 갖다 줄 테니."

"뭐든 혼자 힘으로 하는 게 중요하죠."

"물론 그렇지. 자네는 진짜 잘하고 있어. 하지만 뭐든 필요한 게 있으면 전화해. 알았지?"

"여우의 꼬리 끝이 하얘지면 그건 10월이기 때문이에요." 그는 이렇게 말하고 자전거 페달을 힘껏 밟았다. 이번에는 신기록을 새 웠다. 더군다나 길 가운데가 지독히 미끄러웠는데도 20분밖에 걸리지 않았다.

22장

따르릉 소리에 잠을 깬 쿠리는 침대 옆 협탁에 놓인 알람시계로 손을 뻗었다. 그의 손가락이 버튼을 찾았고, 소리는 이내 멈췄다. 그는 미소를 지으며 다시 잠을 자기 위해 담요를 끌어당겨 덮었다. 그리고 온기를 느끼려 수니바에게로 몸을 돌렸다. 그는 이렇게 누워있는 게 좋았다. 둘 다 직장에 나갈 필요가 없는 것처럼 구는 이 짧은 순간. 그는 알람을 끄면서 하고 싶은 대로 할 수 있는 휴일이라고 상상하기로 작정했다. 해야 할 일도 없고 상사도 없는 아침. 담요 아래에 단 둘뿐인 자기만을 돌봐달라고 투정부리듯 그의 목에 수니바가 얼굴을 묻고 파고들 때 몸에 닿는 그녀의 온기, 부드러운 피부. 그럴 때 쿠리는 웃으면서 수니바를 꼭 끌어당겼다. 수니바. 그는 처음 본 순간 알았다. 그녀는 그의 이상형이었다. 붉고 긴 머리카락과 아름다운 미소. 그녀는 그가 매일 들르는 커피숍에 모닝커피를 사러 왔다. 그는 경찰대학에 등교하는 길이었고, 간호사인 그녀는 출근하는 길이었다.

눈을 뜬 쿠리의 눈에 널려있는 종이상자가 보였다. 자신의 아파트가 아니었다. 이제야 서서히 현실이 이해되기 시작했다. 자신은 옷을 입은 채 소파에서 잠이 들었다. 자신의 집이 아니었다. 틀림없이 자신의 집이 아니었다. 수니바가 자물쇠를 바꾼 게 틀림없었다. 열쇠가 맞지 않았기 때문이다. 그때 다시 따르릉 소리가 났다. 쿠리는 천천히 소파에서 일어나 잠이 덜 깬 채로 소리가 나는 곳으로 갔고, 현관문을 열었을 때 미아의 아파트 앞에 서있는 남자를 발견했다.

"미아 크뤼거입니까?" 수염을 성기게 기른 남자가 손에 쥔 종이쪽지를 확인하며 물었다.

"그렇게 보이쇼?" 쿠리는 자신이 여전히 술에 취해있음을 깨달으며 중얼거렸다.

이틀 연속으로 진탕 마셨다. 수니바가 그에게 질렸다고 말한 후였다.

"아, 네. 아닙니다." 남자는 우연히 마주친 장면에 놀란 듯 주위를 두리번거리며 말했다.

욘, 당신은 끝났어. 이번에는 정말이야. 난 더 이상 참을 수 없어. 돈? 우리의 돈? 내가 그 돈 벌려고 얼마나 열심히 일했는지 알아? 알아?

"내가 미아 크뤼거처럼 보여요?" 쿠리는 자신에게서 나는 술 냄새를 상대가 눈치채지 않았기를 바랐다.

"나중에 다시 와야겠군요." 아래위가 붙은 작업복 차림의 남자가 말했다. 그는 이제 거의 미안한 표정을 짓고 있었다. "지하실에 곰

팡이가 피어서….”

“뭐라고요?” 쿠리가 말했다. 그는 똑바로 서려고 안간힘을 썼다. 발밑의 좁다란 복도가 꿀렁거리는 듯 느껴졌다.

“마지막으로 이 집만 남았죠.” 문 밖에 서있는 키 작은 남자가 말했다. “주택조합에서….”

“오케이.” 쿠리가 꿀렁거리는 복도 바닥에서 몸을 지탱하려고 벽을 짚었다.

잠시 후 쿠리는 비슬레트 스타디움 밖에 서있었다. 신발을 신고 외투를 입은 채였다. 그는 작업복 차림의 남자에게 아파트 열쇠를 주며 나중에 우편함에 넣어두라고 했다. 주머니를 뒤지다 코담배 상자를 찾은 그는 윗입술 위쪽에 뭉치를 쑤셔넣고 택시를 잡았다.

직장의 엘리베이터가 숨막힐 듯 느껴졌다. 수없이 탔는데, 오늘은 달랐다. 철제 깡통 속에 들어있는 느낌이었다. 엘리베이터 문이 열리고 밖으로 나오자 안도감이 밀려왔다.

“잘 지냈어요?” 이렇게 인사하며 천천히 사무실로 들어갔지만 그곳은 조용했다. 쿠리는 곧장 탕비실로 가 커피포트에서 커피를 한 잔 따른 뒤 어슬렁어슬렁 비상상황실로 향했다.

“어서 오세요. 결국 들어오기로 하셨나봐요?” 일바가 복도에서 그의 앞으로 툭 튀어나오며 말했다.

“무슨 뜻이야, 결국이라니?” 쿠리는 멀쩡해 보이려고 애쓰며 커피를 마셨다.

“미아 선배가 아파서 출근하지 않을 거라고 하더라고요. 그게 다예요.” 일바는 앞장서 걸어가며 말했다.

"응, 감기에 걸려서." 쿠리가 기침을 했다. "하지만 들어와야지. 집에 있는 것도 지겹더라고. 어떤 건지 알 거야. 여기는 어떻게 됐어? 무슨 일이 있었어?"

그는 일바가 자신의 몸에서 나는 악취를 맡지 못하도록 일정한 거리를 두고 그녀의 책상으로 갔다.

빌어먹을!

그는 주머니에서 휴대전화를 꺼냈다. 수없이 전화를 걸고 문자 메시지를 남겨놓았는데 수니바에게서는 답장 한 통 오지 않았다.

우리, 얘기 좀 할 수 없을까?

왜 전화를 받지 않아?

나한테 전화 좀 해줘.

나한테 전화해, 알았지? 언제 할 수 있어?

보고 싶어.

전화 좀 해줘, 제발.

"아네트 선배가 오늘 아침 기자회견에 참석했어요. 반장님은 10시에 팀 브리핑을 했고. 미아 선배가 사전 정보를 주지 않았으면 제가 알려드릴까요?" 일바가 웃으면서 안경을 바로 쓴 다음 창문 옆 컴퓨터로 갔다.

"아니, 됐어." 쿠리는 이렇게 말하고 다시 커피를 한 모금 마셨다. "난 최신 정보로 완벽하게 무장하고 있다고. 그런데 다들 어디에 갔어?"

"오늘 아침 브리핑 내용을 간단히 알려드려요? 물론 최신 정보로 무장하고 있다고 하셨지만."

쿠리는 웃으면서 고개를 끄덕였다. 일바는 신참으로서 나쁘지 않았다. 그는 일바를 따라 비상상황실로 갔다.

"얼마나 알고 계세요?" 일바가 창문 옆 큰 게시판을 가리키며 물었다. "안데르스 핀스타드에 대해 아세요?"

"응? 누구?"

일바는 머리를 긁적이며 그를 돌아다보았다. "처음부터 얘기하는 게 어떨까요?"

"그럼 고맙지." 쿠리는 고개를 끄덕이며 자리에 앉았다.

"마지막으로 들은 게 뭐예요?" 일바가 그에게 물었다.

"입에 꽃을 물고 숲에서 목이 졸린 채 발견된 알몸의 소녀."

"카밀라 그린이에요." 일바가 말했다.

"신원이 밝혀졌어?"

"네." 일바가 계속했다. 쿠리는 적어도 이것은 알고 있어야 했다. "카밀라 그린, 나이는 17세. 보호가 필요한 10대들을 위한 시설에 살았어요. 더 자세히 설명할까요, 아니면…?"

"아니, 그럴 거 없어. 계속하기나 해." 쿠리가 웃었다.

"좋아요." 일바가 다시 게시판을 돌아다보며 설명했다. "네, 카밀라 그린이에요. 후룸란데 보육원이라는 곳에서 3개월 전에 실종신고를 했는데 얼마 안 가 신고를 철회했어요. 그녀가 잘 지내고 있다는 말을 듣고 찾을 필요가 없어서 그랬대요."

"어떻게 들었는데?" 쿠리는 형사 특유의 본능이 꿈틀거리는 것을 느꼈다.

"문자메시지로요." 일바가 게시판에서 종이쪽지를 떼어 그의 앞에 놓아주며 말했다.

"그 소녀의 통화기록인가?"

"네." 일바가 고개를 끄덕였다. "가브리엘이 어제 텔레노르 통신사에서 입수한 거예요. 그런데 이상한 점은 문자메시지를 보낸 곳이 보육원 안이래요."

"무슨 말이야?" 쿠리가 놀라서 물었다.

"가브리엘이 직접 설명해야 하는데. 모바일 타워인가 뭔가 하는게 있다던데."

"계속해."

"카밀라가 사라지자 그들은 실종신고를 했어요." 일바가 계속했다. "그런데 그녀에게서 잘 지내고 있다는 문자메시지가 온 후 더이상 찾지 않았어요."

"한데 그 문자메시지가 거기에서 작성된 거란 말이지? 후룸란데 보육원에서?" 쿠리는 호기심이 생겼다.

"그렇죠." 일바가 고개를 끄덕였다.

쿠리는 일어서서 모든 사진이 붙어있는 게시판으로 다가갔다.

"음…, 아까 그 이름이 뭐라고 했지? 벌써 용의자를 찾은 거야?"

"안데르스 핀스타드." 일바는 마구간이 틀림없어 보이는 어떤 곳 앞에 서있는, 승마 헬멧을 쓴 중년 남자의 흑백사진을 손가락으로 가리켰다.

"이 사람이 누구야?"

"문신한 사람요?"

"무슨 문신이야?" 쿠리는 이제 자신이 바보가 된 듯 느껴지기 시작했다. 자기연민에 빠져 이틀 연속 술을 진탕 마시는 동안 어떤 미친놈이 활개를 치고 다녔다니. 팀원들은 그 사이 광폭 전진을 했고, 자신은 망할 놈의 술에 모든 것을 바쳤다.

"이니셜 AF…, 이거 보이시죠?"

"응." 쿠리는 일바의 손가락이 가리키는 사진을 보며 말했다.

"말 머리도요."

"응?"

"이 사람이 안데르스 핀스타드예요." 일바가 설명했다. "카밀라는 말을 좋아했어요. 핀스타드는 카밀라가 살았던 보육원 인근에서 승마학교를 운영하고 있어요."

"그리고?"

"우리 명단에도 그가 올라있어요. 나이 66세. 예전에 폭행죄로 고소당한 적이 있어요. 승마학교에서 소녀 두 명한테 상의를 벗게 한 뒤 말 앞에서 사진을 찍었어요. 열두 살과 열네 살 소녀한테요."

"이런, 또라이 새끼…."

"그러게 말이에요." 일바가 고개를 끄덕였다.

"그래? 그래서 어떻게 되었어?"

"그 고소는 결국 흐지부지됐어요. 변호사가 영리한 데다 증거도 부족했고. 제가 어떻게 알겠어요? 하지만 우리는 지금 안데르스 핀스타드한테 집중하고 있어요. 카밀라는 승마학교에 다녔어요. 제가 아는 한 승마를 꽤 잘했대요. 장애물 뛰어넘기 주니어 국가대표 팀에 도전한 적도 있대요."

"와우."

일바가 고개를 끄덕였다. "미아 선배가 지금 거기에 갔어요. 다른 사람들은 후룸란데 보육원에 있고요."

"지하주차장에 남아도는 차 있을까?" 쿠리가 물었다.

"잘 몰라요." 일바가 앞장서서 복도로 나가며 말했다. "선배님이 근무 중인 걸로 기록할까요, 아니면 병가를 낸 걸로 할까요?"

"그건 그뢴리에 담당 아닌가?"

"아뇨." 일바가 한숨을 쉬었다. "신입은 언제까지 허드렛일만 해야 하는 건가요?"

"그런 얘기는 아네트한테 해." 쿠리는 윙크를 한 뒤 선반에서 차 열쇠를 찾았다. 빈 커피잔을 탕비실에 갖다 둔 그는 곧장 지하실로 내려가는 엘리베이터에 올랐다.

23장

뭉크는 신속하게 후룸란데 보육원 출입문 밖 저지선을 통과했다. 신문기자들의 플래시가 차를 향해 터질 때 뭉크는 미아를 승마학교로 보낸 자신의 선택에 몹시 안도했다. 그는 고개를 절레절레 흔들며 보육원 진입도로 들어오다 백미러를 흘끔 보았다. 헬레네 에릭센은 아침 일찍 그에게 연락을 했다. 그녀의 말은 과장이 아니었다. "언론사에서 메뚜기 떼처럼 습격했어요. 아무데로나 쳐들어와요. 여학생들이 겁에 질렸어요. 어떻게 하면 좋죠?"

뭉크는 싱긋 웃으면서 본관 앞에 차를 주차하고 내렸다. 그는 헬레네 에릭센이 마음에 들기 시작했다. 메뚜기 떼. 자신도 그보다 더 낫게 표현하지 못했을 것이다. 담배에 불을 붙이는데 킴 콜쇠가 커다란 흰색 건물 밖 계단을 걸어 내려왔다.

"볼 만한 쇼예요." 킴이 진입로를 향해 고갯짓을 하며 말했다.

"우리가 통제해야 할 것 같은데." 뭉크가 대꾸했다. "어떻게 돼가고 있어?"

"좋아요." 킴이 재빨리 그를 보며 고개를 끄덕였다. "교실 두 곳과 사무실을 하나 배정받았어요. 아직 초기지만 일단 시작했고요. 그뢴리에는 모처럼 밖에 나와서 좋아하는 것 같고, 쌍둥이 옌센도 파견 나왔어요. 반장님이 요청하신 명단을 작성했어요. 반장님과 저는 더 중요한 사람들을 면담할 예정이에요."

뭉크는 그뢴란에 있는 경찰청에 지원을 요청했고, 미켈손은 국립범죄수사국 크리포스Kripos에서 두 명의 직원을 차출해 보내주었다. 둘 다 이름이 옌센이라서 쌍둥이 옌센으로 더 유명했다. 뭉크가 생각하기에 최선의 선택은 아니었지만 인력이 부족한 이상 없는 것보다는 나았다.

"쿠리도 오는 중이야. 그 친구도 그들과 함께 할 거야." 뭉크는 짜증을 감추기 위해 담배를 길게 빨며 킴에게 귀띔해주었다.

"정말입니까? 미아 말이 쿠리가 많이 아프다던데?"

"다 나았나봐."

"잘됐군요." 킴이 앞장서서 계단을 올라 면담장으로 들어섰다.

"첫 번째는 누구지?" 뭉크가 코트를 벗고 차가운 손을 비비며 물었다.

밖은 여전히 추웠다. 뭉크는 미아 생각이 났다. 자신도 추위와 어둠을 싫어했지만 젊은 동료는 그로 인해 더 큰 고통을 겪는다는 사실을 잘 알았다. 어둠이 미아의 정신을 움켜쥐고 봄이 올 때까지 놓지 않을 것 같았다. 뭉크는 머릿속에서 미아 생각을 떨쳐버리고 콜쇠가 내민 명단 맨 위에 적힌 이름을 보았다.

"베네딕테 리스?" 뭉크가 의아한 표정으로 물었다. "자네와 나는 파울루스를 제일 먼저 조사하기로 했던 것 같은데?"

킴이 어깨를 가볍게 으쓱했다. "그뢴리에가 데려갔어요."

"왜?"

"그가 하도 그러겠다고 해서요. 우리가 도착했을 때 파울루스가 밖에 서 있었어요. 잠을 푹 자지 못한 것처럼 보이더군요. '내가 누구인지 아는 이상 나한테 가장 먼저 물어보고 싶을 걸요? 내가 제일 먼저 면담을 하고 싶어요' 뭐, 이런 느낌이었어요."

"알겠네." 뭉크가 무뚝뚝하게 대꾸했다. "한데 '내가 누구인지 알다'니? 그게 무슨 뜻이야?"

"제 추측으로는 우리가 자신의 전과기록을 봤으리라고 생각하는 듯했습니다."

"경범죄였잖아, 안 그래?"

"그렇죠. 대마초 소지, 상점에서 물건을 훔치고, 도난 차량을 파손한 전력이 있죠. 다 사춘기 시절 일이에요. 아마 우리가 모르는 다른 짓을 했나봅니다. 무언가에 대해 죄책감을 갖고 있어요."

"좋아." 뭉크가 서류를 보며 물었다. "베네딕테 리스는 누구야?"

"카밀라 그린이 생전에 마지막으로 만난 친구예요. 중요한 내용을 알고 있다고 말하더랍니다. 헬레네 에릭센이 추궁했지만 경찰이 올 때까지 절대 입을 열지 않겠다고 했대요."

"정말이야?" 뭉크가 눈썹을 치켜세웠다. "좋아. 그 아이부터 들여보내."

24장

안데르스 핀스타드는 미아 크뤼거가 후룸 승마학교 밖에 차를 세울 때까지 계단에서 기다렸다. 밖에서 보면 보육원과 아주 비슷했다. 서리 내린 풀밭 옆에 거대한 자작나무가 늘어서 있는 긴 진입로를 따라 들어가면 아름답게 가꾼 승마학교가 보였다. 인상적인 본관 건물, 자갈 깔린 마당, 마구간처럼 보이는 아름다운 적벽돌 건물. 미아 크뤼거는 차에서 내렸다. 이곳에 대한 느낌이 정말로 좋았다. 탁 트인 바다는 없지만 히트라와 비슷했다. 더 없이 고요했다.

"어서 오세요." 그가 서둘러 그녀를 맞으러 내려오며 인사했다. "안데르스 핀스타드라고 합니다."

"미아 크뤼거예요." 미아가 그의 차가운 손과 악수를 하며 인사했다. 그는 오랫동안 밖에 서있던 게 분명했다.

"네, 당신이 누군지 알고 있죠." 그가 희미하게 웃으며 말했다. "다른 일로 만났더라면 당신의 방문을 영광스럽게 생각했을 텐데 말입니다."

"아하." 미아가 웃으면서 그 말이 자신을 홀리려는 것인지, 호감을 불러일으키려는 것인지 판단하려고 애썼지만 그런 기미는 찾을 수 없었다. 핀스타드에 대한 첫인상은 그의 소유인 이곳과 비슷했다. 과도하게 꾸미지 않으면서도 겉으로 드러나는 모습을 중시하는 사람 같았다.

"마음 아픈 일이 있었더군요." 안데르스 핀스타드가 미아를 거실처럼 보이는 곳으로 안내한 후 입을 열었다. 그가 손으로 의자를 가리키며 다시 조심스럽게 웃었다. "뭣 좀 드시겠습니까, 아니면…?"

"지금 당장 시작해도 될까요?" 미아가 웃으면서 가죽재킷을 의자 등에 걸었다.

"그러죠…." 핀스타드는 자신에게 기대하고 바라는 대답이 그것임을 아는 듯 선뜻 동의했다. 그는 맞은편 의자를 끌어당겨 앉은 다음 흰색 식탁보를 응시했다. 미아가 아직 질문을 꺼내지도 않았는데 마음을 다지는 것처럼 보였다. "저도 알고 있습니다." 그가 망설이며 미아를 쳐다보았다.

"뭘 아신다는 거죠?"

"당신이 나라고 생각할지 모른다는 것."

"우리가 당신으로 생각한다고 누가 말하던가요?"

"그럼 아니란 말입니까?" 핀스타드가 놀란 듯 바라보았다.

미아는 단정한 차림새에 정중히 앉아있는 남자에게 다소 미안한 마음이 들었다. 그는 검게 그늘진 눈으로 앞에 놓인 테이블을 만지작거리고 있었다. 최근 사건에 마음을 졸였던 게 분명했다.

"우리는 지금 당장 아무것도 단정하지 않아요. 모든 가능성을 열어놓고 있죠." 미아가 말했다. "하지만 카밀라를 알고 계시죠? 그녀는 여기 학생이었고…."

"아, 아닙니다." 핀스타드가 미아의 말을 잘랐다.

"아니라고요?"

"학생은 아니었습니다. 난 그렇게 부르지 않았습니다."

"그게 무슨 말씀이세요?"

"카밀라는…." 핀스타드가 적당한 표현을 찾으려는 듯 의자 뒤로 몸을 약간 젖혔다.

"그녀가 어땠죠?"

"특별했어요." 잠시 후 그가 덧붙였다. "굳이 말하자면 카밀라는 누구의 학생도 아니었습니다."

"더 자세히 설명해주세요."

"당신은 카밀라가 어떤 앤지 모를 겁니다. 카밀라는 아주 고집불통이었어요. 자기 멋대로 했죠."

"그렇다면 여기 승마학교 학생이 아니었단 말인가요?"

"네? 아, 서류상으로는 그래요. 하지만 카밀라가 어떤 앤지 모를 겁니다. 괜찮은 애이기는 했어요. 정말로. 헬레네가 그 애를 처음 데리고 왔을 때 나는 한눈에 알았죠. 혹시 그런 경험 있으십니까? 어떤 사람을 만났는데 뭐랄까, 남보다 카리스마가 강하고 일종의…?" 핀스타드는 적당한 표현을 찾지 못해 계속 흰색 식탁보만 주시했다.

"그 애가 마음에 드셨나봐요?" 미아가 물었다.

"네? 네, 모두 카밀라를 좋아했죠."

"당신을 포함해서요?"

"아, 네."

"당신도 그 애를 좋아했나요?"

"네, 그럼요." 핀스타드는 대답하고 나서 문득 미아의 질문이 어디를 향하는지 깨닫고는 서둘러 덧붙였다. "아, 아뇨. 그런 게 아니고…." 그러고는 침묵을 지켰다. 다음 질문을 기대하는 것 같았다.

"2011년 9월에."

"네."

"제가 무슨 말을 하는지 아시죠?"

"물론입니다." 핀스타드는 여전히 시선을 피하면서 고개를 끄덕였다.

"당신의 학생이었던 소녀 둘이 있었죠. 열두 살과 열네 살."

"압니다."

"말 앞에서 상의를 벗은 다음 사진을 찍었죠?"

핀스타드는 테이블에서 손을 떼 얼굴을 가렸다. "그때 사건은 정말 부끄럽게 생각합니다." 그가 망설이며 말했다. "누구나 실수를 할수 있죠, 그렇지 않습니까?" 그가 미아를 쳐다보며 반문했다.

미아의 동정심이 갑자기 역겨움으로 변했다. "실수요? 어린 여자애들의 옷을 벗겨서 사진을 찍은 것을 그럴 수 있는 일이라고 생각하나요? 지금 그런 말씀을 하시는 거예요?"

"네?" 핀스타드가 놀란 듯 물었죠.

"당신은 마구간으로 갔어요. 카메라를 들고. 당신은 권위를 이용해서 순진한 여자애들한테 옷을 벗고 포즈를 취하라고 했어요. 그게 용서받을 수 있는 일이라 생각하시는 건가요?"

미아는 처음으로 간밤에 마신 알코올이 머리로 쏠리는 것을 느꼈다. 빌어먹을 쿠리. 그는 간밤에 미아를 잠 못 자게 했다. 수니바와 자신의 도박에 대해 끝없이 주절거렸다. 그런 일은 처음이 아니었고, 아마도 마지막이 아닐 것이다. 결국 미아는 그를 위해 소파에 잠자리를 만들어주고 자신은 매트리스를 침실로 끌고가 거기에서 애써 잠을 청했다. 알람시계가 울렸을 때 미아는 그를 깨울 용기가 나지 않았다. 그런데 수면 부족이 지금 타격을 가하려 하고 있었다. 화나고 짜증스러워서 마땅히 갖춰야 하는 프로다움이 줄어들고 있었다.

"당신은 소아성애자예요. 그런데도 거기에 대해 변명을 하고 있어요. 내가 그걸 어떻게 생각해야 하죠?"

"네?" 핀스타드는 혼란스러워했다.

"내 말 들으셨잖아요."

"뭐라고요? 오, 맙소사." 핀스타드의 표정이 일그러졌다. "저에 대한 기록을 모두 갖고 있지 않습니까?"

미아는 뭉크에게서 서류를 모두 받지는 않았지만 핀스타드에게 그런 내색은 하지 않았다. "당신은 말 앞에서 두 소녀의 상의를 벗긴 채 사진을 찍었어요. 우린 다 알고 있어요."

"아니에요, 아닙니다!" 핀스타드가 소리쳤다. "당신은 그 더러운 사건에 대한 기록을 모두 검토하지 않았군요. 그것부터 확인하고 말하시죠!"

그녀는 약을 먹었다. 잠을 자기 위해서였다. 밤새 쿠리를 상대하느라 시간을 허비한 미아는 브리핑이 있기 전에 세 시간가량 잠을 청했다. 그것도 욕실에서 약을 몇 개 삼키고 베개에 머리가 닿은 기억도 없이 기절해 있었다.

"그렇다면 부끄럽다고 말한 이유가 도대체 뭐죠?" 미아가 헛기침을 하며 냉정함을 되찾았다.

"당연히 나는 부끄러웠어요. 아내를 속였으니까요. 전처요." 핀스타드는 이제 어리둥절한 눈으로 미아를 응시했다. "당신이 가진 서류에 그런 사실이 나와있지 않던가요?"

미아는 다시 헛기침을 했다. 그녀는 뭉크가 원망스러웠다. 정보를 제대로 주지도 않은 채 자신을 여기로 보낸 것이다.

"물론 있어요." 미아가 거짓말을 했다. "제가 꼼꼼하게 확인했어야 하는데."

"그건 그 여자의 복수였어요." 핀스타드가 말했다.

"그래요." 미아가 대답했다.

"내 아내가 꾸며낸 이야기라고요. 복수하려고. 내가 자기를 속였다고. 하지만 나중에 그녀도 사실을 인정했어요. 그래서 수사가 취소된 거고."

"아, 그렇군요. 제가 좀 더 자세히 확인했어야 해요."

"됐습니다, 그럼."

"미안합니다." 미아는 이렇게 사과했고, 정말로 그런 심정이었다.

"괜찮습니다." 단정하게 차려입은 남자가 희미하게 웃었다. "하지만 그 사건과 관련해서는 정말 후회합니다. 제 행동이 잘못됐어요. 난 그런 사람은 아닌데….”

“그건 제가 상관할 바가 아니에요.” 미아는 그에게 최대한 정중하게 대하려고 애쓰면서 말했다. 그녀의 두통은 이제 초고속으로 찾아왔다. 망할 뭉크. 망할 쿠리.

“정말 안됐습니다.” 안데르스 핀스타드가 다시 자기 손을 바라보았다. “카밀라는 정말 특별한 아이였어요. 그랬어요, 정말로.”

“그 애가 여기에 자주 왔나요?”

“네.” 핀스타드가 고개를 끄덕였다. “한동안은 거의 매일 아침 왔죠. 드물게 개인 라커룸이 있었으니까요. 그 애가 재능이 뛰어났다고 내가 말했던가요? 처음 여기에 왔을 때는 말 등에도 안지 못했는데, 내 기억에….”

“라커룸이라고요?” 미아가 말을 가로챘다.

“그렇습니다. 열심히 하는 학생들만 갖고 있죠. 그 애들은 장비를 모두 거기에 두고 다니죠. 그게 편하니까요.”

“안을 좀 봐도 될까요?”

“그럼요. 물론이죠.”

25장

이사벨라 융은 아빠로부터 겉표지만 보고 책을 판단해서는 안 된다는 말을 듣고 자랐다. 그래서 첫인상만 가지고 인간관계를 결정하지 않으려고 노력했는데, 지금 그 말이 정말 맞는다는 생각이 들었다. 이사벨라는 베네딕테 리스를 보기만 해도 구역질이 났다.

아이들이 경찰과 개인 면담을 위해 TV시청실에 모여 기다리는 동안 베네딕테 리스가 가장 먼저 면담을 하겠다고 나섰다. 베네딕테 리스는 자기가 *카밀라를 누구보다 잘 알고, 카밀라와 가장 친했으며, 살아있는 모습을 마지막으로 봤기* 때문에 가장 먼저 면담을 해야 한다고 주장했다. 하지만 이사벨라 융은 말도 안 된다고 생각했다. 베네딕테 리스에게는 친구가 한 명도 없기 때문이었다. 이사벨라는 베네딕테보다 자기중심적이고 이기적인 애를 만난 적이 없었다. 그래서 그 계집애한테 입 닥치라고 말하고 싶은 충동을 가까스로 참았다. 최근 며칠은 누구에게나 힘든 날이었다. 이사벨라 융은 강인했고 지금까지 혼자서 잘 살아왔지만 원생들 중 몇몇은 들끓고 있는 자신들의 안식처에 대해 불안해했다. 도처에 경찰들이 보였다. 기자들도 곳곳에 포진해 있었다. 경찰저지선이 쳐지기 전에는 어디선지 모르게 갑자기 튀어나오는 바람에 몇몇 소녀들은 자제력을 잃었다. 다행히 제복 입은 경찰들은 떠나고 지금은 사복형사들만 남았다. 더 이상 평범한 날은 없을 것 같았다. 면담을 끝내고 작은 TV시청실로 돌아온 베네딕테가 아이들에게 둘러싸여 알현을 받았다.

"내가 경찰한테 그렇게 말했어. 카밀라와 나는 절친한 사이였고 뭐든 공유했다고. 만약 내가 모르는 게 있다면 다른 애들도 모른다고. 알아들었니?"

"넌 뭘 아는데?" 세실리에가 큰 소리로 물었다. 베르겐에서 온 이 왜소한 소녀는 겁에 질려 소파 한쪽에 웅크리고 있었다. 몸을 숨기고 매달릴 것이 필요한 듯 쿠션을 끌어안은 모습이었다.

"이봐? 무슨 일이 있었는지 알잖아? 너 바보야?" 베네딕테 리스는 손가락으로 관자놀이를 눌렀고, 이사벨라는 참기 힘들었다.

"그 사람들한테 뭐라고 말했는데?" 세실리에가 다시 물었다.

그동안 너무나 많은 일이 일어난 탓에 이사벨라는 누군가 자신의 방문에 종이쪽지를 붙여놓은 일을 거의 잊고 있었다. 백합꽃. 왜 하필이면 지금 그 생각이 났는지 알 수 없었다.

난 네가 좋아.

그 아래 그림이 그려져 있었다.

그것을 보았을 때 이사벨라의 심장은 쿵쿵 뛰었다. 비밀스런 숭배자. 누가 *나*를 좋아하지? 그럴 수가…? 아니야, 그럴 리 없어.

참을 수 없는 베네딕테 리스의 얼굴이 이사벨라의 얼굴 가까이 다가와 있었다. "그리고 너, 아무한테도 말하지 마." 베네딕테의 손가락이 이사벨라를 쿡 찔렀다.

어찌된 일인지 방 안의 모든 소녀들이 지금은 베네딕테를 노려보고 있었다.

"그들에게 뭐라고 말했는데?" 이사벨라가 물었다.

"오, 맙소사. 너 귀머거리야?" 베네딕테가 한숨을 내쉬었다.

이사벨라는 벌떡 일어나 베네딕테의 멍청한 얼굴을 주먹으로 한 대 치고 싶은 것을 꾹 참았다.

"내가 우리 모두 모를 거라고 했어. 그러니 우리도 서로 말을 맞춰야 해. 안 그래?" 그녀는 다른 아이들로부터 확인을 받겠다는 듯 주위를 둘러보며 말했다. 그러자 겁에 질린 세실리에까지 쿠션 뒤에서 희미하게 고개를 끄덕였다.

"그들에게 뭐라고 말했는데?" 이사벨라가 다시 물었다.

"카밀라가 종종 보육원을 빠져나가 숲으로 갔다고." 또 다른 소녀 벵케가 한숨을 내쉬며 끼어들었다. 실내 흡연은 엄격하게 금지하는 걸 모두가 알고 있었지만 벵케는 창가에 걸터앉아 불붙인 담배를 손에 쥐고 있었다.

"밤에." 소피아가 덧붙였다.

"난 그런 줄 몰랐어." 이사벨라가 대꾸했다.

"그럴 거야. 넌 여기 온 지 얼마 안 됐으니까. 그러니까 파울루스가 난초 가꾸기를 도와준다고 해서 너를 좋아하는 거라고 착각하지 마. 파울루스는 난초 가꿀 때 누구나 도와주니까. 그렇지 않니,

얘들아?" 베네딕테 리스가 큰 소리로 웃자 벵케와 소피아도 따라 웃었다.

"아무 말도 하지 않겠다고 약속할게." 세실리에는 이제는 아예 쿠션으로 얼굴을 가린 채 큰 소리로 말했다.

"좋아." 베네딕테가 고개를 끄덕였다.

"내가 왜 아무한테도 말할 수 없는데?" 이사벨라는 반항심이 치밀었다.

"왜냐하면 내가 그렇게 말했으니까." 베네딕테가 단언했다.

"넌 나한테 이래라저래라 할 수 없어." 이사벨라 융이 이렇게 소리치고 의자에서 일어났다.

"만약 그랬다가는…."

베네딕테가 폭발하려는 찰나, 문이 열리며 헬레네가 들어왔다. 원장은 지쳐 보였다. 평소 같으면 벵케에게 담배를 끊으라고 말했을 테지만 오늘은 그러지 않았다.

"이사벨라?" 헬레네 에릭센이 지친 목소리로 불렀다.

"네?" 이사벨라가 대답하며 돌아섰다.

"네 순서야. 경찰이 너를 면담하고 싶대."

26장

미아 크뤼거는 잠을 좀 더 잘 걸 그랬다고 깊이 후회했다. 자신이 좀 더 강했더라면 더 전문가답게 처리할 거라고 느꼈기 때문이다. 안데르스 핀스타드가 마구간 문을 여는 순간 미아는 갑자기 열여섯 살로 돌아간 듯 느껴졌다.

시그리를 기억나게 하는 곳.

미아는 꼼짝도 하지 못하고 문가에 서있었다.

"아, 라커룸 열쇠를 깜빡했군요. 죄송합니다." 승마학교 주인이 말했다.

"괜찮아요." 미아가 웃었다.

"여기에서 좀 기다려주시겠습니까? 금방 돌아오죠."

"바쁠 것 없어요." 미아는 고개를 끄덕이며 문가에서 몇 걸음 물러났다. 핀스타드가 마당을 가로질러 바쁘게 걸어갔다.

일주일에 두 번. 아빠의 볼보 자동차 뒷좌석에 앉아 호르텐 근처 승마학교에 가곤 했다. 온 가족이 시그리를 지켜보았다. 시그리는 승마 헬멧 아래 금발을 휘날리며 웃음 띤 얼굴로 검은 말을 타고 있었다. 마구간 냄새는 미아로 하여금 행복한 기억을 불러일으켰지만 왠지 구역질이 나게 했다. 참을 수가 없었다. 미아는 구토가 나기 전에 벽을 잡고 모퉁이를 돌아갔다. 이윽고 위에 있는 것을 조금 토했지만 구역질은 여간해서 가라앉지 않았다. 미아는 거칠게 숨을 몰아쉬며 허리를 구부린 채 서있었다.

도대체 왜 그러지? 시야가 흐려졌다. 미아는 최근에 통 먹지를 못했다. 술만 마셨다. 약을 먹고, 자신을 전혀 돌보지 않았다.

"어디 계십니까?"

미아는 그 소리에 간신히 정신을 차리고 웃음기 띤 얼굴로 모퉁이를 돌아갔다.

"거기 계셨군요." 남자가 열쇠 꾸러미를 들고 말했다. "열쇠 가져왔습니다."

"잠깐 화장실 좀 사용할 수 있을까요?"

"물론이죠." 핀스타드가 대답했다. "현관으로 들어가서 오른쪽 첫 번째입니다. 제가 안내해드릴까요?"

"괜찮아요. 찾을 수 있어요." 그녀는 최대한 빠르게 마당을 가로질러 갔다. 그러고는 작은 화장실에 들어서자마자 변기 앞에 무릎을 꿇고 앉아 가쁜 호흡을 했다.

젠장. 그녀는 마침내 가까스로 몸을 일으켰다. 입 안을 헹구고 얼굴에 물을 뿌린 뒤 거울에 비춰보았다. 얼굴이 사색이었다. 좀처럼 두려움을 느끼지 않는 그녀인데 몸은 강렬하게 반응했다. 마구간에는 시그리에 관한 추억이 너무도 많았다.

우린 시그리에 대해 얘기해야 해요, 그렇게 생각하지 않아요?

처음으로 그 말이 머리에 스쳤다. 아무래도 그의 말이 옳은 것 같았다. 정신과 주치의는 미아에게 한 통의 문자메시지를 보냈다. *지난번 예약은 지키지 않았더군요. 다시 예약을 잡을까요?* 하지만 미아는 답변을 보내지 않았다. 그리고 일에 복귀했다. 애초에 그녀가 여기에 온 이유도 일을 하기 위해서였다. 사생활을 남과 공유하기 위해서는 아니었다. 마음을 여는 게 정말 도움이 될까? 내 슬픔에 대해. 내 불행, 상처에 대해. 어머니, 아버지, 할머니, 시그리에 대해? 미아는 욕실 캐비닛에서 가글액을 찾아내어 입을 헹궜다. 안 돼. 그녀는 다시 거울을 보며 고개를 절레절레 흔들었다.

안 돼. 내 영혼을 의사한테 쏟아놓을 수는 없어.

그녀는 얼굴을 씻었다.

빌어먹을.

이것은 그녀의 정신 건강과 아무 상관이 없었다. 그냥 잠을 충분히 못 잔 데다 압박감이 큰 사건까지 엎치고 덮쳤기 때문이었다. 자신은 완전히 통제가 가능했다. 미아는 거울에 비친 자신을 보며 고개를 끄덕였다. *완전한 통제.*

미아는 얼굴색이 돌아올 때까지 몇 분 더 거울 앞에 서있다가 마당을 가로질러 돌아갔다.

"괜찮습니까?" 안데르스 핀스타드가 물었다. 그의 표정에 걱정스러워 하는 마음이 스쳤다.

"네?" 미아는 웃으며 그를 따라 마구간으로 갔다. "그럼요. 카밀라의 라커룸이 어느 것이죠?" 그녀는 다시 경찰로 돌아왔다.

"이겁니다." 핀스타드가 가리켰다. "제가 열까요?"

"밖에서만 봐서는 소용이 없겠죠?" 그녀가 농담을 했다.

핀스타드가 웃으며 열쇠를 찾기 위해 열쇠꾸러미를 만지작거리는 사이에 미아는 재킷 안주머니에서 비닐장갑을 꺼냈다.

"제가 도울 일은 없을까요?" 그가 문을 열며 물었다.

미아가 보기에는 그가 라커룸 내용물에 호기심을 갖는 듯했다.

"도움이 필요하면 제가 말씀드릴게요." 미아는 웃으면서 그가 마구간을 떠날 때까지 기다렸다가 라커룸을 살피기 시작했다.

빨간색 승마복, 무릎까지 올라오는 검정색 부츠, 옷걸이에 걸린 베이지색 블라우스. 라커룸 문 안쪽에 작은 종이쪽지가 붙어있었다. 손으로 쓴 메모였다.

나는 네가 좋아!

그 아래에 그림이 그려져 있었다.

새 그림.

쿠리 때문에 정리할 시간은 없었지만 늘 머릿속 한쪽을 차지하고 있던 그것. 지난밤 뭉크에게 들은 얘기. 범죄현장에 있던 깃털.

올빼미 깃털.

미아는 뭉크에게 전화를 걸었다. 그가 전화를 받지 않자 얼른 문자메시지를 보냈다. *'지금 전화 좀 해주세요.'*

나는 네가 좋아.

새 그림. 올빼미.

27장

예상하지 못한 바는 아니지만 정말 그랬다. 아직 이른 오후인데 어쩌면 이렇게 햇빛이 나오지 않을까. 홀거 뭉크는 담배에 불을 붙이고 오렌지빛 불꽃에 비친 자신의 차가운 손가락을 바라보았다. 최근 들어 수없이 들었던 그 생각이 다시 떠올랐다. 그들은 결코 이토록 멀리 떨어진 북쪽에 정착할 의도가 없었을 것이다. 역사적인 실수였다. 이례적인 일이었다. 노르웨이 민족은 과거 어디에선가 방향을 잘못 튼 게 분명한 사람들의 후손이었다. 그렇지 않고서야 지구상 하고많은, 햇빛과 해변이 가득하고 토지가 비옥한 에덴의 정원을 두고 이렇게 춥고 어두운 땅을 골랐을 리 없었다. 뭉크는 더플코트 모자를 쓰고 여러 시간 동안 소녀들을 면담하여 얻은 정보에서 어떤 맥락을 파악하려고 애쓰며 서있었다. 별다른 단서를 발견하지 못했다. 지금까지는 어떤 방향으로 수사를 할 것인지 결정할 만한 단서를 찾지 못했다. 아이들은 하나같이 겁에 질려있었고, 누구도 경찰에게 터놓고 말하려 하지 않았다.

뭉크는 코트를 여미고 담배를 한 모금 더 길게 빨았다. 그때 본관 문이 열리고 헬레네 에릭센이 계단을 내려와 그에게 다가왔다.

"안에서 피우셔도 괜찮아요." 그녀는 억지로 그러는 티가 역력했지만 웃으면서 말했다.

뭉크가 처음 만났을 때 그녀는 매우 상심한 듯했는데 며칠 지난 지금도 마찬가지였다. 처음 그녀의 눈에서 보였던 생기는 이제 사라지고 없었다. 뭉크는 그녀에게 미안한 생각만 들었다.

"커피 한 잔 드시겠어요?" 그녀가 조심스럽게 제안했다. "우리도 그랬지만 반장님에게도 긴 하루였을 거예요."

"저는 요즘 커피를 마시지 않습니다." 뭉크가 정중하게 거절했다. "차 한 잔이라면 모를까."

"차도 있어요." 헬레네가 웃으면서 그를 1층의 작은 응접실로 안내했다. "제 방이에요." 뭉크가 자리에 앉았을 때 원장이 말했다. "이따금 혼자 있을 곳이 필요하죠."

뭉크는 외투를 벗어 의자 팔걸이에 걸쳐놓았다. 뭉크는 이 여자에 대해 조금씩 호감이 생겼다. 그녀는 문제 청소년들을 위한 위탁 시설을 운영하고 있었다. 마음이 넓고 선량한 사람이었다.

"종류가 많지 않아서 선택할 수 있는 게 별로 없어요." 그녀가 테이블에 몇 가지 티백이 담긴 그릇을 내려놓으며 말했다.

"괜찮습니다. 언 몸을 녹일 수 있는 거라면 무엇이든 좋습니다."

"그렇다면 다행이고요."

헬레네는 뭉크의 맞은편 의자에 앉았다. 뭉크는 아무 티백이나 고른 뒤 주전자의 물을 머그잔에 따랐다.

"저도 한 대 피워도 될까요?" 그녀가 테이블에 놓인 뭉크의 담뱃갑을 가리키며 물었다.

"그럼요."

"전 사실 담배를 피우지 않아요." 헬레네가 입술 사이에 담배를 물고 변명하듯 말했다. "오래 전에 끊었죠. 그런데…."

"이해합니다." 뭉크가 그녀를 위해 라이터로 담배에 불을 붙여주었다.

헬레네는 등을 뒤로 젖히고 천장을 향해 담배 연기를 내뿜었다. 그녀는 머릿속에 뭔가 떠오른 것을 그와 나누고 싶은 듯 생각에 잠긴 표정이었지만 아무 말도 하지 않았다.

"조사는 거의 끝났습니다." 뭉크가 그녀를 안심시키기 위해 말했다. "금방 평온을 되찾을 겁니다. 우리 명단에 있는 사람들을 대부분 면담했습니다. 덕분에 많은 것을 끝냈습니다."

"뭣 좀 알아내셨어요? 쓸 만한 거라도?"

"자세한 내용을 말씀드릴 수 없는 점, 이해해주시기 바랍니다." 뭉크가 대답했다. "하지만, 우리에게 필요한 것은 다 알아냈습니다."

"잘됐네요." 헬레네가 웃었다. "혹시 제가 도울 일 있으면, 말할 필요도 없지만 언제라도 연락주세요. 그냥 말씀해주시면 돼요."

"고맙습니다, 헬레네. 지금까지 충분히 도와주셨습니다. 그 점 감사하게 생각합니다."

"뭘요." 그녀가 재빨리 담배를 한 모금 빨고 재떨이에 비벼 끈 다음 웃으며 뭉크를 바라보았다. "한때는 하루에 스무 개비쯤 피웠죠. 지금은 그저 몇 번 뻐끔거리기만 해요."

헬레네 에릭센은 평온을 되찾기 시작했고, 뭉크는 문득 여기가 아닌 곳에서 헬레네를 면담한 후에 미아가 했던 말이 기억났다.

저 여자는 뭔가 알고 있어요.

뭉크는 가볍게 기침을 하고 담배를 끈 다음 일어났다.

"차 고맙습니다. 이제 그만 가봐야 할 것 같습니다. 아직 명단에 몇 명 남아있기는 하지만."

"그러세요." 헬레네가 대답하며 그를 거실 밖으로 안내했다.

"한 가지 궁금한 게 있습니다." 복도로 나가다 말고 뭉크가 말했다.

"네?"

"제가 갖고 있는 명단에 올라있는 원생과 직원들이 오늘 여기에 다 모인 건 아니더군요."

"그래요?"

"그래서 말씀인데…." 뭉크가 머뭇거렸다.

"네?"

"그 사람 말입니다. 확실치는 않지만 여기에 있어야 할 텐데 없어서 면담을 하지 못했습니다."

"누구 말씀하시는 거예요?"

"롤프 라이케 씨라고." 뭉크가 가볍게 기침을 하며 말했다.

"롤프?" 헬레네 에릭센이 이마를 찡그렸다.

"네. 제가 알기로는 여기 교사라던데요?"

헬레네는 고개를 가로저었다. "그는 몇 년 전에 그만뒀어요."

"하지만 여기에서 가르친 건 맞죠?"

"네. 잠깐이었어요. 그는, 훌륭한 교사였어요. 전 그가 더 있기를 바랐지만 이곳이 자신에게 맞지 않는다고 생각했죠. 우리 아이들에 대해 나쁘게 말하고 싶지는 않지만 학업 수준이 그리 높지 않거든요. 이렇게 말해도 되겠죠? 제 생각에 롤프 라이케는 꿈이 컸어요. 그와 면담하기를 원하신다면 제가 주선할 수 있어요. 어딘가에 그의 전화번호가 있을 거예요. 찾아볼까요?"

"아, 아닙니다. 그냥 우리에게 있는 명단만 가지고 하죠."

"그러세요." 헬레네가 고개를 끄덕였다.

뭉크의 휴대전화가 진동을 했다. 면담 내내 벨소리를 꺼놓았는데 언제나 그렇듯 변경하는 것을 깜빡 잊었던 것이다. 화면에 아네트 골리의 이름이 떴다.

"무슨 일 있어?" 뭉크가 전화를 받으며 물었다.

"놈을 잡은 것 같아요. 참, 미아한테 전화해보셨어요? 미아가 반장님과 연락하고 싶어하던데. 승마학교에서 뭔가 알아냈대요. 하지만 지금 그게 중요한 게 아니고…."

"누구?"

"자백을 받아냈어요."

"정말이야?"

"네." 골리가 설명했다. "제 발로 걸어왔어요. 우리가 보호하고 있어요. 그뢴란으로 와서 자기가 살인을 했다고 자백했어요."

"나 지금 가는 중이야." 뭉크가 말했다. 그는 종료 버튼을 누르고 헬레네에게 양해를 구한 뒤 밖에 세워둔 검정색 아우디를 향해 달려갔다.

28장

문을 열고 들어온 뭉크는 미아가 벌써 조사실에 딸린 작은 방에 와 있는 것을 보았다. 아네트 골리는 벽에 기대서서 팔짱을 낀 채 만족스러운 웃음을 띠고 있었다. 미아는 특유의 검정색 가죽재킷 차림으로 의자에 앉아 사과를 깨물어 먹고 있었다. 뭉크는 젊은 동료의 표정을 보며 그녀가 탐탁치 않아하고 있음을 단번에 읽었다.

"뭘 알아냈다고?" 뭉크가 외투를 옷걸이에 건 다음 밖에서만 보이는 유리창 앞에 놓인 의자에 앉았다.

"이름은 짐 푸글레상이에요." 아네트 골리가 설명했다. "나이는 32세. 뢰켄에 거주해요. 후룸란데 보육원에서 차로 40분도 안 되는 곳이에요. 겨우 한 시간 전에 경찰청으로 찾아왔어요. 자기가 카밀라 그린을 죽인 범인이라고 자백했고요. 한때 우체국에서 일했고, 지금은 장애수당을 받으며 생활하고 있어요. 이유를 몰라서 루드비에게 알아봐 달라고 부탁해놨어요."

"저 친구는 왜 자전거 안전모를 쓰고 있는 거야?"

"좀처럼 벗으려고 하지 않아요." 아네트 골리가 어깨를 으쓱하며 말했다.

"저 남자는 아니에요." 미아가 이렇게 말한 뒤 사과를 한 입 더 베어물었다.

"왜 아니지?" 뭉크가 물었다.

"자, 보세요. 언론사에서 지난밤 살인사건을 보도했어요. 전에도 이런 경우를 얼마나 많이 봤어요? 자백을 하고 싶어하는 사람들. 저에게 이유는 묻지 마세요. 어쨌든 주목을 받고 싶어서 무슨 짓이든 하는 사람들이 있어요. 전 솔직히 우리가 지금 여기에서 뭘 하고 있는지 이해하지 못하겠어요. 제 문자메시지는 받으셨어요?"

뭉크는 미아가 매우 화가 나있다는 것을 분명히 알아챘다.

"하루 종일 면담을 하느라." 뭉크가 변명하듯 중얼거렸다.

"승마학교에서 그 그림을 봤어요." 미아는 흰색 자전거 안전모를 쓰고 있는 사내에게서 눈을 떼지 않으면서 말했다.

"무슨 그림?" 뭉크가 되물었다.

미아는 아무 대꾸도 하지 않았다.

"아네트?" 뭉크가 돌아다보며 불렀다.

금발의 경찰 변호사는 고개를 절레절레 흔들었다. 그녀는 자신이 별 것 아닌 일로 미아와 뭉크를 불러들였다는 식의 반응에 다소 짜증이 난 듯했다. 아네트 골리는 뭉크가 도착하기를 기다리느라 미아에게 아직 보여주지 않은 파일을 들고 있었다.

"저도 아주 바보는 아니라고요." 아네트가 그들 앞에 두 장의 사진을 내려놓았다. "짐 푸글레상. 32세. 수당을 받아 먹고 살며, 흰색 자전거 안전모를 절대로 벗으려 하지 않아요. 여기에 제 발로 찾아왔어요. 살인했다고 자백했고요. 그래요. 그렇다고 제가 그렇게 서툴고 경험도 없는 미숙한 경찰은 아니에요. 거짓자백일 수 있다는 거 알아요. 하지만 그가 이걸 가져오지 않았다면 두 분에게 연락도 하지 않았을 거예요."

아네트는 그들에게 방금 내민 두 장의 사진을 가리켰다. 미아는 내키지 않았지만 아네트가 내려놓은 사진을 살펴보았다.

"맙소사!" 뭉크가 외쳤다.

"보세요, 똑같아요." 아네트 골리가 의기양양하게 말했다.

"이게 뭐죠…?" 미아가 아네트를 돌아다보며 물었다.

"내가 말했잖아요?" 아네트 골리가 팔짱을 끼며 대꾸했다.

두 장의 사진. 흐릿하지만 피사체는 또렷이 보였다. 의심의 여지가 없었다.

"이해할 수가 없군요." 미아가 중얼거렸다.

"우리가 그를 보호하고 있다고 말씀드렸죠?" 아네트 골리가 웃었다.

"좋아." 뭉크가 일어서며 말했다. "가서 저 미친놈이 뭐라고 말하는지 들어보자고."

29장

가브리엘 뫼르크는 비상상황실에 앉아 벽에 사진을 붙이는 루드비 그륀리에를 바라보고 있었다. 해커는 철부지 젊은이라는 인상을 주고 싶지 않아서 아직 아무한테도 말하지 않았지만 일을 하면서 정말 신나는 하루를 보냈다. 아마도 여기에서 일한 후 최고였을 것이다.

그는 난생 처음 외근을 했다. 후룸란데 보육원에서 면담을 진행했다. 원래 뭉크와 미아, 킴 콜쇠가 하는 업무였지만 수사의 범위, 아니 면담을 해야 할 인원이 워낙 많아서 일바만 빼고 모두 투입되었다. 요새를 지키느라 사무실에 혼자 남은 일바는 그들이 떠날 때 부러운 눈으로 바라보았다.

가브리엘은 그 마음을 이해했다. 그 역시 처음에는 아웃사이더처럼 느꼈다. 다른 팀원들은 서로 일상과 코드를 공유했고 그가 알아들을 수 없는 말들을 떠들었다. 하지만 이제 달라졌다. 그것은 세례와 비슷했다. 가브리엘은 혼자 싱긋 웃으며 콜라를 한 모금 들이켰다. 그때 일바가 들어와 의자를 들고 그의 옆에 앉았다.

"왜 아직까지 이걸로 고생하고 계세요?" 일바가 그뢴리에를 향해 고갯짓을 하면서 물었다. 그는 후룸란데 보육원 원생들의 사진을 붙이고 그 아래 이름을 적고 있었다.

이사벨라 융.

"왜 고생을 하느냐고?" 가브리엘이 물었다.

"이미 범인을 잡았잖아요, 안 그래요?"

"아직 확신할 수 없어." 루드비 그뢴리에가 이전 사진 옆에 다른 사진을 붙이고 그 아래 이름을 쓰면서 말했다.

파울루스 몬센.

"아네트 선배는 거의 확신하는 것 같던데." 일바가 중얼거렸다.

"전에도 이런 경우가 있었어." 루드비가 앞에 놓인 테이블에서 다른 사진을 집어올렸다.

"어떤 경우요?"

"자기가 저지르지도 않았으면서 범인이라고 주장하는 경우." 가브리엘이 노련한 수사관을 흘깃 쳐다보며 거들었다.

"그랬지." 루드비가 벽에 다른 사진을 붙였다.

베네딕테 리스.

"하지만 확신하는 것처럼 보이던데요." 일바가 풍선껌을 불며 말했다. "아네트 골리 말이에요."

"그렇다면야 더 기쁠 게 없겠지." 루드비가 웃으면서 이번에는 다른 사진들 위쪽에 사진을 붙였다.

헬레네 에릭센.

"아무 얘기도 못 들으셨어요?" 일바가 물었다.

"아직 못 들었어." 루드비가 하던 일을 계속하며 대답했다.

세실리에 마르쿠센.

"범인을 잡은 것이면 좋겠는데. 그럼 우리가 이 사건을 해결한 건데." 일바가 풍선껌을 불면서 말했다.

"그러게 말야." 루드비가 고개를 끄덕이며 그녀를 보고 웃었다. "하지만 사실이 밝혀질 때까지는 이렇게 하는 게 중요해. 관련자들이 워낙 많아서." 그는 한숨을 내쉬며 거의 완성되어가는 사진 붙이기를 점검해보았다.

"좀 정신이 없네요." 일바가 중얼거렸다.

"그렇게 생각해?" 루드비가 일바를 돌아다보았다.

"아뇨." 일바가 얼른 덧붙였다. "아니, 그 벽 말고 이 사건 말이에요. 정신이 없어요. 잠재적인 용의자가 너무 많아서. 어디에서부터 시작해야 할지 모르겠어요."

루드비가 마지막 사진을 붙인 뒤 사진들이 한눈에 들어오는지 확인하려고 자신의 작품으로부터 한 발짝 뒤로 물러났다.

"저한테 설명해주세요." 일바가 관심 어린 눈으로 벽을 보며 말했다.

"헬레네 에릭센, 보육원 원장이야. 이 시설을 설립했지."

일바가 고개를 끄덕였다.

"파울루스 몬센. 헬레네의, 음, 뭐라고 불러야 할까? 오른팔이라고 할까. 나이는 스물다섯. 보육원 출신이지만 지금은 일종의 관리인이야."

"그렇군요."

"두 명의 교사." 루드비가 그들을 가리키며 말했다. "카를 에릭센. 에바 달."

"어떤 사람들이에요?" 일바가 궁금해했다.

"반장과 킴이 면담해서 자세한 건 몰라, 유감스럽게도. 아직 팀 전체가 모여 조사내용을 보고하고 검토하지 않았어. 그러니 나한테 물으면 여기부터는 골치 아프지." 머리가 희끗희끗한 남자는 다시 한 걸음 뒤로 물러나 벽에 붙인 사진을 둘러보았다.

"후룸란데 보육원에는 여학생들만 있나요?"

"아니, 원래는 그렇지 않았을 거야." 루드비가 말했다. "내 말 맞지, 가브리엘?"

"맞아요. 남녀, 모두를 위한 보육원이죠. 기숙사가 두 동인데, 어떤 이유에선지 지금은 여학생들만 살고 있어. 그 이유는 아직 알아보지 못했고, 그렇죠?" 가브리엘이 루드비를 쳐다봤고, 루드비는 고개를 끄덕이며 목덜미를 긁적였다.

"거기에 이 여덟 명의 소녀들만 살고 있나요?" 일바가 사진들을 가리키며 물었다.

그때 가브리엘은 주머니에서 진동을 느꼈다. 휴대전화를 꺼내 얼른 살폈다. 그가 방금 도착한 메시지를 보자 동료들은 잠시 말을 멈추었다.

피닉스가 엘렉트론에게, 잘 지내지?

그가 메시지의 중요성을 깨닫는 데는 몇 초밖에 걸리지 않았다. 가브리엘은 옛 친구와 마지막으로 연락을 한 게 언제인지 기억도 나지 않았다. 그는 얼른 응답을 했다.

나야 엘렉트론. 잘 지냈어?

잠시 후 다시 문자가 왔다.

나 밖에 있어. 중요한 일이야.

밖에?

가브리엘은 얼른 문자를 보냈다.

밖 어디? 중요한 일이 뭔데?

이번에도 곧장 응답이 왔다.

마리뵈스가테 13번지. 너한테 할 말이 있어. 꽃을 입에 문 소녀에 관련된 거야.

도대체 스컹크가 그녀와 무슨 연관이 있지?

가브리엘은 동료들에게 양해를 구한 뒤 허둥지둥 일어나 최대한 빨리 계단을 뛰어 내려갔다.

30장

"10월 10일, 오후 17시 5분. 참석자는 마리뵈스가테 13번지의 강력범죄반 반장 홀거 뭉크와 수사관 미아 크뤼거."

"성과 이름을 말해요." 미아가 녹음기를 가리키며 자전거 안전모를 쓴 사내에게 말했다.

미아는 여전히 불안하고 짜증스러웠다. 뭉크는 미아에게 침착하라고 충고하고 싶었지만 참았다.

"짐." 사내가 입을 열었다.

"성을 말해요." 미아가 다시 녹음기를 가리키며 채근했다.

흰색 자전거 안전모를 쓴 남자가 미아를 쳐다봤다. "그게 내 이름이에요." 사내는 뭉크를 힐끔거리며 더듬더듬 말했다.

"성을 포함한 이름."

"짐 푸글레상." 흰색 자전거 안전모를 쓴 사내가 대답한 뒤 테이블을 응시했다.

"변호사를 선임할 수 있다는 사실 알고 있나?" 뭉크는 그를 주시하고 있는 미아를 무시하고 물었다.

"네?"

"변호사. 변호사를 선임하고 싶냐고?"

"닭이 바구니 속으로 뛰어들었어요." 안전모를 쓴 남자가 말했다.

미아는 미심쩍은 눈으로 뭉크를 바라보았고, 뭉크는 어깨를 으쓱했다.

"변호사를 부를 권리를 포기하는 건가?"

테이블 맞은편 사내는 자신에게 무엇을 물어보는지 모르는 눈빛으로 뭉크를 쳐다보았다. "내가 그 여자를 죽였어요." 흰색 자전거 안전모를 쓴 사내가 자세를 고치며 말했다.

"누구요?" 미아가 몸을 앞으로 기울이며 물었다.

"누구요?" 짐 푸그레상이 어리숙한 표정으로 미아의 말을 흉내 냈다.

"그래요, 짐. 누구를 죽였죠?"

미아는 서서히 평정을 찾고 있었다. 앞에 앉은 사내는 화를 내봤자 효과 없다는 것을 말해주고 있었다. 그는 사태의 심각성을 파악하지 못하는 듯했다.

"짐, 당신은 누굴 죽였죠?" 미아가 다시 부드러운 목소리로 물었다. 위협하는 인상을 줘봤자 소용없음이 분명했다. 그는 지금 이 상황에 놀라고 당황한 것처럼 보였다.

"신문에 나온 여자애요."

"신문에 나온 여자애라고?" 뭉크가 나지막하게 물었다.

"깃털 위의 여자."

187

"카밀라?"

한참 걸려 대답이 돌아왔다. "맞아요." 짐 푸글레상이 머뭇거리듯 고개를 끄덕이고 다시 테이블을 응시했다.

"그 소녀를 알아요?"

"누구요?"

"카밀라 그린."

흰색 자전거 안전모를 쓴 사내는 뭉크가 무슨 말을 하는지 모르는 표정이었지만 매번 고개를 끄덕였다.

"그러니까 그녀를 알아요?" 미아가 물었다. "어떻게 그녀를 알았어요, 짐?"

"여름이었어요." 맞은편 사내가 중얼거렸다. "다람쥐가 있었어요. 난 다람쥐를 좋아해요."

뭉크는 미아를 흘끗 보았고, 미아는 그저 고개를 젓기만 했다.

"그게 숲속에 있었어요?" 미아가 다시 물었다. "숲속에서 카밀라를 본 거예요?"

짐 푸글레상은 마치 딴 생각을 하듯 히죽히죽 웃었다. "난 다람쥐 꼬리가 좋아요. 털이 복슬복슬하거든요. 다람쥐는 발을 가지고 이렇게 해요. 솔방울을 잡아요. 야금야금 먹으려고. 내가 무슨 말을 하는지 알죠?" 그가 다시 웃더니 이내 이를 악물었다.

"그러니까 숲에서 다람쥐를 본 건가? 여름에?" 뭉크가 한숨을 내쉬었다. 그는 인내심을 잃어가고 있었다.

"많이 봤어요." 사내가 웃었다. "걔네들은 호수 아래 키 큰 소나무 근처에 살아요. 빨간색 보트가 있는 곳."

"거기에서 그녀를 봤어요?" 미아가 나직이 물었다. "호수 아래쪽에서?"

"누구요?" 짐 푸글레상이 반문했다.

"자, 잘 들어봐…." 뭉크가 다시 한숨을 쉬었다. 그때 미아가 뭉크의 어깨에 손을 얹으며 말을 가로막았다.

"당신은 호수 아래쪽에 있었어요." 미아가 계속했다. "거기에서 다람쥐를 본 거죠?"

"네. 다람쥐는 거기를 좋아해요."

"당신 혼자서 거기에 있었어요?"

"네." 그가 고개를 끄덕였다. "나는 그러는 걸 좋아해요."

뭉크는 미아가 이 상황을 어디로 끌고 가는지 몰랐지만 그냥 내버려두었다.

"그러니까 카밀라, 신문에 나온 그 소녀는 거기에 없었죠?"

"네. 없었어요. 다람쥐만 있었어요. 암놈 같았어요. 왜냐하면 새끼 다람쥐도 봤거든요. 그런데 그건 시작일 뿐이었어요. 그 뒤에 또 다른 녀석이 보였어요. 하지만 쪼그려 앉았을 때만 보였어요." 짐 푸글레상은 고개를 약간 숙인 채 조심스레 좌우를 두리번거린 다음 손가락으로 입술을 지그시 누르며 말했다. "쉿 조용히 해요. 안 그러면 녀석들이 도망가요."

"그러니까 당신은 호수 아래쪽에 있었죠?" 미아가 희미하게 웃으며 물었다. "당신은 거기에서 이걸 찍은 거죠?"

그녀는 서류철을 열고 아네트 골리가 보여주었던 두 장의 사진을 꺼내 테이블에 올려놓았다. 흰색 자전거 안전모를 쓴 사내가 이번에는 반응을 보였다. 그는 사진에서 시선을 돌려 벽을 뚫어져라 응시했다.

"마리아 테레사." 그가 이렇게 말한 뒤 주먹으로 자전거 안전모를 치기 시작했다.

"카밀라." 뭉크는 이 모습을 더 이상 견딜 수가 없었다.

"마리아 테레사." 푸글레상은 이렇게 중얼거리며 자신만의 세계로 사라지려 했다. "호수 옆 하얀 바위가 네 개, 빈집이 있어요."

"카밀라는?" 뭉크가 이번에는 더 크게 말했다.

"날씨가 좋으면 14분. 돌아올 때는 16분."

"이봐." 뭉크가 짜증스럽게 말했지만 미아가 다시 그의 어깨에 손을 얹었다.

"짐, 내가 어렸을 때 우리 집 정원에도 다람쥐가 있었어요." 미아가 부드럽게 대응했다. "우리가 새들 먹으라고 먹이접시에 해바라기 씨를 놓아두었는데 새가 왔나 보려고 가봤더니 대신 다람쥐가 있었어요."

짐 푸글레상이 머리를 치던 손을 멈추고 벽을 노려봤다.

"내 여동생과 나는 해바라기 씨를 더 갖다놓았고, 다람쥐는 다시 왔어요. 우리가 창가 커튼 뒤에 숨어서 기다리고 있으면 다람쥐는 실제로 매일 같은 시간에 나타났어요. 그런데 가장 힘들었던 게 뭔지 알아요?" 미아가 짐과 시선을 맞추며 물었다.

"아니요." 짐 푸글레상은 이제 집중하고 있었다. 그가 다시 그들을 향해 고개를 돌렸다.

"다람쥐 이름을 칩이라고 할까, 데일이라고 할까."

뭉크는 미아가 왜 이 미친 사내에게 집중하고 있는지 몰랐지만 계속하도록 내버려두었다.

"내 쌍둥이 여동생은 칩이라고 부르고 싶어했지만 난 데일이라고 부르고 싶었어요."

"칩과 데일이 도널드 덕의 크리스마스트리를 망가뜨렸어요." 짐 푸글레상이 키득거렸다.

"알아요." 미아가 미소 지었다.

"도널드 덕은 녀석들을 잡지 못해서 화가 났어요. 애를 써서 크리스마스 장식물을 달았는데 몽땅 넘어지고 말았거든요."

"그래요, 그랬어요. 그렇죠? 우리는 무슨 이름으로 할지 정하지 못했지만 사진을 몇 장 찍었어요. 나는 그걸 보며 기뻤어요."

"다람쥐 사진요?" 짐이 물었다.

"그래요." 미아가 고개를 끄덕였다. "우리는 그 사진을 침대에 붙이고 매일 밤 잠들기 전에 들여다봤어요."

"데일은 더 통통하고 귀여워졌어요." 안전모를 쓴 사내가 웃으면서 또다시 자기만의 세상으로 사라진 듯한 표정을 지었다.

미아가 얼른 그를 다시 불러왔다. "사진 찍는 거 좋아하죠?"

"네." 짐이 고개를 끄덕였다.

"이것도 당신이 찍은 거죠?" 미아가 천천히 테이블의 사진 쪽으로 손을 가져가며 조심스럽게 물었다.

"맞아요." 자전거 안전모를 쓴 사내가 이번에는 어떻게든 그들을 쳐다보려 애쓰면서 말했다.

"내가 무슨 생각을 하는지 알아요, 짐?"

"몰라요."

"카밀라에 관한 건 잊어요. 깃털 위에 누워있는 소녀는."

"정말요?" 푸글레상이 다소 놀라며 물었다.

"그래요. 그녀에 관한 건 잊어요. 그녀는 중요하지 않아요." 미아가 계속했다. "당신은 카밀라를 죽이지 않았어요. 왜 그런 줄 알아요? 당신은 그녀를 알지도 못해요. 당신은 착한 사람이에요. 그런 짓은 절대 못할 사람이에요, 그렇죠?"

"맞아요, 절대로." 짐 푸글레상이 미아의 말을 확인해주었다.

"당신은 그녀를 알지도 못해요, 그렇죠?"

"맞아요. 난 그녀를 만난 적도 없어요."

"당신은 단지 겁이 좀 났을 뿐이에요, 그렇죠? 그 신문을 보았을 때, 당연해요. 나라도 놀랐을 거예요, 반장님도 그렇죠?"

"당연하지." 뭉크가 이렇게 말하고 헛기침을 했다.

"있잖아요, 짐. 누구나 당신과 같은 입장이라면 겁을 먹었을 거예요. 왜냐하면 당신이 이 사진을 찍었기 때문이에요. 그렇죠?"

"나는 그런 짓을 하지 않았어요." 짐은 이제 눈물까지 글썽거리며 말했다.

"물론이에요. 당신은 그러지 않았어요." 미아가 미소 지었다.

"나는 고양이를 죽이지 않았어요."

"물론, 당신은 고양이를 죽이지 않았어요."

"개도요."

"그래요. 당신은 개도 죽이지 않았어요." 미아가 계속했다. "당신은 절대로 누굴 해칠 사람이 아니에요. 그렇죠, 짐?"

"맞아요." 푸글레상이 눈물을 훔치며 말했다.

"내가 보기에 당신은 정말로 용감해요."

"왜요?"

"이 사진을 가지고 우리에게 왔으니까요. 당신은 우리를 돕고 있어요. 물론 당신은 그런 짓을 하지 않았어요. 우리는 당신이 이 사진을 어디에서 찍었는지 알고 싶어요. 내 말 뜻 알겠어요?"

"개와 고양이요?" 흰색 자전거 안전모를 쓴 사내가 물었다.

두 장의 사진. 거의 일치했다. 펜타그램 모양으로 세워져 있는 초와 바닥에 깔려있는 깃털, 그리고 그 위에 올려진 고양이의 사체. 개의 사체도 마찬가지로 놓여있었다. 둘 다 살해되었고, 카밀라 그린의 손과 같은 모양으로 앞발이 뒤틀려 있었다. 한 발은 위로, 다른 한 발은 몸통 옆으로 나와있었다.

"이게 다람쥐 근처에 있었죠?" 미아가 조심스럽게 물어보았다.

"상점에 늑대가 있었어요." 안전모를 쓴 사내가 딴소리를 했다. 그는 다시 그들을 두고 사라지려 하고 있었다.

"짐? 여기가 호수 아래쪽이죠? 빨간색 보트 옆?" 미아가 물었다.

이제는 사진을 보는 것 자체가 사내를 혼란스럽게 만드는 듯했다. 그는 다시 안전모를 살살 치면서 벽으로 시선을 돌렸다.

"마리아 테레사." 그가 중얼거렸다.

"짐." 미아가 다시 시도했다.

"하얀 바위 네 개."

"짐, 이 사진 어디에서 찍었는지 기억나요?"

"빨간색 보트." 푸글레상이 안전모를 더 세게 때리며 말했다.

"카밀라는?" 뭉크가 다시 인내심을 잃어버렸다.

"거기에서 찍은 거죠?" 미아가 물었다. "그때?"

"마리아 테레사." 흰색 안전모를 쓴 사내가 반복해서 중얼거렸다. "호수 옆 하얀 바위 네 개. 빈집. 닭이 바구니 속으로 들어가고 싶어했어요."

"짐?" 미아가 다시 애를 썼다. "이 사진 어디에서 찍었어요? 언제 찍었어요? 같은 데서 찍은 거죠? 그때 찍은 거죠?"

"화요일에는 욕실에 숨는 게 좋아요." 흰색 자전거 안전모를 쓴 사내가 중얼거렸다. 그는 이제 영원히 그들을 떠난 것처럼 보였다.

그때 문 두드리는 소리가 들렸다. 아네트 골리가 얼굴을 불쑥 내밀었다. 미아 크뤼거는 동료를 노려보았다.

"그뢴리에 말이, 연락이 닿았대요." 골리가 뭉크에게 목례를 한 뒤 덧붙였다. "밖에서 말씀드리고 싶은데요?"

뭉크는 얼른 미아를 쳐다보았고, 미아는 짜증스럽게 고개를 끄덕였다.

"오케이." 뚱뚱한 수사관은 일어나서 조심스럽게 조사실을 나와 조용히 문을 닫았다.

31장

다행히 유스티센에는 손님이 많지 않았다. 그들은 방해를 받지 않는 조용한 테이블을 찾으려고 여기저기를 살폈다. 뭉크는 담배를 피울 수 있게 실외에 앉고 싶었지만 그러기에는 너무 추웠다.

그는 외투를 벗고 미아 맞은편 좌석에 털썩 앉았다. 미아는 벌써 맥주를 시켜놓고 자신의 쪽지를 들여다보며 생각에 잠겨있었다. 뭉크는 미네랄워터를 주문하며 술집에 오기 전 팀원 전체에게 브리핑을 했어야 하는 게 아닌가 생각했다. 하지만 이렇게 미아와 시간을 보내는 데는 뭔가 특별함이 있었고 그는 언제나 미아와 여기 유스티센에 앉아있는 시간을 즐겼다. 팀원들한테는 내일 아침 일찍 브리핑하러 나타나겠다고 말해둔 터였다. 그렇게 하면 될 것이다. 게다가 모두가 이미 무척이나 힘든 하루를 보냈다.

"그렇지?"

"뭐가 그래요?" 미아가 테이블 위 종이쪽지에서 시선을 떼지 않은 채 맥주를 마시며 되물었다.

"짐 푸글레상. 우리가 찾는 범인은 아니야. 동의하지?"

미아가 고개를 끄덕였다. 그녀는 별로 말을 하고 싶지 않은 것 같았다. "당연히 아니에요." 그녀는 여전히 그를 쳐다보지 않은 채 대답했다.

디케마르크 병원의 환자. 병원을 들락날락하는 환자. 병원에 입원하지 않을 때는 자신의 오두막에서 혼자 살았지만 언제나 도움이 필요했다. 루드비 그륀리에는 여느 때와 같이 전화 몇 통을 걸어 물어볼 만한 적당한 사람들을 찾아냈다. 뭉크는 짐 푸글레상을 하룻밤 유치장에 가두는 방안을 생각했지만 결국 사회복지기관에 연락했고, 그들은 그를 데리러 왔다.

"이런 끔찍한 사진이 대체 무슨 소용이 있을까요?" 미아가 처음으로 수첩에서 시선을 들고 말했다. 그녀는 웨이터를 불러서 맥주와 예거마이스터를 한 잔씩 더 주문한 다음 먼 곳을 응시한 채 볼펜을 씹었다. "지금까지 이보다 끔찍한 모습도 수없이 봤어요."

"의식이 비슷하지 않아? 고양이를 상대로 한 것이긴 하지만. 개도 마찬가지고." 뭉크가 미아를 보며 물었다.

홀거 뭉크는 노르웨이에서 가장 유능한 수사관이었지만 이따금 자신이 미아 크뤼거의 조수에 불과하다는 느낌이 들었다. 미아에게 올바른 방향을 제시하는 것만이 자신의 역할이었다. 뭉크는 한숨을 내쉬며 담배를 간절히 찾다 문득 아침 일찍 미리암이 보낸 문자 메시지에 대해 답변하지 않았음을 깨달았다.

아빠, 드릴 말씀이 있어요. 중요한 일이에요. 전화 좀 해주세요.

미리암은 좀 더 기다려야 할 것 같았다. 숲속에서 카밀라 그린이 발견된 후 모든 것이 불투명해졌다.

"자세도 똑같고. 촛불을 펜타그램 모양으로 켜놓은 것도 같아. 깃털을 침대처럼 깔아놓은 것도. 고양이, 그리고 개의 경우에도. 하지만 지금 그건 제쳐놓자고." 그가 병에 든 것을 한 모금 더 마시며 말했다.

"네?" 미아가 이제야 정신이 든 것 같은 표정으로 물었다.

"그 문제는 일단 제쳐놓자고 말했어." 뭉크가 되풀이했다.

"왜요?"

"이건 우리가 얻은 단서일 뿐이야. 범죄현장과 비슷한 두 장의 사진. 촛불, 깃털, 고양이, 개. 심지어 동물들의 다리를 카밀라 그린의 손과 비슷한 각도로 비틀어놓은 것도. 그렇지 않아?"

"그래요." 미아는 재빨리 예거마이스터를 마시고, 맥주도 꿀꺽꿀꺽 들이켠 뒤 테이블에 펜을 내려놓았다.

"좋아. 우리가 달리 또 어떤 단서를 갖고 있지?" 뭉크가 물었다.

"카밀라의 라커룸에서 메모 쪽지를 발견했어요." 미아가 말했다. "제가 보낸 사진 받으셨죠?"

뭉크가 고개를 끄덕였다. *"나는 네가 좋아*라는 문장? 그리고 올빼미 그림? 아니, 새처럼 생긴 어떤 것의 그림이던가." 뭉크가 덧붙였다. "그게 올빼미인지는 잘 모르겠던데."

"하지만 그 깃털은 올빼미의 것이죠?"

"응, 그래. 하지만 그륀리에가 그건 어디까지나 추측이라고 한 말을 잊지 마. 감식반이 지금 확인하는 중이야."

"어쨌거나요." 미아가 다시 맥주를 벌컥벌컥 들이키며 말했다.

"그래." 뭉크가 고개를 끄덕였다.

"그러니까 우리는 그것도 알고 있어요."

"가브리엘이 알아낸 문자메시지 기록도 있어." 뭉크가 덧붙였다.

"맞아요. 보육원 안에서 보낸, 카밀라가 잘 있다는 문자메시지."

"최소한 그 근방."

"모바일 마스트가 같죠?"

"응."

"카밀라는 실종됐어요. 그런데 그 후 누군가 그녀의 휴대전화를 가지고 잘 지내고 있다는 문자메시지를 보냈어요. 카밀라가 실종된 장소와 가까운 곳에서."

"카밀라 자신이 보낸 게 아니라면." 뭉크가 말했다.

"지금 그렇게 생각하세요?"

"아, 잘 몰라. 난 우리가 갖고 있는 정보를 취합했을 뿐이야."

"좋아요." 미아가 고개를 끄덕였다. "하지만 당분간은 카밀라 자신이 보낸 게 아니라고 가정해요."

"그럴 가능성이 높아."

"그 말은, 그러니까 우리가 찾고 있는 범인이 보육원에 접근했다는 뜻이죠."

"아니면 근처에 살거나."

"그래요." 미아가 대꾸했다.

"우리가 알고 있는 건 여기까지야."

"네."

뭉크는 미아가 다시 자기만의 생각에 빠졌음을 눈치채고 그 틈을 타 담배를 한 대 피우기로 했다. 밖으로 나오자 사람들이 파티오의 히터 아래에서 몸을 떨며 서있었다. 뭉크는 혼자 할 수 있는 일을 생각해내고는 더플코트에서 휴대전화를 꺼냈다.

아빠, 드릴 말씀이 있어요. 중요한 일이에요.

그는 언 손가락으로 미리암의 전화번호를 눌렀지만 신호는 곧장 음성사서함으로 넘어갔다.

안녕하세요. 미리암 뭉크의 전화입니다. 지금은 전화를 받을 수가 없습니다….

뭉크는 다시 두세 차례 전화를 걸었지만 계속 음성사서함으로 넘어갔다. 담배를 다 피우고 실내로 돌아갔더니 미아는 벌써 맥주 한 잔과 예거마이스터를 더 주문하고, 깡마른 어깨를 구부정하게 구부린 채 메모를 들여다보고 있었다.

"핀스타드 말이야?" 뭉크가 그녀의 주의를 끌기 위해 말했다.

"네?"

"안데르스 핀스타드? 어린 여자애들의 사진을 찍었다던?"

"제가 알기로 반장님은 그를 잘 몰라요." 미아가 대꾸했다. "전 그가 점잖은 남자라는 인상을 받았어요. 승마학교와 자기 학생들에 대해 깊은 관심을 갖고 있고요. 건물만 봐도 그곳에 애정이 많다는 것을 알 수 있어요. 제 말이 무슨 뜻인지 아세요?"

뭉크는 잘 알 수 없었지만 미아를 신뢰했다. 비록 미아의 눈빛은 다시 알코올 때문에 흔들리기 시작했지만.

"그의 전처가 꾸며낸 말이라는 게 사실이야?"

"말씀드린 그대로예요. 제가 장담할 수야 없겠지만 그가 사실을 말하고 있다고 믿어요." 미아는 잠깐 손가락으로 테이블을 톡톡 치더니 길고 검은 머리를 뒤로 넘겼다.

"그렇다면 그를 제외시킬 수 있는 건가?"

"네? 제외시키는 건 아니고, 더 이상 제 명단의 상위에 올려놓지는 않을 거예요. 반장님은 누구를 알아봤어요?"

뭉크는 슬슬 피곤해지기 시작했다. 길고 긴 하루였다.

"헬레네 에릭센?" 미아가 물었다. "그녀는 포함시켰어요? 아님 뺐어요?"

뭉크는 잠깐 그 질문에 대해 생각했다. "나는 그녀에게 호의적이야. 하지만 일단 포함시켰어."

"파울루스라는 남자는요?"

"그 친구는 아직 명단에 있어." 뭉크가 고개를 끄덕였다.

"그럼 여자 아이들은요?" 미아가 재빨리 메모를 보며 말했다. "이사벨라 융? 베네딕테 리스? 세실리에 마르쿠센?"

뭉크는 하품이 나오는 것을 참으며 대답했다. "아직 뭐라고 말하기는 일러. 굳이 내게 물어본다면 모두 명단에 올라있어. 내일 팀 브리핑 후에 다시 정리할 거야."

미아가 예거마이스터를 한 모금 마셨다. 그때 휴대전화 문자메시지 수신음이 울렸다. 그녀는 욕설을 내뱉으며 고개를 저었다.

"뭔데?" 뭉크가 물었다.

"쿠리요." 미아가 한숨을 내쉬었다.

"이번엔 뭐야?"

"술을 진탕 마셨나봐요." 미아가 투덜거렸다. "또 잘 곳이 필요하대요."

"파라다이스에 문제가 생겼나?" 뭉크가 패리스를 한 잔 들이키며 물었다.

"네. 수니바랑 또 싸웠나봐요." 미아가 고개를 저었다. "이번에는 심각한 듯해요."

"그렇군."

"죄송하지만, 제가 드린 말씀은 모르는 걸로 해주세요."

"나 바보 아니야. 그건 그렇고, 저기…."

"뭐요?"

"음, 뭐라고 말해야 할까? 나도 미아가 쿠리를 좋아하는 건 잘 알지만 나에겐 믿을 수 있는 사람이 필요해."

"킴은 떠나려 해요. 쿠리는 출근하지 않고 있고요. 그러다 나중에는 반장님과 저만 남을지도 몰라요." 미아가 말하며 그에게 윙크를 했다.

"지금 당장은 큰 문제가 아니지만." 뭉크가 일어섰다.

"벌써 가시게요?"

"응. 잠 좀 자야겠어. 내일 계속하자고."

뭉크가 코트를 걸쳐 입는데 전화벨이 울렸다. 뭉크는 다시 나오려는 하품을 참으며 화면을 보았다. 가브리엘 뫼르크. 뭉크는 무시할까 하다가 전화를 받았다.

"무슨 일이야?"

저편에서 정적이 흘렀다.

"여보세요?"

여전히 아무 소리도 나지 않았다.

"여보세요, 가브리엘? 무슨 일이야?"

미아가 메모 쪽지에서 시선을 들었다.

"좀 들어오셔야겠어요." 가브리엘의 목소리에 힘이 없었다.

"뭔데? 무슨 일이야?"

"좀 들어오셔야겠어요." 가브리엘이 다시 말했다.

"어디로 들어가?" 뭉크가 말했다.

"반장님께 보여드릴 게 있어요." 젊은 해커의 목소리가 불안하게 떨렸다.

"내일까지 기다릴 수 없어?"

"네." 가브리엘이 말했다. "절대로 안 돼요."

"그래? 자네 사무실에 있어?"

"네."

"알았어. 지금 갈게." 뭉크가 대답한 다음 전화를 끊었다.

"무슨 일이에요?"

"가브리엘이 사무실에서 전화했어. 나보고 지금 당장 와보래. 같이 가겠어?"

"네." 미아는 고개를 끄덕인 뒤 남은 맥주를 모두 비웠다.

4부

32장

수니바 뢰드는 마지막 몇 걸음을 달려서 겨우 라커룸에 코트를 걸었다. 그녀는 제복을 꺼내 입으면서 한숨을 내쉬었다. 8년 가까이 호스피스 병동에서 일했다. 처음에는 몸에 딱 붙는 구식 제복이 매력적이었지만 이제는 신물이 났다. 비단 제복만이 아니라 업무도 그랬다. 수니바는 다시 한숨을 쉬고는 커피를 한 잔 마시려고 직원 사무실로 갔다.

피지.

하늘색 바다, 늘어선 야자나무와 자유.

그들은 거의 일년간 저축을 했다. 특히 수니바는 매우 열심이었다. 춥고 어두운 지난 겨울 내내 일을 쉬지 않았다. 둘 다 여름휴가도 없이 일을 했다. 그녀의 경우 추가근무까지 마다하지 않았다. 이걸 버티면 다가오는 1월에 파라다이스로 떠날 거라는 기대에 꾹 참고 견뎠다.

그런데 그 자식이 또 그랬다. 도박으로 돈을 날려버렸다. 술을 마시고 모두 탕진했다. 또. 이번에는 그녀도 참을 수 없었다. 쿠리를 정말 사랑했지만, 그 점에 대해서는 의심의 여지가 없지만, 이렇게 살 수는 없었다. 절대로. 그 일은 최후의 결정타였다. 수니바는 쿠리를 내쫓았고, 이제는 후련한 마음뿐이었다. 그 아파트는 그녀의 소유였다. 몇 년 전 그들이 함께 이사하기로 결정했을 때 그녀의 아버지 도움으로 장만한 것이었다. 그리고 이제 그 집은 오로지 그녀만의 소유였다. 수니바는 홀가분함을 느꼈다.

수니바는 커피를 들고 직원 사무실로 가서 아침 브리핑을 위해 모여있는 동료들에게 인사했다. 야간근무가 끝나고 주간근무가 시작되는 시간이었다. 모두 간밤에 일어난 일에 대한 최신 정보를 보고할 것이다. 세인트 헬레나 호스피스 병원은 노인들이 몇 주 혹은 몇 달 동안 여생을 보내러 오는 곳이었다. 그리고 대체로 평탄한 날이 없었다. 지난밤에도 의사가 달려왔을 테고 약물을 변경하는 일이 있었을 것이다.

아침 브리핑이 끝난 후 수니바는 업무를 시작하기 전에 두 번째 커피를 준비했다. 오늘은 특히 커피가 필요했다. 토르발 순드 노인이 오늘의 명단에 올라있기 때문이었다.

미치광이 목사. 그녀를 흘끔흘끔 훔쳐보는 노인의 어두운 눈빛에는 그런 기미가 보였다.

수니바는 미소 띤 얼굴로 아침식사 쟁반을 들고 그의 방으로 들어갔다. 다행히 목사가 자고 있어서 침대 옆 테이블에 쟁반을 내려놓았다. 연어와 케이퍼 샌드위치, 꿀 섞은 카모마일 차와 오렌지주스 한 잔. 그들은 세인트 헬레나 병원의 환자들을 어떻게 돌봐야 하는지 알고 있었다.

수니바가 돌아서서 나가려는데 갑자기 목사가 눈을 떴다.

"난 천국에 가지 못할 거야!" 노인이 그녀를 노려보며 소리쳤다.

"아뇨, 틀림없이 가실 거예요." 그녀가 미소 지었다.

"아니. 난 죄를 지었어." 노인은 불안해 보였다. "오, 하느님. 저를 용서하소서. 오, 아버지, 저는 몰랐습니다. 저는 몰랐습니다. 부디 제가 속죄하게 해주소서." 노인은 가죽만 남은 팔을 허공으로 뻗으며 천장을 향해 울부짖었다. "왜 아무도 안 듣는 거지?"

투약 차트에 의하면 목사는 매일 세 차례 디아제팜 10mg과 모르핀 0.5mg을 정맥으로 투약받았다. 수니바는 링거를 확인하다 약이 비어있는 걸 확인했다. 야간근무를 한 간호사가 약물을 채우지 않은 것이다. 수니바는 살짝 짜증스럽게 고개를 젓고는 스탠드에서 링거 백을 제거했다.

"아니," 노인이 소리쳤다.

수니바가 그를 내려다보았다.

"아니, 아니." 목사가 굽은 손가락으로 그녀가 든 링거백을 가리키며 말했다.

수니바는 잠시 후 그가 무슨 말을 하려는지 알아차리고는 물었다. "링거 맞기 싫으세요?"

노인이 고개를 저으며 침대 옆 테이블에 놓인 책을 가리켰다.

"성경요? 성경책 읽어드릴까요?"

목사가 다시 고개를 젓더니 또렷한 눈빛으로 그녀를 올려다보았다. 그러고는 침대 옆 테이블에 달린 서랍을 열어달라고 웅얼웅얼 말했다.

수니바는 링거 백을 다시 스탠드에 걸고 침대를 돌아가 테이블 옆에 무릎을 꿇고 앉아 서랍을 열었다. 거기에는 오래된 신문이 들어있었다.

"이거요?"

노인이 고개를 끄덕였다. 이제 희미하게 웃기까지 했다.

"그 여자." 노인이 신문을 가리키며 말했다.

"누구요?" 수니바가 물었다.

"아이들이 불탔어." 목사가 더 이상 또렷하지 않은 눈빛으로 중얼거렸다.

"토르발 씨?" 수니바가 그의 이마에 손을 댔다. 몹시 뜨거웠다. "토르발 씨?"

반응이 없었다.

노인은 더 이상 깨어있지 않았다. 그의 눈이 천천히 감기더니 신문을 가리켰던 굽어진 손가락이 침대 옆으로 툭 떨어졌다. 수니바 뢰드는 서랍에 신문을 다시 넣었다. 약장에 가서 새 링거백을 가지고 와 주름지고 쇠약한 손에 연결했다. 이윽고 노인이 잠든 것을 확인하고 조용히 문을 닫은 뒤 오전 회진을 계속했다.

33장

가브리엘 뫼르크는 비상상황실 뒤편 자기 의자에 앉아있었다. 24시간 동안 깨어있었지만 피곤하지 않았다. 밤새 여러 차례 복통이 찾아오고 구토를 했지만 허기도 느끼지 못했다. 그는 아직까지 충격에서 벗어나지 못했다. 전날 스컹크가 뜬금없이 만나자는 문자를 보낸 뒤 사무실 밖에 나타났을 때 가브리엘은 강한 흥미를 느꼈지만(당연히 그랬다) 그에 대한 준비는 전혀 돼있지 않았다.

프로젝터 옆에 선 뭉크는 지쳐 보였다. 미아도 뭉크도 통 잠을 자지 못했다. 그들은 가브리엘과 함께 밤새 사무실에 있었다. 아네트 골리는 새벽 3시에 나타났고 쿠리는 그 후에 술 냄새를 역하게 풍기며 나타났다. 아직 동영상을 보지 못한 사람은 킴 콜쇠와 일바, 루드비 그뢴리에뿐이었다.

"이제 모두 알게 되겠지만," 뭉크가 기침을 하며 긴장한 팀원들을 둘러보았다. "가브리엘이 어제저녁 예전 친구에게 연락을 받았다는데, 누구라고 했지?"

"스컹크요." 젊은 해커가 나직하게 중얼거렸다.

"스컹크라고 전에 알고 지낸 친군데, 인터넷 비밀 서버에서 이 동영상을 발견했다. 듣기로는 이 해커가 유독 경찰을 좋아하지 않는다고 하니, 동영상을 입수한 것은 전적으로 가브리엘 덕이다."

모두가 가브리엘을 쳐다보며 고개를 끄덕였다. 가브리엘은 다시 구역질이 났고 그런 자신이 당황스러워졌다. 후룸란데 보육원에 다녀온 후 그는 사다리를 한 단계 올라간 듯, 이제 더 이상 신참이 아니라는 자부심에 들떴다. 그런데 지금은 뭘 해야 할지 모른 채 멍하니 서있던 6개월 전의 신참으로 돌아갔다. 자신들이 하는 일이 얼마나 소름끼치는지 깨닫고 구토증을 느끼는 풋내기에 불과했다. 얼마나 프로답지 못한가. 그는 무릎에 두 손을 얹고 호흡을 진정시키려 애를 썼다.

"여러분이 알고 있듯," 뭉크가 계속했다. "카밀라 그린이 발견되었을 때 시신의 상태는 실종되었을 때보다 더 나빴다. 마르고 쇠약한 데다 피부에 물집이 잡히고 손과 무릎이 까지고 온몸에 멍이 들었다. 검시 결과 위의 내용물은 동물 사료뿐이었다. 그런데 가브리엘 덕분에 왜 그랬는지 이유를 알아낼 수 있을 것 같다."

가브리엘은 호기심과 두려움이 뒤섞인 얼굴로 돌아다보는 일바와 눈이 마주쳤다. 팀에서 가장 신참인 그녀가 제일 불안해 보였다. 그는 다시 동정심이 일었다.

"루드비, 불 좀 꺼주겠습니까?" 뭉크가 말했다.

루드비가 일어나서 스위치를 껐다. 방이 조용해지고 뭉크가 버튼을 누르자 위쪽 스크린에 동영상 클립이 재생되기 시작했다.

깜깜하던 스크린에 이내 카밀라 그린이 나타났다. 지하실에 있는 것 같았다. 화면이 서서히 밝아지며 커다란 바퀴가 보였다. 동물 우리라고 할 수 있는 그런 곳이었다. 쥐나 햄스터가 사는 우리. 그러나 모든 것이 인간에게 맞게 설계되고 크기가 확대되었다. 가브리엘이 본 장면 중에 가장 슬픈, 아니 우스꽝스럽기 짝이 없는 모습이었다. 카밀라 그린은 쳇바퀴에 앉아있었다. 가브리엘은 처음에 그녀가 무엇을 하고 있는지 이해하지 못했다. 당혹스러움은 오래가지 않았다. 카밀라 그린이 크고 육중한 쳇바퀴 안에서 천천히 기자 바퀴가 회전하며 불이 들어왔다.

그녀는 갇힌 몸이었다. 자하실에. 우리에. 빛도 없이.

가브리엘은 다시 고개를 돌려야 했다.

카밀라 그린이 매 동작 힘겨워하며 커다란 바퀴를 더 빨리 돌릴 때 그녀 뒤편 회색 벽에 흰색 페인트로 쓴 글자가 보였다.

선택받은 자.

카밀라는 일정한 속도로 바퀴를 굴리려고 애썼다. 한 손을 다른 손 앞에 짚으며 빠르고 꾸준하게. 팀원들의 표정이 혼란스럽게 바뀌었다. 그녀는 왜 더 빨리 돌리려고 애쓸까? 불은 이미 들어와 있었다. 그때 갑자기 해치문이 열리며 바닥으로 뭔가 떨어졌다.

음식이었다.

그녀가 죽을힘을 다해 달리는 이유가 그것이었다.

먹기 위해서.

가브리엘은 자신이 언제 다시 스크린으로 눈길을 돌렸는지 기억도 나지 않았다.

알갱이로 된 사료.

참을 수가 없었다. 더 이상 볼 수가 없었다. 가브리엘은 마침내 방을 뛰쳐나가 화장실로 갔다. 변기 앞에 무릎을 꿇었다. 시큼한 위액이 솟구쳐 올라와 목구멍으로 나왔다. 식은땀이 났다.

"괜찮아요, 가브리엘?"

젊은 해커는 아무 말도 할 수 없었다. 문이 열리고 미아가 들어온 줄도 몰랐다. 미아는 수건을 수돗물에 적셔 그에게 건네고는 옆에 무릎을 꿇고 앉았다. 그는 차가운 수건을 얼굴에 댔다.

"전 괜찮아요." 그가 조그맣게 중얼거렸다.

그가 보여주고 싶은 모습은 아니었다. 미아뿐만 아니라 다른 모든 사람들에게. 직업의 실상에 제대로 대처하지 못하는 애송이. 하지만 지금 그걸 걱정하기에는 너무 늦었다. 밤이 너무도 길었다.

"집에 갈 걸 그랬어요. 그건 나중에 하면 되니까요."

가브리엘은 다시 찬 수건으로 이마를 닦았다. 그는 미아가 무슨 말을 하는지 잘 몰랐다.

"뭘요?" 가브리엘이 그녀를 올려다보며 물었다.

미아가 그의 어깨에 손을 얹으며 설명했다. "어렵다는 거 알지만 우리는 알아야 해요, 그렇지 않아요?"

"뭘 알아요?" 가브리엘이 멀뚱하게 물었다.

"친구가 그걸 어디에서 구했는지, 가능한 빨리 알아야 해요."

"네." 가브리엘은 그게 불가능하다는 걸 알았지만 천천히 고개를 끄덕였다.

34장

쿠리가 커피를 한 모금 마시고 있을 때 미아가 비상상황실로 돌아와 의자에 앉았다.

"괜찮아?" 뭉크가 물었다.

"가브리엘은 괜찮을 거예요." 미아가 대답했다.

"좋아." 뭉크는 이어서 뭐라고 말해야 할지 난감한 표정이었다. 그는 여전히 프로젝터 옆에 선 채 하품을 참으며 수염을 긁적였다. "좋아." 그는 다시 입을 열었지만 더 이상 말을 잇지 못했다.

쿠리는 그에게 연민을 느꼈다. 자신은 위스키를 거의 반 병이나 마셨고 또다시 미아의 아파트 소파에서 신세를 졌다. 기절하다시피 곯아떨어져 새벽 3시에 전화벨이 울렸는데도 듣지 못했다. 지금은 아주 멀쩡했고, 적어도 그렇게 느껴졌지만, 모든 것에 이해 불가한 분노가 뒤섞인 그림자가 드리워져 있었다.

우리가 생각했던 것보다 심각한걸.

어떤 미친놈이 이런 짓을 했을까? 여자애를 우리에 가둬? 몇 달

씩이나? 불을 켜고 먹을 것을 얻기 위해 큰 쳇바퀴를 돌리게 해?

뭉크는 앞에 서서 적당한 말을 찾으려 애쓰고 있었다. 하지만 표정은 베개에 머리를 뉠 수만 있다면 뭐라도 할 것처럼 보였다.

쿠리는 스스로 강한 남자라고 여겼지만 막상 스크린에 동영상이 떴을 때 막막한 마음뿐이었다. 탈진하고 겁에 질린 카밀라 그린의 얼굴.

불쌍한 소녀.

"질문 없나?" 뭉크가 마침내 입을 열었다. "우리가 지금까지 본 것을 분석하기 전에?"

팀원들을 둘러보았지만 아무도 입을 열지 않았다.

"미아?" 뭉크가 프로젝터 옆 자신의 자리를 동료에게 넘기며 불렀다. 미아의 표정은 수면부족 따위에 절대 굴복하지 않겠다는 듯 결연했다.

"네." 미아가 버튼을 누르며 설명을 시작했다. "여러분 중 동영상을 다시 보고 싶은 사람이 있으면, 나중에 열람하세요. 우리 서버에 카피본이 있으니까요. 다만 지금은 한 장면 한 장면 자세하게 살펴볼 필요가 있어요. 우리가 그걸 일련의 정지화면으로 쪼개놨어요. 처음 봤을 때 놓쳤을지 모를, 그러나 중요해 보이는 장면에 초점을 맞추려고 해요. 분명히 더 상세한 게 보일 거예요. 이런 짓을 한 자가 누구든 두 번째 희생자는 생각조차 못하게 될 거예요. 우리가 감시하는 한 절대로 불가능해요."

미아는 이처럼 인상적으로 강인했다. 쿠리는 언제나 미아를 존경했지만 지금은 정말로 그랬다. 어떻게 자기 감정을 철저히 배제하고 수사관 노릇을 할 수 있을까. 미아의 뇌가 돌아갈 때면 톱니 바퀴 소리가 나는 것 같았다.

"카밀라 그린이 처음 발견됐을 때 그녀가 왜 그렇게 말랐을까 의 아했는데 이제 알게 됐어요. 왜 손에 물집이 잡히고 무릎에 멍이 들었는지 그것도 이제 알게 됐어요. 그리고 마지막으로 검시 결과 위 속에서 동물 사료가 발견된 이유도 알게 됐어요. 이제 우리는 리스트에서 그런 의문들을 지워도 돼요. 여러분이 눈으로 본 장면 을 현실로 받아들이기 힘들 거라는 점, 알아요. 하지만 우리는 이 점을 명심해야 해요. 카밀라는 어떤 괴물의 손에 끔찍한 최후를 맞 았어요. 우리가 더 많이 알수록 이 괴물, 혹은 괴물들을 잡기 쉬워 질 거예요. 그렇지 않아요?"

쿠리는 미아가 왜 이런 연설을 늘어놓는지 이해할 수 없었다. 사 실 말할 필요도 없는 것이었다. 그때 일바가 눈에 들어왔다. 일바 는 당장이라도 기절할 듯 보였다.

"우리가 알고 있는 사실은 두 가지예요. 첫째, 카밀라 그린은 지 하실에 갇혀 지냈어요. 짐승처럼 살 수밖에 없었어요. 여러 달 동 안. 둘째, 한 명 혹은 여러 명의 범인이 그녀를 죽인 뒤 의식처럼 보이는 행위를 하면서 제물로 바쳤어요."

미아가 버튼을 한 번, 그리고 다시 한 번 누른 뒤 두 사진을 번갈 아가며 보여주었다. 지하실에 있는 카밀라와 숲속 공터에 있는 카 밀라.

"한 가지만 질문할게요. 동기가 뭘까요? 두 범죄의 동기가 같을 까요?" 미아가 회의테이블을 둘러보았지만 누구도 답이 없자 계속해서 말했다. "두 개가 하나의 사건일까요? 카밀라는 지하실에 갇혀서 짐승 취급을 받았어요. 그리고 몇 달 뒤 다시 나타났어요. 이번에는 펜타그램 모양 촛불 가운데 알몸으로. 이 두 사건의 동기가 같을까요? 연관이 있을까요?"

미아는 시선을 들고 물병의 물을 한 모금 마셨다. 순간 쿠리는 왜 미아가 뭉크만큼 피곤해 보이지 않는지 깨달았다. 그녀는 약에 취해있었다. 쿠리는 죄책감을 느꼈다. 미아는 자신을 지지해 소파에서 재워주었다. 쿠리는 굳이 캐묻지 않았지만 욕실 캐비닛에서 약병을 보았다. 알약이 든 약병.

"연관이 없다는 말을 하려는 게 아니에요." 미아가 가볍게 고개를 끄덕이며 말을 이었다. "하지만 우리는 자신에게 물어봐야 해요. 왜 그녀를 가두었을까? 왜 그녀를 숲속에 알몸으로, 그런 자세로 버려두었을까?"

"미아, 당신 생각은 어때요?" 킴 콜쇠가 물었다. 그가 첫 번째로 입을 열었다.

"나는 모르겠어요." 미아가 이렇게 대답하고 나서 잠깐 생각에 잠겼다가 말을 이어나갔다. "당신이 보기에는 이상하지 않아요? 난 솔직히 어떤 관련성을 찾지 못하겠어요."

쿠리는 다른 사람들도 눈치채기 시작하는 걸 간파했다. 미아는 평소의 그녀가 아니었다. 뭔가 이상한 데가 있었다. 쿠리는 미아가 각성제를 복용한 게 아닐까 의심스러웠다.

"난 왜 연관이 있어야 하는지 모르겠어요." 킴 콜쇠가 계속했다. "두 사건이 별개일 수도 있지 않을까요? 두 사건의 동기가 다를 수도 있잖아요? 어떤 미친놈이 또 다른 미친놈의 지하실에서 그녀를 발견하고 자기가 한 수 위라는 걸 보여주겠다고 생각할 수도 있잖아요?"

"당신이 맞을 수도 있어요." 미아는 잠시 생각을 하는 듯 망설였다. "네, 그래요. 난 그저…." 미아가 머리를 긁적이고는 앞에 놓인 물을 마셨다. "좋아요. 그 문제는 일단 미뤄두기로 해요. 다른 단서도 검토해봐야 하니, 넘어가기로 해요."

킴이 재빨리 쿠리를 쳐다보았다. 쿠리는 그를 보며 가볍게 어깨만 으쓱했다.

"좋아요. 몇 가지 물리적인 증거와, 그 다음 반장님과 내가 발견한 것을 보기로 해요." 그녀가 다시 클릭을 하면서 연달아 여러 장의 사진을 보여주었다. "먼저, 커다란 쳇바퀴. 아마 시중에서는 구입할 수 없을 거예요. 누가 저걸 만들었을까요? 우린 그것을 알아봐야 해요."

또 다른 사진.

"카밀라의 등 뒤 벽에 적힌 글. *선택받은 자*. 왜 카밀라가 선택받은 사람일까요?"

또 다른 사진.

"이건 동영상의 한 장면이에요. 그래요, 동영상. 왜 그녀를 촬영했을까요? 개인적으로 감상하려고 그랬을까요? 이게 서버에서 발견됐잖아요. 그럼 다른 사람과 공유했을까요? 그래서 그녀를 가뒀을까요? 그녀를 촬영하기 위해? 나중에 동영상을 남과 공유하려고?" 미아가 다시 물을 마셨다. 이제 분명해졌다. 그녀는 쉬지 않고 말했으며 눈은 접시만큼 컸다. "그 점에 대해서는, 일단 가브리엘이 정신을 차리면 대답을 들을 수 있을 거라고 생각해요. 그러면 알게 될 거예요…."

미아가 뭉크를 흘깃 쳐다보았다. 뭉크는 얼마나 지쳤는지 미아가 브리핑을 잠깐 쉬는 동안 담배를 피울 엄두조차 내지 못했다.

"스컹크." 뭉크가 중얼거렸다.

미아가 고개를 끄덕였다. "틀림없이 거기에 뭔가 더 있을 테지만 실무적인 관점에서 보면 이게 중요하다고 생각해요. 쳇바퀴는 어디에서 났을까? 선택받은 자란? 카밀라가 선택받은 사람이었을까? 그렇다면 왜?…."

미아가 자기만의 생각에 빠져들자 쿠리가 얼른 제 궤도로 돌아오게 도와주었다. "동영상."

"그래요, 동영상. 욘, 고마워요. 왜 이걸 촬영했을까요? 왜 이게 서버에서 발견됐을까요? 위험할 수도 있는데, 그렇지 않아요? 이걸 다른 사람들과 공유하게 되면?" 미아가 웃으면서 머리카락을 뒤로 넘기고 다시 팀원들을 둘러보며 물었다. "질문 없어요? 지금까지 나온 내용에 대해 할 말 없어요?"

미아, 당신은 잠을 좀 자야 해. 쿠리는 이렇게 생각했지만 소리내어 말하지 않았다.

일바가 조심스럽게 손을 들었다. 그녀는 처음의 충격에서 많이 벗어난 듯 보였다.

"선배님이 발견한 것에 대해 말해준다고 했잖아요."

"참, 그랬죠." 미아가 활기차게 노트북으로 걸어가 준비해둔 파일을 열며 말했다. "이건 동영상에서 잘라낸 거예요. 약 40초쯤 돼요. 여러분도 발견할 수 있는지 보세요, 네?" 그녀가 팀원들을 보며 웃었다. "준비됐어요?"

여기저기에서 고개를 끄덕거렸다.

미아가 맥북의 자판을 누르자 갑자기 스크린에 살아있는 17세 소녀가 나타났다. 카밀라 그린. 그녀는 이제 바퀴에서 내려와 무릎으로 바닥을 기어다니고 있었다. 손으로 사료 알갱이를 허겁지겁 주워 입에 넣으면서.

맙소사, 동물사료라니.

나쁜 놈.

"봤어요?" 짧은 클립이 끝났을 때 미아가 다시 팀원을 둘러보며 열띠게 말했다.

쿠리는 주위를 둘러봤지만 뭉크만 빼고 모두 고개를 저었다. 뭉크는 미아가 무엇을 물어보는지 알고 있었지만, 오로지 눈을 똑바로 뜨려 애쓰는 데만 집중했다.

"좋아요." 미아가 말했다. "그럼 다시 재생할게요. 이번에는 카밀라를 무시하세요. 그게 어렵다는 거 알지만 그녀가 없다고 치고 쳇바퀴 뒤편 벽만 보세요, 알았죠?"

미아가 다시 맥북의 자판을 눌렀다. 짧은 영상이 다시 재생됐다. 쿠리는 무릎으로 기어가고 있는 소녀에게 시선이 가지 않도록 애쓰면서 미아가 말한 대로 해보았다. 그때 그것이 눈에 들어왔다.

"세상에!" 쿠리 바로 옆에 앉은 일바가 소리쳤다.

"맙소사." 킴 콜쇠도 중얼거렸다.

"맞아요." 미아가 의기양양하게 고개를 끄덕였다.

"말도 안 돼!" 아네트 골리도 외쳤다.

홀거 뭉크는 천천히 의자에서 일어났다. 마지막 남은 체력마저 동난 게 분명했다.

"이건 대단한 발전이야." 뭉크가 하품을 했다. 그는 어찌나 피곤한지 외투를 입을 힘도 없었다. "하지만 난 좀 쉬어야겠어. 오늘 저녁 팀 브리핑에서 다시 만나. 6시야."

뚱보 상관은 더플코트의 모자를 쓰고 힘겹게 방을 가로질러 문도 닫지 않고 떠났다.

35장

미리암 뭉크는 마음이 약했다. 그녀는 이 상황이 어서 지나가기를
바랐다. 거리를 두려고 애를 썼다. 하지만 요 며칠 그녀가 한 일이
라고는 그를 생각하는 것뿐이었다. 그의 얼굴, *지기*. 그리고 지금
그녀는 들뜬 기대와 죄책감이 뒤섞인 감정으로 여기, 그루네르뢰카
의 카페에 앉아있었다. 비밀스러운 만남. 그녀가 평소에 오지 않는
곳. 그녀를 아는 사람이 갑자기 나타날 염려가 없는 곳. 마리온은
이번에도 엄마와 롤프가 돌봐주기로 했지만 미리암은 그에 대해 죄
책감은 갖지 않았다. 딸은 할머니와 지내는 것을 좋아하기 때문이
다. 문제는 요하네스였다.

　며칠 전 아침에 미리암은 하마터면 무심결에 말할 뻔했다. 그녀
는 거짓된 행동을 하는 게 싫었다. 이렇게 몰래몰래 다니는 것. 그
녀는 어떻게든 말하려고 했다. 자신의 감정에 대해. 그들은 침대에
있었다. 둘 다 일찍 잠을 깼고, 마리온은 아직 일어나지 않은 상태
였다. 미리암은 지금이 적절한 때라고 생각했지만—*우리 얘기 좀*

221

해— 하필 그때 전화벨이 울렸다. 병원에서 요하네스에게 좀 더 일찍 출근할 수 없느냐고 묻는 전화였다. 그렇게 적절한 순간이 지나가 버렸다.

미리암은 차를 한 잔 더 주문한 다음 테이블로 왔다. 15분이 지났다. 곤혹스럽게도 첫 데이트를 하는 여학생처럼 일찌감치 들떴다. 트램을 타고 여기까지 오는 동안 피부가 얼얼하고 가만히 앉아 있기 힘들 정도였다. 하지만 여기에 앉아 기다리는 동안은 다소 어색했다. 마치 자신이 기다려서는 안 되는 사람을 기다리는 사실을 모두가 알고 있는 것만 같았다. 미리암은 시간도 때우고 얼굴도 가릴 겸 신문을 집어들어 별 관심 없이 휙휙 넘겼다.

숲에서 발견된 소녀. 당연히 신문은 거의 모든 지면을 그 사건에 할애하고 있었다. 후룸란데에서 멀리 떨어진 숲에서 일종의 의식을 치르는 듯 알몸의 소녀가 특이한 자세로 발견되었다. 카밀라가 소녀의 이름이었다. 카밀라 그린. 그녀는 10대들을 위한 쉼터에서 살았다. 미리암은 다시 신문을 내려놓았다. 생각만 해도 끔찍했다.

이 사건 때문에 마리온의 생일파티 때 아버지가 일찍 떠난 게 틀림없었다. 경찰이 이 소녀를 발견한 것이다. 미리암은 아버지에게 못되게 굴었던 지난 시간이 죄스러웠다. 부모의 이혼도 아버지 잘못으로 돌렸다. 숲속 한가운데 촛불에 둘러싸여 깃털 위에 놓여있는 알몸의 소녀. 미리암은 자신이 더 사려 깊었기를 바랐다. 아버지가 급히 떠난 건 이상할 게 없었다.

미리암은 일어나서 맥주를 주문했다. 대낮에 술을 마시는 일은 좀처럼 없지만 오늘은 신경을 안정시킬 필요가 있었다.

마침내 그가 도착했을 때 미리암은 두 번째 맥주를 마시고 있었고 그에게 막 짜증이 나려던 참이었다. 심지어 가버릴까도 생각했지만 문가에 나타난 그와 그의 부드러운 미소를 보는 순간 짜증은 깨끗이 날아갔다. 그가 테이블 맞은편 의자에 앉았다.

"늦어서 미안해요." 지기가 말했다.

"괜찮아요." 미리암이 웃었다.

"고마워요. 그리고 다시 한 번 미안해요. 우리 맥주 마실래요? 한 잔 더 마실래요?"

미리암은 망설였다. 이렇게 이른 오후부터 맥주 세 잔이라니? 저녁을 먹고 나서 마리온을 데리러 가겠다고 약속했지만 딸은 할머니와 하룻밤 더 지내도 싫어하지 않을 것이다. 게다가 요하네스는 늦게까지 일할 것이다. 오늘도.

"거절할 이유가 없죠."

지기가 주문을 하러 카운터로 갔다.

다시 그런 기분이 들었다. 다시 죄책감이 밀려왔다.

내가 지금 무슨 생각으로 이러는 거지?

난 행복해. 그렇지 않아?

요하네스. 마리온과 그녀. 미리암은 결코 다른 길이 있을 거라고 상상해보지 않았다. 그런 생각은 한 번도 하지 않았다. 6주 전까지만 해도 그랬다.

지기는 조심스럽게 맥주 두 잔을 테이블로 가져와 다시 앉았다.

"늦어서 정말 미안해요. 누나가 전화를 해서요. 집안에 일이 좀 있어서. 당신에겐 지루하고 재미없는 이야기예요."

"지루하기는요. 오히려 듣고 싶어요." 미리암이 맥주를 한 모금 마시며 말했다.

"정말이에요?" 지기가 정색을 했다. 그는 다소 놀란 것 같았다.

"그럼요. 뭔가 서로 이야깃거리가 있어서 더 좋잖아요?"

미리암이 윙크를 했고 젊은 남자는 미소를 지었다. 그들은 만난 후로 언제나 그랬다. 어색한 침묵이 없었다. 편안했다.

"그래요? 내게 들려줄 이야기가 있어요?" 지기가 그녀를 보며 웃었다.

"아뇨, 아니에요." 그녀가 따라 웃었다.

"계속 말해봐요." 젊은 남자가 그녀를 부추겼다.

"아니에요. 정말이에요. 그러니까 나한테 말해봐요, 당신 누나요. 무슨 일이 있었어요? 형제자매가 어떻게 되나요?"

그는 의자에 등을 기대고 앉아 뭔가 생각하는 듯 미리암을 가만히 응시했다. "내가 누군지 알고 싶죠?" 그가 물었다.

"무슨 뜻이에요? 난 당연히 당신을 알고 있어요."

"아뇨. 그런 거 말고," 지기가 말했다. "우리 가족이 어떤 사람들인지 모르죠, 그렇죠?"

미리암은 그가 무슨 말을 하는지 이해할 수 없었다.

"그럼요. 당신이 말한 적 없잖아요. 그런 얘기까지 나눈 적은 없어요. 우린 그저…." 말이 엉켜버리면서 미리암의 얼굴이 붉어졌다.

"내 말은 그런 뜻이 아니고." 지기가 웃었다. "난 잘 모르겠어요, 우리가…, 아니 내 말은, 당신은 어떤 걸 기대해요? 난 내가 무엇을 원하는지 알거든요."

"당신은 뭘 원하는데요?" 미리암은 이제 감히 그를 바라볼 수도 없었다.

"당신이 알 거라고 생각했는데." 그가 갑자기 미리암의 손에 자기 손을 포갰다.

미리암이 손을 돌려 그의 손을 잡으려고 했다. 그때 뒤쪽에 있는 문이 열렸고 미리암은 아는 사람이 나타난 것도 아닌데 반사적으로 손을 뺐다.

"미안해요. 당신을 불편하게 할 생각은 없었어요." 지기가 민망한 듯 말했다.

"아니에요. 그렇지 않아요. 하지만 우리 사이가 어떤 건지 당신도 잘 알잖아요." 미리암은 이렇게 말하며 그를 바라보았다.

지기는 충분히 이해한다는 듯 고개를 끄덕였다. 그날 그의 아파트에서 나눈 얘기도 그것이었다. 그는 미리암에게 아이가 있다는 사실이 문제되지 않는다고 말한 터였다.

"당신 가족 말이에요." 미리암이 화제를 돌렸다.

"정말이에요? 정말 우리 가족이 어떤 사람들인지 몰라요?" 미리암이 어리둥절한 표정을 짓자 젊은 남자가 싱긋 웃으며 말했다.

"일단 당신에겐 누나가 한 명 있어요. 내가 아는 건 그게 전부예요. 당신은 그것밖에 말하지 않았어요. 혹시 내가 엉뚱한 소리를 하고 있나요? 내가 그날 밤 심하게 취했어요? 혹시 내가 기억하지 못하는 얘기를 나한테 했어요?"

그가 다시 웃었다. "엉뚱한 소리라뇨. 그런 일 없어요. 난 그냥 안도했어요. 우리 가족에 대해 모르는 사람들은 드물거든요. 어서 맥주나 마셔요."

미리암은 점점 혼란스러웠다. 자신이 뭔가를 놓치고 있는 게 분명했다. "이제 나한테 말해줘야 해요." 미리암이 졸랐다.

"당신은 실수한 거 없어요, 정말이에요." 지기가 그녀를 안심시켰다. "사실 그런 사람이 아니라서 기뻐요. 내가 말했듯이 이런 경우는 처음이라서요."

"난 당신에 대해 빠짐 없이 알고 싶어요." 미리암이 다시 채근했다. "솔직히 난 거의 하루 종일 당신 생각만 했어요."

미리암은 자신이 말을 해놓고도 믿기지 않았다. 술을 마셔서 대범해진 것 같았다. 다시 얼굴이 붉어졌지만 어쩔 수가 없었다.

"나도 당신에 대해 빠짐 없이 알고 싶어요." 지기가 테이블 맞은 편에서 미리암 쪽으로 몸을 기울이며 말했다. "게다가 나도 그랬어요. 그러면 안 되는데 당신 생각만 했어요. 나도 우리 사이가 어떻게 될지 몰라요. 하지만 세상 일이 다 그렇죠."

그가 미소 띤 얼굴로 다시 손을 잡았을 때 미리암의 심장은 점퍼 안에서 더 빨리 뛰었다.

미리암, 너 제정신이야?

지금 뭐하는 거야?

비밀 만남이라니?

"도대체 신비에 싸인 당신의 가족은 어떤 사람들이에요?" 그녀가 수줍게 물었다.

"나에 대해 아는 거 없어요?" 지기가 의자에 등을 기대며 물었다.

"당신의 성이 시몬센이라는 것." 미리암이 대답했다.

"지기 시몬센, 그게 나예요."

"그 이름을 들어도 별로 떠오르는 게 없는데요?"

"내 세례명은 당연히 지기가 아니었어요. 욘-시그바르드. 사람들은 날 그렇게 불렀죠. 시그바르드를 이름에 넣어야 했어요. 집안의 전통이니." 그는 검은 앞머리 아래 엷은 미소를 지었다.

"카를 시그바르드 시몬센?"

지기가 고개를 끄덕였다.

"설마 그 분이 당신 아버지예요? 억만장자?"

"그래요." 지기가 다시 고개를 끄덕였다.

"미안해요." 그녀가 살짝 웃으며 말했다.

"미안하다고요? 도대체 왜 당신이 사과해야 하는데요?" 그가 웃으면서 미리암을 향해 맥주잔을 쳐들었다.

"전 가십 란을 읽지 않거든요." 미리암이 다시 사과하듯 말했다. "아니 아쉽게도 신문을 별로 못 읽어요."

"아, 나로서는 다행스러운데요." 젊은 남자가 다시 웃었다. "다른 사람이 아닌 당신을 만나서…."

지기는 뭔가에 짓눌려 자기만의 생각에 빠져있는 듯했다. 밝고 정직해 보이는 그의 얼굴에 그녀가 이제껏 보지 못한 어둠이 드리워졌다.

"그러니까 부잣집 도련님이시군요?" 미리암이 분위기를 가볍게 바꾸려고 말했다. "내 전용 배가 들어왔어요."(부유하다는 의미 외에 뭔가 엄청나게 좋을 일이 일어날 거라는 의미로 쓰이는 표현 —옮긴이).

지기가 다시 정신을 차렸다. 그는 환하게 웃으며 아름다운 푸른 눈으로 미리암을 응시했다. "혹시 그게 내가 생각하는 그걸 의미하나요?"

"그게 뭔데요?"

"지금 우리가 하고 있는 것?"

"우리가 뭘 하는데요?" 미리암은 지기가 무엇을 암시하는지 빤히 알면서도 장난스럽게 물었다.

"당신과 나." 그가 다시 미리암의 손을 감싸쥐며 말했다.

이제 미리암은 손을 빼지 않았다. 그의 아름다운 손이 그녀의 손을 잡았다.

"맥주 한 잔 더 마셔야겠어요." 그녀가 속삭였다.

36장

"문빔," 문가에 선 남자가 마약에 취해 싱글싱글 웃었다. "안 그래도 당신이 언제 나타날까 궁금했어요. 신문에서 그 사진을 봤을 때 그럴 것 같은 기분이 들었죠. 어서 와요."

미아 크뤼거는 현관문을 지나 머리를 하나로 묶은 깡마른 이 남자를 따라서 그의 아파트로 들어갔다.

"신발은 벗을 필요 없어요. 여기서 격식을 차릴 필요는 없으니까. 한 잔 할래요, 아니면 더 센 친구들?"

미아는 그가 무엇을 암시하는지 정확히 알았다. 작은 아파트 안에 마리화나 냄새가 진동했다.

"집 안이 누추해서 미안해요. 손님을 맞은 적이 거의 없어서. 알다시피 난 내 친구들을 더 좋아하죠."

"괜찮아요." 미아가 웃으면서 소파 한쪽에 놓인 잡동사니를 치우고 그곳에 앉았다.

"좋아요, 좋아." 말총머리 남자가 미아의 맞은편 안락의자에 털썩 앉았다. "그럼 아무것도 줄 수 없단 말인가?" 그가 테이블을 향해 손짓을 했다. "아프가니스탄에서 가져온 좋은 물건이 있어요. 재배자한테 직접 구했죠. 30개국에서 금지됐다고 하던데, 하하. 설마 그럴까! 아무려면 어때요. 버터처럼 부드러워요. 좀 더 차분한 여행을 원한다면, 여기 어딘가에 모로코 것도 있는데. 정말 생각 없어요?"

세바스티안 라르센이 미아를 보며 씩 웃었다. 미아는 그가 너무 빨리 답장을 보내서 적잖이 놀랐다. 방문객을 달가워하지 않는 그가 지금은 미아를 만나서 정말로 기뻐하는 것 같았다.

"아니, 됐어요. 알다시피 난 입에 대지 않아요." 미아는 이제 잠이 쏟아지려고 했다.

"그야 당신이 결정할 일이지만, 나는 좀 피워도 괜찮겠죠?"

"좋으실 대로." 미아가 가볍게 어깨를 으쓱하며 말했다.

세바스티안 라르센. 사회인류학자. 그는 한때 오슬로 대학에서 학생을 가르쳤다. 학생들에게 마리화나를 팔다가 쫓겨나기 전까지는 학자로서 빠르게 명성을 높여가던 대단한 인재였다. 미아는 과거에 사건을 해결할 때 그에게 도움을 요청하곤 했다. 하지만 요즘 고위직 경찰들은 그런 방식을 좋아하지 않았다. 경찰이 세바스티안 라르센 같은 사람과 협력하기 싫어하는 이유를 미아는 잘 알았다. 아파트에서 진동하는 냄새와 히죽히죽 웃는 얼굴을 보면 충분히 그럴 만했다.

"오래만이요, 문빔. 만나서 반가워요. 나에 대해서는 까맣게 잊은 줄 알았는데."

"그동안 바빴어요." 미아는 다시 피곤함을 느끼며 말했다.

뭉크는 미아에게 엄격하게 지시를 내렸다. *좀 쉬어.* 하지만 미아는 좀처럼 몸을 쉬게 하지 않았다. 대신 알약을 몇 개 삼켰다. 미아는 카밀라를 발견한 후 줄곧 세바스티안 라르센을 생각했다. 오컬트. 의식. 지금 자신 앞에 앉아있는 남자보다 이 주제에 대해 더 잘 아는 사람은 생각나지 않았다.

세바스티안은 요사이 블로그를 운영했다. 대학에서 쫓겨난 후 그의 주업이었다. 그는 대부분 음모 이론에 관한 글을 썼다. 미아는 가끔 그의 블로그를 들여다보았다. *새로운 증거: 미국인은 결코 달에 착륙하지 않았다. 제51구역*(미국 네바다 주에 위치한 군사작전 지역으로, 일반인의 출입이 통제되어 있다-옮긴이). *목격자의 증언: 우리는 외계인을 보았다. 기타* 등등.

"진심이죠? 정말 생각 없어요?" 라르센이 앞에 놓인 물담배를 한 모금 빨며 싱글거렸다.

"네. 사양할게요." 미아가 다시 고개를 저으며 말했다.

"그럼 좋을 대로." 그가 웃으면서 숨을 내뱉자 방 안이 연기로 가득 찼다.

그는 학계에서 높은 평가를 받았다. 강연을 하러 세계 여러 나라를 돌아다니기도 했다. 그의 약점이 밝혀지기 전에는, 아니 그의 자유분방한 태도가 알려지기 전까지는 승승장구했다.

"제가 왜 여기 왔는지 아시죠?" 미아가 상대의 눈이 감기려는 것을 눈치채고 물었다.

미아는 주머니에 손을 넣어 조금이라도 에너지를 보충해줄 알약을 만지작거렸지만 참았다. 지금도 충분했다. 이제 곧 잠을 자야 하리라.

"물론." 세바스티안이 진지하게 미아를 응시하며 고개를 끄덕였다. "솔직히 당신이 와서 기뻐요. 당신이 찾아오길 바랐거든."

"그렇다면 어떻게 생각하세요?"

"신문에 난 사진들?"

미아가 고개를 끄덕였다.

세바스티안 라르센이 머리칼을 쓸어올리며 우물거렸다. "글쎄, 딱히 해줄 말은 없어요. 신문 1면에 실린 사진 한 장만 가지고 결론을 내기는 쉽지 않아서. 그보다 나에게 달리 알려줄 내용 없어요?"

"있겠지요." 미아가 웃으며 대답했다. "하지만 먼저 제게 뭔가를 줘야 해요."

"나를 못 믿겠다는 말인가, 그런 거요?"

미아가 싱긋 웃으면서 테이블 위의 물담배를 가리켰다. "저거요. 저걸 못 믿어요."

"알겠어요." 라르센이 껄껄 웃으며 자신의 노트북 쪽으로 걸어가서 언론사 웹사이트로 들어갔다. "아주 흥미진진해. 그 점은 인정할 수밖에 없어." 그가 신문에 났던 사진을 불러오며 말했다.

숲속. 깃털. 다섯 개의 초.

"이건 당연히 펜타그램이에요, 미아도 알았을 거요. 그렇죠?"

라르센이 쳐다보자 미아가 조용히 고개를 끄덕였다.

"이런 깃털은 본 적이 없는데." 그가 다시 모니터를 보며 말했다. "하지만 촛불 형태는 잘 알려져 있어요. 펜타그램은 많이들 사용하니까. 수천 년 되었을 거요. 하지만 내 도움을 받고 싶으면 더 알려 줘야 하는데."

미아는 그가 혼란스러워 한다는 것을 눈치챘지만 자신의 가방에 있는 카밀라 그린 사진을 보여주어야 할지 확신이 서지 않았다.

"펜타그램. 그건 의식과 관련 있다고 쳐요. 그런데 요즘 누가 그런 걸 할까요?" 미아가 물었다.

"자, 뭐부터 시작할까요?"

"가장 관련성 높은 것부터."

"나에게 더 보여줄 거 없어요?"

"만약 이것만 가지고 본다면 누가 그랬을 것 같아요?" 미아가 그의 질문을 무시하며 물었다.

라르센이 자판을 쳐서 새로운 웹페이지를 불러왔다. "OTO" 그가 모니터를 보며 고개를 끄덕였다.

"누구예요?"

"오르도 템플리 오리엔티스."

"그게 뭐예요?"

"*네가 의지하는 바를 행하는 것이 율법의 전부다. 사랑이 율법이 되 의지 하의 사랑이로다.* 교회와 단절하고 1895년에 창설된 템플 기사단이에요. 알레이스터 크로울리Aleister Crowley(영국의 오컬티스트, 흑마법사, 시인이자 소설가, 등반가. 텔레마라는 종교를 창설하고 스스로 예언자가 됨-옮긴이)에 대해 들어봤어요?"

"네." 미아가 고개를 끄덕였다. "그게 텔레마이트(20세기 초 알레이스터 크로울리가 발생시킨 정신철학(일부에서는 종교로 취급) 율법을 받아들이고 실천하는 사람 — 옮긴이)의 교리인가요?"

"꼭 그렇지만은 않아요."

"악마주의도요?"

"물론 그것도 맞아요. 많은 사람들이 알레이스터 크로울리가 OTO를 결성한 사람인 줄 알지만 그렇지 않아요. 크로울리는 1904년에야 가입했지. 그는…."

"조금 전에 뭐라고 말씀하셨죠?"

"뭐요?"

"텔레마이트 교리요."

"네가 의지하는 바를 행하라." 라르센이 미아를 보며 말했다.

"그게 무슨 뜻이죠?"

"이 점을 명심할 필요가 있어요. 그 당시에는 교회가…." 라르센이 설명을 시작했지만 미아는 강의를 들을 힘이 없었다.

"간단한 버전 없어요?"

라르센이 미아를 보며 고개를 가로저었다. "알고 싶다고 했잖소." 그는 다소 불쾌해 보였다.

"죄송해요, 세바스티안." 미아가 그의 어깨에 손을 얹으며 말했다. "벌써 여러 날 지났어요. 그런데 이 단체가…."

"오르도 템플리 오리엔티스."

"그게 여기 노르웨이에도 있나요?"

"아, 그럼요. 왕성하게 활동하고 있죠. 2008년에 그들만의 평의회도 설립되었어요. 주요 도시 대부분에 지부가 있고. 특히 베르겐과 트론하임에서 최근에 활동이 두드러지죠."

"그러면 그들은 이 텔레마이트의 교리대로 생활하나요?"

"*네가 의지하는 대로 행하는 것이 율법의 전부니라.*" 라르센이 다시 한 번 인용했다.

"그게 무슨 뜻인가요?"

세바스티안이 가볍게 웃으며 돌아섰다. "무슨 뜻인 것 같아요? 네가 원하는 대로 행하라?"

"설명해주세요." 미아가 채근했다.

"개인의 권리에 대한 정부의 통제에 저항하고, 교회의 율법을 어기고, 우리에게 강요된 관습적인 도덕과 윤리규범에 도전하는 것."

"무슨 뜻이에요?"

"오, 이런! 내 말을 듣고 있나요?"

라르센이 미아를 보며 고개를 저었다. 미아는 세바스티안이 옳다고 생각했다. 그는 어디에서 왔는지도 모르는 불법 물질을 흡입했는데도 자신보다 두뇌가 더 잘 돌아가고 있었다.

미아는 다시 주머니 속으로 손을 넣었다.

알약을 더 먹을까?

안 돼. 그녀는 이제 잠을 자야 했다. 그녀의 몸은 포기 직전까지 와있었다. 곧 휴식을 취해야 했다.

"당연히 듣고 있죠." 미아가 중얼거리며 다시 모니터를 보았다. "OTO. 악마주의, 텔레마이트의 교리, 네가 원하는 대로 하라. 요즘 노르웨이에서 활발히 활동한다."

"그들은 다른 종파처럼 그들만의 비밀의식을 갖고 있어요." 라르센이 설명했다. "예전에 그들 중 몇 명, 과거의 회원들과 얘기를 나

눈 적이 있죠. 꽤 진지했어요."

"예를 들면?"

"섹스의 마법, 희생의례, 사회와의 단절. 네 육체를 내어놓고, 영혼을 내어놓고, 자유로워져라."

"섹스의 마법이라고요?"

라르센이 희미하게 웃었다. "그래요."

"정확히 어떤 뜻이죠?"

"음, 한 의원이 텔레마의 율법에 따라 당신에게 옷을 벗고, 가면 쓴 노인에게 자신을 바치라고 하면 당신은 그렇게 해야 돼요."

"의원이요?"

"그래요, 흥미롭죠? 이런 종파들은 사회가 강요하는 엄격한 통제를 벗어나기 위해 결국 통제를 이용하죠. 그들은 자유를 약속하지만 그들과 함께 하는 한 자유는 없어요, 당연히."

"그럼 당신은 이 사건이 그들과 관련 있다고 생각하나요?" 미아가 다시 모니터를 가리키며 물었다.

"그렇게 단정하기에는 너무 일러요." 라르센이 대답했다.

"나한테 보여줄 거 더 없어요? 그 종파 말고 또 있나요?"

"골라봐요." 라르센이 또 다른 웹페이지를 모니터에 불러오며 말했다. 이번에는 구글 맵이었다. 그가 주소를 타이핑한 다음 몸을 뒤로 젖혔다.

"우리가 뭘 보고 있는 거죠?" 미아가 물었다.

"왕궁."

"무슨 뜻이에요?"

"노르웨이 왕가의 공식적인 저택." 라르센이 사진을 더 확대하며 말했다. "이곳은 파르크바이엔이에요. 어딘지 알죠?"

미아가 미간을 찡그리며 그를 쳐다보았다. 당연히 알았다. 노르웨이에서 가장 비싼 동네, 오슬로의 심장부이며 총리 관저와 각국의 대사관이 있는 거리였다.

"지금 무슨 말씀을 하시는 거예요?"

"이런 기관들이 모두 파르크바이엔에 주소를 두고 있어요." 라르센이 몇 번 더 클릭하며 말했다. "왕궁 바로 뒤편. 가히 노르웨이의 드루이드들(켈트의 땅에서 신의 뜻을 전하는 존재로서 정치와 입법, 종교, 의술, 점, 시가, 마술을 행한 자들—옮긴이)이라고 부를 만하죠."

"드루이드요?"

"그래요. 모두 주소가 파르크바이엔이에요."

라르센이 다시 클릭했다. "템플기사단 주소도 파르크바이엔."

"그러니까 이 모든 곳들이…, 펜타그램을 사용한단 말인가요?" 미아는 당장이라도 쓰러질 것만 같은 상태로 물었다.

"아니, 내 말은 그게 아니고. OTO나 당신의 상관이 속한 종파일 가능성이 커요."

"뭉크?"

라르센이 큰 소리로 웃었다. "아니, 뭉크가 아니고. 내가 보기에 그 사람은 그런 데가 성질에 맞지 않아요."

"그럼 누구요?"

라르센은 아직 다른 웹페이지를 불러오지 않았다.

"미켈손." 마른 몸매의 남자가 모니터를 가리켰다.

"미켈손이라고요?"

"그래요. 리카르드 미켈손." 라르센이 고개를 끄덕였다. "노르웨이 프리메이슨의 자랑스러운 회원이죠."

미아는 정신이 퍼뜩 들었다. "프리메이슨요?"

"그래요. 그들도 펜타그램을 좋아해요. 그들은 어떻게든 사회의 기둥이라는 인상을 보여주려고 하죠. 신을 두려워하며 경건히 살아가고…. 하하…, 비디오에서 고추가 툭 튀어나오는 가운을 입은 33도의 그랜드마스터들이 염소를 제물로 바치는 장면 안 봤어요?"

"아뇨." 미아는 상대의 말을 믿어야 할지 말아야 할지 갈피를 잡지 못했다. 라르센이 지금 마약에 취했나? 그와 함께 학술적인 이야기를 하는 게 맞나?

"미켈손이 거기 회원이오. 이 나라에서 가장 대단하고 막강한 사람들로 구성된 프리메이슨. 의식을 치르는 어른들. 그들은 서로 손을 잡아요. 의상을 차려입고, 은술잔으로 피를 마시죠. 아아, 우리는 얼마나 잘 속아 넘어가는지. 이 나라의 정책 결정을 정부기관이 한다고 생각해요?"

라르센이 테이블에 놓인 물담뱃대에 다시 불을 붙였다.

"세바스티안." 미아가 앞에 있는 왜소하고 마른 남자의 눈을 응시하며 진지하게 불렀다.

"왜요?" 라르센이 물었다.

"제가 뭘 좀 보여드릴게요. 당신에게 보여줘서는 안 되는 건데, 제가 보여드릴게요."

"좋죠." 그가 내심 조바심을 냈다.

"당신 생각을 정확히 말씀해주셔야 해요, 알았죠?"

"물론이오."

"지금까지 설명해준 내용은 나중에 검토해볼게요. 하지만 당장은 뭔가 구체적인 게 필요해요. 아시죠?"

미아가 일어서서 복도로 나가더니 자신의 가방에서 서류철을 가지고 왔다. 그녀는 어지러운 거실로 돌아와 라르센 앞 마룻바닥에 털썩 앉았다. 라르센은 어린아이처럼 흥분했다. 미아가 서류철을 열어 테이블 위에 카밀라 그린의 사진을 올려놓자 그의 눈이 휘둥그레졌다.

"이런, 맙소사."

"그래요." 미아가 대꾸했다. "그런데, 세바스티안. 이 점을 명확히 해주세요. 만약 당신의 블로그라든지 다른 어떤 곳을 통해 당신이 이 사진을 봤다는 말을 살짝이라도 흘릴 경우, 그땐 나도 어떻게 될지 몰라요."

"이해해요." 라르센이 진지하게 고개를 끄덕였다. 미아는 그가 무슨 뜻으로 그렇게 말하는지 알았다.

"왜 제가 찾아왔는지 아시겠죠? 이건 우연일 수 없어요. 어떻게 촛불이 이렇게 놓일 수 있겠어요?" 오늘 아침 일찍 미아는 뭉크가 말도 제대로 하지 못하고 비틀거리며 비상상황실을 나가는 것을 보았다. 그녀도 지금 비슷하게 느끼기 시작했다.

"이런, 이건 아니에요. 펜타그램은, 그것을 믿는 사람들을 위한 거예요. 이건…," 라르센이 앞에 놓인 사진을 집어들고 자세히 들여다보았다. "물론 일반적인 해석은 있어요." 라르센이 헛기침을 했다. 그는 이제 정신이 맑아 보였다.

이론상 전문가인 것과 별개로 펜타그램 모양 촛불에 둘러싸여 깃털 위에 알몸으로 누워있는 17세 소녀의 사진을 현실로 마주하는 것은 또 달랐다. 그는 받아들이기 힘겨운 것임에 틀림없었다.

"저는 아무것도 모른다고 치고, 제게 설명해주세요."

"그러죠." 라르센이 긴장한 얼굴로 고개를 끄덕였다. "펜타그램은, 그 명칭으로 알 수 있듯 다섯 개의 꼭짓점이 있어요. 각 꼭짓점마다 상징이 있고."

"뭐죠?"

"전통적인 해석이 가장 일반적이에요. 맨 위부터 시계방향으로 할까요?"

미아의 휴대전화가 진동하기 시작했다. 미아는 전화기를 들고 화면에 뜬 이름을 보았다. 킴 콜쇠. 그녀는 빨간색 버튼을 누르고 전화기를 주머니에 넣었다.

"맨 위는 영혼을 상징해요." 세바스티안이 말했다.

"그 다음은요."

"나머지 꼭짓점은 차례로 물, 불, 땅, 공기를 상징해요."

"물, 불, 땅, 공기요?"

"그래요."

"좋아요. 고마워요, 세바스티안."

미아가 테이블에서 사진을 챙겨 파일에 도로 넣으려고 하자 그의 마른 손이 그녀를 제지했다. "그런데 그건, 뭐랄까? 기본적인 버전이에요. 어린이용이죠. 더 깊은 해석도 있어요."

"말해보세요."

라르센이 다시 사진을 들여다보았다. "탄생, 처녀, 어머니, 법, 죽음." 그가 사진에 시선을 고정한 채 낮은 목소리로 말했다.

미아가 하품을 참았다.

"이 소녀의 팔 모양을 봐요." 그가 계속했다.

"그럼 당신이 보기에 이 팔이 놓인 모양은 무얼 상징하죠?"

"탄생, 그리고 어머니." 깡마른 남자가 진지하게 대답했다.

미아가 주머니에서 휴대전화를 꺼내 콜택시를 불렀다.

"고마워요, 세바스티안."

"하지만 일치하지 않을 수도 있어요."

미아는 그에게 웃어보인 다음 일어나서 사진을 가방에 넣었다.

잠을 자야 해. 미아는 더 이상 미룰 수가 없었다.

"탄생과 어머니라." 라르센이 근엄하게 중얼거렸다.

"고마워요, 세바스티안." 미아가 다시 감사를 표했다.

그녀는 무거운 발을 끌며 계단을 내려가 대기하고 있던 택시에 올라탔다.

37장

그들은 카페를 여러 군데 옮겨다녔다. 마리온은 할머니와 밤을 보낼 것이다. 그런 데다 딸은 예상대로 그 사실을 무척 반가워했다. 다만 요하네스로부터는 대답을 듣지 못했다. 마리온은 내심 남편이 자신을 구출하러 와주기 바라며 연락을 취했지만 그는 전화를 받지도, 문자메시지에 답장을 하지도 않았다.

미리암은 벌써 비워진 자신의 술잔을 가만히 들여다보았다. 지기는 밖에서 전화를 받고 있었다. 미리암은 자신도 모르게 창문으로 그를 훔쳐보았다. 그는 입가에 미소를 띤 채 보도 위에서 손짓하며 서있었다. 그를 보는 것만으로 온몸이 따뜻해졌다. 미리암은 맥주 두 잔을 더 주문했다. 그때 지기가 안으로 들어왔다.

"여기에서 한 잔 더 마시게요?" 그가 윙크했다. "다른 술집으로 가고 싶지 않아요?"

"아뇨. 당신은요?"

"난 아무래도 좋아요." 잘생긴 지기가 가볍게 어깨를 으쓱했다.

"혹시 집에 가야 하는 거 아니에요?" 미리암이 맥주를 테이블로 가져가면서 물었다.

지기가 미소를 지었다. "아뇨. 당신은요?"

"나도 괜찮아요." 미리암이 그의 술잔에 자신의 술잔을 부딪치며 힘주어 말했다.

이곳은 잔잔한 음악이 흘러나오는 조용한 술집이었다. 조명도 은은하고 테이블마다 칸막이가 있었다. 미리암은 테이블을 가로질러 손을 뻗어 지기의 따뜻한 손가락에 깍지를 꼈다.

"중요한 전화예요?"

"아, 야코프예요."

"야코프가 누구예요?"

"당신도 만났잖아요." 지기가 일깨워주었다.

"내가요?" 미리암이 술잔에 입을 댄 채 키득거렸다.

"줄리의 파티에서요. 동그란 안경테를 쓴 친구, 똑똑해 보였던."

"아, 생각나요." 미리암은 그제야 기억이 난 듯 고개를 끄덕였다. 자신이 아기 엄마라는 사실을 알기 전까지 한심하게 수작을 걸었던 남자.

"당신도 우리 관계가 지속되길 원하죠?" 그가 미리암의 뺨을 부드럽게 어루만지며 물었다.

"그럼요, 욘 시그바르드. 난 그래요. 당신도 그걸 원한다면."

지기가 웃었다. "당신이 날 욘 시그바르드라고 부르지 않는다면." 그가 이렇게 말하고 맥주를 한 모금 마셨다.

"거래군요." 미리암이 웃었다,

"다만⋯." 지기가 술잔을 두 손으로 감싸고 말했다.

"다만 뭐요?"

"음, 만약 당신이 나에 대해 실망스러운 사실을 알게 되면 어떨 것 같아요?" 그가 고개를 들어 미리암을 바라보았다.

"그게 우리가 감수해야 하는 위험인가요? 만약 당신이 나에게서 마음에 들지 않는 점을 발견하면 어떻게 할 건데요?" 미리암이 그를 보며 웃었다.

"나는 사실 많이 걱정스러워요."

"당신은 바보예요."

"아뇨. 진심이에요." 지기가 심각한 표정으로 말했다.

"무슨 뜻이에요?"

"내가 당신을 곤란한 처지에 놓이게 할지 몰라요. 마리온과 그밖에 모든 것을⋯."

"난 다 큰 어른이에요." 미리암이 말했다. "무슨 일이 있어도 마리온은 괜찮을 거예요."

"알아요. 그렇지만." 지기가 다시 망설였다.

"뭔데요?"

"내가 감옥에 갈 수도 있는 짓을 저질렀다면 어떻게 할래요?"

"무슨 뜻이에요?"

"만약 내가 범죄자라면요?" 지기가 거듭 물었다.

미리암은 키득대다 뒤늦게 그가 진지하다는 걸 깨달았다. "믿을 수 없어요. 어쩌다 그렇게 됐어요? 은행을 털었어요?"

"아뇨. 은행을 털진 않았어요." 그가 윙크했다. "하지만⋯."

미리암은 이제 혼란스러웠다. 그가 자신에게 뭔가 말하고 싶어
한다는 것을 눈치챘다.

"집안환경이라든지 뭐 그런 거 말이에요. 어쩌면 내 생활방식은
당신과 맞지 않을지도 몰라요…. 아, 나도 모르겠어요." 지기가 안
경을 만지작거리며 한숨을 쉬었다.

미리암은 경고음이 울리기를 기다렸다. 자신은 이런 것에 직감
이 뛰어난 편이었지만 아무 일도 일어나지 않았다.

"난 당신이 좋아요, 미리암." 그가 다시 미리암의 손을 잡았다.

"나도 당신이 좋아요, 지기."

"만약 내가 당신에게 비밀을 말하면 감당할 수 있겠어요?"

"물론이에요. 누굴 죽였어요?"

"뭐라고요? 오, 맙소사! 내가 그런 짓을 할 수 있다고 생각해
요?" 지기가 놀란 표정을 지었다.

"아뇨." 미리암이 대꾸했다. "하지만 당신이 감옥에 갈 수도 있다
고 말하는데, 은행강도는 아니라면 내가 뭘 추측하겠어요?"

술을 너무 많이 마셨다. 미리암은 그걸 자각했다. 뇌를 거치지
않고 입에서 말이 흘러나왔다.

"알겠어요." 지기는 마침내 결심한 듯한 표정을 지었다. "우리가
만난 곳 알죠?"

"동물보호연맹 보호소죠." 미리암이 대답했다.

"그래요. 그런데 난 자원봉사로는 성에 차지 않았어요."

"무슨 뜻이에요?"

"난 동물을 학대하는 사람을 증오해요."

"당연히 그러겠죠."

"아니. 내가 증오한다는 말뜻을 당신은 이해하지 못할 거예요."

미리암은 그에게서 그런 눈빛을 본 적이 없었다.

"우리가 지금 무슨 얘기를 하는 거예요? 도대체 뭣 때문에 당신이 '범죄자'가 된 거죠?" 미리암이 손가락으로 물음표를 그렸다.

"법의 시각에서 그렇다는 거예요." 지기가 테이블에서 휴대전화를 들어 검색을 한 다음 미리암에게 그것을 건넸다.

오래된 신문기사였다. "동물보호활동가 뢰켄 농장 습격."

"이게 당신이에요?" 미리암은 깜짝 놀랐다.

지기가 고개를 끄덕였다.

"뢰켄 농장? 개와 고양이를 사들여서 해외에 동물실험용으로 팔아넘긴다는, 미센에 있는 농장?" 미리암은 동물과 그 구조자를 조용히 성원하면서 기사를 자세히 읽었다.

그가 말없이 고개를 끄덕였다.

"그래서 한밤중에 농장을 습격했군요. 동물들을 구출해내고, 그렇죠?"

"그래요." 지기가 대답했다.

"이 말을 나한테 하는 게 두려웠어요?"

그가 다시 고개를 끄덕였다.

"그럴 필요 없었는데." 미리암이 키득거렸다. "이런, 나도 당신 일에 동참하겠어요."

"정말이에요?" 지기가 반색을 했다.

"당연하죠. 그 나쁜 놈들. 생각 같아서는 나도 언제든지…."

그제야 그가 환하게 웃었다.

"그게 그 전화였어요?"

"무슨 전화?"

"당신이 통화한 그 사람. 이름이 뭐랬죠, 요아킴?"

"야코프."

"아, 맞아요. 그것 때문에 통화한 거였어요?"

지기가 고개를 끄덕였다.

"지금 뭔가 계획을 세우고 있나요?"

지기는 마치 어둠 속에서 누군가 훔쳐보고 있기라도 한 듯 재빨리 주변을 둘러보았다.

"새로운 곳이에요." 지기가 다시 휴대전화를 들어 검색한 다음 미리암에게 내밀었다.

미리암은 자신이 보고 있는 게 뭔지 잘 몰랐다. "이게 뭐죠?"

"제약회사예요. 아틀란티스 팜즈."

"아틀란티스 팜즈? 형편없는 이름이네요." 미리암이 웃었다. "이런 회사들 이름은 대개 웃기지 않아요? 노바티스? 아스트라제네카? 화이자?"

"그건 회사 이름이라기보다 후룸에 위치한 실험실이에요. 그들은 온갖 동물을 실험하죠. 아무런 죄책감도 없이. 시스템 저 위에서 누군가 봐주고 있는지 지도에도 아예 나오지 않아요. 우리도 겨우…."

지기는 말을 너무 많이 했다고 깨달은 듯 갑자기 몸을 뒤로 젖히며 입을 다물었다. 그는 맥주를 한 모금 더 마시고 주변을 둘러보았다. 미리암이 휴대전화를 그에게 돌려주었다.

"좋아요." 미리암이 이렇게 말하며 다시 미소 지었다.

젊은 남자는 미리암이 무슨 말을 하는지 제대로 이해하지 못한 듯했다.

"좋아요." 미리암이 테이블을 가로질러 손을 내밀며 웃었다.

"좋다니 뭐가요?" 지기가 물었다.

"아까 당신이 나한테 물어본 거요." 미리암이 조심스럽게 그의 팔을 쓰다듬으며 말했다.

"정말이에요?"

"네."

"진심이에요?"

"그래요." 미리암이 고개를 끄덕였다. "난 당신이 좋아요."

"나도 당신이 좋아요." 지기가 대답하고 시선을 내리깔았다. 몇 초쯤 흐른 뒤 그가 다시 입을 열었다. "당신에게 물어봐야 하는 건지 잘 모르지만⋯."

"그게 뭔데요?"

"키스해도 되나요?"

"그럼요." 미리암 뭉크는 살짝 미소 짓고 숨을 들이켠 다음 눈을 감고 천천히 몸을 앞으로 기울였다.

38장

미아는 놀라 잠에서 깼다. 그녀는 꼼짝도 않은 채 거칠게 숨을 쉬었다. 악몽이었다. 현실이 아니었다. 미아는 매트리스에서 일어나 두 손으로 머리를 감싸쥐었다. 점퍼 아래에서 심장이 쿵쿵 뛰었다. 옷을 입은 채 잠이 들었는데 얼마나 땀을 많이 흘렸는지 옷이 몸에 찰싹 달라붙어 있었다.

빌어먹을.

평소에는 잠을 푹 잤다. 위로받는 꿈을 꾸었다. 설령 악몽을 꾸어도 베개에 머리를 누이고 다시 잠이 들면 마치 내면에 어떤 벽이 있는 것처럼 머리가 개운해졌다. 하지만 이번에는 달랐다.

빌어먹을.

미아는 침대에서 일어나 비틀거리며 욕실로 갔다. 가죽재킷에 신발까지 착용하고 있었다. 얼굴에 물을 끼얹었다. 악몽이 떠나지 않고 어른거려서 진정될 때까지 찬물에 손과 얼굴을 담갔다. 이윽고 비틀거리며 거실로 돌아와 쓰러질 듯 소파에 몸을 던졌다. 시그리에 관한 꿈이었다. 평소에 꾸는 아름다운 꿈이 아니었다. 동생이 웃으며 들판을 가로질러 그녀에게 달려오는 꿈이 아니었다.

어서 와, 미아. 어서 와.

그게 아니었다. 시그리는 지하실에 있었다. 퇴옌에 있는 지하실의 더러운 매트리스에 앉아, 10년 진 그날 밤 그녀를 죽였던 마약을 주사하려고 팔에 고무줄을 휘감고 있었다. 미아도 그곳에 있었다. 아니 그렇게 느꼈다. 미아도 같은 방에 있었다. 동생 주변에는 온통 쓰레기가 널려있고 코를 찌르는 오줌 냄새가 났다. 예쁜 시그리에게 그보다 더 대조적인 풍경은 없었다. 미아는 동생에게 말을 걸려고 했지만 입에서 아무 말도 나오지 않았다. 동생을 구하려고 했지만 몸이 움직이지 않았다. 미아는 공포심에 사로잡혔고, 잠에서 깨어난 지금도 그 느낌이 남아있었다. 차분히 호흡을 하려고 애쓰며 주머니에서 휴대전화를 꺼냈다. 한밤중이었다. 팀 브리핑에 빠졌는데 뭉크로부터 전화나 문자 한 통도 와있지 않았다. 킴 콜쇠의 전화번호는 몇 개 보였지만 홀거로부터는 아무 연락도 없었다. 이상했다. 왜 안 그렇겠는가? 그 순간 미아는 자신이 아직도 꿈을 꾸고 있는 게 아닐까 궁금했다. 자신이 지금 경험하는 것, 지금 여기 있는 그림자. 사실 시그리의 등 뒤 벽에서 보았던 그림자는 현실도 아니고 두려워할 것도 아니었다. 미아는 다시 휴대전화를 확인하려다 손에서 놓쳐 바닥에 떨어뜨렸다. 하지만 그것을 줍기 위해 몸을 구부릴 수가 없었다. 너무 무서워서 볼 수가 없었다. 자신이 있는 방에서 시선을 뗄 수가 없었다.

벽에 드리워진 그림자.

빌어먹을, 알약이 있어야 하는데.

미아는 평소에 약을 먹지 않았다. 약을 먹으면 감각이 도망을 갔
다. 휴식을 취하려고. 하지만 미아는 자신을 속였다. 먹어서는 안
되는 알약을 삼켰다. 그리고 이제는 그게 미아의 정신을 망가뜨렸
다. 미아는 여전히 맞은편 벽에서 시선을 떼지 못한 채 휴대전화를
주우려고 허리를 구부렸다. 떨리는 손가락으로 바닥을 더듬었지만
찾을 수가 없었다.

꿈에서 시그리는 분명 마음을 바꾸려 했다. 분명 그랬다. 미아는
악취가 풍기는 그곳에 속수무책으로 서서 입에 고무줄을 물고 있
는 여동생을 바라보았다. 고무줄이 팔꿈치 위쪽 앙상한 팔을 휘감
고 있었다. 작은 숟가락에는 덩어리가 들어있었다. 헤로인이었다.
숟가락 밑으로 라이터를 켜자 어느새 헤로인에 거품이 일었다. 시
그리 옆에 솜뭉치와 물이 담긴 작은 그릇이 보였다. 미아는 어떻
게 그런 쓰레기를 주사할 수 있는지 이해할 수 없었지만 마치 예전
에 본 것처럼 익숙한 의식이었다. 보글보글 끓는 숟가락의 액체 방
울이 클로즈업되었다. 액체를 빨아들이는 주사기의 바늘 끝. 악취.
미아는 이제 코를 싸쥐었다. 냄새가 어찌나 강한지 털어낼 수가 없
었다. 이건 꿈이 분명해, 그렇지? 그런데 그것도 여기에 온 건가?

그림자.

미아는 계속해서 전화기를 찾으면서 여전히 맞은편 벽에서 시선
을 떼지 못했다. 그리고 마침내 전화기를 찾았다. 그녀는 전화기
를 주워 앞 테이블에 올려놓았다. 화면을 보기가 두려울 지경이었
다. 왜 뭉크는 전화하지 않았을까? 미아는 코를 싸쥐었던 손을 놓

앗다. 악취. 여전히 악취가 났다. 배설물과 쓰레기. 인간의 절망 냄새. 쌍둥이 여동생은 거기, 미아의 앞에 놓인 매트리스 위에 있었고, 미아가 할 수 있는 일은 없었다. 아무리 힘껏 소리를 지르려 해도 입에서 소리가 나오지 않았다. 아무리 더러운 바닥을 가로질러 지나가려고 해도 다리가 움직이지 않았다.

다시 클로즈업. 손가락이 혈관을 찾기 위해 흰 살갗을 톡톡 쳤다. 시그리의 엄지가 주사기의 플런저를 누르자 주사기 바늘 끝에서 헤로인이 한 방울 흘러나왔다. 많이는 아니고 단지 주사기 안에 공기가 들어있지 않음을 확인할 정도였다. 혈관에 공기가 들어가면 안 됐다. 주사기에 공기가 들어가면 죽을 수도 있었다. 그 순간 미아는 시그리의 아름다운 눈을 보았다. 그 애의 예쁜 입술. 이윽고 시그리의 손이 주사기를 들고 노란 고무줄 아래 이미 부풀어오른 혈관 쪽으로 움직였다. 바로 그때 시그리는 마음을 바꾸었다.

시그리.

그 애는 살고 싶어 했다.

시그리가 미아를 쳐다보았다. 미아의 눈을 깊이 들여다보았다. 그러고는 고개를 끄덕였다. 늘 그랬듯 웃어보였다. 눈도 찡긋거렸다. 이윽고 주사기를 매트리스에 내려놓았다. 그리고 팔에 묶었던 고무줄을 풀기 시작했을 때 벽에 그림자가 나타났다. 시그리가 매트리스에서 일어서려는 것처럼 보였다. 미아에게 다가와 미아가 슬퍼할 때 그랬던 것처럼, 미아의 머리칼을 쓰다듬어 주려는 것 같았다. 또 미아가 다쳤을 때, 가령 학교에서 누군가가 미아를 해치려고 했을 때 미아의 머리칼을 쓰다듬어주던 시그리의 손. 인간이 밑

바닥까지 내려갔을 때 나는 악취에 둘러싸여 악몽을 꾸고 있을 때 미아는 자신이 그 손길을 얼마나 그리워했는지 깨달았다. 자신의 머리카락을 매만져주던 시그리의 따뜻하고 사랑스러운 손.

괜찮을 거야, 미아.

우린 함께 있잖아.

너와 나는 영원히, 그렇지?

하지만 이제 시그리는 더 이상 미아를 쳐다보지 않았다. 미아는 말소리를 들으려고 애썼다. 시그리의 입술이 움직이는 게 보였기 때문이다. 하지만 귀가 먹었는지 아무것도 들리지 않았다. 다만 시그리가 더러운 바닥을 내려다보며 고개를 끄덕이더니 오줌에 젖은 매트리스에 다시 앉는 것이 보였다.

다시 클로즈업. 시그리의 손에 주사기가 쥐어져 있었다. 바늘 끝이 부풀어오른 푸른 혈관을 향해 움직였다.

벽에 드리워진 그림자.

카밀라 그린이 갇혀있던 지하실에도 똑같은 그림자가 있었다.

깃털이 달린 인간.

깃털로 뒤덮인 사람.

그때 다시 시그리가 있는 장면이 클로즈업되었다. 주사기를 누르는 엄지손가락. 혈관에 들어간 주삿바늘. 미아를 보며 미소를 머금었던 시그리의 눈이 천천히 감겼다. 미아가 세상에서 누구보다 사랑했던 소녀는 미아의 앞에 놓인 매트리스에 생명이 빠져나간 채 쓰러져 있었다.

안 돼.

미아는 이제 차분히 호흡하려 애를 썼고 주변 세상이 서서히 현실로 돌아왔음을 느꼈다. 뜯지 않은 마분지 상자. 먹다 남긴 음식물이 있는 부엌 싱크대. 코를 싸쥐었던 손가락을 뗐지만 냄새는 여전했다. 그 순간 냄새가 자신에게서 난다는 사실을 깨달았다. 알약이었다. 자신의 몸이 원치 않았던, 땀범벅이 된 피부에서 미친 듯이 뿜어져 나오는 합성 독약. 지하실이 아니라 자신에게서 나는 화학약품 냄새였다. 미아는 천천히 일어나 냄새나는 옷을 벗었다. 추운 아파트에서 알몸이 될 때까지 하나하나 벗어 바닥에 떨어뜨렸다. 이윽고 소파에서 담요를 집어들어 몸을 감쌌다. 그때 테이블에서 작은 물건이 부르르 진동하며 벨이 울렸다.

킴 콜쇠였다. 미아는 담요를 단단히 여민 채 소파에 앉아 초록색 버튼을 눌렀다.

"네?"

"미아?"

미아가 말없이 고개를 끄덕였다.

"여보세요?"

"네, 미안해요. 킴, 나예요. 어떻게 돼가요?" 미아가 담요 안으로 다리를 끌어올리며 물었다.

"일어났어요?"

"그럼요. 벌써 일어났어요."

"그냥 확인하려고 전화했어요. 별일 없죠?"

"네, 그럼요. 당신은 어때요?"

미아는 생각하지 않고 나오는 대로 대답했지만 몸과 두뇌가 깨어나기 시작하는 것을 느꼈다. 자신은 더 이상 악몽 속에 있지 않았다. 자신의 아파트에 있었다. 알몸에 담요를 뒤집어쓰고 킴 콜쇠와 통화를 하고 있었다. 벽에 그림자도 없었다.

"난 잘 지내요. 혹시 반장님이 전화했어요?"

"아뇨. 아무 연락도 받지 못했어요." 미아가 대답했다.

"여기도 마찬가지예요. 계속 전화를 걸었는데 연락이 닿지 않아요. 반장님도 좀 주무시는 게 좋을 거예요. 가브리엘도 좀 자라고 내버려뒀어요. 그 친구도 충격이 컸을 거예요."

"그래요." 미아가 건성으로 대답했다. 마치 미아가 뭔가를 덧붙이기를 바라는 듯, 잠깐 침묵이 흘렀다.

"그래서 우리끼리 간단히 회의를 했어요. 주로 사건을 요약하는 걸로. 당신을 기다릴까 하다가 내가 할 수 있는 선에서 처리했어요. 이젠 정말 괜찮죠?"

"네. 다 괜찮아요." 미아가 소파에서 일어서며 말했다.

그녀는 담요를 두른 채 마루를 가로질러 걸어가 창문 아래 라디에이터를 만져보았다. 차가웠다. 그녀는 라디에이터를 켠 뒤 비틀거리며 소파로 걸어왔다.

"음…." 킴 콜쇠의 말이 이어졌다. "팀원들이 당신 걱정을 많이 했어요. 그 동영상을 본 후에."

벽에 드리워진 그림자.

깃털이 달린 사람.

"난 괜찮아요. 그건 그렇고 회의에서 무슨 얘기를 했어요?" 미아가 헛기침을 했다.

"우리가 알고 있는 것에 대해서요. 당신이 승마학교에서 발견한 쪽지의 법의학적 증거, 카밀라의 것 말고 다른 지문은 발견되지 않았어요. 또 카밀라의 휴대폰 기록, 보육원의 누군가가 그녀가 잘 있다는 문자를 보낸 게 틀림없어요."

"근처에 사는 누군가일 수도 있죠." 미아가 말했다. 그녀는 이제 완전히 깨어났다.

"물론이에요. 하지만 그럴 가능성이 있을까요?"

"아뇨, 나도 몰라요. 그냥 그렇다고요."

"참, 검시보고서에 새로운 내용이 있어요."

"그래요?"

"그런데 안타깝게도 주목할 만한 내용은 없어요. 우리가 생각했던 대로예요. 그녀는 교살당했어요. 비크는 현장에서 교살당했다고 생각하지만, 100퍼센트 확신할 수는 없대요."

"그렇다면 카밀라가 자유의지로 숲에 갔다는 거예요?"

"아뇨. 그렇게 말한 것은 아니지만, 그 가능성도 배제할 수 없어요. 아니면 꼭 자유의지가 아닐 수도 있고⋯."

미아는 그 말뜻이 무엇인지 알았다. 카밀라 그린은 제 발로 숲으로 걸어갔다. 하지만 정확하게는 그녀의 자유의지가 아니었다.

3개월간 지하실에서 쳇바퀴를 돌린 후였다.

"그리고 감식반원들이 후룸란데 보육원에서 몇 가지 증거를 발견했는데, 그걸 어떻게 해석해야 할지 모르겠어요."

"뭔데요?"

"온실에서 대마초를 발견했어요."

"정말이에요?" 미아가 물었다. "얼마나요?"

미아는 문득 세바스티안 라르센과의 만남이 떠올랐다. 암스테르담을 오슬로로 옮겨온 듯 몽롱한 냄새가 풍기던 아파트. 미아는 아직 그에게 들은 내용을 정리할 시간을 내지 못했다. OTO. 프리메이슨. 펜타그램에 숨겨진 의미. 하지만 거기에 집중할 만큼 중요하게 여겨지지 않았다. 혹시 라르센의 마음이 영원히 이 식물을 떠났거나 실제로 유용한 뭔가를 말했더라면 모를까.

"내가 알기로는 여덟 포기를 발견했어요."

"그럼 개인이 소비하기 위해선가요?"

"나도 잘 몰라요." 킴이 하품을 했다.

"우리 내일 얘기해요."

"그러죠."

"특정한 시간에 모이는 건가요?"

"아까 말했지만 반장님에게 연락하지 못했어요. 그래서 모두에게 9시라고 말했어요. 당신도 괜찮죠?"

"네, 그럼요." 미아는 담요를 더 단단히 감싸며 말했다.

"그리고 참, 올가 룬을 다시 방문했어요."

"올가, 누구요?"

"후룸에 사는 할머니요."

"아, TV 프로그램으로 시간을 아는 할머니. 좀 알아냈어요?"

"아뇨, 아쉽게도. 우리가 이미 알고 있는 것 외에 다른 건 없었어요. 옆면에 어떤 로고가 붙어있는 흰색 밴, 근데 그 로고가 꽃일 수도 있다고요."

"그럼 보육원 차인가요?" 미아가 정신을 가다듬으며 물었다.

"나 역시 그랬으면 좋겠는데," 킴이 말했다. "할머니는 그게 오렌 지일 수도 있다고 해요."

"지금 당장은 할머니에 대해서는 신경 쓰지 않는 게 좋겠어요. 그건 그렇고 할머니가 흰색 밴이 틀림없다고 했어요?"

"그래요." 콜쇠가 대답했다. "문제는 루드비의 말에 따르면 오슬로와 부스케루에 등록된 흰색 밴만 수천 대라는 사실이에요. 자, 이제 우린 무엇부터 시작해야 하죠?"

"흠, 그럼 당분간은 신경 쓰지 말죠. 다른 단서를 찾을 때까지."

미아는 이제 아파트가 더워지는 것을 느꼈다. 그녀는 다리를 테이블 쪽으로 뻗으며 가볍게 하품을 했다. 인위적인 수면은 도움이 되지 않았다. 그녀에게는 진짜 잠이 필요했다.

"알았어요." 킴이 마치 뭔가를 넘기는 듯 다시 침묵이 흘렀다. "그리고, 가발요."

금발 가발을 쓴 처녀.

"그에 대해 뭣 좀 알아냈어요?"

"이건 좀 이상한데…." 킴이 마치 앞에 놓인 정보를 믿지 못하겠다는 듯 우물거렸다. "이건 농담이 틀림없어요."

"뭐가요?"

"가발요. 난 애초 이 가발을 장난감 가게에서 산 거라고 생각했거든요. 가장무도회 파티용품 파는 가게 말이에요. '마릴린 몬로처럼 꾸미고 싶어요, 싸구려 가발이 필요해요.' 뭐, 그럴 때 쓰는 가발 말예요. 내 말 듣고 있어요?"

미아는 이제 정신이 맑아졌다. 그녀는 킴이 흥분했음을 목소리로 짐작했다. "설마 그런 종류의 가발은 아니죠?"

"그래요." 킴은 계속 말했고, 미아에게는 여전히 앞에 놓인 쪽지를 들여다보고 있는 킴의 모습이 그려졌다.

"이건 그저 1차 보고서예요. 그래도 그렇지…."

"왜요?"

"잘 기억은 나지 않는데 토르모드인가 토르게이르인가 하는 실험실 직원 말이 그 가발에서 최소 스무 명의 여자 머리카락이 발견됐다고 해요."

"가발에서요?"

"그래요." 콜쇠가 대답했다.

"그건 매우 특이한 경우 아니에요?" 미아가 물었다.

"나야 모르죠." 킴이 계속했다. "하지만 그게 아주 비싼 거라면 아마도 주문제작한 게 아닐까요? 그런 가발을 만드는 상점이 얼마나 될까요? 여러 명의 머리카락이 들어간 긴 금발 가발이라면 꽤 비쌀 거예요, 그렇죠? 우리가 계속 추적해야 하겠죠?"

"당연하죠." 미아가 소파에서 일어나며 말했다. 그녀는 창문 아래 라디에이터로 걸어가서 알몸에 온기를 쬐었다, 그리고 그대로 서서 비슬레트 스타디움을 바라보았다. 바깥의 삶. 자신처럼 살지 않아도 되는 사람들. 친구와 맥주를 한잔 하고 이제 사랑하는 사람과 따뜻한 포옹을 나누기 위해 귀가하는 사람들. 서로 어깨를 감싸고 걷는 커플. 하등의 걱정거리도 없는 듯 웃으며 도로를 건너는 청년들. 신호등 아래 빨간색 재킷 차림에 모자를 쓴 여자는 주머니에 손을 찔러넣은 채 자신을 들여보내 줄 친구를 기다리는지 미아의 아파트 위층이나 아래층 창문을 쳐다보고 있었다. 정상적인 사람들. 정상적인 삶. 미아는 자신이 그들을 부러워하고 있음을 깨달았다. 아침에 일어나 직장에 출근하고 저녁이면 집으로 돌아가는 생활. TV를 시청하고 피자를 만들며 주말을 즐기는 생활.

"여보세요, 미아?" 킴이 불렀다. 그는 미아가 깜빡 놓친 어떤 것을 말했음이 분명했다.

"아, 네."

"무슨 생각해요?"

"우리 내일 아침에 얘기하면 안 될까요?" 미아가 소파로 어기적어기적 걸어오며 말했다.

"물론 되죠." 킴 콜쇠가 대답했다. 미아는 또다시 그가 뭔가를 말하지 못한 채 주저하고 있다는 느낌을 받았다.

"애쓰셨어요, 킴."

"뭐가요? 아, 고마워요. 그런데…." 그가 한참 만에 다시 입을 열었다. "여전히 나를 끼워주고 있는 거죠, 그렇죠?" 미아는 처음에 이 질문을 알아듣지 못했다. "반장님과 당신 말이에요."

"끼워주다니요?" 미아가 물었다. "어떻게요?"

그제야 킴이 보고할 때마다 표면 아래서 감지되던 불안함이 떠올랐다.

"에밀리에와 난 그저…." 킴 콜쇠가 머뭇거렸다. "실은 전근을 요청한 후로 줄곧 그런 생각이 들었어요. 어쩌면 나만의 느낌일지도 모르지만 혹시 벌써 배제된 건 아닐까, 혹시 나를 빼고 수사를 진행하고 있는 건 아닐까 하는.”

미아는 콜쇠에게 깊은 존경심 외에는 아무 감정도 갖고 있지 않았다. 만약 자신에게 존경하는 사람을 고르라고 한다면 주저 없이 그를 리스트 상단에 올려놓을 것이다. 전에는 킴이 이런 말을 하는 것을 들은 적이 없었다.

“킴?” 미아가 다시 담요를 단단히 여미며 불렀다.

“왜요?”

“당연히 그러지 않아요.”

“정말이죠?” 평소 자신만만했던 그가 이렇게 되물었다.

미아는 새삼 놀랐다. “물론이죠. 당신은 우리 팀에서 최고예요. 핵심인원이잖아요.” 미아가 다시 일어나며 말했다.

“좋아요. 알았어요. 내일 아침 팀 브리핑은 9시예요.”

“네.”

“좋아요.” 킴은 뭔가를 덧붙이려는 듯 주춤했지만 끝내 말하지 않았다. “그럼 그때 봐요.”

“9시에 봐요.” 미아는 빨간색 버튼을 누른 다음 휴대전화를 내려놓고 샤워실로 가서 온수가 나올 때까지 고개를 숙이고 그 자리에 서있었다.

39장

헬레네 에릭센은 시동을 *끄고* 차 밖으로 나와 담배에 불을 붙였다. 그녀는 누비재킷 지퍼를 목까지 올렸다. 어둠의 장막이 드리워진 이 늦은 밤에 한적한 도로에서 만난다? 이런 식으로 만나지 말았어야 했다. 그녀는 담배를 깊이 한 모금 빨아들이며 담배 끄트머리 빨간 불빛에 비친 자신의 손가락이 떨리는 것을 보았다. 추위 때문만은 아니었다. 소매를 잡아당겨 손등을 덮고 눈에 익은 헤드라이트가 언제 나타날까 기다리며 텅 빈 도로를 응시했다.

내게 보여줘.

혀를 내밀었다.

착하구나, 다음.

30년도 더 지난 일이지만 그녀에게는 아직 위력을 잃지 않았다. 여전히 악몽을 꾸다 한밤중에 땀으로 젖은 시트에서 깨어나곤 했다. 악몽 속에서 그녀는 오빠가 있던 곳을 두려워하고 그 결과를 두려워하며 낡은 매트에서 잠을 자고 있었다. 만약 자신이 잘못 대답하면 그 여자한테 벌을 받을 거라는 두려움. 나쁜 생각을 했다는 두려움. 그때는 일곱 살이었고 지금 마흔 살이 넘었는데도 그 기억은 절대로 잊히지 않았다.

"그건 네 잘못이 아니야."

정신과 의사는 헬레네에게 처음 그렇게 말했다. 그녀가 열한 살, 어쩌면 열두 살 때였다. 의사의 방에서 이상한 냄새가 났고, 자신이 말을 하려고 애썼다는 사실밖에는 기억이 나지 않았다.

"네 잘못이 아니야, 헬레네. 먼저 그런 생각을 가졌으면 좋겠어. 그 말을 너 자신에게 해줘야 해. 그건 네 잘못이 아니야. 내 앞에서 한번 말해보겠니? 할 수 있지?"

헬레네 에릭센은 보닛 위로 올라가 다리를 모으고 어둠 속에 앉아 주변 경치를 둘러보았다. 나무 그림자가 이상한 형태를 띠기 시작했다. 그녀는 반쯤 피우다 만 담배를 바닥에 던지고 운전석으로 갔다. 차 안이 더 안전했다. 자동차에 열쇠를 꽂아 90도로 돌린 다음 히터와 라디오 스위치를 켰다.

내게 보여 봐.

혀를 내밀었다.

착하구나, 다음.

헬레네는 버튼을 몇 개 눌러 좋아하는 방송을 찾았다. 기분을 전환시켜줄 음악방송. 볼륨을 높이고 손가락으로 운전대를 두드려 리듬을 맞췄다. 이따금 차창 밖을 보며 머잖아 나타날 불빛을 기다렸다.

"헬레네, 할 수 있지?"

그들은 머리를 염색했다. 모두 똑같은 옷을 입었다. 뭐든지 그 여자가 하라는 대로 했다. 매일 똑같이 했다. 학교 가고 요가하고 집안일 하고 숙제하고 알약 먹고, 학교 가고 요가하고 집안일 하고 숙제하고 알약 먹고. 30년 전이었다. 그게 얼마나 오랫동안 자신을 짓눌러 왔던지.

"어렵다는 거 알지만 내가 너를 도와줄게"

헬레네 에릭센은 사실 별로 내키지도 않는데 주머니에서 담뱃갑을 꺼내 새 담배에 불을 붙였다. 그리고 연기가 나가게 창문을 열었다가 재빨리 닫았다. 바깥공기가 너무 차가웠다.

"무슨 생각을 하고 있니, 헬레네?"

오슬로의 진료실에서 수염을 기른 낯선 남자 앞에 앉아있던 열두 살짜리.

"그건 네 잘못이 아니야. 알겠니, 헬레네?"

담배를 다시 한 모금 빨고 라디오 볼륨을 더 높였다. 그녀는 차 안을 음악으로 가득 채우는 것을 좋아했다.

파산 경매. 채소농원 팝니다.

그녀는 스물두 살이었고 그들이 하라는 대로 했다. 교육을 받았고 성공을 했다.

위치: 후룸란데. 토지 28헥타르. 비닐하우스 세 동. 상태 양호하지만 복구 필요.

그녀는 버스를 타고 그곳으로 갔다. 그 후 흔들림 없이 한 길을 걸어왔다. 이 일이야말로 자신이 평생 하고 싶은 일이었다.

남을 돕자.

헬레네는 라디오를 끄고 손목시계를 확인한 뒤 밖으로 나왔다. 다시 담배를 피울까 생각했지만 그래봤자 별 도움이 안 된다고 생각해 그냥 주머니에 손을 넣고 서서 어둠을 응시했다.

지금 무슨 생각을 하고 있니, 헬레네?

하지만 조바심이 나서 그녀는 뭐라도 해야 할 것 같았다. 새 담배에 불을 붙였다.

30년도 더 지난 일 아니야? 이제 그만해야 하는 거 아니야?

헬레네가 담배를 한 모금 빨았을 때 그토록 기다리던 불빛이 보였다. 흰색 밴이 모습을 나타내더니 그녀 바로 옆에 멈춰섰다.

"잘 지냈어?" 운전대를 잡은 남자가 말했다.

"듣지 못했다는 말은 하지 마." 헬레네가 다짜고짜 다그쳤다.

"뭘 들어?"

"농담하는 거야?" 헬레네가 이렇게 말하면서 곧장 그에게로 다가갔다.

그가 잠시 생각하는 것 같더니 드디어 대답했다. "아하. 이 사건은 나와 상관없어."

헬레네는 진심으로 그를 믿고 싶었다. 그를 믿을 수만 있다면 무슨 짓이든 하겠지만 스스로 확신하지 못했다.

그녀의 오빠.

오빠는 옷을 전혀 걸치지 않고 있었다.

완전히 알몸이었지만 대신…,

깃털 같은 것으로 온몸이 덮여있었다.

"경찰들이 물어보고 다녀." 헬레네가 재킷을 단단히 여미며 소근거렸다.

"뭘?"

"모든 사람들, 모든 것에 대해."

"맙소사, 헬레네. 정말 내가 한 짓이라고 생각하는 거야?"

"오빠 거기 있었지, 그렇지 별장에? 여름 내내 있었지? 집에 없었지, 그렇지? 너무 걱정돼서…, 물어보는 거야. 오빠는 내게 정말 소중한 사람이니까." 그녀가 희미하게 웃었다.

그녀의 오빠가 웃으면서 차창 밖으로 고개를 뺐다. "나도 그래, 헬레네. 그런데 왜 우리가 이렇게 밤 늦게 인적이 없는 곳에서 만나야 하는 거야? 그럴 필요조차 없는데."

헬레네는 자신이 바보처럼 느껴졌다. 그녀는 재킷을 더욱 단단히 여몄다. 오빠가 미소를 지었다. 열린 창문으로 손을 내밀어 그녀의 손을 잡았다.

"오빠, 실은 나 알고 있었어. 깃털이니 뭐니, 오빠와 관련된 그런 것들에 대해 모두 다."

"난 오래 전에 끊었어. 이제 아무 걱정 말고 집으로 가서 잠이나 자. 알았어?"

헬레네 에릭센은 자신의 손에 남겨진 오빠의 온기를 느꼈다. 이윽고 그가 창문을 올렸다.

그러고 나서 나타날 때처럼 순식간에 그곳을 떠났다.

5부

40장

비상상황실의 스크린 앞에 선 홀거 뭉크는 충분히 휴식을 취한 것처럼 보였다. 그는 모든 팀원이 자리에 앉을 때까지 웃음 띤 얼굴로 기다렸다. 가브리엘 뫼르크는 별로 활력을 느끼지 못했다. 수사가 시작된 후 처음으로 결근을 할까도 생각했다. 모든 것으로부터 어느 정도 거리를 두려면 하루쯤 쉬어야 할 것 같았다. 그 동영상은 적잖은 충격을 주었고 몸까지 불편하게 만들었다. 혹시 감기가 오려고 하나? 이럴 때 여자친구와 하루쯤 보내는 것도 좋지 않을까? 곧 태어날 아이를 위해 옷을 사러 갈 수도 있을 것이다.

하지만 가브리엘은 일을 하러 나와야 했다. 그것이 핑계임을 모두가 알았기 때문이다. 그가 출근하고 싶지 않았던 진짜 이유는 스컹크 때문이었다. 가브리엘은 자신의 대답을 기다리는 질문들을 잘 알고 있었다. 그들은 스컹크를 찾아내려 할 것이고, 가브리엘은 두 말할 필요도 없이 그 일을 해야 할 첫 번째 후보였다. 하지만 솔직히 젊은 해커는 옛 친구를 어떻게 찾아야 하는지도 몰랐다.

"좋아. 여러분, 좋은 아침." 뭉크는 팀원들이 자리에 앉자 프로젝터 앞에서 미소 지었다. "지난밤에 도망쳐서 미안하게 생각한다. 나이 탓인가봐."

그는 팀원들에게 윙크를 했고 그들로부터 소리 없는 미소가 답으로 돌아왔다.

"시작하기 전에 내가 모르는 내용 아는 사람 있나?"

가브리엘은 일바가 자기 의자에서 쉬지 않고 몸을 뒤척이는 것을 보았다. 비상상황실에 가장 먼저 도착한 일바는 자기가 알아낸 내용을 빨리 발표하고 싶어 안달이 나있었다.

"저에게 뭔가 있어요." 일바가 웃으면서 이번에는 손을 들지 않고 말했다.

"말해봐."

"문신이에요." 일바가 일어나 뭉크에게 종이 한 장을 내밀었다.

젊은 신참은 언제 다시 앉아야 할지 몰라서 계속 서있었다. 그 사이 뭉크는 건네받은 종이를 자세히 들여다보았다.

"좋아." 그가 웃었다. "우리가 보고 있는 게 뭐지?"

뭉크는 일바가 이 새로운 정보를 나머지 팀원들과 나누기 위해 그대로 서있어도 된다는 신호를 주려고 고개를 끄덕였다. 일바는 다소 긴장했지만 뭔가를 알아낸 것에 자부심을 느끼고 있었다. 그녀는 주머니에 손을 넣고 잠깐 뜸을 들였다.

"카밀라가 팔에 이런 문신을 한 거 기억하시죠?"

방 안의 모두가 고개를 끄덕였다.

말 머리 아래 A와 F 글자가 있는 문신.

"어젯밤 뭔가가 찜찜해서 밤새 한숨도 못 잤어요. 계속해서 제 머릿속을 떠나지 않았어요. 전에 어디선가 본 적이 있는데 어디인지 기억이 나지 않는 거예요." 일바는 엷게 웃다가 바닥을 응시한 뒤 다시 입을 열었다. 사람들 앞에 서있는 것이 다소 쑥스러우면서도 고무된 듯했다.

뭉크는 문신 사진을 찾아 뒤편 스크린에 띄웠다. 카밀라의 팔 사진이었다. 말 머리. A와 F 글자.

"저는 그게 단순히 A와 F 글자가 아니라면 무엇일까 궁금했어요. 이 선 어때요? 이거 보이세요?" 일바가 앞으로 걸어나가 문신을 가리켰다.

팀원들은 이제 그녀에게 집중했다. 그들은 마침내 정신이 번쩍 든 것처럼 보였다.

"이 선이 단순한 선이 아니라 또 다른 글자라면 어떨까요? 이거 보이세요?"

"L자군?" 미아가 천천히 고개를 끄덕였다.

"맞아요." 일바가 미소 지었다. "이 글자가 단순히 A와 F가 아니라면 무엇일까요? 그래요, 여기 보세요." 그녀가 더 다가가서 스크린을 가리켰다. "ALF."

"ALF?" 쿠리가 하품을 했다. "남자 이름 알프?"

여기저기에서 웃음이 터졌다.

"왜?" 쿠리가 주변을 둘러보며 투덜댔다.

"신경 쓰지 마, 일바." 뭉크가 고개를 끄덕였다.

"L자를 발견하기 전까지는 그게 무엇인지 몰랐어요. 그런데 시간

271

은 좀 걸렸지만 어젯밤 인터넷에서 찾아냈어요." 일바가 뭉크를 쳐다보며 물었다. "제가 내용물을 여러 장 복사를 했어요. 나눠드려도 될까요?"

뭉크가 웃으면서 고개를 끄덕였다. 일바는 재빨리 자기 의자로 돌아가서 출력물을 나눠주었다.

"동물해방전선Animal Liberation Front이에요." 일바가 다시 뭉크 옆으로 돌아와 설명을 이어나갔다. "ALF. 이게 그들의 로고예요. 아니면 적어도 여러 개 중에 하나예요. 말 머리 아래 이니셜이 있는 것."

여기저기서 웅성거림이 들렸다. 젊은 신참은 자부심으로 얼굴이 빛났다. 그녀는 뭉크를 힐긋 쳐다보았고, 뭉크는 계속하라며 고개를 끄덕였다.

"동물해방전선은 1974년 영국에서 설립되었어요. 지금은 40개가 넘는 나라에서 활동 중이죠. 동물을 감금하는 사람이나 국가, 특히 동물실험을 하는 곳에 공격적인 태도를 보이는 걸로 유명해요. 동물들을 위한 테러리스트 조직으로도 불리죠. 자신들의 목표를 위해 잔인하고, 때로 불법적인 수단을 동원하는 것도 마다않죠."

"노르웨이에도 있어?" 미아가 물었다.

"그게 여기에서는 좀 복잡해요." 일바가 계속했다. "노르웨이에서도 그들은 스스로 동물해방전선으로 불러요. 1992년부터 2004년까지 모피 축산가라든지 모피 판매상 등을 연쇄 습격하는 등 활발하게 활동했어요. 그들의 웹사이트도 있지만, 2009년 이후로 업데이트가 되지 않았어요. 그래서 그들이 아직도 활동하는지 아니면 지하에 숨었는지 잘 모르겠어요."

일바가 다시 뭉크를 쳐다보았다. 뭉크는 그녀에게 앉아도 좋다고 신호를 했다.

"그러니까 우리의 카밀라 그린이 팔에 동물해방전선 문신을 했다는 말이군." 뭉크는 일바가 준 종이를 내려다보며 다시 그녀에게 미소를 보냈다. "잘 했어, 일바. 훌륭했어."

젊은 신참은 뿌듯한 마음에 얼굴이 발그레해졌다.

"이 문제는 계속해서 일바가 좀 추적해줘. 일바가 무엇을 더 알아낼지 지켜보자고. 가령 최근 일어난 습격 중에 카밀라와 연결시킬 만한 게 있는지 등등…. 루드비가 필요한 자료라든지 그밖에 필요한 도움을 줄 거야, 오케이?"

일바는 루드비에게 고갯짓을 했고 루드비는 미소로 화답했다.

"좋아." 뭉크가 큰 소리로 말했다. "오늘은 출발이 아주 좋아."

가브리엘은 뭉크가 지금쯤 밖에 나가 담배를 피울 거라고 예상했지만 그는 그러지 않았다. 대신 계속하고 싶은 게 있는 듯 프로젝터를 켰다.

"이제 단서를 어느 정도 갖고 있으니 우선순위를 정할 때가 됐어. 오케이?"

팀원들이 고개를 끄덕였다.

"우선 보육원에서 나온 증거. 대마초?"

그가 킴 콜쇠를 바라보았다.

"그렇게 많지는 않고 7~8포기쯤 됩니다."

"우리 수사와 관련 있다고 생각하는 건가?"

킴이 어깨를 으쓱 했다. "단정하기에는 이르지만 확인해볼 필요는 있습니다. 그게 우리 부서 소관이 아니라는 점은 알고 있습니다. 마약수사반에서 이 정도 소량에 관심을 가질 거라고 생각하지도 않고요. 하지만 헬레네 에릭센이 설명해줄 수 있을 겁니다."

"그녀가 알고 있다면 설명해주겠지." 뭉크가 대답했다.

"그렇겠죠." 콜쇠가 계속했다. "하지만 보육원 밖의 누군가가 그랬다면 어떤 단서가 될 수도 있습니다."

"오케이. 그들을 다시 한 번 방문하자고. 킴, 자네가 그 일을 맡아줄 거지?"

콜쇠가 고개를 끄덕였다.

"좋아. 자네 거기 가면, 올빼미 그림이 그려진 종이, 그게 지금까지는 가장 유력한 단서인데, 보육원 원생들 중에 그걸 본 사람이 있는지 알아봐. 혹시 원생들 중에 그 그림에 대해 아는 사람이 있는지."

킴 콜쇠가 다시 고개를 끄덕였다. "제가 알아보겠습니다."

"나도 자네와 함께 가겠어." 쿠리가 끼어들었다.

"좋아." 뭉크가 클릭을 하며 말했다. 다음 사진이 나타났다. "가발인가?"

"그렇습니다." 루드비가 자신의 수첩을 보며 설명했다. "아무데서나 살 수 있는 인조가 아니라 고가의 진짜 가발입니다. 이런 가발을 살 수 있는 데는 국내에 몇 개 되지 않을 겁니다. 그런데 여기…." 그가 자신의 수첩을 넘겼다. "프로그네르에 루의 가발집이라는 곳이 있습니다. 그 집부터 조사해보면 될 것 같습니다. 만약 거기에서 가발을 샀다면 거래장부가 있을 겁니다. 그렇지 않더라도 범인이 샀을 만한 상점을 알려줄 수도 있을 겁니다."

"좋아요." 뭉크가 다시 클릭했다. "그 다음 우리가 갖고 있는 게 이건데…."

가브리엘은 전에 본 적이 없는 사진 두 장을 본 순간 의자를 뒤로 밀었다. 다른 동료들도 비슷하게 반응하는 게 보였다.

"뭐죠?" 쿠리가 스크린을 뚫어져라 보며 물었다.

"아네트?" 뭉크가 금발의 경찰 변호사에게 고갯짓을 했다.

"여러분 중에 이미 아는 사람도 있겠지만, 며칠 전 살인범이라고 자백한 남자예요. 짐 푸글레상. 나이 32세. 카밀라가 발견된 장소에서 멀지 않은 곳에 살고 있어요. 여러 해 디케마르크 병원의 정신과 치료를 받았어요. 그런데 이미 알고 있겠지만 우리는 그를 범인이라고 생각하지 않아요. 재미있는 건 그가 그뢴란에 왔을 때 이 사진을 소지하고 있었다는 거예요."

가브리엘은 그것들을 자세히 보았다. 고양이와 개 사진이었다. 살해된 카밀라 그린의 시신과 똑같은 자세로 놓여있었다. 펜타그램 모양의 촛불 가운데, 깃털 위에.

"맙소사!" 일바가 소리쳤다.

"도대체 저게 뭐야?" 쿠리가 나지막이 신음했다.

뭉크는 가볍게 어깨를 으쓱했다. "우리가 모르는 게 바로 그거야. 우리가 보고 있는 게 무엇일까? 무엇을 암시할까?" 그는 방 안을 둘러보았다.

"빌어먹을!" 쿠리가 다시 욕설을 내뱉었다. "똑같은 의식인가? 이번엔 동물을 이용해서? 대체 어떤 미친놈이!" 쿠리가 미아를 흘깃 쳐다보았다.

"범인은 종교적인 의식을 치르는 것일 수도 있어요. 비슷한 사건이 확대되고 있는 것만은 틀림없는데, 추가적인 정보가 없는 상태에서 결론을 내릴 수는 없어요. 반장님 말씀처럼 우린 제대로 아는 게 없어요." 오늘따라 유난히 가라앉은 미아가 말했다.

공개하지 않은 채 한동안 그들만 이 사진을 들여다봤던 게 틀림없었다. 가브리엘은 상관들이 왜 지금까지 모든 팀원과 사진을 공유하지 않았는지 알 수 없었지만, 뭉크와 미아에게는 보통 그들만의 이유가 있었다.

"우린 짐 푸글레상을 조사하기 불가능했다. 왜냐하면…."

뭉크가 다시 아네트 골리 쪽으로 시선을 돌렸다.

"제가 어제 디케마르크 병원 전문의에게 물어봤는데 의사 말이 푸글레상에게는 절대안정이 필요하대요. 그에게는 모든 것이 너무 버거웠던 게 분명해요. 이제는 아예 입을 다물어버렸어요. 독한 약물을 처방받았고요. 의사와 환자 간 비밀유지 조항 때문에 자세히 알아보지는 않았지만 저는 그렇게 알고 있어요."

"하지만 그는 우리의 조사 리스트에 올라있지 않나?" 뭉크가 이렇게 물었다.

"맞아요." 골리가 고개를 끄덕였다. "가능한 빨리 해야죠."

"그가 이 사진을 어디에서 찍었는지, 언제 찍었는지, 될 수 있으면 빨리 알아낼 필요가 있어." 이렇게 말하고 뭉크는 다시 스크린의 기괴한 사진을 돌아다보았다. "미아?"

미아가 의자에서 일어나 뭉크 쪽으로 걸어나갔다. 오늘 그녀의 눈빛과 태도에는 뭔가 이상한 데가 있었다. 그리 특이한 일은 아니지만 유난히 지쳐 보였다.

"반장님 말씀대로 아직 정확한 연관성을 밝히지는 못했지만 분명히 뭔가 있어요. 확실한 건 이 사진이 카밀라 그린의 살해와 관련이 있다는 점이에요. 우연의 일치일 수는 없어요." 미아가 사진들을 가리켰다. "깃털. 촛불. 그리고 적어도 이 팔 자세. 이 사진의 경우에는 다리겠죠. 보이죠? 카밀라의 팔과 같은 각도로 놓여있어요. 하나는 위로, 하나는 옆으로. 낮 12시와 4시 방향이에요. 이유가 뭘까요? 우리는 아직 그 이유를 몰라요."

미아는 뭔가 덧붙이려는 듯 주춤거렸지만 이내 마음을 바꾸어 자기 자리로 돌아갔다. 뭉크는 다시 팀원들을 둘러보았다. "딱 보니까 어때?"

"미친놈이에요." 쿠리가 으르렁거렸다.

"고맙네, 쿠리." 홀거가 대꾸했다. "다른 사람은? 뭐 연상되는 것 없어? 아무 거라도?"

아무도 입을 열지 않았다. 다른 사람들도 가브리엘만큼이나 사진에 충격을 받은 듯했다.

"좋아. 이건 그만 넘어가지. 다시 짐 푸글레상을 조사할 수 있을 때까지는. 오케이?"

뭉크가 아네트 골리를 바라다보자 그녀가 고개를 끄덕였다.

"좋아." 뭉크가 다시 클릭을 했다.

다른 사진이 나타났다. 가브리엘은 이번에도 놀랐지만 동료들은 아무런 동요가 없었다. 어제 가브리엘이 퇴근한 후 이 사진을 본

게 틀림없었다. 그것은 동영상의 스틸사진이었다.

깃털로 뒤덮인 인간.

깃털이 난 인간?

가브리엘은 자기도 모르게 몸서리를 쳤다. 다시 구역질이 났다. 이건 흔한 살인사건이 아니었다. 그는 마음을 단단히 먹고 주위 동료들을 주시했다. 뭉크는 단어를 신중히 골라 말을 하는 듯했다.

"어제 이 사진을 보면서 내가 말했듯이, 지금 우리가 보고 있는 게 살인자로 추정된다."

"빌어먹을." 쿠리가 고개를 저으며 욕을 했다.

"이미지가 흐릿하기는 하지만…," 뭉크가 스크린을 가리키며 말했다. "저기 누군가 앉아있는 것처럼 보인다."

가브리엘은 뭉크가 힘겨워 한다는 걸 눈치챘다.

"카밀라를 봐." 그가 재빨리 덧붙인 뒤 정신을 가다듬었다. "카밀라는 갇혀있다. 그리고 누군가 그녀를 바라보고 있어. 누구일까…?"

"새 인간?" 쿠리가 중얼거렸다. "저게 대체 뭘까요? 도대체 누가 자기 몸을 깃털로 뒤덮을까요?"

"우리가 보기에는…, 이 생명체가 지금 카밀라를 보고 있다. 감상하기 위해 카밀라를 가둔 거야. 순전히 자신의 재미를 위해서. 잘은 모르지만."

가브리엘은 뭉크가 미아를 흘깃 보는 것을 눈치챘다. 이렇듯 이해불가한 상황을 자신들에게 설명하는 일은 미아의 전문이었다. 하지만 미아는 조용히 앉아있기만 했다.

"좋아." 뭉크가 머리를 긁적이며 계속했다. "우리가 지금 다루는 것을 제대로 이해할 수는 없지만 논의할 필요는 있어." 이렇게 말하며 뭉크가 다시 미아를 바라다봤지만 미아는 여전히 반응이 없었다.

"저, 올빼미 깃털 말입니다." 루드비 그뢴리에가 나섰다.

"그래요." 뭉크는 누군가 동참해주어 안도하는 듯한 목소리였다.

"제가 뭔가를 알아냈습니다. 그게 이 사건과 관련이 있을지 잘 모르지만." 루드비가 다시 자신의 수첩을 들여다보았다.

"그게 뭐죠?" 뭉크가 재촉하듯 물었다.

"예전 신문에서 찾아냈습니다. 중요한 기사는 아니고 우연히 발견했는데, 유용할지 어떨지 잘 모르겠습니다, 그래도 혹시 몰라서….."

"그게 뭔데요?"

"수 개월 전 퇴옌에 있는 자연사박물관에 도둑이 들었답니다. 말씀드렸듯 단신으로 취급됐는데 뭔가 의아한 점이 있더군요."

모두가 나이 든 수사관을 쳐다보았다.

"박물관이 어디 있는지 모두 알 겁니다. 퇴옌의 식물원 안에 있죠. 식물원 안에 자연사박물관 건물이 있어요. 그런데….." 그뢴리에가 다시 수첩을 들여다보았다. "…8월 6일, 누군가 '토종 동물과 외래 동물'이라는 이름의 전시실에 침입했다는 기사가 있더군요. 그게 좀 이상했습니다. 제가 주목한 이유도 그것이고요. 거기에서 온갖 종류의 노르웨이산 올빼미도 전시했는데 바로 그 올빼미들만 도난을 당했습니다. 이게 아무것도 아닐 수 있지만 확인해볼 가치가 있다고 생각합니다."

"그럼요." 뭉크가 고개를 끄덕였다. "좋아요. 루드비. 거기 직원과 연락해봤나요?"

그뢴리에가 다시 수첩을 내려다보았다. "기사에 의하면 도난사건을 신고한 사람은 수석 큐레이터 토르 올슨입니다. 그런데 몇 달후 카밀라가 올빼미 깃털 위에서 발견됐잖습니까. 누군가 노르웨이산 올빼미 전시물을 훔쳤고."

"조사할 필요가 있겠군요, 당장." 뭉크가 심각하게 고개를 끄덕였다. "좋습니다, 루드비. 미아, 미아가 거기에 좀 가주겠어?"

미아는 딴 생각을 하다 방해받은 것처럼 고개를 번쩍 들었다.

"자연사박물관에서 올빼미 전시물을 도난당했다니, 미아가 그것좀 알아보겠어?"

"네. 물론이죠." 미아는 자신이 무슨 말을 하는지 잘 모르는 듯한 얼굴로 가볍게 기침하며 대답했다.

"좋았어." 뭉크가 말했다.

가브리엘은 이제 자기 차례가 왔음을 깨달았다.

"동영상을 발견한 해커가 자네의 친구인 스컹크라며. 가브리엘, 자넨 무슨 진전이 있나?"

동료들의 시선이 가브리엘에게 쏠렸다.

"노력해봤는데, 아직 진전이 없습니다. 하지만 계속 노력하고 있습니다. 전…."

"오케이, 알았네. 계속 애써주고, 자네가 알아낼 수 있는 것을 알아봐. 우린 그 친구에게 물어봐야 해. 그 친구가 그걸 어디에서 발견했는지 반드시 알아야 한다고."

"알았습니다." 가브리엘은 예상외로 쉽게 넘어가게 된 데 놀라고 안도하며 고개를 끄덕였다.

뭉크가 다시 미아에게로 시선을 돌렸다. "미아, 내 방에서 얘기 좀 할 수 있을까?"

"네?" 미아는 여전히 멍한 표정이었다.

"내 방에서. 5분이면 돼."

미아가 고개를 들어 그를 쳐다보았다. "물론이죠." 그녀가 다시 기침을 했다.

"오케이, 좋아." 뭉크가 나머지 팀원들을 둘러보았다. "만약 다른 뭐라도 발견하면 즉시 내게 알려주도록. 오늘이 지나기 전에 다시 브리핑을 할 예정이다. 시간은 나중에 정하고."

팀원들이 고개를 끄덕였다. 미아 크뤼거는 의자에서 일어나 천천히 뭉크를 따라 그의 방으로 갔다.

41장

뭉크는 미아가 들어온 뒤 문을 닫고 책상에 앉았다. 미아도 작은 소파에 털썩 앉았다. 뭉크는 무슨 말부터 꺼내야 할까 궁리하며 미아를 쳐다보았다. 미아는 마치 정신이 나간 듯, 그가 해석할 수 없는 모호한 표정으로 앉아있었다.

"무슨 일이에요?" 미아가 마침내 입을 열었다.

"내가 미아한테 물어보려는 게 그거였어."

"네?" 미아는 그 말에 다소 정신이 들었다.

뭉크는 적당한 어휘를 골랐다. 며칠 동안 그 생각이 머릿속을 꽉 채웠다. 처음에는 유스티센에서, 그 후에는 어제 브리핑 때, 그리고 오늘 아침 브리핑 때. 미켈손은 미아의 직무를 정지시켰다. 미아가 업무에 적합한지 확인하려고 정신과 진료를 받게 했다. 미아가 이 일을 할 준비가 되어있는지 확인하고 싶어했다. 뭉크는 강력하게 거부했지만(미켈손은 늘 그런 식이었다) 최근 며칠 사이 어쩌면 미켈손이 옳은지도 모른다는 생각이 들었다. 어쩌면 미아는 정말로 준비가 되지 않았을 수도 있다. 트뢴델라그 해안에서 떨어진 섬에 홀로 있던 미아를 끌어낸 지 6개월밖에 지나지 않았다. 게다가 비록 미아는 아무 말도 하지 않았지만 뭉크는 알고 있었다. 미아는 휴가를 보내려고 거기에 간 게 아니었다. 미아는 도망을 쳤다. 자살을 하려고. 뭉크는 미아를 설득해 오슬로로 데려왔다. 그리고 이번에도 그랬다. 미아를 설득해서 일에 복귀시켰다. 하지만 자신의 결정이 틀렸을 수도 있었다. 미아에겐 휴식이 더 필요할지도 모른다. 이번 일에 투입될 준비가 되어있지 않을 수도 있었다.

"요즘 어떻게 지내? 괜찮아? 별일 없지?"

미아 크뤼거는 동면에서 깨어난 듯 그를 응시했다. 이제는 짜증나고 경계하는 눈빛이었다. 그에게 익숙한 미아의 모습이었다.

"저한테 농담하시는 거예요?"

미아는 그가 화제를 어디로 끌고 가려는지 알았다. 그리고 당연히 반갑지 않았다.

"그런 뜻은 아니야." 뭉크가 두 손을 들어올리며 말했다. "난 그저 미아가 컨디션이 좋기를 바랄 뿐이야. 그뿐이야. 미아는 내가 책임져야 하니까, 그렇지 않아?"

뭉크는 미아의 예민함을 누그러뜨리려고 애써 웃었지만 그녀는 호락호락하지 않았다. 미아가 계속 의심스러운 눈으로 살폈다.

"미켈손이 반장님을 추궁했어요?"

"뭐? 아니, 아니야."

"제가 뭘 잘못했죠? 부서를 난처하게 만들었어요? 아직 사건을 해결하지 못했다고 언론으로부터 욕을 먹고 있어요? 피해자를 발견한 지 얼마나 됐죠? 6일? 맙소사! 우린 엄청나게 진척시켰어요. 단서도 많이 확보했고⋯." 미아가 불만스러워하며 소파에서 몸을 앞으로 기울였다.

"아니, 아니야. 미켈손은 아무 말도 안 했다니까. 아무도 불평하지 않았어."

"빌어먹을! 내가 그럴 줄 알았어요." 미아가 화가 나서 씩씩 댔다. "빌어먹을 미켈손."

"이건 미켈손과 상관없어."

"그럼 뭐가 문제죠?" 미아가 두 손바닥을 위로 쳐들며 물었다.

"내가 문제야." 뭉크가 조심스럽게 말했다.

"무슨 말씀이에요?"

"난 미아가 걱정돼." 뭉크가 다시 억지 미소를 지었다.

"걱정된다고요? 맙소사, 반장님? 뭐가 걱정인데요?"

"미아의 수사능력은 아니야. 그건 분명해. 우린 미아가 없으면 안 돼. 난 그저 미아가⋯. 음, 건강은 좀 어때?"

"제 건강요?" 미아는 이 말에 조금 진정하며 대답했다. "전 괜찮아요. 제가 그래 보이지 않아요?"

뭉크는 자신의 생각을 말하지 않았다. 미아가 정말 엉망으로 보였기 때문이다.

"물론 알지. 말이 나왔으니 말인데, 친구끼리 이런 말도 못하는 거야?"

"쓸데없는 간섭요?" 미아가 예전의 모습으로 돌아와 장난스럽게 웃었다.

"하하." 뭉크가 대응했다. "아니, 관심. 내가 찾던 말이 그거야, 관심."

미아가 희미하게 웃으며 주머니에서 사탕을 찾았다. 그것을 혀에 올려놓고 더 다정한 눈길로 뭉크를 바라보았다.

"맙소사. 반장님, 반장님은 우리 엄마가 아니에요." 미아는 그렇게 대꾸했지만 그가 항상 건강을 물어주어서 고마웠다. 관심을 가져줘서. "최근에 좀 피곤했어요. 그건 인정해요." 미아가 한숨을 쉬었다. "잠을 통 못 잤어요. 생각할 건 산더미인데 내가 할 수 있는 건 하나도 없어요. 하지만 더 어려운 일도 겪었는데요, 뭐."

"하루나 이틀 쉬어야 하는 거 아니야?"

"저에게 휴가 주시는 거예요?" 미아가 킥킥거렸다. "반장님, 정신 바짝 차리세요, 그러지 않으면 전 반장님이 약해졌다고 생각할지도 몰라요. 어쩌면 반장님 말씀이 맞을지도 몰라요. 그나저나 반장님도 나이를 먹는 거예요? 수사 중간에 저보고 쉬라니요?"

미아는 뭉크의 말이 정말로 우스웠다. 그녀는 고개를 가로저으며 싱긋 웃었다. 하지만 뭉크는 확신하지 못하고 있었다.

"그럼 괜찮은 거야?"

"물론 괜찮죠, 맙소사. 반장님, 반장님은 다른 직원과도 이런 대화를 나누세요? 아니면 저한테만 이러는 거예요?" 미아가 윙크를 하며 일어섰다. "관심 고마워요. 전 괜찮아요."

"알았어." 뭉크가 고개를 끄덕였다. "무엇부터 시작할 거야?"

"자연사박물관에 가서 조사해보고 말씀드릴게요." 미아가 대답했다.

"알았어." 뭉크가 웃었다. 그때 문 두드리는 소리가 나면서 루드비 그뢴리에가 고개를 들이밀었다.

"뭔가 알아냈습니다." 늙은 수사관이 말했다. "제가 방해했나요?" 그는 뭉크와 미아를 번갈아서 쳐다봤다.

"아, 아니에요. 뭔데요?"

루드비 그뢴리에가 웃으면서 뭉크의 책상에 종이 한 장을 내려놓았다. "실종사건이 또 있었어요."

"이건가요? 후룸란데 보육원에서?" 뭉크가 서류를 들여다보며 얼굴을 찡그렸다.

"뭐예요?" 미아가 끼어들었다.

"9년 전에," 그뢴리에가 설명했다. "한 소년이 실종됐다는 신고가 있었어요."

"보육원에서요?"

"그래요. 매츠 헨릭센이라는 소년인데, 숲으로 산책을 갔다 영영 돌아오지 않았어요."

"저 좀 보여주시겠어요?" 미아가 홀거로부터 서류를 받았다.

"그 후로 발견되지 않았습니까?" 뭉크가 그뢴리에를 보며 심각하게 물었다.

"기록에 의하면 경찰은 수색을 했지만 끝내 실패했어요."

"왜 못 찾았죠?" 미아가 호기심을 보였다.

"소년은 자살한 것으로 알려졌어요." 그뢴리에가 계속했다. "사건은 미제로 남았죠."

"시신도 찾지 못했다고요?" 뭉크가 거듭 확인했다.

"그렇습니다. 발견하지 못했어요." 루드비가 말했다. "무슨 연관이 있을 거라고 생각하지 않습니까?"

"당연히 확인해볼 가치가 있습니다. 좋아요, 루드비. 시스템에서 그의 이름을 검색해 어떻게 됐는지 확인해보세요."

"그러죠." 그륀리에가 고개를 끄덕인 뒤 방을 나갔다.

"정말 흥미진진한데요." 미아가 앞에 놓인 서류에서 시선을 떼지 못하며 중얼거렸다.

"뭐 떠오르는 게 있어?"

"아직 몰라요."

"알다시피 나는 그저…." 뭉크는 말을 꺼냈지만 미아의 시선에 말문이 막혔다.

"왜요? 저를 돌봐주고 싶으시다구요?" 그녀가 빈정거렸다.

"응."

미아가 소파에서 일어나 문으로 걸어갔다. "제 몸은 제가 알아서 해요."

"나도 알아. 난 그저…." 뭉크는 어떻게 말을 끝맺어야 할지 모른 채 미아가 서류를 돌려주며 방을 나설 때 애써 미소 띤 얼굴로 책상에 앉아있었다.

42장

갓 내린 커피 향과 프라이드 베이컨 냄새가 미리암 뭉크의 잠을 깨웠다. 그녀는 눈을 뜨기 전 잠이 덜 깬 채 침대에 누워있다가 문득 자신이 집에 있다는 사실을 깨달았다.

무슨 요일이지? 금요일? 이런, 지금 몇 시지? 마리온을 학교에 데려다줘야 하는데. 그제야 기억이 났다. 마리온은 할머니가 데려 다줄 것이다. 미리암은 외출을 했었다. 지기와. 그런데 시간이 늦어졌다. 어제 맥주를 너무 많이 마셨다. 몇 잔을 마셨는지 기억도 나지 않았다. 저녁이 어떻게 끝났는지 기억은 잘 나지 않았지만 적어도 자신은 집에 있었다. 집으로 돌아온 것이다.

휴.

그녀는 유혹에 굴복하지 않았다. 소심함일랑 날려버리고 지기의 아파트로 가서 그의 담요를 덮고 영원히 거기에 머물고 싶은 충동은 강렬했지만 다행히 정신을 차렸다. 자신을 통제했다. 어젯밤 맥주잔이 바닥을 드러냈을 때 했던 생각이 떠올랐다. *다른 어떤 짓을*

하기 전에, 너무 멀리 가기 전에 요하네스에게 고백해야 해. 우린 대화를 해야 해. 그에게 말해야 해. 당연히 그래야 해. 미리암은 기지개를 켜며 침대 옆 테이블에 놓인 알람시계를 흘깃 보았다. 11시 15분이었다. 늦잠을 자도 너무 잤다. 미리암은 베개에서 머리를 들었지만 이내 다시 누워야 했다. 맥주를 너무 많이 마셨다. 관자놀이가 쿡쿡 쑤셨다. 데킬라 두어 잔으로 끝냈어야 했나?

아름다운 저녁이었다. 사실은 환상적인 저녁이었다. 오랫동안 그런 기분을 맛보지 못했다. *내가 언제 그런 기분을 느꼈던가?* 정말로 행복했다. *너무 가벼웠나?* 기억이 잘 나지 않았다. 한데 11시 15분? 이 시간에 주방에서 나는 아침식사 냄새를 맡을 수 있었나?

미아는 침대를 기어나와 샤워실로 가서 얼굴과 몸에 쏟아지는 따뜻한 물을 즐겼다. 그녀는 술을 얼마나 많이 마셨든 빨리 깨는 경향이 있었다. 하루 종일 침대에 누워있어야 하는 친구들과는 달랐다. 따뜻한 물 샤워와 먹을 것만 있으면 금세 좋아질 것이다. 미리암은 고개를 숙이고 물의 온도를 높였다. 샤워 스프레이로 목덜미를 마사지했다. 그녀는 이미 기분이 나아졌다. 친구들은 그녀의 회복력을 무척이나 부러워했다. 일주일에 나흘 파티를 하던 시절, 사실상 술집과 레스토랑에서 살던 시절. 오래 전 일이었다. 이제 미리암은 나이를 먹었다. 새파란 청춘이 아니었다. 그녀는 이제 바닥에 난방장치가 있는 욕실과 고급 스포츠센터 회원권, 다운라이트가 설치된 아파트에 사는 미시족이었다. 미리암은 수건을 찾았다. 새삼 바닥의 난방장치가 고마웠다. 겨우 10월밖에 되지 않았지만 벌써 겨울이 온 것처럼 느껴졌다. 그녀는 겨울이 오면 뼛속까지 추위를 느꼈다. 벌써 봄이 그리워지기 시작했다. 거울 앞에 서서 수건으로 머리를 말렸다. 자신에게 실망했지만 웃고 있는 스스로를 발견했다. 그러다 자신이 최근에 저지른 엄청난 짓이 생각나 웃음을 멈췄다.

갓 내린 커피? 11시 15분?

미리암은 수건으로 머리를 감싸고 목욕가운을 걸친 뒤 욕실을 나왔다. 그때 주방에서 웃으며 바쁘게 아침식사를 준비하는 요하네스를 발견하고 흠칫 놀랐다. *나는 다른 누군가를 기대했던 것일까?* 그는 이미 식탁까지 차려놓았다. 주스와 신선한 빵, 치즈. 심지어 흰색 테이블보까지 깔려있었다.

"잘 잤어, 미리암?" 그가 조리대로 돌아가기 전에 미리암의 뺨에 입을 맞추었다. "계란은 삶은 게 좋아, 프라이가 좋아?"

미리암은 뭐라고 대꾸해야 할지 모른 채 목욕가운 차림으로 거실 한가운데 서있었다. 왜 그는 출근하지 않았을까?

"프라이?" 미리암은 자신의 대답이 묻는 말처럼 나온 것을 깨달았다.

"앉아, 커피 갖다 줄게. 커피 마실 거지?"

"응, 그럼." 미리암은 여전히 의심스러웠지만 의자에 앉으며 고개만 끄덕였다.

내가 뭔가를 놓쳤나? 뭔가를 잊었나? 내 생일인가? 기념일인가? 왜 그는 병원에 출근하지 않았을까?

"우유 좋아?"

"우유?"

"응, 커피에."

"아, 아니." 미리암은 여전히 어리둥절했다.

요하네스는 웃으면서 식탁으로 걸어와 미리암 앞에 커피잔을 내려놓고 뺨에 키스한 다음 조리대로 돌아갔다.

"어제 늦었어?"

"응, 좀." 미리암이 커피잔을 입에 가져가며 조심스럽게 대답했다. "왜?"

"이유는 없어. 그냥 궁금했어." 요하네스가 프라이팬 위로 몸을 기울이며 말했다. "어제 장모님께 전화했는데 마리온은 거기에 있고, 당신은 친구 만나러 나갔다고 그러시더군. 재미있었어?"

"줄리야." 미리암이 죄책감을 느끼며 천천히 고개를 끄덕였다.

"아, 그래? 어릴 때 친구 줄리? 그녀는 어떻게 지내?"

"잘 지내." 미리암이 커피잔에 입술을 대려다 말고 대답했다. "그 애가 어떤지 알잖아. 남자 운이 없어. 그래서 응원이 필요했어."

"당신 같은 친구를 뒀으니 운이 좋은 거지" 요하네스가 프라이팬을 식탁으로 가져와 계란을 미리암의 접시에 내려놓았다.

"그래." 미리암은 혼란스러웠다. 언제 마지막으로 요하네스와 함께 아침식사를 했는지 기억나지 않았다.

"당신 휴대전화 잘 돼?" 요하네스가 식탁에 앉으면서 물었다.

"간혹 말썽을 부려." 미리암이 머뭇거렸다. "문자메시지를 몇 개 받았는데 모두 열어보지 못했어. 전화도 못 받았고. 왜 그런지 모르겠어. 그런데 왜 물어?"

"당신한테 전화했는데 받지 않아서."

"난 몰랐어." 미리암은 진심으로 죄책감을 느끼며 대답했다. 샤 워로 간신히 다스렸던 두통이 다시 찾아왔다.

"어쩌면 약정에 문제가 있을지도 몰라." 요하네스가 웃으며 미 리암의 잔에 주스를 따라주었다. "아니면 업그레이드나 뭐 그런 게 필요하거나. 쉽게 고칠 수 있을 거야."

그는 치즈를 잘라 앞에 놓인 롤빵에 올렸다.

미리암은 문득 어젯밤 일이 떠올랐다. 지기. 테이블 너머 그의 서글서글한 눈빛. 미리암은 결심을 했다. 그녀는 정직하게 살고 싶 었다. 요하네스에게 털어놓으리라. 하지만 지금 식탁 너머 요하네 스의 믿음직한 얼굴을 마주하자니 용기가 사라졌다. 오늘이 내가 기억하지 못하는 기념일인가? 하지만 그들이 처음 만난 것은 여름 이었다. 그들은 연애를 시작했고 10대들처럼 8월 8일에 동시에 페 이스북에 사귀는 사람 있다고 포스팅하기로 합의했다. 그러니 그 날이 그들의 기념일이었다. 오늘은 다른 날이어야 했다.

"아 하마터면 깜빡할 뻔했네." 요하네스가 식탁에서 일어났다. 잠시 후 요하네스는 미리암에게 선물을 할 때 가끔 그랬던 것처럼 두 손을 뒤로 감추고 서있었다. "오른손, 왼손?"

"내 생일이야?" 미리암이 웃었다.

"아니. 그래도 선물은 할 수 있는 거잖아?"

"나한테 선물을 준다고?"

"응. 왼손 할래, 오른손 할래?"

"왼손." 미리암이 대답했다.

"자 여기 있어." 요하네스가 그녀 앞에 상자를 놓으며 말했다.

"왜 출근 안 했어?"

"열어보지 않을 거야?"

"열어봐야지. 근데 왜 병원에 출근하지 않았어?"

"좋은 소식이 있어." 요하네스가 다시 식탁에 앉으며 말했다.

"뭔데, 말해봐"

"선물 먼저 열어봐." 요하네스가 웃었다.

미리암은 천천히 선물 포장을 풀며 죄책감에 사로잡히지 않으려고 애썼다. 그녀는 포장지 안 상자를 열었다.

"와." 미리암은 여전히 당혹스러운 속마음을 들키지 않으려고 애썼다. "고마워."

"피트니스 워치야. 달리기를 얼마나 했는지 알려줘. 맥박수도. 밖에서 운동할 때 좋을 거야."

"멋져. 정말 멋져."

"당신이 갖고 싶었던 거지, 그렇지?"

"맞아. 고마워, 요하네스. 당신은 정말 다정해."

미리암은 자신의 입에서 나오는 목소리가 이상하게 들렸다. 마치 자신의 목소리가 아닌 다른 사람의 목소리 같았다. 우리 관계가 언제 이렇게 변했을까? 요하네스와 내가. 언제나 이랬나? 그녀는 절대로 이런 적이 없었다.

지금의 목소리는 어젯밤의 목소리와 달랐다.

당신도 함께 할래요?

물론이에요.

정말이에요?

세상에, 지금 무슨 생각하는 거예요? 나도 무고한 동물을 실험실에서 구출하고 싶어요.

멋져요. 우린 내일 밤 모일 거예요. 당신도 올 거죠?

그럼요, 나도 갈 거예요.

"왜 출근하지 않았어?" 미리암이 커피잔 뒤로 숨으려고 애쓰며 헛기침을 했다.

"말했듯이 좋은 소식이 있어."

"잘됐네."

"나 시드니에 가게 됐어. 알지, 의학 컨퍼런스?" 요하네스의 얼굴이 자부심으로 빛났다. 그의 눈은 실제로 빛났다.

"와. 정말 대단하다."

"그래. 그렇지? 순데의 이름도 올라갔는데, 동료를 험담하기는 싫지만 내가 뽑혔어. 당신은 이게 무슨 의미인지 알 거야." 요하네스의 눈이 여전히 빛났다.

"물론이지."

"2~3년 안에 고문의가 될 수 있다는 뜻이야. 당신도 예상치 못했지, 그렇지?"

"응." 미리암이 대답했다. "아니, 그게 아니라, 정말 축하해. 요하네스."

미리암은 더 이상 무슨 말을 해야 할지 몰랐다.

"고마워. 하지만 당신한테 먼저 물어봐야 했어. 그냥 이렇게 떠날 수는 없잖아! 당신한테만 마리온과 모든 것을 맡기고 가는 것은 공정하지 않을 거야."

"무슨 말이야?"

"다음주 월요일에 떠나는 비행기를 타야 해. 세미나는 2주일쯤 걸려. 당신한테 갑작스럽게 통보해서 정말 미안한데, 어떻게 생각해, 컨퍼런스? 나 가도 되겠어? 당신은 괜찮겠어?"

미아는 그제야 이 모든 상황이 이해가 되었다. 식탁보. 뜻밖의 선물. 그녀의 생일이거나 기념일이 아니었다. 남편은 짧게 통보만 하고 해외로 가는 것을 미안해했다.

"당신 할 수 있겠어? 괜찮겠어?"

"월요일에 떠나서 2주일간 집을 비울 예정이라고?"

"시드니야." 요하네스가 싱글벙글했다.

"물론이야, 괜찮아." 미리암이 대답했다.

"정말 괜찮겠어? 마리온과?"

"오, 맙소사. 당연히 괜찮아. 엄마의 도움을 받아도 되고. 난 문제없어."

"고마워, 미리암." 요하네스가 미리암의 손을 잡으며 말했다.

미리암은 남편과의 관계에서 처음으로 그가 옆에 있는 게 불편하게 느껴졌다.

"그거 안 차볼 거야?"

"뭐?"

"시계."

"아, 물론 차봐야지." 미리암은 파란색 피트니스 시계를 손목에 찼다.

"잘 어울려."

"정말?"

"그럼, 물론이지."

요하네스는 미리암의 손목을 잡았고 미리암은 의도적으로 그의 손등을 쥐었다.

"우리 축하해야 할 것 같지 않아? 병원에서 주말에 휴가를 줬어. 마리온을 하룻밤만 더 장모님과 지내게 하는 건 어떨까? 우리 나가서 저녁 먹을까?"

"오늘 밤?"

당신도 거기에 올래요?

그럼요, 나도 갈게요.

"그러면 정말 좋겠는데," 미리암이 기침을 하며 손을 빼 커피잔을 쥐었다. "나 줄리와 약속이 있어."

"또? 오늘 저녁에?"

"응." 그녀가 고개를 끄덕였다. "바보 같지만 줄리가 아직 마음을 잡지 못하고 있어. 사실은 꽤 낙담해있어."

"알았어."

"대신 내일 어때?"

"내일도 괜찮아." 요하네스가 일어서며 말했다. "아버지께 전화 드려야겠다."

"아버지도 기뻐하실 거야."

미리암이 다시 커피잔 뒤로 숨으며 웃었고 요하네스는 자신의 휴대전화를 꺼내들었다.

43장

경찰 중 한 명은 몸매가 꽤 탄탄했다. 베네딕테 리스는 그 점을 인정하지 않을 수 없었다. 그의 이름은 킴이었다. 매끄러운 검은 머리카락이 왼쪽으로 흘러내린 모습이 꽤 귀여웠다. 물론 파울루스와는 비교가 되지 않았다. 하지만 원장이 모두에게 편히 앉으라고 말했을 때 베네딕테는 머리가 띵했다. 멋진 경찰관은 유치하게 끼적인 글과 올빼미가 그려진 종이에 대해 설명하고자 했다.

"자, 모두, 조용히. 이건 중요한 일이야." 헬레네가 원생들에게 다시 말했다.

"만약 여러분 중에 이런 쪽지라든지 비슷하게 보이는 것을 본 사람이 있으면 즉시 우리에게 알려줘야 합니다." 경찰관이 테이블에 놓인 출력물을 나눠주며 다시 말했다. "이 자리에 없는 원생들도 반드시 볼 수 있도록 도와주세요. 여러분, 아시겠죠?"

헬레네가 웃으면서 학생들을 향해 고갯짓을 했지만 베네딕테 리스의 생각은 벌써 다른 데 가 있었다.

카밀라 그린의 라커룸에서 찾아낸 그림이라고 했다,

알게 뭐야.

베네딕테는 생각만 해도 넌더리가 났다.

카밀라 그린.

낭랑한 웃음소리와 반짝이는 눈빛의 카밀라가 나타나기 전까지는 모든 게 순조로웠다. 하지만 그녀는 단번에 직감했다. 파울루스가 카밀라 주변에서 하는 행동을 보고 알아챘다. 파울루스가 그 애를 좋아한다는 사실을. 자신은 파울루스와 섹스는커녕 키스도 한적이 없지만 둘 사이에는 뭔가 있었다. 파울루스는 다른 애들보다 카밀라를 더 좋아했다. 그는 틀림없이 카밀라에게 더 관심을 기울였다. 베네딕테는 언젠가는 파울루스가 그 사실을 알게 되기를 간절히 바랐다. 자신이 그를 가장 사랑하며, 두 사람은 서로에게 운명이라는 사실을.

파울루스와 베네딕테.

베네딕테는 자기 방에 있는 책상에 하트를 그리고 그 안에 둘의 이름을 새겼다. 그리고 아무도 보지 못하게 가려놓았다. 매일 밤 손가락으로 그 이름을 따라 그리며 자신들이 함께 할 운명이라고 되뇌었다.

실제로도 그랬다. 정말이었다. 파울루스는 아무도 데려간 적 없는 숲속 은신처를 베네딕테에게만 보여주었다. 그 애가 나타나기 전까지는 그렇게 둘이 많은 시간을 보냈다.

카밀라 그린.

파울루스가 카밀라에게 얼마나 집착하는지 깨달았을 때 베네딕테는 질투심을 가누기 힘들었다. 파울루스가 카밀라를 여기저기 안내해주던 때의 표정. 카밀라의 어깨를 감싼 손. 멋진 미소. 자신에게는 한 번도 보여주지 않았던 눈빛으로 새로 만난 소녀를 응시하는 아름다운 갈색 눈동자.

그녀는 카밀라 그린이 없어져서 내심 기뻤다.

이런 생각을 하는 게 잔인할 수도 있지만 정말 그랬다. 베네딕테는 카밀라가 더 이상 주변에 있지 않아서 기뻤다. 카밀라는 모든 것을 엉망으로 만들었다. 게다가 카밀라는 자신만큼 파울루스를 사랑하지 않았다. 그저 사람들의 이목을 끌고 싶어할 뿐이었다. 머리카락을 요염하게 넘기고 식당에서 그를 노골적으로 쳐다보는 것은 진정한 사랑이 아니었다. 파울루스와 자신이 나누었던 그런 종류의 사랑이 아니었다. 베네딕테는 파울루스가 택시에서 내리는 카밀라의 가방을 들어주던 날 그것을 눈치챘다. 그녀를 반갑게 맞고 방으로 안내해주던 때 직감할 수 있었다. 베네딕테는 카밀라를 난잡한 년이라고 부르고 싶지 않았지만 카밀라 그린이 온 후부터 파울루스와 자신의 관계는 예전 같지 않았다.

베네딕테는 그를 보호해야 했다. 그게 자신의 역할이라고 믿었다. 어리숙한 파울루스는 자신에게 뭐가 이득인지 모르기 때문이었다. 보육원에서 멀리 떨어진 비닐하우스에서 기르는 식물만 해도 그랬다. 대마초. 그가 다른 여자애들한테 그것을 보여준 적이 있었던가? 천만에, 그는 그러지 않았다. 오직 자신에게만 보여주었다.

너한테 보여줄 게 있어. 다른 애들한테는 말하지 마.

왜냐하면 자신만이 그가 정말로 원하는 사람이었기 때문이다.

파울루스와 베네딕테.

베네딕테는 매일 밤 손가락으로 책상의 하트를 쓰다듬은 뒤 거기에다 굿나잇 키스를 했다.

"여러분, 우리는 이 쪽지와 관련해 경찰에게 협력해야 해요. 이건 중요한 일이에요. 잘 알죠?"

헬레네가 주위를 죽 둘러보며 이렇게 말한 뒤 아이들은 뿔뿔이 흩어져서 밖으로 나갔다. 베네딕테는 푸파재킷 모자를 썼다. 바깥 공기가 차가워서 하얀 입김이 나왔다.

세상이 뭔가 정상이 아니었다. 10월이 이렇게 추워서는 안 됐다. 어쩌면 이것은 신호였다. 그런 일을 하지 말아야 한다는 것. 누군가는 뭔가를 해야 한다는 것. 그래서 지금 그 일이 일어난 것이다, 그렇지 않은가? 카밀라가 죽었다. 어쩌면 파울루스는 이제 깨닫게 되지 않을까? 이른 서리? 자신의 선택이 잘못되었다는 것을?

베네딕테는 당장 그를 만나야 할 것 같았다. 그런 느낌이 왔다. 경찰은 많은 얘기를 했다. 경찰이 그 종이쪽지를 가지고 나타났을 때 사람들은 파울루스를 찾았다. 하지만 그를 발견하지 못했다.

베네딕테는 그가 어디에 있는지 알았다.

당연히 알았다.

베네딕테 리스는 파울루스에 대해 알아야 할 모든 것을 알았다. 종종 그의 뒤를 밟았다. 그를 감시했다. 이러는 편이 더 나았다. 파울루스는 절대로 알지 못하게 했다. 그에게는 누군가 돌봐줄 사람이 필요했다.

파울루스에게는 보육원에서 멀리 떨어진 곳에 은신처가 있었다.

근처 울타리에 바로 붙어있었다. 파울루스는 자주 그곳에 갔다. 그곳을 아는 사람은 거의 없었지만 베네딕테는 알고 있었다. 그가 직접 데려갔다. 거기에서 그가 대마초 마는 방법을 알려주었다. 베네딕테도 예전에 많이 해봤지만 모르는 척했다. 그가 가르쳐주는 게 좋았기 때문이다.

그들은 함께 대마초를 피우고 이야기를 나누며 킬킬거렸다. 그 후로 그 일은 습관이 되었다. 금요일이나 토요일 저녁이면 으레 거기에서 함께 보냈다. 그 애가 나타나기 전까지는 그랬다.

카밀라 그린.

베네딕테는 가끔 밖에 서있곤 했다. 그들 몰래 창문 아래에서, 그들이 안에서 웃는 것을 들었다.

"파울루스?"

베네딕테가 문을 두드렸지만 대답이 없었다.

"파울루스?"

그녀는 다시 노크를 한 뒤 작은 문을 열고 조심스럽게 오두막으로 들어갔다.

44장

자연사박물관 수석 큐레이터 토르 올센은 사방으로 뻗치고 헝클어진 흰머리가 알베르토 아인슈타인을 연상시키는 50대 남자였다.

"드디어, 오셨군요." 미아 크뤼거가 사무실에 나타났을 때 토르 올센이 말했다. "진작 했어야 하는데 이제야 설명을 할 수 있게 됐군요. 커피, 차, 아니면 곧장 본론으로 들어갈까요?"

큐레이터는 이 사건을 매우 진지하게 여기는 게 분명했다. 박물관 침입 사건. 도난당한 올빼미 전시물. 그는 푸른색 경광등을 켠 수십 대의 경찰차가 사이렌을 울리며 나타날 거라고 믿었던 듯하다. 미아는 어처구니가 없었지만 속마음을 드러내지 않았다. 이제는 그런 반응에 익숙했다. 사람들이 처음 범죄를 당했을 때 보이는 드물지 않은 반응이었다. 사람들은 경찰이 즉각 대응해줄 거라고 기대했다. TV에서처럼 사건을 단번에 해결해줄 거라고 믿었다. 달콤하고 순진한 착각이었다. 안타깝지만 현실은 그들의 기대와 너무나 동떨어졌다. 지난해 노르웨이에서는 13만 건의 절도사건이 보고되었고, 그 중 12만 건은 미해결인 채로 보류되었다. 부끄럽게도 그게 실상이었다. 그러니 부족한 경찰력으로 박제한 올빼미 도난사건을 해결할 가능성은 애초부터 거의 없었다. 살인사건의 경우 신고된 건수 33건 중 23건 해결. 포기한 사건은 없었다. 미아로서는 뿌듯해할 만한 통계였다. 반면 절도사건은? 거기에 대해서는 자랑할 게 없었다. 사실 자신의 책임도 아니었다. 그녀에게는 할 일이 많았다.

"본론으로 들어가면 저는 좋죠." 미아가 고개를 끄덕였다.

"당신뿐인가요?" 남자가 멍한 표정으로 주변을 두리번거리며 물었다.

"무슨 말씀이신지?"

"당신 혼자 여기 온 건가요? 다른 경찰들은 어디 있죠?"

미아는 웃음이 나오려는 것을 참았다.

"우리가 이곳에 특별한 수집품을 소장하고 있었다는 거 알고 계시죠? 전 세계에서 수집한 200만 종 넘는 포유류, 조류, 어류, 곤충, 파충류, 연체동물, 기생충…."

"기생충도요?"

올센이 안경 너머로 미아를 쳐다보았다. "무척추동물, 단세포, 다세포 생명체…."

수석 큐레이터는 고개를 절레절레 흔들며 한숨을 내쉬었다. 그는 진작 경찰이 이 중요한 수사에 적임자를 투입하지 않았다고 판단을 내렸다.

"올빼미만 도난당했나요?" 미아가 물었다.

"올빼미만이라고 하셨나요?" 올센이 미아를 쏘아보며 되물었다. "이곳에 수집해놓은 온갖 노르웨이산 올빼미가 경찰에게는 별 게 아닌가보군요. 어차피 우리에겐 10종밖에 없지만, 설령 그렇더라도 내가 여기에 얼마나 공을 들였는지 아십니까?"

"이해해요." 미아가 진지하게 고개를 끄덕이며 호응했다. "노르웨이에 10종이 있나요? 올빼미가?"

"유러피언 피그미 올빼미, 북방 올빼미, 짧은귀 올빼미, 북방 호크 올빼미, 유라시안 올빼미 2종, 황갈색 올빼미, 진회색 올빼미, 우랄 올빼미, 흰 올빼미 그리고 원숭이 올빼미까지 11종이군요. 우리가 목격한 종은 여러 가지이지만 노르웨이에는 서식하지 않죠."

"어쩌나. 그것들이 어디에 전시되었죠?"

"영구소장품실에요, '토종과 외래 동물관'. 우리는 그 전시실을 거의 바꾸지 않는데 어느 날 이런 생각을 했죠. 올빼미, 그것도 노르웨이에 서식하는 토종 올빼미. 흥미롭고 신비로운 그 새를 전시하면 아이들이 좋아할 것이다. 그럼 방문객도 증가하지 않을까? 제 말을 이해하시겠습니까?"

미아는 담담한 표정을 지으려고 애썼다. 요즘 아이들이 설마 스마트폰에서 눈을 떼고 자연사박물관에 전시된 독특한 노르웨이 올빼미 컬렉션을 보러 오고 싶을까.

"네, 좋은 생각이네요. 훌륭한 발상이에요."

"고맙군요." 올센이 웃었다. "경찰이 범죄현장을 보고 싶을 거라고 생각했어요. 게다가 여기까지 오셨으니 우리의 소장품을 보셔야겠죠?"

"물론이죠." 미아가 사무실을 따라 나가며 대답했다.

"첫 번째 전시실은 '해저 생물관'입니다." 전시가 시작되는 곳에 도착했을 때 올센이 설명했다. "보다시피 쏨벵이, 스네이크 실고기, 고등어, 청어, 스쿨 샤크…."

미아는 이거 제대로 시간낭비하는 건 아닐까 회의가 들기 시작했다. 그녀는 세바스티안 라르센을 만나고 온 뒤부터 줄곧 피곤했고 그 사회인류학자가 준 정보도 아직 정리하지 못했다. 분파. 종단. 위원과 사제단. 자신이 알지 못하는 일종의 어둠이 여기 노르웨이에도? 미아는 믿을 수가 없었다.

"두 번째 생물 전시실은 '산악 조류관'이라고 합니다." 올센이 계속했지만 미아는 이제 거의 듣지 않고 있었다. "보다시피 여기에는 유러피언 가마우지, 바다오리, 큰부리 바다오리…."

그녀는 라르센이 들려준 이야기 중 어딘가에 금괴가 있을 거라는 기분을 떨쳐낼 수가 없었다.

OTO. 텔레마이트 교리. *네 의지대로 행하는 것이 곧 율법이다.* 어쩌면 말도 안 되는 소리일지 모른다. 기껏해야 해를 끼치지 않는 얼간이 집단. 하지만 펜타그램 촛불에 둘러싸인 카밀라 그린과 그들이 발견한 끔찍한 동영상과 연관이 있다면?

"그리고 다섯 번째 전시 생물은…." 올센이 계속했다.

그러나 미아의 인내심은 한계에 다다랐다. 이건 시간낭비였다. "조류 전시관은 어디죠?" 미아가 물었다.

"아, 지금은 비어있죠." 큐레이터가 대답했다. "그 자리에는 대신 순록을 전시하고 있습니다. 보시겠습니까?"

"아뇨. 여기에서 그만해야겠어요." 미아가 웃었다.

토르 올센이 놀란 듯 그녀를 바라보았다.

"제 말은, 보려고 했던 게 없으니 이제 그만 떠나는 게 나을 것 같아서요."

"이렇게 빨리요?

"많은 걸 알았어요. 큰 도움이 되었어요."

"좋습니다, 그럼." 큐레이터가 말했다.

미아는 밖으로 나가던 길에 위를 흘깃 보다 구석에 있는 카메라를 발견했다. "방문객이 모두 촬영되나요?"

"그럼요. 다만 안타깝게도 개장시간에만요."

"도난은 밤에 일어났죠?"

"그렇습니다. 제가 신고했을 때 경찰에 진술했을 텐데. 고발장을 읽지 않았습니까? 저는 언제나 그렇듯 7시 15분에 출근했습니다. 그런데…."

"당연히 읽었죠. 그저 다시 한 번 확인하는 거예요." 미아가 물었다. "그럼 사진은 없나요?"

"네. 아쉽게도 없습니다." 큐레이터가 대답하면서 미아가 전시실을 나가게 내버려두었다.

"방문객이 많나요?"

"많다고는 할 수 없죠. 주로 학생 단체관람객입니다. 식물원에 왔다가 겸사겸사 들르는 사람들이 대부분이죠. 식물원도 특이하지만, 사람들이 가끔 여기에도 들르죠."

"학생 단체관람객이라고 하셨나요?" 미아가 비로소 호기심을 보이며 물었다. "혹시 방문객 리스트를 갖고 있나요?"

"그럼요. 갖고 있죠." 올센이 고개를 끄덕였다. "루스가 갖고 있습니다."

식물원. 후룸란데 보육원. 대마초. 꽃. 어림짐작이지만 조사해볼 가치가 있었다.

"루스라는 분이 지금 여기 계신가요?"

"아뇨. 루스는 그란카나리아에 갔어요. 류머티즘에 걸렸는데 국가 지원으로 여행을 떠났죠. 아시다피 따뜻한 기후가 관절에 좋거든요."

"루스한테 부탁해서 도난 사건이 일어나기 전 박물관을 방문한 학교 리스트 좀 보내주시겠어요? 그녀는 언제 돌아오죠?" 미아가 재킷 안주머니에서 명함을 꺼내 그에게 건넸다.

"화요일에 돌아옵니다. 네, 제가 그렇게 하죠." 수석 큐레이터가 명함을 들여다보며 대답했다. 명함을 읽는 그의 눈이 휘둥그레졌다. "강력범죄반? 그런데…?"

"당신과 루스로부터 희소식을 듣게 됐으면 좋겠네요, 오케이?" 그녀가 미소 지었다.

머리 희끗희끗한 남자는 이제 완전히 다른 눈으로 미아를 바라다보며 조심스럽게 고개를 끄덕였다. 미아는 계단을 내려가 현관문을 나서는 자신을 그가 주시하고 있음을 느꼈다.

시간낭비였어.

더 생산적인 일을 했어야 한다. 미아는 휴대전화를 들여다보았다. 오후 3시가 다 됐다. 그녀는 뭉크의 사무실에서 이상한 대화를 나눈 후 두세 시간 잠을 잘 계획이었다. 정말로 짜증이 난 상태에서 그의 방을 나왔지만 뭉크의 말에 일리가 있다는 생각이 들기 시작했다. 차에 올라탔을 때 전화벨이 울렸다.

"네, 미아예요."

"나야, 홀거."

미아는 그의 목소리에서 감지했다. 무슨 일인가 일어났음을.

"무슨 소식 있어요?"

"거의 틀림없어." 뭉크가 성급히 말했다. "킴과 쿠리가 보육원에서 돌파구를 찾았어. 파울루스와 보육원에 사는 베네딕테 리스라는 소녀야."

"그들이 왜요?"

뭉크가 전화기에서 잠시 사라졌다. 미아는 그의 뒤편에서 무슨 일이 일어나고 있음을 소리로 짐작했다.

"그 둘을 조사하기 위해 그뢴란으로 연행하는 중이야. 거기에서 이리로 데려올 거고."

"그뢴란요?"

"응."

"지금 갈게요." 미아가 재빨리 말하고 자동차 열쇠를 꽂았다.

45장

미아는 조용히 문을 닫고 작은 방으로 들어갔다. 쿠리가 이미 의자에 앉아, 파울루스 몬센을 조사하는 뭉크와 킴 콜쇠를 유리창 너머로 지켜보고 있었다. 검은 곱슬머리의 젊은 남자는 초조하게 시선을 좌우로 두리번거렸다.

"무슨 일이야?" 미아가 쿠리 옆에 앉으며 물었다.

"간략한 버전을 원해 롱 버전을 원해?"

"간단히." 미아가 유리창 저쪽에 시선을 고정한 채 말했다.

"우리가 보육원을 떠나려는데 저 녀석이 운동장을 가로질러 뛰어가고 한 소녀가 그를 쫓아가는 거야. 녀석은 뭔가로 몹시 화가 나있고, 소녀는 눈이 충혈된 게 우는 것 같더라고."

"왠지 롱 버전처럼 들리기 시작하는데." 미아가 웃었다.

"하하." 쿠리가 따라 웃었다.

쿠리는 이제 많이 나아진 것처럼 보였다. 수니바와의 싸움이 해결되었는지 다시 경찰관처럼 사고하기 시작한 것 같았다.

"그런데?"

"파울루스라는 저 녀석은 온실에서 대마초 키운 사실도, 카밀라 그린과의 관계도 인정했어."

"정말이야?"

"응."

"그런데 왜 더 일찍 우리한테 말하지 않았을까? 그 점에 대해서는 어떻게 설명해?"

"둘이 사귀기 시작했을 때 여자애 나이가 열여섯 살이었거든." 쿠리가 말했다. "잘생긴 청년이야, 그렇지?" 쿠리는 젊은 남자를 자세히 관찰하려는 듯 창문 가까이 갔다. "어린 애들을 꾀어서 자기 은신처로 데려간 다음 희롱하기 전에 마약을 흡입하게 한 거지."

"은신처?"

"보육원에서 좀 떨어진 곳에 일종의 사랑의 둥지가 있더군."

"조사해봤어?"

"감식반이 지금 거기에 가있어." 쿠리가 고개를 끄덕인 뒤 기울였던 몸을 도로 세웠다.

"난 무슨 말을 해야 할지 몰랐어요." 조사실의 남자가 말했다.

미아는 쿠리에게서 나머지 이야기를 듣기 위해 볼륨을 낮췄다.

"그 소녀는 어디 있어? 베네딕테?"

"B조사실에 있어."

"아직 그 애는 조사하지 않았어?"

쿠리가 고개를 가로저었다.

"여자애는 이 사건과 무슨 관련이 있지? 여자애는 왜 데리고 왔어?"

미아는 재킷주머니에서 사탕을 꺼내며 파울루스를 바라보았다. 그는 여전히 꼼짝 않고 앉아있었다.

"둘이 서로를 비난하고 있어." 쿠리가 말했다.

"살인사건을 두고?" 미아가 얼른 물었다.

쿠리가 고개를 끄덕였다. "치정사건이야. 일종의 삼각관계지. 저 두 사람이 우리 바로 앞에서 싸우고 있었어. 그래서 수갑을 채울 수밖에 없었지. 그 후로 둘 다 별로 말을 하지 않아."

"그래서 어쩔 계획이야?"

"계획?" 쿠리가 물었다.

"응. 이제부터 어떻게 할 건데? 반장님은 뭐라고 그러셔?"

"지금까지는 별 말씀 없으셔." 쿠리가 어깨를 으쓱하며 설명했다. "먼저 남자애를 조사하고, 그 다음 여자애. 그리고 다시 남자애를 조사할 계획이야."

"동시에 둘을 조사하지는 않고?"

"아니. 반장님은 당분간 여자애 혼자서 시근거리게 둬야 한다고 생각하셔. 기다림은 언제나 두렵기 마련이지."

"그건 맞아." 미아가 의자에서 일어나 복도로 나가더니 조사실 문을 두드렸다.

킴 콜쇠가 문을 열어주었다.

"교대할 시간이죠?" 미아가 제안했다.

"좋아요." 콜쇠가 고개를 끄덕인 뒤 미아를 안으로 안내했다.

"지금 시각은 16시 5분." 뭉크가 녹음기에 대고 말했다. "킴 콜쇠 수사관은 조사실을 떠나고 미아 크뤼거 수사관이 도착했음."

미아는 가죽재킷을 의자 등받이에 걸쳐놓고 앉았다.

"반가워요, 파울루스. 미아 크뤼거라고 해요." 미아가 테이블 너머로 손을 내밀며 인사했다. 젊은 남자는 조사실을 나가는 킴을 힐끗 본 뒤 초조하게 미아를 쳐다보며 마지못해 악수를 했다.

"파울루스 몬센, 당신에 대한 얘기를 많이 들었어요. 사람들이 훌륭한 청년이라고 하더군요. 실력 있고 성실하다고. 보육원의 모든 사람들이 입이 마르게 칭찬을 하더군요."

"그래요?" 젊은 남자가 대답했다. 그는 다소 당황한 표정이었다.

"당신은 유능해요." 미아가 웃었다. "맡은 일도 잘 하고. 듣기 좋으라고 하는 말이 아니라 모두가 당신을 높이 평가해요."

"아, 네. 고마워요." 파울루스가 다시 초조하게 뭉크를 흘끔거렸다. 뭉크는 그에게 퉁명스럽게 굴었던 게 틀림없었다.

"그리고 당신도 알겠지만 마약이나 대마초, 우리는 사실 그런 거 별로 신경 쓰지 않아요. 우리 소관이 아니니까요. 알겠어요? 대마초 몇 포기, 그런 게 뭐 어때서요? 그건 누구에게나 있을 수 있는 일이에요." 미아는 뭉크의 굳은 시선을 느꼈지만 무시했다. "괜찮죠?" 미아가 젊은 남자를 보며 싱긋 웃었다.

파울루스가 여전히 어리둥절한 표정으로 다시 뭉크를 흘끔거렸다. 하지만 그는 미아를 대할 때 더욱 편안해 보였다.

"그냥 몇 포기 키웠을 뿐이에요." 그가 낮은 목소리로 말했다.

"말했듯이 그 일은 신경 쓰지 말아요. 사실 그건 상관없어요."

이제야 상대가 경계심을 내려놓기 시작했다. 젊은 남자는 의자에 살짝 등을 기대며 손가락으로 머리카락을 빗어올렸다.

"그저 개인적으로 소비하는 거예요. 어떻게 생각할지 모르지만 그걸 팔거나 한 적은 없어요."

"알아요. 그 생각은 그만 해요."

뭉크가 끼어들려고 하자 미아가 테이블 밑으로 그를 쿡 찔렀다.

"그보다 더 중요한 건…." 미아는 뭔가 생각하는 척하며 운을 뗐다. 의자에 앉은 젊은 남자가 다시 초조해하는 게 보였다.

"네?" 그가 물었다.

"음, 베네딕테 말이에요. 그녀가…." 미아는 말끝을 흐리면서 마침내 본론으로 들어갔다.

"베네딕테가 뭐라고 말했어요?" 젊은 남자는 알고 싶어했다.

미아는 대답 대신 가볍게 어깨를 으쓱하며 눈을 치켜떴다.

"그 계집애가!" 파울루스가 불쑥 내뱉었다 "그 계집애가 내가 카밀라를 죽였다고 하던가요?" 그의 눈은 이제 이글이글 탔다. "거짓말하는 거예요." 파울루스가 의자에서 벌떡 일어나며 필사적으로 소리쳤다. "제 말을 믿어주세요."

"앉아." 뭉크가 명령했다.

젊은 남자는 여전히 선 채 애원하듯 두 사람을 바라봤다.

"앉아." 뭉크가 다시 그에게 명령했다.

파울루스는 앉아서 두 손으로 머리를 감쌌다. "제 말을 믿으셔야 해요. 베네딕테는 제정신이 아니에요. 완전히 정신이 나갔다니까요. 제가…."

"그녀도 죽이려고?" 뭉크가 차분하게 물었다.

"네?" 그의 눈이 휘둥그레지며 뭉크를 쏘아봤다.

"베네딕테를 죽이려고? 카밀라를 죽인 것처럼?"

"뭐라고요? 맙소사. 난 카밀라를 죽이지 않았다고 말했잖아요!"

"난 자네가 자백한 거라고 생각했는데." 뭉크가 계속해서 말했다. "그래서 여기에 온 거라고 생각했는데"

"자백요? 천만에요. 난 단지 대마초를 키웠다고 자백했을 뿐이에요." 그는 미아가 자신을 구해주기를 바라며 간절하게 바라보았다. 하지만 미아는 아무 말도 없이 뭉크가 계속하게 내버려두었다.

"자네는 법적 연령이 되지 않은 카밀라와 사귀었어. 자네 은신처에서 카밀라에게 마약을 주고 성관계를 했어. 그래서 그 일이 일어난 거 아니야?"

"아닙니다." 파울루스가 테이블에 시선을 고정한 채 대답했다.

"그럼 카밀라와 사귀지 않았어요?" 미아가 친절하게 물었다. "커플 아니었어요?"

"맞아요. 하지만…."

"하지만 뭐요?"

"저 사람이 말한 대로는 아니에요." 그가 뭉크를 향해 고갯짓을 했다. "저 사람 말처럼 추잡하게 굴지 않았어요."

미아가 물었다. "그럼 어땠어요? 카밀라와 당신의 관계는?"

"음…, 아름다웠어요." 파울루스가 용기내어 대답했다.

"그녀를 좋아했어요?"

"사랑했어요." 젊은 남자가 대답했다. 미아는 그가 눈물을 참고 있음을 알 수 있었다.

"그녀도 당신을 사랑했나요?"

젊은 남자는 대답하기 전 생각할 시간이 필요한 듯 보였다. 마치 뭐라고 대답해야 할지 모르는 듯했다.

"저는 그렇게 믿어요." 잠시 후 그가 말했다. "하지만, 카밀라는 특별했어요. 그녀는 자기 방식대로 살고 싶어했어요. 말 그대로 자유로운 영혼이었어요. 제 말이 무슨 뜻인지 아시죠?" 파울루스는 뭉크와 시선이 마주치지 않도록 거의 애원하는 눈으로 미아만 바라다보며 말을 이었다. "제발 절 믿어주세요. 전 그녀를 죽이지 않았어요. 전 카밀라를 조금도 해치지 않았어요. 전 그저 그녀를 사랑했어요. 그녀를 위해서라면 무엇이든 했어요."

"하지만 카밀라는 자넬 원치 않았고 그래서 자넨 자기가 하고 싶은 대로 했지." 뭉크가 냉정하게 단언했다.

미아가 뭉크를 노려보며 실망스럽다는 표정으로 고개를 저었다. 미아 크뤼거는 상사에 대해 오로지 존경심만 가졌는데 이따금 그는 너무 단순했다.

"아닙니다." 파울루스는 이렇게 대답하고 다시 자신만의 세계로 도피했다.

미아가 다시 뭉크를 노려보았고, 그는 어깨를 으쓱거렸다.

"당신이 내 동료들한테 뭔가 말했는데," 미아가 조심스럽게 말을 걸었다. "그게 내가 궁금해하던 것이었어요."

"뭔데요?" 파울루스가 미아를 바라보지 않으면서 물었다.

"내가 아는 바로는, 카밀라가 살해된 일로 당신이 베네딕테를 비난했다고 하던데, 맞아요?"

잠깐 침묵이 흐르고 난 뒤 젊은 남자가 말했다. "그건 제가 순간적으로 열 받아서 한 말일 뿐이에요. 화가 나서."

"베네딕테한테요?"

"네."

"왜죠?"

"그 애가 제 은신처를 찾아왔어요." 젊은 남자가 시선을 들며 말했다. "그러고는 우리가 어째서 서로 운명이며, 카밀라가 죽은 게 얼마나 잘된 일인지, 그래서 이제 자기와 내가 다시 만날 수 있게 되었다는 얘기를, 또 자기가 그런 문자를 보낸 이유에 대해 떠들어 댔어요."

"무슨 문자?" 뭉크가 물었다.

"네?" 파울루스가 되물었다. 그는 생각이 절반쯤 딴 데 가있는 것처럼 보였다.

"무슨 문자?" 뭉크가 다시 물었다.

"카밀라의 휴대전화로 보낸 문자요."

"베네딕테가 카밀라의 휴대전화를 갖고 있었나?"

미아와 뭉크는 놀란 얼굴로 서로를 바라보았다.

"카밀라가 사라진 후 카밀라의 방에서 그걸 발견했대요." 파울루스가 대답했다. 그는 이제 완전히 지쳐 보였다.

"이 점을 분명히 해야 해." 뭉크가 말했다. "네가 지금 언급하는 문자가 어떤 문자지?"

파울루스가 손으로 이마를 닦았다. "베네딕테가 헬레네 원장님한테 자기는 아무 일도 없다고 하는 문자를 보냈대요."

"카밀라의 휴대전화로?"

파울루스가 조용히 고개를 끄덕였다. "그래서 제가 흥분했어요. 베네딕테가 카밀라를 죽였다고 비난할 마음은 아니었어요. 그렇게 말한 것은 유감이에요. 베네딕테도 화가 났을 거예요. 그 애는 절대 그런 짓을 할 성격은 아니에요."

"베네딕테가 왜 그런 문자를 보냈는지 당신에게 말했어요?" 미아는 알고 싶었다.

"그래야 아무도 그녀를 찾지 않을 테니까요."

"카밀라만 영원히 사라진다면 두 사람이 다시 사귈 수 있다?"

"뭐 그런 거죠." 젊은 남자가 중얼거렸다. 그는 이제 말하기도 힘들어 보였다.

"잠깐 쉬지." 뭉크가 미아를 보며 말했다.

미아도 고개를 끄덕였다. "배고프지 않아요, 파울루스? 뭐 먹거나 마실래요?"

곱슬머리 청년은 가볍게 어깨를 으쓱한 뒤 그들을 쳐다보지도 않고 대답했다. "햄버거와 콜라. 요즘 통 먹지를 못해서요."

그들은 파울루스가 이제 더 이상 눈물을 참기 위해 애쓸 힘도 없다는 것을 알았다.

"지금 시각 16시 32분. 파울루스 몬센에 대한 조사는 종료되었음." 뭉크가 이렇게 말하고 녹음기를 껐다.

46장

미리암 뭉크는 붉은 벽돌식 아파트 밖 거리에 서서 생각에 생각을 거듭하고 있었다. 전날 밤에 느꼈던 감정, 한 번도 경험한 적 없는 감정을 그녀는 정말로 확신했었다. 하지만 요하네스와 늦은 아침을 먹고 난 후 슬며시 다른 생각이 들기 시작했다. 요하네스는 걱정되지 않았다. 천만에. 그녀는 마리온을 생각하고 있었다. 불쌍한 마리온. 그 애는 이걸 어떻게 받아들일까? 딸은 아무 잘못도 없었다. 왜 여섯 살짜리 사랑스러운 딸이 이런 일을 겪어야 한단 말인가? 엄마가 다른 남자와 사랑에 빠졌다는 이유로 그 아이의 인생이 송두리째 바뀌어야 한단 말인가?

미리암은 요하네스가 선물해준 시계를 힐끗 보며 다시 죄책감을 느꼈다. 요하네스는 일부러 회사에 휴가를 내 맛있는 아침식사를 만들어주고 저녁에 외식을 하자고 제안하며 선물까지 주었다. 그랬다. 그는 시드니에 가고 싶어서 그런 일련의 계획을 세웠다. 하지만 그래서 어쩌라고? 미리암 뭉크는 얼마 전 자신이 밤을 보냈던 아파트의 그 층을 힐끗 쳐다보았다.

8시. 계획이 시작되는 시간이었다. 작전회의. 아틀란티스 팜즈. 불법 실험을 위해 동물을 이용하는 후룸의 실험실. 그녀에게는 아직 마음을 바꿀 시간이 있었다. 목숨을 걸겠다는 서명은 하지 않았다. 지금이라도 트램을 타고 돌아가면 그만이었다. 집으로 갈 수 있었다. 가서 옷을 차려입고, 요하네스와 저녁을 먹으러 갈까. 아니, 요하네스는 자원해서 야간근무를 하는 중이었다. 그럼 택시를 타고 마리온을 데리고 와서 같이 영화라도 볼까. 백설공주, 아니면 잠자는 숲속의 미녀. 여섯 살짜리 여자아이가 질리지 않는 공주 영화. 함께 소파에 앉아 담요를 덮었을 때 마리온의 따뜻한 체온이 느껴지는 것만 같았다. 팝콘 그릇 안의 작은 손가락. 스크린을 뚫어져라 보고 있는 천진하고 열렬한 푸른 눈동자.

"사과 먹지 마. 그거 독이 들었어!"

미리암은 자기도 모르게 웃으며 외투주머니에서 담배를 찾았다. 담배에 불을 붙인 다음 목에 두른 목도리를 단단히 여몄다.

습격이라고?

몇 년 전만 해도 그런 것에 대해 두 번 생각하지 않았을 것이다. 그 일에서 비중 있는 역할을 맡는 게 현명한지 아닌지 절대 의심하지 않았을 것이다. 미리암 뭉크는 부당함을 증오했다. 상대가 사람이든 동물이든 자신의 이득을 위해 남을 착취하고 힘을 행사하는 잔인한 사람들을 경멸했다. 그녀는 앰네스티 인터내셔널에서 활동했던 시간을 사랑했다. 아침에 눈을 떴을 때 자신이 뭔가 가치 있는 일을 하고, 세상을 변화시킨다는 느낌. 하지만 열아홉 살에 마리온을 임신하면서 자신이 엄마 역할을 제대로 할 수 있을지 걱정했고, 좋은 엄마가 못 되면 어쩌나 두려워서 어린 딸에게 모든 시간을 바쳤다.

빌어먹을.

적당히 했어야 했다.

아틀란티스 팜즈. 힘없는 동물들은, 이미 돈이 많음에도 더 많이 가지려는 사람들의 욕심을 충족시키기 위해 우리에 갇혀 매일 고통에 시달렸다.

그녀는 참여하고 싶었다.

미리암은 담배꽁초를 바닥에 던지고 재빨리 계단을 올라 2층으로 갔다.

"어서 와요." 지기가 문을 열어주면서 웃었다. "당신이 안 올지 모른다고 생각하던 중이었어요."

"제가 늦었죠?" 미리암이 외투와 목도리를 복도에 있는 못에 걸으며 말했다.

"오, 아뇨." 지기가 그녀를 거실로 안내했다. "우리는 7시에 시작했는데, 특별히 중요한 내용은 없었어요."

"8시라고 말하지 않았어요?" 미리암이 물었다.

"괜찮아요." 지기가 윙크를 하고는 미리암을 거실에 모여있는 사람들한테 데려갔다.

"처음 보는 사람들을 위해 소개할게. 여기는 미리암 뭉크. 화요일에 우리와 함께 할 거야. 여러분 중에 신참자를 동참시키는 걸 의아하게 생각하는 사람이 있다는 거 알아. 하지만 미리암도 우리와 한 뜻이란 걸 보장해. 게다가 우리에겐 가능한 많은 도움이 필요해, 그렇지 않아?"

"안녕하세요?" 미리암이 인사했다.

"안녕."

"환영해요."

"만나서 반가워요."

"어서 와, 미리암." 줄리가 일어나 친구를 포옹하며 와인 잔을 건넸다. "우리와 함께 하기로 해서 정말 기뻐."

"기대하고 있어." 미리암이 바닥에 앉아있는 사람들 사이에서 자리를 찾으며 말했다.

"그녀에게 제안한 사람은 나야. 그러니 내가 보장하지." 이렇게 말하며 주방에서 나온 사람은 둥근테 안경을 쓴 젊은 남자였다.

그가 미리암을 보며 다소 쑥스럽게 웃었다. 그녀가 누군지 몰라보고 수작을 걸었던 일을 사과하는 듯한 미소였다.

"그래. 누가 진짜 미리암을 데리고 왔든 잘된 일이야. 그렇지, 야코프?" 지기가 말했다.

"당연해. 내가 말했잖아. 그녀는 홀거 뭉크의 딸이라고. 우린 그녀를 합류시켜 내부 정보라든지 뭐, 그런 것을 얻을 필요가 있어."

"맞아, 야코프. 미리암이 우리에게 합류한 것은 어디까지나 네 덕분이야. 고마워." 지기가 웃으며 농담을 했다.

"나도 기뻐." 야코프가 모두 앞에서 살짝 목례를 했다.

"그런데 정말 문제되지 않겠지?" 아이슬란드 풍 스웨터를 입은 젊은 남자는 팔짱을 낀 채 진지한 얼굴로 창문에 기대어 서있었다.

미리암은 줄리의 파티에서 그를 본 적이 있지만 이름은 기억나지 않았다.

"뭐가?" 지기가 물었다.

"미리암이 경찰과 관계가 있다는 거."

"당연히 문제될 거 없지." 지기가 말했다. "미리암은…."

"고마워요, 지기. 내가 설명할게요." 미리암이 방 한가운데로 가자 사람들의 눈이 일제히 그쪽으로 쏠렸다. 계획했던 일은 아니지만 투철한 목표의식에 용기가 났다. "저기, 음," 미리암이 미소를 지었다. 약간 후회가 찾아들었지만 돌아갈 길이 없기에 심호흡을 하고 계속해 나갔다. "내 이름은 미리암이에요. 처음 뵙겠어요, 여러분."

"안녕, 미리암."

"환영해."

그녀 주변의 얼굴들이 연신 미소를 지었다. 단 한 명 아이슬란드풍 스웨터를 입고 창가에 비스듬히 서있는 남자만은 여전히 어두운 눈빛에 좀처럼 팔짱을 풀지 않았다.

"여러분 중에 기습공격에 나가본 사람이 있는지 모르겠는데 난 열다섯 살 때부터 해봤어요. 인종차별과 나치즘에 대항해 싸웠고, 앰네스티에서도 활동했어요. 요즘은 동물보호연맹에서 자원봉사를 하고 있고요. 난 국회 앞에서 철책에 사슬로 묶여도 봤고 경찰 말에 머리를 채여 열다섯 바늘이나 꿰매본 적도 있어요. 여권 신장을 위해서도 싸웠고, 그래요. 솔직히 당신들이 하려는 것, 아니 우리가 하려는 것에 대해 잘은 모르지만 우리에 갇힌 동물을 보면,

이유가 무엇이든 정말 화가 나고 슬퍼서….” 미리암은 힘이 빠져서 더 이상 뭐라고 말해야 할지 모른 채 우두커니 서있었다.

“미리암, 당신이 그런 말을 해야 할 필요는 없어요. 우린 당신을 신뢰해요.” 지기가 거들었다. “언제나 그렇지만 고마워요.”

“내가 그녀를 추천했고, 그녀는 이미 받아들였다고. 내 말 맞죠?” 야코프가 난데없이 끼어들어 이렇게 강조했다.

미리암은 지나치게 극적인 자신의 행동에 다소 당황하면서 자리에 앉았다.

지기가 손뼉을 치며 작은 무리를 둘러보았다. “자자, 행동으로 옮기기 전에 질문 있어?”

47장

"무슨 생각해?" 뭉크가 물었다.

뭉크는 맥주 한 잔과 패리스 미네랄워터를 가지고 유스티센의 바닥을 조심조심 걸어와 미아의 앞 테이블에 내려놓았다.

"저들을 밤새 저렇게 잡아둘 작정이에요?"

"응."

미아는 갈증을 숨기려고 건성으로 한가롭게 맥주를 들이켰다. 알약을 먹지 않은 지 거의 24시간이 흘렀다. 그리고 이제 잔뜩 곤두선 신경을 진정시키기 위해 알코올이 필요했다.

"그럴 필요 없을 것 같은데요."

"그럼 미아는 저 둘 중 한 명이 그런 짓을 한 게 아니라고 생각하는 거야?"

"네." 미아가 되물었다. "반장님은요?"

"가능성이 없다고 할 수 없지."

"뭐가요?"

"우리는 이 사건을 실제보다 더 복잡하게 보고 있어." 뭉크가 가까운 의자에 외투를 걸쳐놓으며 말했다.

"어떻게요?"

"좋아. 카밀라가 어떻게 살해되었는지는 무시하고 대신 동기를 보자고."

미아가 또다시 느긋하게 맥주를 마셨다. "베네딕테가 카밀라를 질투해서요?"

"그래." 뭉크가 고개를 끄덕였다. "그 애는 극도로 신경이 예민해져 있어. 미아는 그렇게 생각하지 않아?"

"그건 그래요. 하지만 만약 베네딕테가 카밀라를 없애고 싶었다면 왜 우리가 발견한 그곳에 시신을 그렇게 두었을까요?"

"일리가 있어. 하지만 그건 그렇더라도…."

"그 애는 그런 일을 할 타입이 아니에요. 예민하고 쉽게 흥분하는 성격이에요. 이 사건은 치밀하게 계산됐어요. 더 계획적이라고요. 치정사건일 가능성은 낮아요."

미아는 맥주를 한 잔 더 마셨다. 약을 먹지 않고 24시간이 지난 지금 서서히 금단증상이 느껴지기 시작했다.

"하지만 그들의 짓일 가능성도 있어. 그렇지 않아?" 뭉크가 항변하듯 물었다.

미아는 뭉크가 왜 이런 생각을 고집하는지 의아했다. 베네틱테 리스와 파울루스 몬센은 자신들이 찾던 사람들이었지만 미아가 보기에 둘 중 누구도 살인범이 아니었다. 그들은 그냥 해롭지 않은 사랑의 삼각관계에 얽힌 두 젊은이일 뿐이었다. 그런 결론을 내리기 위해 조사실에서 긴 시간을 보낼 필요도 없었다. 하지만 뭉크는 의심을 털어내고 싶지 않은 듯했다.

"네, 물론 그럴 수 있죠. 하지만 전 달라요. 그렇다면 남자의 살해 동기는요? 어린 여자애와 성관계를 해서? 온실에서 대마초를 몇 그루 키워서요? 반장님이 그렇게 생각하는 근거는 뭐죠?"

"그 둘 다 관련되어 있을 거야." 뭉크가 물을 한 모금 마시며 의견을 내놓았다.

"제 생각을 알고 싶지 않으세요?" 미아가 맥주를 급히 들이켠 뒤 입을 열었다.

"말해봐."

"그들은 우리에게 사실을 말했어요. 베네딕테 리스는 파울루스에게 집착했어요. 그 이유는 어느 정도 수긍이 가요. 그는 잘생긴 데다 카리스마가 넘치는 청년이에요. 그런데 카밀라가 오면서부터 그가 카밀라에게 호감을 가졌어요. 둘은 사랑에 빠졌고 연애를 시작했죠. 그런데 카밀라가 실종됐어요. 베네딕테는 카밀라의 휴대전화를 발견하고는 그녀가 잘 있으니 아무도 걱정할 필요 없다는 문자메시지를 보냈어요. 그러면 그 남자를 독차지할 수 있으니까요."

"그들이 우리에게 얘기한 그대로군?" 뭉크가 말했다.

"저는 그렇게 생각해요." 미아가 웨이터를 불러 손으로 빈 맥주잔을 가리켰다.

"그런데 왜 우리가 여전히 그 얘기를 하고 있는 거지?" 뭉크가 물었다.

미아가 희미하게 웃었다. "반장님이 계속 그렇게 생각하시니까.

하지만 저는 달라요."

"그럼 오늘 밤 저들을 풀어줘야 한다고 생각해?"

"한 번 더 조사해볼 가치는 있어요. 저는 거기에 대해 의문이지만 내일 뭔가 유용한 것이 나올 수도 있으니까요." 미아는 맥주를 가져다 준 웨이터에게 친절하게 미소를 보냈다.

"베네딕테가 그 직후 휴대전화를 쓰레기통에 버렸다고 하니, 우리가 영영 찾지 못하겠지?"

미아가 고개를 끄덕이며 맥주잔을 입에 가져갔다. 그녀는 이제 결심을 했다. 비록 어렵다는 것은 알지만 더 이상 알약을 먹지 않으리라. 아마도 알약이 주는 몽롱함과 머릿속에 떠오르는 이미지를 몰아내 주는 약효를 아쉬워하게 되리라.

뒤틀린 모양으로 깃털 위에 놓여있는 알몸 시신.

벽에 드리워진 그림자.

순간적으로 현실감을 잃어버리게 만들었던 악몽.

내가 보기에는 직업이 당신을 망치고 있어요.

이 사악함.

이 어둠.

다행스럽게도 이제 맥주의 효과가 나타나는 게 느껴졌다.

"자연사박물관에서 뭐 알아낸 거 없어?" 뭉크가 패리스 워터를 한 잔 더 마시며 물었다.

"시간만 낭비했어요." 미아가 대답했다. "루드비는 뭐래요? 가발은요? 가발 전문점은 알아냈대요?"

"어디에도 가망이 안 보여." 뭉크가 한숨을 내쉬었다. "가발은 그

상점에서 구입한 게 아니었어. 뭐, 내일 다른 상점을 알아보겠지."

"그렇군요."

"그럼 이제 어떻게 해야 할까? 만약 지금 붙잡아두고 있는 저 두 사람이 저지른 게 아니라면 누가 그랬을까?"

"헬레네 에릭센. 두 명의 교사. 나머지 일곱 소녀들 중 한 명."

"안데르스 핀스타드는 리스트에서 뺐어?"

"제가 보기에는 그래요."

"그럼 보육원에 있는 누구일까?"

"반장님 생각은 어떠세요?"

뭉크는 한숨을 내쉬며 잠깐 침묵을 지켰다. 미아는 순간 왜 뭉크가 여전히 파울루스와 베네딕테가 그랬을 거라는 가능성을 버리지 못하는지 깨달았다. 달리 잠재적인 용의자가 없기 때문이었다. 정보도 많고 증거도 많은데 아직까지 깜깜한 어둠 속에서 여기저기 더듬고 있을 뿐이었다. 뭉크는 그게 싫은 것이다.

"현장 감식에서는 아직 아무것도 알아내지 못했어요?" 미아가 물었다.

뭉크가 심드렁하게 고개를 끄덕였다. "발자국도 없어. 카밀라의 시신에서 DNA도 찾아내지 못했고."

"그녀가 임신 중이 아니었나요, 혹시?"

"뭐? 아니. 비크에 따르면 아니야. 그런데 왜?" 뭉크가 호기심 어린 눈길로 미아를 보았다.

"펜타그램. 제가 그것과 관련해서 조사해봤는데요. 일종의 상징이에요." 미아가 대답했다.

"그래서?"

"시신이 그런 모양으로 놓인 이유가 있을 거예요. 누군가 우리를 헷갈리게 한 게 아니라면?"

"그렇겠지." 뭉크가 물었다. "미아는 뭘 알아냈는데? 이게 임신에 관련된 거야?"

"단언할 수는 없지만, 그럴 가능성을 배제 못해요. 시신의 팔 모양 기억나시죠?"

"응."

"펜타그램에서 두 개의 촛불을 가리키고 있죠?"

"그런데?"

"그게 의미가 있어요." 미아가 계속했다. "다섯 개의 꼭짓점은 각각 영혼과 물, 불, 대지, 그리고 공기를 상징해요."

"좋아. 그런데 그것과 임신이 무슨 상관이지?"

"거기에는 다른 차원의 상징이 있어요."

미아는 자신이 지금 뭉크를 혼란스럽게 하고 있음을 알았다.

"계속해."

"더 내밀하게는 시신의 팔 방향이 다른 어떤 것을 상징하고 있어요. 어머니와 출생."

"좋아." 뭉크가 얼굴을 찌푸리며 물었다. "하지만 그녀가 임신하지 않았다면?"

"전 여전히 관련이 있을 거라고 생각해요. 더 조사해보려면 시간이 필요해요. 제가 쓸 만한 것을 찾을 때까지, 우리가 알고 있는 단서와 관련된 뭔가를 발견할 때까지 기다려주세요. 이건 저 혼자 알아볼게요."

"필요한 건 뭐든지 해. 다만 휴대전화는 켜놓고." 뭉크가 이렇게 말한 뒤 더플코트를 입었다. "난 잠 좀 자야겠어. 난 아직도 내일 두 사람한테서 뭔가 더 얻어낼 수 있을 거라는 실낱같은 희망을 버리지 않아. 택시 같이 타고 가겠어?"

미아는 뭉크의 표정에서 전혀 그것을 귀찮아하지 않음을 읽었다. 그는 지금 아빠 홀거가 돼있었다. 미아가 제시간에 집으로 가서 잠을 자기를 바라는 마음이 엿보였다.

"그것도 좋겠네요." 미아가 웃으면서 거짓 하품을 한 다음 일어나 가죽재킷을 입었다.

48장

미아는 택시의 미등이 보이지 않을 때까지 기다렸다가 털모자를 귀 아래까지 당겨 썼다. 그녀는 헤그데하우스그스바이엔으로 발길을 돌렸다. 가구 몇 점뿐인 썰렁한 아파트에 가고 싶은 마음은 눈곱만큼도 없었다. 가도 잠이 올 것 같지 않았다. 그런 데다 한 잔 더 마시고 싶었다. 정신을 잃을 필요가 있었다.

오슬로의 금요일 밤. 그녀는 재킷을 단단히 여미고 고개를 푹 숙인 채 거리를 걸었다. 지나가는 사람들과 눈을 마주칠 힘도 없었다. 그녀가 결코 끼어들지 못할 정상적인 세상. 월요일부터 금요일까지 직장에 나가고 주말에는 파티를 즐기는 사람들. 미아는 술집 입구에 서있는 종업원에게 살짝 목례를 했다. 술집은 붐볐지만 숨기에 좋은 안쪽 구석 테이블은 비어있었다. 마음이 편안했다. 그녀는 기네스와 예거마이스터를 주문하고 빨간색 소파에 미끄러지듯 앉았다. 다른 사람들에게는 모두 동행이 있었다. 그녀만이 이 세상과 떨어진 채 구석에 혼자 있었다. 두 손으로 술잔을 감싼 채 친구

혹은 지인들과 앉아 웃는 얼굴들. 미아는 구석에 혼자 앉아서 그들 모두에 대해 일종의 책임감을 느꼈다.

정신 똑바로 차려.

미아는 예거마이스터를 급히 들이켠 다음 맥주 한 모금으로 입 안을 씻어내며 고개를 저었다.

지금 너 자신에게 연민이 드는 거야?

아니, 미아는 자신의 태도를 바로잡을 필요가 있었다. 이것은 결코 그녀답지 않았다. 미아는 수첩과 볼펜을 가방에서 꺼내 테이블에 올려놓았다. 내가 누구인가? 나 미아 크뤼거야, 그렇지 않아? 그냥 여기에 앉아서 자기연민에 빠져 허우적거릴 셈이야? 말도 안 돼. 그만해. 미아는 수첩을 펼치고 만년필 뚜껑을 연 다음 빈 종이를 찾았다. 정신과 의사. 그의 말은 틀렸다.

내가 보기에 당신의 직업이 당신을 망치고 있어요.

완전히 헛소리였다. 미아는 치료를 받겠다고 동의했던 게 후회스러웠다. 어떤 멍청이한테 내 머릿속을 들여다보게 하다니. 치료가 필요하다고 스스로 믿다니. 미아는 의사와 적당한 거리를 두려 했고, 실제로 그랬다. 그는 진료 때마다 미아에게 무언가를 해라 마라 요구했지만 그럴 때마다 미아는 짜증스럽기만 했다.

그는 미아로 하여금 뭔가 잘못하고 있다는 생각이 들게 했다.

웃기지 말라고 그래. 미아는 그 순간 알코올의 온기를 빌려 사람들이 어떻게 생각하든 신경 쓰지 않겠다고 마음먹었다. 미켈손, 마티아스 왕, 심지어 뭉크까지. 미아는 자신이 어떤 사람인지 정확히 알았다. 자신은 멀쩡했다.

그들은 미아를 약하게 만들었다. 사방에서 조그맣게 속삭이는 소리가 들려왔지만 이제 미아는 선을 긋기로 했다. 웨이터에게 손짓을 해서 자신의 빈 술잔을 가리켰다. 잠시 후 새 예거마이스터가 테이블에 도착했다. *도대체 그들은 내가 어떤 사람인지 알기나 할까?* 정신과 의사한테서 문자메시지가 또 왔었다. *진료 예약을 다시 잡을까요? 내 생각에는 그게 좋을 것 같은데요.* 테이블 너머에서 뭉크의 시선이 다가왔다. *내가 보기에 미아에겐 휴식이 필요해.*

멍청이들.

미아는 피식 웃으면서 기네스를 한 모금 마신 뒤 수첩에 펜을 내려놓았다.

빈 종이.

중요해. 모든 것을 새로운 눈으로 봐.

강렬했다. 미아는 다시 강렬하게 느꼈다. 그것이 알코올에 취한 덕이든 아니든 상관없었다. 그녀는 기네스를 다 비우고 테이블에 한 잔 더 가져오라고 손짓을 했다. 그리고 입가에 미소를 머금은 채 술집의 소란은 무시했다. 그녀의 펜이 종이 위를 날아다니기 시작했다.

카밀라. 선택받은 사람. 어머니. 출생. 열일곱 살. 백치미. 특이한 깃털. 올빼미? 죽음. 교살. 왜 목 졸려 죽었을까? 왜 목에 그랬을까? 호흡? 공기. 호흡은 곧 생명? 시신의 팔 모양. 숲속에? 왜 그녀는 옷을 입지 않았을까?

미아는 주변에서 어떤 일이 일어나고 있는지 신경 쓰지 않고 흑맥주를 한 모금 들이켰다. 그녀는 마지막으로 *의식*이라고 쓰고 새

종이로 펜을 옮겨 위쪽에 *지하실*이라고 썼다. 남은 술을 재빨리 비운 다음 펜을 다시 종이로 가져갔다.

어둠. 어두움. 동물? 도대체 왜 동물일까? 넌 왜 동물이 되었니? 음식. 동물 사료. 카밀라, 너는 왜 먹을 수 없었니? 누가 너를 감시하고 있었던 거야? 왜 그가 널 감시했니? 왜 쳇바퀴를 돌릴 때는 가발을 쓰지 않았니? 언제 그가 너를 보는 거야? 왜 너를 보고 있는 거야? 가발을 쓰지 않고 있어서? 너는 왜 지하실에 있는 거야? 그런데 왜 또 숲속에 누워있었던 거야?

아직 기네스가 남았는데도 미아는 다시 한 잔 더 주문했다. 다음 잔이 도착하자 남은 기네스를 비우고 새 잔을 입술로 가져갔다. 그녀는 빨간 소파에 등을 기대고 자신의 수첩을 흘끔 보았다.

뭔가 감이 왔다.

미아는 그런 것들이 머릿속을 어지럽히도록 내버려뒀다는 사실이 너무도 화가 났다. 다시는 그런 일이 일어나지 않게 하리라.

확실히 뭔가 떠오르는 것 같았다.

미아는 펜을 입에 살짝 물었다.

하나: 네가 우리 앞에 누워있을 때, 낯설고 특이했어. 숲속에서. 깃털 위에. 보호받는 거야? 새로운 탄생? 둘: 네가 우리에 갇힌 한 마리 동물일 때, 네가 쳇바퀴를 돌릴 때, 네가 묘기를 부려야 했을 때. 카밀라, 억지로 묘기를 부려야 했니? 네가 할 수 있는 것을 보여줘야 했던 거야?

미아는 페이지를 넘겨서 다음 빈 종이에 휘갈겨 썼다.

엄마? 카밀라, 엄마가 되고 싶었니? 너는 아이를 원했니? 선택

받은 사람. 왜 네가 선택받은 사람이니? 넌 엄마가 되려는 거였어?
아기를 가진?

문득 테이블 옆에 누군가 서있는 것이 느껴졌다. 아마도 웨이터
이리라. 미아는 술이 가득 담긴 술잔을 손으로 느끼며 그에게 가라
고 손짓했다. 하지만 그 사람은 움직이지 않았다.

"미아 크뤼거?" 그가 물었다.

미아는 아무도 아닐 거라고 생각하면서도 마지못해 수첩에서 눈
을 들었다. "그런데요?"

앞에 젊은 남자가 서있었다. 검정색 수트에 금방 다림질한 흰색
셔츠 차림. 머리에는 비니를 쓰고 있었다.

"지금 바빠요." 미아가 말했다.

젊은 남자가 비니를 벗자 부스스한 머리카락이 나타났다. 가운
데 흰 줄이 나있고 양쪽은 검은 머리였다.

미아는 짜증이 밀려왔다. 지금 막 감이 오는 중이었다. 해답은
앞에 놓인 수첩 어딘가에 있었다.

"스컹크라고 합니다." 젊은 남자가 자신을 소개했다.

"그런데요?"

"제 이름은 스컹크입니다." 젊은 남자가 일그러진 미소를 띠며
다시 말했다. "아직도 바쁘세요?"

49장

수니바 뢰드는 오후 교대근무를 했고, 평소보다 더욱 지쳤다. 이상한 꿈을 꾸느라 침대에서 뒤척이며 잠을 제대로 자지 못한 탓이었다. 그녀는 왜 그런 꿈을 꾸었는지 의아했다. 그가 전화를 하지 않아서 그랬나? 처음에는 수시로 전화를 했다. 끝없이 전화를 걸고 문자를 보내더니 어느 순간 뚝 끊겼다. 감감 무소식이었다. 쿠리한테 무슨 일이 생겼나? 사고를 당했나? 확인전화를 해야 하나? 그녀는 한숨을 내쉬며 그날 근무를 마치기 전에 마지막으로 확인을 해야 할 방으로 들어갔다. 토르발 순드, 미치광이 목사. 평소 같으면 방문 앞에 서서 마음을 가다듬은 뒤 안으로 들어갔을 테지만 오늘은 너무도 피곤했다. 그럴 힘도 없었다. 그저 집으로 돌아가 잠을 자고 싶었다.

  방으로 들어간 수니바는 침대에서 일어나앉아 눈을 크게 뜨고 입가에 미소를 짓고 있는 목사를 보고 깜짝 놀랐다. 마치 그녀가 도착하기를 기다리고 있었던 것 같았다.

"나 금방 죽을 거야." 목사가 선언했다.

"그런 말씀 마세요, 토르발 씨." 수니바가 이렇게 말하며 그의 침대 옆 테이블로 갔다. 동료가 갖다놓았지만 그가 손도 대지 않은 식사를 치우기 위해서였다. "배 안 고프세요? 뭐라도 드셔야죠."

"하늘에 가면 음식은 필요 없어." 목사는 여전히 그녀에게 시선을 떼지 않은 채 웃으며 말했다.

수니바는 그 모습에 불안감이 엄습했다. "그런 말씀 마세요. 더 오래 사셔야죠."

"난 곧 죽을 거야." 목사가 더욱 완강하게 말했다. "어차피 천국으로 갈 거니까 괜찮아. 주님이 나의 잘못을 사하여 주시겠다고 말씀하셨어."

수니바는 음식을 치우기 시작했다.

나는 천국에 가지 못할 거야.

나는 죄를 지었어.

쿠리는 왜 전화를 하지 않을까? 무슨 일이라도 있나?

수니바가 테이블에서 들어올린 쟁반을 들고 방을 나서려 했다.

"잠깐, 내 말 좀 들어줘." 목사가 완곡하게 부탁했다.

수니바는 애원하는 눈으로 그를 바라보았다. 그녀는 정말로 피곤했다.

"이것 치워야 해요, 토르발 씨." 그녀가 억지 미소를 지으며 말했다. "그래야 제 근무가 끝나거든요. 하지만 곧 다른 직원이 올 거예요, 아셨죠?"

"아니." 노인이 굽은 손가락을 치켜들며 큰 소리로 말했다. "다른 간호사는 싫어."

수니바는 깜짝 놀라서 쟁반을 두 손에 든 채 동작을 멈췄다.

미친 목사 같으니.

그녀는 오로지 집에 가고 싶었다.

"부탁이야." 수니바가 문가에 다다랐을 때 목사가 힘없는 목소리로 말했다. "소리 지를 생각은 아니었어. 용서해줘. 하지만 어쩔 수 없어. 당신은 전달자야."

수니바는 돌아서서 목사를 바라보았다. 그가 애원하는 눈빛으로 그녀를 응시했다. 게다가 두 손을 모아 깍지를 끼고 있었다.

"부탁이야."

"뭔데요?" 수니바가 한숨을 내쉬었다.

"정말 고마워." 수니바가 쟁반을 문가 테이블에 내려놓고 침대로 돌아오자 목사가 말했다. "주님과 나, 우리 모두 당신에게 고마워해. 당신은 전달자야."

그가 하늘을 향해 두 손을 들어올리며 뭐라고 중얼거렸다.

"내가 왜 전달자죠?" 수니바가 물었다. "뭘 전달해요? 누구에게 전달하죠?"

목사가 다시 그녀를 보며 미소 지었다. "처음에는 몰랐어. 나중에야 당신이라는 것을 알았지."

"제가 누군데요? 제가 누군지 아시잖아요, 토르발 씨. 우리는 서로 오랫동안 알아왔잖아요."

"아니, 아니야." 노인이 가볍게 한숨을 쉬었다. "다른 간호사들이 말하는 것을 듣기 전까지는 몰랐어."

"무슨 뜻이에요?"

"알다시피, 간호사들은 내 침대를 갈아주면서 뒷말을 속삭이지. 이 토르발에게도 귀가 있다는 걸 모르고 말이야. 심지어 내가 비록 죽을 날만을 기다리고 있지만, 사람이라는 것조차 의식을 안 해. 내가 듣는 줄도 모르고 수니바에 대해 떠들더라니까."

"네? 그들이 저에 대해 뭐라고 하던가요?" 수니바는 갑자기 노인의 말에 호기심이 생겼다.

"당신이 전달자라는 사실을 깨닫게 된 건 그때였어." 노인이 흐뭇하게 말했다. 하지만 이내 뭔가에 의해 정신이 산만해진 듯한 표정으로 바뀌었다.

"그들이 저에 대해 뭐라고 말하던가요?" 수니바가 그의 정신을 되돌릴 요량으로 거듭 물었다.

"걱정할 거 없어. 당신과 경찰관이 결혼하지 않을 거라는 얘기뿐이었으니까. 그가 술을 마시고 도박해서 당신 돈을 탕진했다고."

"세상에…." 수니바가 분통을 터뜨리려다 가까스로 참았다. 그녀는 노르웨이에서 욕설을 하면 해고당하는 직업에 종사하고 있었다. "어떻게 그런…."

"쉿! 진정해요, 내 친구. 아주 잘된 일이야."

"어떻게 그럴 수가…."

"그런데 그거 사실이야? 남자가 경찰이라는 거?"

"네. 어느 정도는요." 수니바가 고개를 끄덕였다.

"오, 이렇게 감사할 데가. 이제 나는 천국에 갈 수 있게 됐어." 노인이 웃으면서 주름진 손으로 손뼉을 쳤다.

"토르발 씨. 뭔지 모르겠지만…." 수니바가 한숨을 쉬었다.

그때 노인이 그녀의 말을 가로막았다. "중한 죄는 대단한 선행을 함으로써 속죄받을 수 있지."

"뭔지 모르지만…."

"성경 말씀이야. 그러니까 하느님의 말씀이지." 목사가 그녀의 말을 무시한 채 계속해서 말했다.

수니바는 노인의 광기가 다시 살아나는 것을 감지했다. 다만 그의 눈에는 오늘은 다르다고 말해주는 어떤 게 있었다. 눈빛이 이렇게 또렷한 적은 한 번도 없었다.

"그래서 제가 전달자가 됐군요." 그녀가 대꾸했다. "도대체 제게 무슨 말씀을 하고 싶은 거예요?"

"신문에서 봤지?" 노인의 의식은 명료했다.

"무슨 말씀이에요?"

"죄악계에서 희생된 양."

수니바는 노인의 말을 이해하려고 열심히 머리를 굴려야 했다. 후룸란데에서 멀리 떨어진 숲속에서 10대 소녀가 살해된 채로 발견되었다. 최근 신문은 그 내용 외에는 딱히 다른 게 없었다. 알몸으로 목이 졸린 채 발견되었다. 범죄현장이 일종의 의식을 연상케 했다. 생각만 해도 등골이 오싹했다.

"그 소녀가 왜요?" 수니바가 호기심 어린 눈으로 물었다.

"나는 그게 누구인지 알아."

"그 소녀가 누군데요?"

"아니." 목사는 자신의 생각을 따라오지 못하는 수니바에게 몹시

화를 냈다.

"누군데요?"

"신의 뜻이야." 목사는 다시 흡족해하며 고개를 끄덕였다.

"토르발 씨, 지금 무슨 말씀을 하시는 거예요?" 수니바가 재차 물었다.

노인은 가슴께에 팔짱을 끼고 마치 머릿속의 누군가와 대화를 나누는 것처럼 눈을 감았다. 이윽고 그가 다시 눈을 뜨고 수니바를 정면으로 응시했다.

"누가 그 소녀를 죽였는지 나는 알아."

50장

테이블에 앉은 남자의 눈빛은 이지적이었다. 그는 차분하면서도 자신감이 넘쳐 보였지만 미아는 그를 어떻게 판단해야 할지 확신이 서지 않았다. 흰색 셔츠와 검정색 수트 차림이 얼핏 비즈니스맨 같지만, 가운데 넓고 흰 줄이 난 헝클어진 검은 머리는 그런 인상과 어울리지 않았다. 다만 그가 어떻게 스컹크라는 별명을 얻었는지는 짐작이 갔다.

미아는 대체로 사람을 읽는 데 능숙했다. 다만 이 젊은 남자는 이전에 본 적 없는 특이한 분위기를 풍겼다. 그는 이 만남을 위해 배우처럼 옷을 입었다. 마치 특별해 보이고 싶어서, 무리 중에서 돋보이기 위해 이런 옷을 입은 것 같았다. 하지만 미아는 곧 자신이 얼마나 잘못 봤는지 깨달았다.

그는 자신의 외모에 전혀 신경 쓰지 않았다. 남이 어떻게 생각하든 개의치 않기 때문에 자신이 입고 싶은 대로 입은 것이다. 그는 그였고 만약 누군가 옷차림을 문제 삼으면, 꺼지라고 하면 그만이었다. 스컹크는 맥주잔을 입에 갖다댄 채 미아를 보며 미소를 지었다. 아마도 알코올 때문일 테지만, 미아가 기억하는 한 이런 남자는 처음이었다. 이 남자는….

미아는 떠오르는 상념을 그만두고 맥주잔을 마저 비운 다음 경찰관 특유의 표정을 지으며 수첩과 펜을 한쪽으로 치웠다.

"그럼 바쁘지 않은 건가요?" 그가 다소 거만하게 물었지만 미아는 신경 쓰지 않았다.

"사실은 그래요." 미아가 대답했다.

"제가 평소에는 이러지 않습니다." 스컹크가 처음으로 미아에게서 시선을 떼 창밖을 응시하며 말했다.

"뭐가요?"

"경찰한테 말하는 거요." 그가 다시 미아를 쳐다보며 웃었다.

"알아요. 우리도 알고 있어요." 미아가 대답했다. "그 점은 가브리엘이 분명히 했어요."

"가브리엘이, 그렇군요." 스컹크가 다시 술잔을 들며 한숨을 내쉬었다. "그 친구가 어둠의 세계로 가더니…."

"그의 말에 따르면 당신이 어둠의 세계로 갔다던데요." 미아가 말할 때 웨이터가 둘 사이의 흰색 테이블보 위에 새로운 술을 갖다 놓았다.

"그 친구가 그렇게 말해요?" 스컹크가 놀라 물었다.

"나는 당신이 악당인 줄 알았는데? 가브리엘은 우리를 도와주는 사람이고?"

"당신이 어떻게 보느냐에 따라 달라지죠."

"그렇겠죠." 미아가 기네스를 한 모금 마시며 웃었다.

"나는 평소에 이러지 않습니다." 스컹크가 재킷을 벗어 의자 등받이에 조심스럽게 걸쳤다.

"방금 말했잖아요. 그런데 왜 여기 왔죠?"

"그걸 양심이라고 부르기로 하죠. 더 정확하게는 호기심."

"호기심요?"

스컹크가 웃었다. "당신은 내가 상상하던 그대로군요."

"어떤데요?" 미아는 이제 머리가 핑핑 돌기 시작했다. 술을 많이 마시지 말아야 했다. 미아는 어떻게든 자제력을 잃지 않으려고 애썼다.

"빙빙 돌려 말하지 말고 곧장 본론으로 들어가는 게 어때요?" 스컹크가 그녀를 응시하며 말했다.

미아는 생각했다. 만약 자신이 일을 하지 않는다면, 만약 느닷없이 나타난 젊은 남자가 자신이 수사하는 사건에 절대적으로 중요하지 않다면…. 미아는 쓸데없는 생각을 접어두기로 했다.

"좋아요." 미아가 고개를 끄덕였다.

"두 가지가 있어요." 그가 맥주를 한 모금 더 마신 다음 말했다.

"네?"

"하나는," 그가 미아를 보며 말했다. "서버의 위치예요."

"그 동영상을 어디에서 발견했죠?"

"좋아요. 하지만 먼저 이걸 인정해야 해요. 당신은 아무것도 모르고 무엇도 할 수 없다는 사실." 스컹크가 말했다.

"내가요?"

"당신을 가르치기 위해 이런 말을 하는 건 아닌데, 이건 기술적인 문제예요. 당신이 당신 분야에서 최고인 건 알지만 나도 이 순간 내 분야에서 최고라는 말을 하고 싶어요, 오케이?"

"가브리엘도 최고죠." 미아가 대꾸했다.

스컹크가 웃었다. "네, 가브리엘도 훌륭하죠. 하지만 그 친구는 너무 착해요. 화이트 해커가 뭔지 아세요?"

"몰라요."

"좋아요. 그럼 블랙 해커가 무엇인지도 모르겠네요."

미아가 다시 고개를 저었다.

"좋아요." 스컹크는 이렇게 말한 뒤 술잔을 비우고 미아를 바라다보았다. "한 잔 더 마셔도 될까요?"

미아가 고개를 끄덕였고, 스컹크는 웨이터를 불렀다.

"그건 그렇고 동영상은 어디에서 발견했죠? 서버가 어디예요?" 미아가 재촉했다.

"그건 나도 확실히 알 수 없어요." 스컹크가 작은 술잔을 비우며 말했다.

"왜죠?"

"왜냐하면 그 사람들은 언제나 그걸 숨기거든요. 혹시 얼마나 테크니컬하죠?"

"무슨 뜻이에요?"

"컴퓨터에 대해 얼마나 아느냐고요."

미아는 술을 그만 마셔야겠다고 생각했다. "내가 아무것도 모른다고 쳐요. 그럼 나에게 어떻게 설명할 건가요?"

"내가 동영상을 발견한 서버는…," 스컹크가 다시 맥주를 한 모금 마시며 말했다. "그게 러시아에 있다고 쳐요."

"그래요?"

"사실은 아니에요." 줄무늬 머리를 한 젊은 남자가 다시 웃었다. 미아는 그가 약간 술이 취했음을 알아챘다.

"미러 사이트(다른 사이트와 내용은 같으면서 인터넷상 주소는 다른 웹사이트─옮긴이)에 대해 아세요? 유령 IP 주소는요?"

"몰라요." 미아가 자신의 수첩과 펜을 보며 웃었다.

"그 경우 서버를 숨길 수가 있어요."

"그러니까 당신이 그걸 어디에서 발견했는지 모른다는 건가요?"

"그럴 수도 있고 아닐 수도 있고." 그가 맥주를 한 모금 더 마시며 설명했다. "그걸 얼마나 어렵게 숨기려고 했든 흔적이 남게 마련이거든요. 희미한 흔적이지만 내가 노르웨이에서 찾아낸 것은 세인트 한스하우겐에 있는 어떤 집이었어요."

"이 서버가, 거기, 세인트 한스하우겐에 있었어요? 당신이 찾아낸 동영상 주소가 거기인가요?" 미아는 테이블에 있는 술에 손도 대지 않았다.

"올레발스바이엔 61번지예요. 내가 확인해봤어요. 한때 책방이었죠."

"책방이라고요?"

"중고서점."

"그럼 지금은요?" 미아가 질문을 재촉했다.

"네. 정확하게는 예전에 그랬고, 지금은 아니에요."

"확인해봤어요?"

"네. 그들은 고서적을 팔았어요. 오래된 책들. 내가 알아본 바로는 오컬트에 관한 책들이었어요. 아실 거예요. 악마주의자, 뭐 그런 거." 그는 술잔을 가로질러 능글맞은 미소를 지었다.

"그럼 지금은 문을 닫았나요? 지금은 아무것도 없어요?"

"아무것도요." 스컹크가 천천히 고개를 끄덕였다. "그런데…."

"네?"

"증거가 확실하지 않았어요. 어쩌면 그저 또 다른 유인책일 수도 있어요."

"좋아요." 미아가 얼른 물었다. "그럼 두 번째는?"

"네?"

"당신이 두 가지가 있다고 말했잖아요. 하나 그리고 둘?"

스컹크가 흰색 테이블보에 맥주잔을 내려놓았다. "참, 그랬죠. 두 번째는 최악이에요."

미아는 다소 난감해졌다. 스컹크는 겨우 두 잔 마셨을 뿐인데 벌써 만취한 느낌이었다.

"뭔데요?" 미아가 서둘러 물었다.

"당신도 동영상 봤죠?" 그가 테이블 맞은편에서 미아에게 몸을 기울이며 물었다. "당신들, 그러니까 경찰들은 그게 실제로 무엇인지 알아냈나요?"

"무슨 말이죠? 동영상이 실제로 무엇이라뇨?"

"알아내지 못했군요, 그렇죠?"

"그래요. 만약 우리가 알아내지 못했다면 어쩌게요?"

347

웨이터가 다시 그들에게 왔다. 마지막 주문이었지만 미아는 그에게 가라고 손짓했다.

"그 쳇바퀴 돌리는 동영상 봤죠?"

테이블 맞은편 줄무늬 머리를 한 해커가 흔들리기 시작했다. 미아는 술을 그만 마신 게 다행스러웠다.

"물론이죠. 그런데 두 번째가 뭔데요?" 바에 있는 조명이 두 사람 주변을 비췄을 때 미아가 물었다.

"뭐가요?" 눈빛이 풀어진 스컹크가 반문했다.

"두 번째?" 미아가 그를 재촉했다. "서버가 첫 번째라면 두 번째는 뭐예요?"

스컹크는 흰색 테이블보에 빈 술잔을 내려놓았다. "그건 동영상이 아니에요." 그가 흔들리는 눈으로 말했다.

"무슨 뜻이에요?"

"단순한 동영상이 아니라구요." 스컹크가 그녀를 보며 반복했다.

"그게 동영상이 아니라면 뭐예요?"

"아니에요. 라이브피드(인터넷이나 텔레비전으로 하는 생방송─옮긴이)에서 잘라낸 거예요."

"뭐라고요?"

"라이브피드. 생방송이라구요."

"무슨 말이에요?"

스컹크는 테이블에서 시선을 들어 진지하게 미아를 응시했다. "그들은 인터넷으로 그녀의 모습을 전송했어요. 그녀를 보여줬다고요."

"네?" 미아가 소리를 질렀다. 그때 웨이터가 다가와 폐점 시간이니 그만 나가달라고 말했다.

"그건 라이브예요." 스컹크가 다시 말했다. "누군가 일정 시간 동안 그녀를 촬영해 넷상에서 생방송으로 보여줬어요. 아마도 그 과정에서 돈을 받았겠죠."

"어떻게요?" 미아가 물었다.

종업원이 다시 왔다. "문 닫을 시간입니다." 종업원이 웃으면서 알렸다.

"당신한테 어떻게 연락하죠?" 그들이 헤그데하우그스바이엔의 차가운 보도로 나왔을 때 미아가 물었다.

젊은 해커는 재킷을 걸치고 비니를 귀까지 눌러썼다. 그때 빈 택시가 다가와 그들 앞에 섰다. "연락할 수 없어요." 스컹크가 미아에게 윙크를 하며 말했다

"알아요. 하지만…."

"퇴엔." 해커는 택시기사에게 이렇게 말하고 뒷자리에 올라탄 다음 차문을 닫았다.

51장

전용 제트기를 타고 취리히 공항에 도착한 62세의 투자은행가 휴고 랭은 대기하고 있던 흰색 벤틀리에 올랐다. 페피커 호숫가에 위치한 으리으리한 저택까지 가는 20분 동안 그는 운전기사와 말 한마디 나누지 않았다. 나이든 스위스인은 절대 직원에게 말을 걸지 않았다.

휴고 랭을 은행가라고 부르는 것은 과장일 수도 있었다. 그의 재산은 모두 부모에게서 상속받은 것이고 그는 평생 단 하루도 일을 해본 적이 없었다. 그의 아버지인 철강왕 에른스트 랭은 7년 전에 세상을 떠났다. 유럽에서 가장 성공한 사업가 중 한 명이었던 그는 아들이 사업을 물려받기를 기대했지만 휴고는 물려받은 회사를 모두 팔아치웠다. 그는 스위스에 대저택, 버뮤다에 토지, 뉴욕과 파리, 런던과 홍콩에 아파트만 보유하고 그 외 100년 된 가족회사 랭크루프와 자회사는 모두 새로운 소유주에게 넘겼다. 아무것도 물려받지 못한 삼촌들이며 고모, 그리고 먼 친척들은 그를 말리기 위해 온갖 수단과 방법을 행사했다. 언론에서는 그의 행동을 제지하기 위해 법정으로 달려간 친척들의 기사를 쏟아냈지만 그럼에도 그는 밀어붙였다. 휴고 랭은 사람들이 뭐라고 생각하든 신경 쓰지 않았다.

운전기사가 차문을 열어주자 그는 차에서 내렸다. 재킷과 모자를 들어주는 기사에게 눈길도 건네지 않은 채 그는 대저택으로 들어갔다. 그에게는 생각해야 할 더 중요한 일들이 있었고, 오늘은 특히 중요한 날이었다.

휴고 랭은 본래 수집이 취미인 데다 세상을 떠나며 막대한 재산을 남겨준 아버지 덕분에 사고 싶은 무엇이든 살 수 있게 되었다. 생전에 아버지는 구두쇠였다. 그 사실은 이제 휴고에게 중요하지 않았다. 어머니는 그가 열네 살 되던 해에 돌아가셨다. 이후 그는 한 번도 어머니를 그리워한 적이 없었다. 그의 아버지 에른스트 랭은 백혈병으로 오랫동안 대저택에서 병마와 싸우다 세상을 떠났다. 순전히 그의 아버지를 위해 사실상 작은 병원이나 다름없는 새 건물이 지어졌고 휴고는 이따금 병문안을 왔을 뿐이다. 늙은 아버지에 대한 미안함이나 사랑 때문이 아니었다. 단지 늙은 바보가 마음이 바뀌어 재산을 다른 누군가에게 남기겠다는 생각을 못하도록 단속하기 위해서였다.

아버지가 죽고 난 후 그는 부모님을 기억나게 하는 것은 모두 없앴다. 사진, 옷, 벽에 걸린 초상화. 그에게는 그것들을 보관해야 할 이유가 없었다. 오직 소장품을 보관할 공간만이 필요했다.

그는 마당에 있는 여러 개의 차고에 수집한 차들을 보관했다. 몇 대인지 세어보지 않았고 거의 타지도 않았지만 소유하고 만지고 바라보며 내 것임을 확인하는 게 좋았다. 그의 컬렉션에는 헤네시 베놈 GT, 포르쉐 918 스파이더, 페라리 F12 베를리네타, 애스턴 마틴 뱅퀴쉬, 메르세데스 CL65 AMG 쿠페가 포함되어 있었다. 해외 여행을 다녀온 후에는 차고를 돌며 차들을 손으로 쓸어보는 게 첫 번째 일이었지만 오늘은 예외였다.

오늘은 더 중요한 일이 있었다.

그는 곧장 서재로 가서 푹신한 사무용 의자에 앉았다. 컴퓨터를 켜자 셔츠 안쪽 심장이 두근두근 뛰는 게 느껴졌다. 이것은 드문 기회였다. 휴고 랭은 웬만한 것에는 흥분하는 법이 없었다. 새로운 물건을 손에 넣을 때 어쩌다 잠깐 작은 떨림을 느꼈을 뿐이다. 세계에서 가장 비싼, 1885년에 발행되어 전 세계에 하나밖에 없는 3실링짜리 스웨덴의 누런 우표를 샀을 때와 비슷했다. 그는 은밀히 경매에 참여했고 2,300만 스위스 프랑이 조금 안 되는 값으로 그것을 손에 넣었다. 그 순간 온몸에 전율이 일었지만 잠시뿐이었다. 그는 이튿날 그 기분을 만회하려고 값비싼 와인 도멘 르로이 뭐지니 그랑퀴리 한 상자를 샀지만 딱히 달라지지 않았다.

하지만 이번에는. 이것은 그가 지금까지 샀던 것과 달랐다.

그는 이토록 큰 쾌감을 느낀 적이 없었다. 혹시 갖고 있던 회사를 모두 팔아치운 후 은행 계좌 총액을 확인했을 때? 하지만 아니었다. 그때도 이것과 비할 수는 없었다.

휴고 랭은 의자에서 일어났다. 문이 잠겼는지 확인하기 위해 이탈리아제 대리석 바닥을 한참 걸어갔다 돌아와 다시 컴퓨터 앞에 앉았다. 키보드로 인터넷 주소를 타이핑하는 손가락이 떨렸다.

쳇바퀴의 노르웨이 소녀가 스크린에서 사라진 지 일주일이 넘었다. 그는 벌써 그녀가 그리웠다. 침대를 서재로 옮겨놓고 식사는 모두 이곳으로 가져오게 해서 그는 내내 그녀와 함께 있었다. 밤에 잠이 안 오면 그녀에게 걸어가 스크린을 만졌다. 그녀를 가까이에 두고 싶을 정도로 좋아했지만 이제 그녀는 사라졌고, 그 후로 그의 생활은 말이 아니었다.

휴고 랭은 예전에도 이런 것을 본 적이 있었다. 만약 돈이 있고 구체적으로 원하는 게 있다면 언제나 볼거리는 넘쳐났다. 하지만 그것들은 진짜가 아니었다. 멀리 떨어진 곳에서도 가짜 냄새가 났다. 하지만 이것은?

이것은 진짜였다.

그는 몇 달 전 인터넷의 가장 어두운 곳에서 광고를 발견했다. 그를 매료시킨 건 독점할 수 있다는 사실이었다.

최고의 가격을 제시하시는 다섯 분만 모십니다.

다섯 명만. 휴고 랭은 공유하는 것을 좋아하지 않았다. 자신만 독점하면 더 좋았을 테지만 다섯 명도 나쁘지 않았다. 그가 대응해야 할 사람은 나머지 네 명이었다. 그들이 누구인지 모르는 한 그가 대응해야 할 사람은 네 명뿐이었다. 물론 그는 그들을 알지 못했다. 그 사람들도 그의 정체에 대해 알지 못했다.

그녀는 지금 없어졌다. 그녀가 그리웠지만 오늘은 새로운 여자가 선택될 것이다. 62세 휴고 랭의 손가락이 어찌나 심하게 떨리는지 자판을 제대로 치기도 힘들었다. 그는 입가에 미소를 띤 채 커다란 가죽의자에 편안히 등을 기댔다. 앞에 있는 커다란 스크린에 웹페이지가 열리자 심장은 더욱 떨렸다.

시커먼 스크린에 영어로 된 짧은 자막이 떴다.

누구를 원하십니까?

누구를 선택하시겠습니까?

그 아래 사진 두 장이 떴다. 두 명의 노르웨이 소녀들이었다.

어찌나 흥분이 되는지 그는 의자에 가만히 앉아있을 수가 없었다. 이마가 땀으로 축축했다. 그는 사진 아래 이름을 읽기 위해 셔츠로 연신 안경알을 닦았다.

두 명의 노르웨이 소녀. 한 명은 금발, 다른 한 명은 흑발.

이사벨라 융.

미리암 뭉크.

그녀가 몹시 그리웠지만 곧 새로운 여자가 나타날 것이다. 저 두 여자 중 한 명. 휴고 랭은 벌써 두 여자가 마음에 들었다.

휴고 랭은 잠깐 생각에 잠겼다가 사진 하나를 클릭했다. 이윽고 웹페이지가 닫혔다. 그는 의자에서 일어나 저녁을 먹기 전 옷을 갈아입으려고 침실로 갔다.

6부

52장

미아 크뤼거는 뭔가 잘못되었다는 느낌을 안고 흰색 오두막 앞에서 차를 멈췄다. 지난밤 예기치 못했던 만남. 가브리엘의 말에 따르면 경찰을 싫어한다는 이 해커 스컹크는 난데없이 나타났다. 심지어 미아를 매료시켰다. 하지만 집으로 가는 길에 그리고 그 후 수첩을 가지고 소파에 앉았을 때 미아는 그의 동기에 의문이 생기기 시작했다. 그는 왜 갑자기 나타났을까? 어떻게 날 찾아냈지? 우리는 이 젊은 남자에 대해 실제로 무엇을 알고 있을까? 스컹크? 경찰은 그의 실명조차 알지 못했다. 그는 이 동영상을 발견한 장본인이었다. 우연히? 어떤 수상한 서버에서? 그런데 그 서버가 지금 어떤 이유로 갑자기 사라져버렸다고? 미아는 고개를 절레절레 젓다 주머니에서 휴대전화를 꺼내 번호를 눌렀다.

"네, 루드비 그뢴리에입니다."

"저 미아예요."

"미아, 지금 어디에서 전화하는 거야?"

미아는 앞에 있는 흰색 오두막을 바라보았다. 오지보다 더한 곳, 그게 이곳을 설명하는 가장 쉬운 표현일 것이다. 어둠이 내려앉기 시작한 탓에 이곳을 찾는 데 오랜 시간이 걸렸다. 포기하려는 순간 드디어 작은 오솔길을 발견했다. 오두막은 고의로 그런 곳에 짓지 않았을까 싶을 만큼 완벽하게 가려진 곳이었다.

"시골요." 미아가 대답했다.

"어디?"

"그냥 뭣 좀 확인하고 있어요. 제 부탁 좀 들어주시겠어요?"

"물론이지." 루드비가 말했다. "뭐가 필요한데?"

"주소에 대한 정보가 필요해요."

"그러지. 주소가 뭔데?"

"올레발스바이엔 61번지."

"오케이. 뭘 알고 싶은데?"

"알아낼 수 있는 건 뭐든지요."

"그러기는 할 테지만." 그륀리에가 머뭇거렸다. "뭘 알아내야 하는지 알면 찾기 더 쉬울 거야."

"죄송해요. 주소를 어제 갑자기 알게 됐어요. 그 건물 1층에 중고 책을 파는 책방이 있었다는데 거기에 대해 알고 싶어요."

"중고서점?"

"네." 미아는 주머니에 핸드폰을 넣은 뒤 차에서 내렸다.

눈앞에 흰색 오두막이 서있었다. 마당 한쪽으로는 붉은색 별채가 보였다. 그런 게 없으면 그냥 숲이었다. 빽빽한 나무에는 흰 서리가 앉았고 사방에서 아무 소리도 들려오지 않았다. 이런 곳에서 사람이 살 수 있을까? 이곳에는 아무것도 없었다. 미아는 집에 아무도 없다는 것을 알았지만 초인종을 눌러야 할지 말아야 할지 망설였다.

짐 푸글레상.

흰색 자전거 안전모를 쓴 남자.

이곳은 그가 사는 곳이었다. 인적이 끊긴 곳, 하늘을 찌를 듯 쭉쭉 뻗은 나무에 둘러싸인 작은 흰색 오두막. 미아는 이곳이 호러영화의 한 장면 같다는 생각이 들었다.

폐소공포증이 느껴지고,

인적이 없고,

아무 소리도 나지 않는 적막한 곳.

정신질환을 앓고 있는 남자. 디케마르크 병원을 들락날락하고, 면담이 불가능했던 남자. 처음 그에게 말을 걸 때부터 미아는 그가 자신들이 찾는 범인이 아니라고 믿었다. 그저 자신이 살인을 저질렀다고 믿는, 정신적으로 불안한 사람의 즉흥적 자백일 뿐이었다. 당연히 중대하게 여길 만한 혐의가 없었기 때문에 그들은 남자를 석방했고, 미아는 그를 머릿속에서 지워버렸다. 하지만 지금 미아는 다시 생각하고 있었다. 만약 내가 살인범이라면 어떻게 할까? 체포되지 않고 싶다면 이 방법 말고 어떻게 할까? 자신이 무슨 말을 하는지조차 모르는 흰색 자전거 안전모를 쓴 얼간이를 과연 누가 의심하겠는가? 스컹크도 마찬가지였다. 경찰을 싫어하지만 '양심'이 명령해서 경찰을 돕겠다고 나타난 젊은 해커를 누가 의심하겠는가?

나쁜 자식.

초인종을 찾다가 실패한 미아는 문을 두드렸다. 집에 아무도 없었다. 예상한 대로였다. 짐 푸글레상은 디케마르크에서 아마도 여전히 자전거 안전모를 쓴 채 약물치료를 받고 있을 테지만 그렇더라도 주먹을 들어 다시 흰색 현관문을 두드렸다.

누가 이런 곳에 살고 싶어할까?

이런 곳에 살겠다고 마음먹은 사람은 어떤 유형일까?

미아는 가죽재킷 주머니에 손을 넣고 몇 분쯤 기다리다가 아무도 오는 사람이 없음을 확인한 후 침착하게 서리 앉은 풀밭을 가로질렀다. 천천히 집 주변을 돌아보던 그녀는 맞은편에 있는 베란다 층계를 발견했다.

문을 열기까지는 오랜 시간이 걸리지 않았다. 그녀는 조용히 안으로 들어가 조그맣게 *여보세요, 아무도 없어요?*라고 속삭였다. 아무 대답도 없었다. 음, 적어도 그 부분은 사실이었다. 짐 푸글레상은 실제로 디케마르크에 입원해있는 게 분명했다. 미아는 혼자서 집 안을 차지할 수 있게 되었다. 물론 영장 없이 들어가는 것은 불법이지만 그녀는 오래 전에 그런 규칙은 개의치 않기로 마음먹었다. 뭉크였다면 틀림없이 규칙에 따라 수색 영장을 청구했을 것이다. 그들이 헤어날 수 없는 늪 같은 관료주의 하에서는, 특별한 사유가 없을 경우 영장 발부까지 며칠이 걸렸다. 물론 이 사건의 경우 보통보다는 조금 빠르겠지만 미아에게는 기다릴 인내심이 없었다. 미아는 거실을 가로질러 벽에 있는 전등 스위치를 찾았다.

눈에 보이는 방은 기대했던 것과 아주 비슷했다. 아담하고 깨끗했다. 틀림없는 독신남의 방이었다. 미아는 오래 걸리지 않아 자신이 찾고 싶은 것을 찾았다. 마주 보이는 책장에 사진앨범이 역시 기대했던 대로 연대 순으로 가지런히 꽂혀있었다.

"사진 찍는 거 좋아해요?"

"네."

그것을 알아보는 데 특별히 머리가 좋을 필요는 없었다. 사진 뒷면에 남아있던 풀 자국. 붙인 지 오래되어 딜렁딜렁 했을 사진들. 그 사진들은 이 앨범에 붙어있던 것들이리라. 갈색 싸구려 비닐앨범은 선반 맨 아래 가지런히 꽂혀있었다. 첫 번째 앨범에는 1989년이라는 푯말이 붙어있고 마지막 앨범에는 2012라는 푯말이 붙어있었다. 앞쪽에 있는 앨범을 몇 권 꺼내 베이지색 소파에 앉아 몇 장 넘겼을 때 미아는 연민으로 가슴이 아팠다. 어떤 사진에도 사람이 보이지 않았다. 나무와 다람쥐, 계단, 먹이통만 찍혀있었다. 모두 날짜와 그 아래 설명이 붙어있었다. *1994년 2월 21일, 작고 예쁜 앵무새. 1998년 5월 5일, 자작나무 이파리가 떨어지다.* 미아는 더 빨리 앨범을 넘겼다. 자신이 찾아야 할 페이지가 나올 때까지. 사진이 붙어있었을 앨범의 빈 공간을 미아는 금방 찾아냈다. *2006년 4월 4일, 죽은 고양이. 2007년 8월 8일, 불쌍한 개.* 각각 6년 전과 5년 전이었다. 그렇게나 오래 전? 일년의 간격? 왜 그랬을까…?

꼬리에 꼬리를 물고 이어지던 생각을 뭔가가 방해했다. 마당에 내려앉은 어둠 속에서 갑자기 뭔가가 번쩍 빛났다가 이내 컴컴해졌다. 차 소리를 듣지 못했지만, 차가 온 게 분명했다.

밖에 누군가 있었다.

미아는 재빨리 반응했다. 책장에 앨범을 꽂고 베란다 문을 통해 밖으로 나간 뒤 집 모퉁이를 돌았다. 몸을 숨기고 숨소리도 나지 않게 입술을 꼭 다물었다.

여기는 얼마나 조용한지,

자신의 심박동 소리까지 들리는 듯했다.

누가 이렇게 사람들과 멀리 떨어져서 살고 싶어할까?

그때 문득 떠올랐다.

내가 왜 총을 가지고 오지 않았던가?

물론 무기 소지는 금지된 사항이었다. 그것은 오슬로의 모든 경찰에게 해당되는 규칙이었다. 경찰은 무장한 대응부대의 일원이거나 특별히 허용받은 경우에만 무기 소지가 가능했다. 미아는 글록 권총을 좋아했고 여러 가지 모델을 사용해보았다. 글록 17은 기본 모델이었지만 그녀는 더 가볍고 몸에 숨기기 좋은 글록 26도 애용했다. 아니, 지금은 그게 더 편안했다. 미아는 권총을 가져올 생각을 하지 못한 자신을 자책했다.

마당의 차.

누군가 차에서 내리는 소리가 들리고, 이어서 문 두드리는 소리가 났다. 한 번, 그리고 또 한 번. 방문자는 짐 푸글레상의 손님이었다. 미아는 심호흡을 하고 모퉁이를 돌아 마당으로 돌아갔다. 경찰 본능이 솟아나며 주변을 훑어보았다. 계단에 한 남자가 서있었다. 몸무게가 80킬로그램쯤 될까, 코트를 입고 있었다. 마당에 흰색 밴이 서있었다. 재빨리 사방을 둘러보았으나 다른 움직임은 없었다. 계단의 남자는 혼자인 듯 보였는데, 자신을 주시하고 있는 미아를 발견한 그가 화들짝 놀랐다.

"누, 누구세요?" 남자가 더듬거리며 물었다.

"아, 미안해요." 미아가 웃으면서 그에게 다가갔다. "미아 크뤼거 라고 해요. 오슬로 경찰이죠. 짐 푸글레상을 찾고 있어요. 그가 여기에 사나요?"

"아, 네." 수염 기른 남자가 대답했다.

"안에는 없는 것 같던데요."

"아, 네." 남자가 물었다. "경찰이라고요? 짐이 무슨 잘못을 저질렀나요?"

"아뇨. 그건 아니고 그냥 의례적인 방문이죠. 그런데 당신은?"

계단 위의 남자는 여전히 이곳에서 누군가를 만났다는 사실이 놀라운 표정이었다.

"헨리크라고 합니다, 저는…." 그가 자신의 밴을 가리켰고 미아는 그제야 밴 옆구리의 로고를 보았다.

후룸란데 슈퍼마켓

"그 친구의 물건을 배달하러 왔어요. 며칠째 소식을 듣지 못해서 그 친구가 집을 나올 수 없나보다 생각했죠. 그래서 내가…."

"그를 잘 아세요?"

"뭐, 그렇다고 할 수는 없지만," 남자가 말했다. "몇 년째 고객이죠. 그 친구는 좀… 음, 이따금 도움이 필요하죠."

미아는 다시 주변을 둘러보았다. 이제 빛이 거의 남아있지 않았다. 빌어먹을 가을 같으니. 미아는 단지 앨범만 확인하려고 여기 온 게 아니었다. 또 다른 중요한 이유가 있었다. 그녀는 푸글레상이 사진을 찍었던 호수로 가는 길을 찾을 계획이었다.

"그는 집에 없는 것 같아요." 미아가 가볍게 어깨를 으쓱하며 말했다.

"그 친구한테 문제가 생긴 건 아니죠?"

"아뇨. 이 근처에서 교통사고가 있었어요. 추돌사고. 우리는 그저 목격자가 있나 해서 확인 차 와본 거예요."

"저런." 남자가 걱정스러운 표정으로 계단을 내려왔다. "추돌이라니, 다친 사람은 없나요?"

"네." 미아가 다시 초조하게 주변을 둘러보았다. 그 즈음 누군가스위치를 끄기라도 한 듯 빛이 완전히 사라졌다.

젠장.

"제가 혹시 도울 일이 있을까요?" 남자가 제안했다. "제가 이 근처 사는 사람은 죄다 알거든요. 그 사건이 어디에서 일어났죠?"

"저게 당신의 가게인가요?" 미아가 밴에 쓰여있는 이름을 가리키며 물었다.

"네."

"헨리크가 당신의 이름인가요?"

"네, 헨리크 에릭센. 저는…."

"묻고 싶은 게 생기면 전화를 해도 될까요?" 미아가 웃으면서 물었다.

"그럼요. 전화번호를 알려드릴까요?"

"필요하면 제가 찾을 수 있어요." 미아가 말하고 나서 차에 올라탔다.

그녀는 작은 마당에서 차를 돌린 뒤 좁은 길을 달려 내려갔다.

빌어먹을 어둠.

나중에 다시 와야 했다. 미아가 큰길에 들어섰을 때 휴대전화 벨이 울렸다.

"네?"

"나야, 루드비."

"네, 루드비."

"그 주소에 대해 알고 싶다고 했지?"

"뭣 좀 알아내셨어요?"

"많은 것은 아니고, 그 건물은 주로 아파트고 1층만 상가야."

마침내 길 옆 가로등이 나타났고 미아는 그제야 마음이 놓였다. 그녀는 문명세계로 돌아왔다.

"중고서점은요?"

"없어. 내가 조사한 바로는."

젠장.

오싹한 느낌이 들었다. 지난밤 뜻밖의 만남. 느닷없이 나타난 그는 미아를 골탕 먹였다. 해커 스컹크.

나쁜 자식.

"고마워요, 루드비." 미아는 전화를 끊고 오슬로로 돌아가기 위해 차를 몰았다.

53장

이사벨라 융은 코트를 벗지 않은 채 자기 방 침대에 앉아있었다. 심장이 세차게 뛰었다. 누군가 방문 밑으로 또 쪽지를 밀어넣었다. 예전과 같은 글씨체였다.

나와 만날래? 몰래.

너와 나만.

이사벨라는 프레드릭스타에 있는 아빠의 새 공영아파트에서 막 돌아오는 길이었다. 정말 오랜만에 아빠를 만났다. 그동안 많이 보고 싶었지만 막상 만나서 함께 보낸 시간은 그녀가 바란 모습이 아니었다. 아빠는 말을 많이 하지 않았다. 이사벨라는 자기라는 존재 자체가 아빠를 방해하고 있다는 느낌을 받았다. 보육원으로 돌아오자 오히려 마음이 홀가분했다. 이사벨라는 미소를 지으면서 흰색 종이쪽지를 손가락으로 천천히 쓰다듬었다.

나와 만날래?

물론 그럴 것이다.

이사벨라는 지난번 처음 쪽지를 받았을 때 그가 보냈을 거라고 짐작했다. 쪽지는 그녀의 방문에 핀으로 꽂혀있었다. 파울루스가 틀림없었다. 그가 처음 난초를 구경시켜주던 때 눈빛으로 알 수 있었다. 자신도 그를 똑같은 식으로 쳐다봤는지 기억나지 않지만 그 후에는 기회가 있을 때마다 자신도 반드시 그렇게 했다.

이사벨라는 만남을 비밀로 해야 한다는 점을 이해했다. 자신은 아직 16세가 아니었다. 그게 이유였다. 그녀는 너무 어렸다. 미성년자였다. 불법적인 사랑이라, 그것만으로도 더욱 애가 탔다.

이사벨라 융은 겨우 열다섯 살이었지만 어릴 때부터 스스로 다 큰 어른처럼 느껴졌다. 그녀는 나이를 상관하지 않았다. 나이가 대체 뭐라고? 그것은 숫자에 불과했다. 이사벨라는 그를 이해했고, 당연히 그래야 했다. 그는 스무 살이 넘었다. 자칫하면 그는 직장을 잃을 것이다. 그녀가 아는 한 감옥에 갈 수도 있었다. 그래서 이사벨라는 비밀을 지켰다. 그가 그러는 것처럼. 둘은 손 한 번 잡지 않았다. 포옹도 하지 않았다. 그저 눈빛만 교환했다. 이사벨라를 보는 파울루스의 눈빛, 그를 바라보는 그녀의 눈빛.

하지만 마침내 이런 쪽지가 붙어있었다.

난 네가 좋아.

그리고 이번 쪽지에는 이렇게 쓰여있었다.

나와 만날래? 몰래.

너와 나만.

이사벨라는 이 말이 소중했지만 혼란스러웠다. 아빠를 만나고 보육원으로 돌아오자마자 어떤 소문이 들렸다. 경찰이 파울루스와 베네딕테를 연행해갔다. 그들이 밖에서 말다툼하는 모습을 목격한 경찰이 수갑을 채워 연행해갔다. 그 후로 아무 소식도 들리지 않았다. 걱정이 된 이사벨라는 헬레네를 만나러 갔지만 문밖에서 되돌아오고 말았다.

"지금 좀 바쁘단다. 나중에 다시 올래?"

"전 그저⋯."

"나중에, 이사벨라. 괜찮지?"

카밀라 그린 사건과 관련 있는 게 분명했지만 누구도 어떻게 돌아가고 있는지 알지 못했다. 누군가 말하기를, 파울루스가 카밀라를 죽였다면서 베네딕테가 파울루스를 비난하는 소리를 들었다고 했다. 물론 거짓말이었다. 아이들은 베네딕데가 어떤 아이인지 알았다. 그 애는 거짓말쟁이였다. 관심을 끌 수 있다면 무슨 말이든 지껄이는 아이였다. 물론 파울루스는 아무 짓도 하지 않았다.

그때 방문 두드리는 소리가 들리더니 세실리에가 문을 열고 고개를 살짝 들이밀었다.

"자니?" 빼빼 마른 소녀가 속삭였다.

"아니. 들어와." 이사벨라는 재빨리 쪽지를 베개 밑에 감췄다.

"다른 소식 더 못 들었어?" 세실리에가 침대 옆자리에 걸터앉으며 물었다.

"아니, 아무것도. 난 방금 돌아왔어. 넌?"

"애들이 별의별 말을 다 해." 세실리에가 침울하게 중얼거리고 나서 울음을 터뜨렸다.

"그런 말 듣지 마." 이사벨라가 떨고 있는 친구를 위로했다.

"어떤 애들은 베네딕테가 카밀라를 죽였대." 세실리에가 말했다. "어떤 애들은 파울루스가 그랬다고 하고. 대체 뭐가 진실일까?"

이사벨라는 측은한 감정이 생겼다. 지금은 무슨 말을 해도 안심할 수 없었다. 그녀 역시 느끼고 있었다. 언론. 경찰. 이곳의 평온함과 안도감은 파괴되었다.

"둘 다 사실이 아니야." 이사벨라가 웃었다.

"넌 그렇게 생각하지 않아?" 세실리에가 신뢰 어린 눈으로 친구를 보며 중얼거렸다.

그들은 동갑이었지만 이따금 이사벨라는 세실리에가 더 어린 아이처럼 느껴졌다. 세실리에는 출발이 안 좋았다. 나쁜 사람들, 사악한 사람들을 많이 만났다. 이사벨라도 소름끼치는 이야기를 자세하게 들었다. 지금 생각만 해도 참을 수가 없었다. 그래서 되도록 즐거운 생각을 하려고 애썼다.

나와 만날래? 몰래.

당연히 그녀는 파울루스를 만날 것이다. 그가 지내는 곳을 알고 있었다. 그의 은신처. 보육원에서 멀리 떨어진 비밀 아지트. 그가 기르는 식물에 대해서도 잘 알았지만 아무한테도 말하지 않았다.

"파울루스는 아무도 죽이지 않았어." 이사벨라가 확언을 했다.

"베네틱테는 어때?"

"당연히 아니야. 그 애는 못됐지만 미련곰탱이처럼 아둔해. 하고 싶어도 그렇게 못 해. 너도 그렇게 생각하지 않니?"

세실리에가 설핏 웃으며 대꾸했다. "맞아, 미련곰탱이지?"

"그래." 이사벨라가 키득키득 웃으며 말했다. "너 우리 자연사박물관에 견학 갔을 때 베네딕테가 여기에 왜 원숭이는 없느냐고 물었던 거 기억나?"

"그리고 왜 동물들이 모두 가만히 서있느냐고 물었지?" 세실리에가 빙긋 웃으며 동조했다.

"우리가 동물원에 온 줄 알고." 이사벨라는 웃음을 터뜨렸다.

세실리에도 맞장구를 쳤다. "얼마나 멍청하면 그런 말을 하니?"

"정말이야. 아주 멍청해."

"난 나쁜 사람들을 증오해." 세실리에가 뜬금없이 말하더니 다시 이사벨라 옆에서 몸을 웅크렸다.

"내가 돌봐줄게. 겁낼 필요 없어." 이사벨라가 친구의 머리카락을 쓰다듬으며 말했다.

그때 노크도 없이 문이 열리고 신이 숨을 헐떡이며 나타났다. "그 애들이 돌아왔어."

"누구?"

"파울루스와 베네딕테. 그들이 돌아왔어. 방금 도착했어. 경찰차를 타고. 곧장 헬레네의 사무실로 갔어."

그가 돌아왔다.

이사벨라의 심장이 뛰었다.

나와 만날래? 몰래.

너와 나만.

이사벨라는 빙긋 웃었다. 물론 만날 것이다.

54장

홀거 뭉크는 복도에서 더플코트를 벗어 걸고 신발을 벗은 다음 욕실로 가서 약장을 열었다. 이윽고 진통제를 찾아 물과 함께 두 알을 먹은 다음 거실로 갔지만 혼자서 무엇을 해야 할지 막막했다.

너무도 지친 나머지 유스티센에서 미아를 만난 후 곧장 침대로 갔지만 잠을 이룰 수가 없었다. 이리저리 몸을 뒤척이다 다시 일어나 집 안을 어슬렁거렸다. 그러다가 옷을 갈아입고 산책을 나갔다가 막 들어온 참이었다.

두통이 예고도 없이 찾아왔다. 관자놀이와 눈 안쪽이 욱신거렸다. 마치 누군가에게 뒤통수를 한 대 얻어맞은 것처럼 눈앞에 별이 보이고 입 안에서 금속 맛이 느껴졌다. 편두통인가?

홀거 뭉크는 자신이 건강한 사람과는 거리가 멀다는 사실을 잘 알고 있었다. 하지만 두통으로 괴로워한 적은 없었다. 지금 시각은 오전 3시였다. 새벽. 도대체 왜 이럴까? 그는 이제 전혀 피곤하지 않다. 그저 지속적인 두통만 있었다. 그는 약효가 나타나기를

기다렸다. 나이를 먹은 탓인가? 쉰넷이고 며칠 있으면 쉰다섯이지
만, 그렇게 늙은 것도 아니지 않은가? 그는 발을 질질 끌며 주방으
로 가서 주전자 스위치를 켜고 냉장고 문을 열었다. 음식. 뚱뚱한
수사관에게 음식은 결코 문제가 되지 않았다. 하지만 그렇게 서서
냉장고를 들여다보니 있을 거라고 생각했던 음식이 하나도 보이지
않았다. 그는 하는 수 없이 싱크대 위 선반에서 머그잔을 꺼내 전
기주전자의 물이 끓기를 기다렸다가 차를 만들어 거실로 갔다. 그
리고 CD장 앞에서 걸음을 멈췄다.

먹을 것을 가지고 음악을 틀어놓고 TV를 무음으로 한 채 채널을
이리저리 돌리는 것이 그의 평소 일과였다. 하루가 끝나갈 때 마음
을 비우고 신경을 끄는 것은 일종의 명상이었다. 맛있는 음식과 음
악, TV 모니터에 스쳐 지나가는 전 세계의 영상 이미지. 하지만 지
금은 듣고 싶은 음악도 없었다. 뭉크는 소파에 앉아 차를 홀짝거렸
다. 두통이 천천히 가셨다. 창밖은 칠흑같이 어두웠다. 세상은 잠
들었지만 그는 긴장을 풀 수가 없었다. 갑자기 아파트가 썰렁하게
느껴졌다. 그는 테레세가테의 아파트를 혼자 힘으로 최선을 다해
꾸몄다. 거실 한구석에는 유카팜 나무 화분을 들여놓았다. 소파 위
쪽에는 미리암과 마리온의 사진을 붙여놓았다. 텔레비전 뒤편 벽
대부분은 CD장이 차지하고 있었다. 그는 아늑한 가정집처럼 생각
하려고 했지만 그렇게 되지 않았다. 뭐, 아무래도 상관없었다. 이
곳은 집과 저장고, 그 어디쯤이었다.

그가 기다리고 있을 때….

뭉크는 생각을 하다 말고 욕실로 가서 진통제를 두 알 더 먹었

다. 지난번에 빼서 욕실에 놓아둔 결혼반지를 못 본 척했다. 다시 주방으로 돌아와 냉장고를 열었지만 역시 식욕이 당길 만한 먹을 거리가 없었다. 그는 하는 수 없이 CD장으로 돌아갔다.

그가 소파로 가려는데 초인종이 울렸다. 잠깐 멈칫했지만 이내 그 소리를 이해했다. 좀처럼 찾아오는 사람이 없으므로, 초인종 소리를 듣는 건 거의 처음이었다. 그런데, 이런 한밤중에? 누군가 실수로 누른 게 틀림없었다. 외출했다 집에 돌아오는 길에 초인종을 잘못 눌렀으리라. 하지만 그때 초인종이 다시 울렸다. 그리고 또다시.

뭉크는 짜증이 나서 인터콤으로 걸어갔다.

"누구세요?"

"반장님. 저예요, 미아."

"뭐라구요?"

"미아라고요. 저 좀 들여보내 주세요."

즉시 그것이 되살아났다. 누군가 관자놀이를 손톱으로 후벼파는 느낌.

"반장님. 집에 계세요?"

그는 대답을 하기 위해 정신을 차려야 했다.

"지금 몇 신지 알아? 무슨 일이야?"

미아가 아파트 현관 밖에 서있었다. 첫 방문이었다.

"스컹크요," 미아가 인터콤 저편에서 성마른 목소리로 말했다 "해커 말이에요."

"왜?" 홀거는 벽에 기대어 물었다.

"제 생각에 우리가 당한 것 같아요. 저 좀 들여보내 주세요."

"밤이 깊었어." 뭉크는 손으로 이마를 짚으며 거절했다.

"알아요. 하지만 드릴 말씀이 있어요." 미아가 한사코 고집했다. "저 안 들여보내 주실 거예요?" 그녀가 아파트 건물 아래쪽에서 소리쳤다.

"알았어. 들어와." 뭉크는 대답하고 현관문 여는 버튼을 누르면서 어떻게든 정신을 차리려고 애썼다.

55장

어린 소년은 담요를 덮고 누워 침대 옆 벽에 걸린 달력을 바라보았다. 어찌나 흥분했는지 온몸이 팽팽하게 긴장했다. 오늘은 중요한 날, 오랫동안 손꼽아 기다려온 날이었다. 엄마는 허구한 날 그 이야기를 했었다. 얼마나 남았는지 세려고 했지만 손가락 개수가 충분하지 않았다. 글쎄, 그 전에도 기다렸지만 여름 이후 소년은 너무도 간절한 마음이었다. 중요한 날이었다. 모든 게 일어나는 날. 그랬다. 무슨 일이 일어나는지 소년은 정확히 몰랐지만 몹시 중요한 것만은 분명했다. 태양이나 달보다 큰, 이를테면 지구의 탄생이었다. 소년은 얇은 담요를 목까지 끌어당기고 다시 달력을 바라보았다. 엄마는 어서 잠을 자라고 했지만 그것은 불가능했다. 1999년 12월. 그것 때문이었다. 지금의 연도 때문이었다. 1999년. 하지만 그 자체는 별로 흥분되지 않았다. 진짜는 1999년 12월 뒷장에 있었다. 시곗바늘이 밤 12시를 가리키기 전에는 볼 수 없는 것. 하지만 소년은 벌써 훔쳐보았다. 그때까지 기다릴 수가 없었다. 2000년 1

월. 그걸 상상만 하라고? 2000년을? 소년은 혼자 싱긋 웃었다. 지금처럼 행복할 때면 언제나 그렇듯 침대 저 끝에 있는 발가락이 위로 말려 올라가는 느낌이 들었다. 그 느낌이 온몸을 관통해 곧장 올라가면 귀가 뜨끈해졌다. 소년의 작은 방은 12월이면 너무나 춥기 때문에 그 느낌이 너무도 좋았다. 소년의 가정형편은 거실 벽난로에 넣을 장작만 겨우 살 수 있을 정도였다. 난로도 비싸지만 장작도 마찬가지였다. 소년은 보통 옷을 단단히 껴입고 털모자를 쓴 채 잠을 자곤 했다. 그럼에도 지금은 발가락이 양말 속에서 위로 말려 올라가며 온몸이 뜨거워지는 것만 같았다.

중요한 날. 새로운 밀레니엄. 상상해보라. 시계에서 단 몇 분 차이로 어떻게 그리도 딴판으로 달라질 수 있을까? 시곗바늘이 똑딱똑딱 움직이다 어느 순간 짜잔! 하면 사악했던 것들은 모두 없어지고 중요한 날이 온다. 그들이 그토록 기다렸던 날. 소년은 다시 숫자를 세려고 했지만 여전히 손가락이 부족했다. 벙어리장갑을 끼고 있어서 손가락을 꼽기도 쉽지 않았다.

소년의 방에는 벽시계가 걸려있었지만 얼마 전에 배터리가 나가버렸다. 새 배터리는 너무 비쌌다. 멈춘 시곗바늘은 언제나 5시 15분을 가리켰다. 소년은 시간이 궁금한 나머지 엄마가 잠을 자러 가라고 말한 후에는 머릿속으로 시간을 셌다. 거실의 시계는 8시 5분을 가리키고 있었기 때문에 이런 식으로 초침을 셌다. 천일, 천이, 천삼, 하지만 천오를 센 후로 머리가 빙빙 돌기 시작했다. 소년은 하는 수 없이 엄마가 그 시간이 됐다고 말할 때까지 침대에 누워 기다리는 편이 낫겠다고 생각했다.

중요한 날.

소년은 어떤 일이 일어날지 여전히 몰랐지만 아무튼 악령이 물러날 거라고 믿었다. 엄마가 더욱 행복해지기를 바랐다. 틀림없이 엄마가 행복해질 거라고 생각했다. 엄마가 오랫동안 이 날을 기다려왔기 때문이다. 어린 소년은 털모자를 귀까지 잡아당겨 쓰고 올이 성긴 담요 밑에서 어떻게든 온기를 유지하려고 애썼다.

"지하실이 너무 커서 그래." 집이 왜 이렇게 춥냐고 소년이 물을 때마다 엄마는 이렇게 대답하곤 했다. "네 아빠는 분별력은 없지만 집 짓는 일이라면 훤했어. 아빠는 어떤 일이 일어날지 알았던 거야. 그 일이 일어나고 세상이 뒤집히면 우리에게 숨을 데가 필요하다고 예상한 거지. 하지만 너무 크게 만들었어. 집이 더 크고 지하실은 더 작았으면 좋았을 텐데. 땅이 차가워지면 한기가 마룻바닥으로 올라와서 그렇단다, 알겠니?"

소년은 아빠 얘기를 들려주는 엄마의 말을 잘 이해하지 못했다. 아빠를 한 번도 본 적이 없기 때문이었다. 하지만 어쨌든 고개를 끄덕였다. 엄마는 그가 질문을 많이 하면 좋아하지 않았다. 아빠가 집을 지었으니 아빠가 실존인물이라는 것은 알았다. 직접 눈으로 아빠를 본 적은 없지만 엄마는 아무것도 만들 줄 몰랐기 때문에 그 말은 사실이어야 했다. 소년은 이따금 아빠가 《삐삐 롱스타킹》의 해적 아빠 같지 않을까 상상했다. 아빠는 정말 좋은 분이지만 어쩔 수 없이 떨어져 지내야 한다. 그리고 어느 날 갑자기 커다랗고 덥수룩한 수염을 기른 유쾌한 모습으로 나타날 것이다. 소년은 엄마한테 물어보지는 않았지만(아빠 얘기는 거의 입 밖으로 내지 않았다)

혹시 중요한 날이 바로 그 날은 아닐까 궁금했다. 아빠가 깜짝 나타나는 날 말이다. 아빠는 금은보화를 잔뜩 들고 문가에 나타나 엄마를 번쩍 안아들고 빙그르르 돌린 다음 세상 구석구석에서 가지고 온 선물을 내놓는다. 그 중 하나는 아들을 위한 장작난로일 것이다. 그래서 좀처럼 따뜻하지 않았던, 특히 12월에는 더욱 그랬던 소년의 작은 방이 다시는 춥지 않을 것이다.

소년은 중요한 날이 어떻게 찾아올까 많이 상상했다. 리스트도 만들어 베개 밑에 보관했다. 그 리스트에는 중요한 날에 일어났으면 하는 일곱 가지 일들이 올라있었다.

소년은 지금 그것을 꺼내 다시 읽어볼까 생각했다. 하지만 거실의 시계가 겨우 8시 5분을 가리켰는데도 엄마는 잠을 자러 가라고 말했다. 그래서 가만히 누워 일어나지 않았다.

중요한 날.

소년은 종이 맨 위에 굵은 글씨체로 이렇게 적어놓았다. 소년은 혼자서 글을 깨쳤고, 그 점을 자랑스러워했다. 숫자 세기도 마찬가지였다. 시계 보기, 알파벳도 모두 혼자서 배웠다. 그런 게 삐삐와 비슷했다. 소년도 삐삐처럼 학교에 다니지 않았다. 처음에는 콘플레이크 상자 뒷면이라든지 치약 튜브, 우윳곽 옆면, 방에 있는 세 권의 책처럼 곳곳에서 보이는 글자를 이해하지 못했다. 그저 괴상하고 구불구불한 선이나 작은 그림처럼 보였다. 그런데 엄마가 없던 어느 날 기적이 일어났다. 어떻게 그런 일이 일어났는지 소년은 알지 못했지만, 그 글자들은 엄마의 입에서 나온 말이나 자신이 대답할 때 쓰는 말들과 연관이 있었다. 처음에는 그 말들이 그냥 허공에 떠다니는 거라고 생각했는데 어느 순간 자신이 보고 있는 물건들에 적힌 글자들과 같은 거라는 사실을 깨달았다.

잘 자.

우유.

1월.

비누.

넌 할 수 있어.

당신도 디즈니랜드에 갈 수 있다.

소년은 종이에다 연필로 글자들을 베껴 써보았다. 담요를 덮고 누워 중요한 날을 기다릴 때만큼이나 그 발견은 짜릿했다. 입에서 나오는 말과 곳곳에 보이는 글자들을 연필로 종이에 쓸 수 있다니.

어린 소년은 혈액순환이 잘 되도록 일어나서 침대 밖으로 내려왔다. 옷을 껴입었지만 담요가 얇아서 온몸이 꽁꽁 언 데다 숨을 쉴 때마다 입에서 뿌연 김이 나왔다.

이 집은 아빠가 지었다. 설령 아빠가 건축에 재주가 좋고, 이 세상이 반으로 갈라질 때 숨을 곳이 필요하다지만 엄마의 말에 일리가 있다고 생각할 수밖에 없었다. 지하실은 너무 넓었다. 잠을 잘 때 옷을 입어도 소용이 없었다. 소년의 방은 여전히 몸이 꽁꽁 얼 정도로 추웠다. 순간 소년은 난로가 있는 거실로 갈까 생각했지만 그러지 않기로 했다. 소년이 엄마한테 뭐라도 배운 게 있다면, 그것은 엄마를 화나게 하지 않는 게 정말로 중요하다는 점이었다.

소년은 옷장으로 가서 다른 옷을 찾았다. 노르웨이 풍 니트스웨터였다. 자신이 가진 옷 중에 가장 좋고 생일이나 외출할 때만 입는 옷이었지만, 그럼에도 그 옷을 덧입고 다시 담요 속으로 기어 들어갔다. 다시 달력을 보았다. 1999년, 기분 나쁜 해. 소년은 달력을 넘길 때까지 기다릴 수가 없었다.

2000년 1월, 새로운 밀레니엄.

소년은 엄마 말을 안 듣는 아이가 아니었다. 절대로. 언제나 엄마가 시키는 대로 했다. 다만 엄마는 그에게 잠을 자러 가라고 했지 리스트를 보지 말라고 한 것은 아니었다. 소년은 장갑을 벗고 손전등을 찾아 베개 밑에 숨겨두었던 리스트를 꺼내며 웃었다.

중요한 날.

나의 소원 리스트

1. 엄마가 행복해지는 것.

2. 아빠가 돌아와서 지하실을 더 작게 고치는 것.

3. 집 밖으로 나갈 수 있게 허락받는 것.

4. 엄마의 머리를 빗겨줄 때 엄마의 머리카락을 잡아당기지 않는 것.

5. 학교에 갈 수 있게 되는 것.

6. 엄마한테 내가 알파벳과 숫자를 안다고 말하는 것. 엄마를 화나게 하지 않으면서 글을 읽고 쓸 수 있다고 말하게 되는 것.

7. 친구를 사귀는 것.

갑자기 불어온 바람이 벽을 후려치고 좀처럼 물러나지 않았다. 얇은 창문 틈으로 쳐들어온 바람은 소년의 얼굴과 털모자, 담요자락 사이로 드러난 여린 살갗에 얼음장 같은 숨결을 내뿜었다. 소년은 다시 일어나 거실로 갈까 생각했지만 그러지 않았다. 엄마가 그러지 말라고 했기 때문이었다.

엄마.

소년의 주변에는 다른 사람이 없었다. 단 한 번도. 소년에게는 언제나 엄마뿐이었다. 엄마가 집을 나가면 소년은 혼자 있었다. 이따금 엄마는 여러 날이 지나야 돌아왔지만 상관없었다. 소년에게는 엄마가 전부였다. 소년은 난로 앞에서 엄마의 아름다운 금발 머리를 빗질해주곤 했다. 스펀지와 비누로 손이 닿지 않는 엄마의 몸을 닦아주기도 했다. 소년은 이제 웃었다.

소년은 추운 방에서 사라져 꿈으로 들어갈 수 있도록 눈을 감았다. 그리고 깨어났을 때 벽시계는 5시 15분을 가리켰지만 소년은 알고 있었다. 더 이상 1999년이 아니었다. 2000년이었다.

중요한 날.

일어났어야 했다. 엄마가, 깜빡 잊고 아들을 깨워주지 않았다. 소년은 담요를 박차고 나와 추운 방을 달려나갔다. 웃음이 귀에 걸린 채 거실을 통과해 엄마의 침실로 갔다. 바보 같은 엄마. 소년은 엄마의 침실 문을 열어젖힌 순간 그 자리에 얼어붙었다.

지붕 서까래에 밧줄이 매달려 있었다. 엄마의 목을 단단히 죄고 있는 밧줄. 그 밧줄에 길게 늘어뜨린 금발과 움직이지 않는 사지. 푸르딩딩한 얼굴과 알몸이 매달려 있었다. 눈은 크게 뜨고, 입은 금방이라도 말을 할 것처럼 보였다.

소년은 의자를 끌고 마루로 나왔다. 그리고 의자에 앉아 기대에 찬 눈으로 지붕에 매달린 알몸을 보며 혼자 웃었다. 엄마가 깨어날 때까지 참을성 있게 기다렸다.

56장

지끈거리던 두통이 마침내 잦아들기 시작했다. 뭉크는 미아에게 줄 찻잔을 테이블에 내려놓으며 밀려 나오는 하품을 참았다.

"이것밖에 없어요?" 미아가 머그잔을 보며 말했다.

"무슨 말이야?"

"더 독한 거 없어요?"

"한밤중이야. 내일 만나서 얘기할 수도 있잖아?"

"안 돼요. 중요한 일이에요." 미아가 불분명한 발음으로 말했다. 뭉크는 미아가 이미 술에 취했지만 나름대로 절실한 이유가 있으며 정신을 차리려고 애쓴다는 걸 알았다.

미아는 신발이나 재킷도 벗지 않았다. 그냥 소파에 털썩 주저앉아 예의 반짝거리는 눈으로 그를 바라보았다. 돌파구를 찾은 게 분명했다. 뭉크에게는 미아가 어떻게 돌파구를 찾는지가 언제나 미스터리였지만 이런 표정은 믿을 만하다는 것을 그도 익히 알았다.

"난 술 안 마셔. 미아도 알다시피." 뭉크가 하품을 했다.

"알죠, 하지만 저거?" 미아가 CD 진열장 위 선반을 향해 고갯짓을 하면서 웃었다.

팀원들로부터 장난으로 받은 선물. 매년 생일이면 술을 마시지 않는 그에게 별 쓸모도 없는 비싼 술을 선물로 주었다. 선반에는 그에게 아무 의미도 없고 심지어 알지도 못하는 레이블이 붙은 위스키 네 병이 진열되어 있었다.

"마음껏 마셔." 소파에서 일어난 미아가 위스키를 가져와 병을 딸 때 뭉크는 고개를 절레절레 흔들며 말했다.

"술잔 있어요?"

뭉크는 주방으로 가서 술잔을 꺼내다 말고 냉장고에 붙어있는 사진 속 웃는 얼굴을 흘깃 보았다. 그때 기억이 났다.

미리암이 그에게 전화를 했었다.

딸에게 다시 전화 거는 걸 깜박 잊었다. 제기랄. 가족에게 더 쓸모가 있는 사람이 되겠다고 마음먹은 게 언제였던가. 뭉크는 술잔을 가지고 거실로 왔고, 그제야 미아가 자신에게 무슨 말인가 계속하고 있었음을 깨달았다.

내 머리가 이상해진 건가?

"그가 나를 찾아왔어요." 미아가 술잔을 채우며 말했다.

"누구?"

"스컹크요. 로리에 있는데 나를 찾아왔더군요."

"스컹크가?" 뭉크가 깜짝 놀랐다.

"느닷없이." 미아가 술을 한 모금 마시면서 미소 지었다.

뭉크는 다시 고개를 끄덕였다.

"찾을 수도 없고," 미아가 웃었다. "연락조차 불가능하다던 그가 말예요."

뭉크는 미아가 계속 얘기하게 내버려두었다.

"라이브피드래요. 그가 그렇게 말했어요."

"뭐라고?"

"우리가 갖고 있는 동영상 말이에요. 카밀라가 쳇바퀴를 돌리는 동영상. 그게 그냥 녹화된 게 아니라 스컹크의 말에 따르면 라이브 피드래요."

"생방송?" 뭉크는 정신이 들기 시작했다.

"네." 미아가 얼른 고개를 끄덕였다. "그의 말이 누군가 카밀라를 촬영해서 몇 달 간 생방송으로 내보낸 거래요."

"오, 맙소사." 뭉크는 역겨움을 느꼈다.

"그래요. 도대체 어떤 정신병자인지…."

"잔인하군."

"하지만 제가 반장님께 하고 싶은 말은 그게 아니에요." 미아가 다시 술잔을 채우며 말했다.

미아는 집에 곧장 가지 않고, 술집 로리에 들러 술을 많이 마신 게 틀림없었다. 미아는 본론으로 들어가기 전에 술을 벌컥벌컥 들이켰다.

"미아, 난…."

"아뇨, 잠깐만요. 제 말 좀 들어보세요." 그녀가 다급하게 말했다. "반장님은 어떻게 생각하세요? 그건 녹화가 아니에요. 생방송이에요." 미아는 술에 취했지만 논리정연했다. 그녀가 웃으면서 다시 그를 바라보았다.

"생방송의 일부라고?"

"맞아요." 미아가 대답했다.

"나쁜 놈들."

"맞아요."

"그 자가 그냥 나타났어?"

"네. 난데없이 나타났어요."

"미아는 그 친구가 양심의 가책을 느낀다고 생각해? 우리가 찾는 범인 같아?"

"네." 미아가 열렬하게 고개를 끄덕였다.

여전히 피로하던 뭉크의 정신이 번쩍 들었다.

"우리 이제 어떻게 해야 하죠?" 미아가 물었다.

"당장 그를 찾아서 조사해봐야지. 그 자를 기소할 근거가 있는지 봐야지."

"아뇨, 그 사람 말고요."

"무슨 뜻이야?"

"가브리엘을 어떻게 해야 할까요?" 미아가 말했다.

"뭘?"

"두 사람은 가까워요."

"가브리엘이, 그 자가 우리한테 말한 것보다 더 많이 알고 있을 거라고 생각해?"

미아가 어깨를 으쓱했다. "가브리엘이 우리한테 스컹크가 누구고 어떻게 찾을 수 있는지 말하지 않은 게 이상하다고 생각하지 않으세요?"

"미아….."

"제 말 좀 들어보세요. 갑자기 동영상이 튀어나왔어요. 뜬금없이. 그리고 가브리엘, 우리가 그를 안 지 얼마나 됐죠? 6개월?"

"미아, 설마 그런 생각을 하는 건 아니….."

"아뇨. 전 진지해요, 반장님. 뭔가 짚이는 데가 있어요." 미아가 그의 말을 가로막았다. 그녀는 술잔을 다시 채웠다.

"알겠어, 하지만….."

"잠깐, 제 말 좀 들어보세요. 스컹크는 뭔가 알고 있어요. 제가 보기에 그는 많은 것을 알고 있어요. 그리고 스컹크가 알고 있다면 가브리엘 역시 알고 있을 거예요. 우린 가브리엘한테 물어봐야 해요. 다만 치밀해야 할 필요가 있어요. 제가 반장님께 달려온 것도 그 때문이에요. 이제 아셨어요?"

뭉크가 생각에 잠겨 고개를 끄덕였다. "그 일은 미아가 맡는 게 낫겠어." 그가 마침내 입을 열었다.

"뭘요?"

"가브리엘한테 물어보는 것. 내일. 그 친구는 미아를 좋아하잖아. 가브리엘한테 아는 게 있으면 말해달라고 해." 그 순간 뭉크에게 그게 슬며시 다시 찾아왔다. 입에서 나는 금속 맛. 누군가 머리를 못으로 찌르는 느낌.

"알았어요." 미아가 술잔을 비우며 대답했다.

"하지만 다른 사람들 앞에서는 하지 마, 알았지?"

"그럼요, 물론이죠."

"오전 10시에 팀 브리핑이 있어. 그 후에 하면 되겠지?"

"알겠어요." 미아가 고개를 끄덕인 뒤 자리에서 일어났다.

"그러니까 미아는 그를 의심하는 거지?" 그들이 복도로 나왔을 때 뭉크가 물었다. "스컹크?"

"네, 그런 것 같아요. 확실히 거기에 뭔가 있어요."

"알았어. 하지만 가브리엘에게 조심해서 접근해." 뭉크가 문을 열어주며 다시 한 번 강조했다.

"물론이에요." 미아가 대답했다.

미아는 입가에 미소를 띤 채 계단을 내려가 시야에서 사라졌다.

57장

가브리엘은 뭔가 잘못됐음을 감지했고, 회의 후에 미아가 자기 방으로 오라고 말했을 때 자신의 의심이 맞았음을 확신했다.

"무슨 일인데요?" 그가 들어서는 순간 미아가 문을 닫으라고 말하자 가브리엘은 당황해서 물었다.

미아는 가브리엘의 생각을 읽으려는 듯 고개를 갸우뚱하게 기울인 채 못 미더운 한편 흥미로워하는 표정으로 쳐다보았다. 예전에 본 적 없는 표정이었다.

"무슨 일이에요?" 가브리엘이 다시 물었다. 그리고 의자를 끌어당겨 앉았다.

"뭣 좀 물어보려고요. 나한테 솔직하게 말해야 해요."

"솔직하게요?" 가브리엘이 웃었다. "왜 내가 솔직하지 않을까봐 그래요?"

미아는 상대에게서 눈길을 떼지 않은 채 주머니에서 사탕을 꺼내 혀에 올려놓았다. "스컹크 말이에요." 미아가 말을 꺼냈다.

"네? 그 친구가 왜요?" 가브리엘이 가볍게 어깨를 으쓱했다.

"둘이 친하죠?"

가브리엘은 속이 불편해졌다. "무슨 뜻이에요?" 그가 물었다.

"내가 물어본 그대로예요." 미아가 시선을 고정한 채 말했다.

가브리엘은 갑자기 대화가 심문처럼 느껴져서 마음이 불편했다. "한때 친한 친구였어요."

"얼마나 친했어요?"

"아주 친한 친구요. 그런데 왜요?"

"하지만 지금은 그렇지 않죠?"

"네. 지금은 아니에요." 가브리엘이 한숨을 내쉬었다. "이게 뭐죠? 나를 의심하는 건가요?"

"나야 모르죠." 미아가 다시 고개를 갸우뚱 기울이며 말했다. "당신에게 우리가 의심할 만한 뭐가 있나요?"

우리? 가브리엘은 짜증이 밀려오기 시작했다. 뭉크와 미아, 그들이 자신에 대해 뒷말을 한 것이다. 어쩌면 다른 사람들도 그랬을지 모른다.

"솔직히 전 그 친구가 어디에 있는지도 몰라요." 가브리엘이 두 팔을 휘두르며 말했다. "바보같이 들릴지 모르지만 전 왜 두 분이 나를 의심하는지 이해가 안 돼요."

"그러니까 오랫동안 그를 못 봤다는 거죠?"

"몇 년 동안 못 봤어요." 가브리엘이 고개를 절레절레 저었다. "갑자기 연락이 와서 만나기 전까지 한 번도 못 봤어요."

"그럼 더 이상 친구관계가 아니라는 건가요?"

"그렇다고요."

"그럴 만한 이유가 있었어요?"

가브리엘은 더 이상 참을 수 없었다. 이미 지칠 대로 지쳤다. 그는 잠을 통 이루지 못했다. 아무리 해도 머릿속에서 이미지를 떨쳐 버릴 수가 없었다. 마루에 무릎을 꿇고 앉은 쇠약한 소녀. 그녀의 등 뒤 벽에 쓰인 글씨. 깃털로 뒤덮인 그림자….

"그래요." 가브리엘은 많이 화난 목소리로 소리쳤다. "제가 여기에서 신참이라는 거 알아요. 전 다른 팀원들만큼 실력도 없어요. 하지만 최선을 다했어요. 만약 내가 그 친구의 소재지를 알았다면 진작 당신에게 말했을 거예요. 내가 일부러 그 친구를 찾지 않았다고 생각하나요? 정말 그렇게 생각하는 거예요? 난 노력했지만 대답을 듣지 못했어요, 왠지 아세요? 스컹크는 알려지고 싶어하지 않기 때문이에요. 왜냐하면…." 가브리엘은 말을 멈췄다. 침착해야 했다. 그의 피가 끓기 시작했다.

"왜죠?" 미아가 재촉했다. "무슨 생각을 하는 거죠?"

"햇볕을 견디지 못하는 일을 하느라 바쁘기 때문이겠죠." 가브리엘이 다시 두 팔을 휘두르며 말했다. "맞아요. 그런데 왜요? 나도 공범이라고 생각하는 건가요? 그런 거예요? 말도 안 돼요. 불쾌해서 참을 수가 없어요. 난 지금까지 미치도록 열심히 했어요…."

미아가 손을 들어 그의 말을 가로막았다. "미안해요, 가브리엘." 미아의 시선이 부드러워졌다. "하지만 분명히 할 필요가 있어요."

"뭘 분명히 한단 말이죠?" 가브리엘이 반발했다.

"미안해요." 미아가 다시 말하며 의자에서 일어나 가브리엘 앞에 놓인 책상 모서리에 걸터앉았다.

"당신들이 생각했던 게 이건가요? 두 *사람이?* 당신들이 얘기했던 게 이건가요? 가브리엘과 스컹크가 어떻게 관련됐는지? 오래된 해커들이 사업을 하고 있다? 여자애를 지하실에 가뒀다? 솔직히, 미아? 당신이 역겨워요." 가브리엘은 화가 머리끝까지 차올라 감정을 통제하기 어려웠다. 이런 날이 올 줄 몰랐다. 어떻게 자신을 의심할 수 있단 말인가? 자신이 이 팀의 일원이라는 사실을 얼마나 자랑스러워 하는지 미아는 알기나 할까?

"가브리엘." 미아가 불렀다.

미아는 가브리엘에게 다가가 어깨에 손을 얹었다. 가브리엘은 미아가 포옹을 하려고 하는 게 아닐까 생각했다. 미아가 정말로 미안해하는 것처럼 보였다.

"내가 지나치게 요령 없이 굴 때가 가끔 있어요." 미아는 그의 어깨에서 손을 떼지 않은 채 말을 이어갔다. "음, 말을 꺼내기 전에 다시 한 번 생각해야 한다는 것을 깜박 잊었어요. 용서해줘요. 당신이 관련되었다고 생각한 것은 아니었어요. 하지만…."

"하지만 뭐죠?"

"당신이 누군가를 좋아한다면 그를 보호하고 싶지 않을까요?"

"내가 스컹크를 보호하고 있다고 생각하세요?"

"그래요. 사실 비슷해요." 미아가 고개를 끄덕였다. 하지만 목소리에는 후회가 묻어있었다.

"첫째," 가브리엘이 단호하게 말을 이었다. "스컹크는 혼자 힘으로 충분히 할 수 있어요. 둘째, 그와는 더 이상 친구가 아니에요.

셋째, 설령 그와 내가 아직 친구라고 해도, 그가 우리… 그래요, 난 우리라고 했어요. 왜냐하면 나는 이 팀의 일원이기 때문이에요. 두 분은 그렇게 생각하지 않는 것 같지만, 우리가 수사하는 사건과 관련 있다는 의심이 들 경우 난 절대로 숨길 생각이 없어요. 두 분 모두 나를 정말 그렇게 생각하는 건가요? 나는 우리가…."

"가브리엘." 미아가 진심으로 미안해하는 표정으로 말했다. "물론 당신은 우리 팀의 일원이에요. 우리 모두 당신을 좋아하고 당신의 활약을 대단하게 생각해요. 당신은 여기에 들어온 지 6개월밖에 되지 않았지만 당신이 없는 우리 팀은 상상할 수가 없어요. 알았어요? 제발 우리를 믿어줘요."

"글쎄요. 꼭 그런 것 같지 않은데요."

"좋아요. 그럼 잠깐만 내 말 좀 들어줘요."

"또 있어요?"

"난데없이 그 동영상이 나타났어요. 해커는 그저 우연히 발견했다고 해요. 우리한테 알려줄 수 없는 서버에서. 그는 그것을 경찰서에서 일하는 옛 동료에게 보여주었어요. 이 동료는 그와 어떻게 연락해야 하는지 몰라요. 만약 당신이 나라면? 이것을 조사하겠어요, 조사하지 않겠어요?"

가브리엘은 그녀의 말에 일리가 있음을 인정했다.

"그렇죠?" 미아가 그에게 미소를 지으며 말했다. "우린 지금 잘하고 있는 거죠? 조사는 끝났어요. 모든 게 잘 됐죠? 당신도 이해하겠죠? 그래서 우리가 그랬던 거예요."

"좋아요." 가브리엘이 살짝 웃음기를 띠며 고개를 끄덕였다 "혹시 누구한테 말했어요?"

"뭘요?"

"이 일 말예요. 내가 사실을 털어놓지 않았다고 의심한 사실."

"반장님한테만 말했어요." 미아가 대답했다. "당신도 알겠지만 반장님은 내가 틀렸다고 생각했어요."

"정말이에요?"

"난 가끔 말하기 전에 숙고하는 걸 잊어요. 여기 있는 사람들은 모두 당신을 좋아해요. 이 정도면 내가 충분히 굽실거렸죠?"

"네, 좋아요." 가브리엘이 대답했다.

"그래요." 미아가 살짝 웃었다. "이제 내가 당신을 부른 진짜 이유를 말할게요. 그가 나를 찾아왔어요."

"누구요?"

"스컹크."

"농담이죠? 그럴 리가. 그 친구는 경찰을 싫어해요."

"농담 아녜요. 술집에 앉아있는데 그가 내 앞에 나타났어요."

"말도 안 돼요." 가브리엘이 펄쩍 뛰었다.

"그래요, 이상하죠. 그렇죠?"

"정말 그래요."

"나도 그렇게 생각했어요. 그리고 그는 당신만이 도와줄 수 있는 무슨 말을 했어요. 함께 볼래요?"

"물론이죠." 가브리엘이 고개를 끄덕였다.

58장

여기 사람들이 마련해준 새 침대는 훨씬 따뜻했다. 여기에 머문 지 며칠이 흘렀지만 여전히 자신이 어디에 있는지, 이 사람들이 누구인지 알지 못했다. 그들은 소년에게 이제 안전하며 더 이상 두려워할 필요가 없다고 말했다. 누구인지 몰랐지만, 그들은 음식을 주었다. 소년은 그게 기뻤다. 오랫동안 통 먹지 못했기 때문이다.

　낯선 사람들은 친절했지만 꽤 멍청했다. 예컨대 집 안의 벽이 아주 얇아서 소년이 침대에 누워있을 때 옆방에서 소년에 대해 수군거리는 것이 다 들린다는 사실을 그들은 알지 못했다. 엄마는 사람들을 조심해야 하며 쉽게 믿어서는 안 된다고 말했다. 소년은 이제야 엄마의 말이 옳았음을 깨달았다. 이 낯선 사람들은 방에 있을 때와 벽 반대편에서 자신에 대해 하는 말이 달랐기 때문이다.

　이건 미친 짓이야.

　엄마라는 여자가 10년 동안 그 아이를 오두막에 가두었대.

　저 꼬마는 다른 아이들을 단 한 번도 만난 적이 없대.

오, 맙소사.

아이가 일주일 넘게 엄마의 시신 밑에 앉아있었대.

쫄쫄 굶었대.

소년은 그들이 무슨 말을 하는지 이해하려고 애썼다. 그는 바보가 아니었다. 사람들은 분명 자신에 대해 말하고 있었다. 하지만 소년은 그게 무엇을 암시하는지 완전하게 파악하지 못했다. 엄마가 이곳에 없는 이유도 알지 못했다. 사람들은 엄마를 지붕 서까래에서 끌어내렸고, 그 후 어떤 사람들이 도착했다. 다시 엄마를 보게 되기를 기다렸지만 엄마는 준비가 안 된 것 같았다. 아니 여기이 낯선 사람들과 엄마를 기다려야 하는지도 모른다. 그들은 멍청했지만 그들이 주는 음식은 맛있었고 방은 따뜻했다. 특히 책이 있어서 신이 났다. 그들에겐 책이 많았다.

그들은 소년에게 수염이 성기게 난 남자와 대화를 나눠야 한다고 했다. 그의 직업은 정신과 의사라고 했다. 수염을 성기게 기른 남자는 소년에게 테이블 위 그릇에 담긴 사탕을 먹어도 좋다고 했다. 어쩌면 사람들이 그렇듯 자신을 꾀려고 하는지도 모른다고 생각했지만 소년은 사탕을 먹었다. 맛있었다. 소년은 남자가 얘기하는 동안 가끔 한 번씩 고개를 끄덕였다.

남자는 소년에게 죽음이라는 것에 대해 말해주었다. 소년의 엄마는 죽었고, 다시는 돌아오지 않는다고 했다. 소년은 처음에 그말을 믿지 않았지만 시간이 흐르면서 어쩌면 사실일지도 모른다고 생각하기 시작했다. 아무리 오래 기다려도, 아침에 담요 밑에서 눈을 떴을 때 엄마가 있기를 바랐지만 엄마는 오지 않기 때문이다.

죽음이라는 곳이 어쨌거나 존재하고, 엄마는 거기에서 지내려는 게 분명했다. 소년은 여기에 온 지 얼마나 오래 되었는지 몰랐고 물어 보지도 않았다. 그가 물어볼 때마다 음식을 갖다 주는 여자나 사탕을 주는 정신과 의사가 자신을 이상하게 볼까봐 두려웠다.

마치 그가 바보이기라도 한 것처럼.

그들은 절대로 노골적으로 말하지 않았지만 소년은 그들의 눈 빛에서 읽을 수 있었다. 그래서 질문하는 것을 관두고 대신 고개를 끄덕이는 법을 배웠다. 웃으면서 고개를 끄덕이면 그들은 좋아했다. 게다가 이 집의 벽은 너무 얇았다. 다만 사람들한테 감정을 숨기는 것에 능숙해질수록 벽 반대편에서 그들이 자신에 대해 수군거리는 말들이 달라졌다.

그 애는 놀랄 정도로 잘 하고 있어.

다행이야.

정말 끔찍해. 상상할 수 있어? 10년 동안 그 오두막에서 미친 엄마랑 외롭게 살다니.

하지만 그 애는 지금 잘 하고 있어.

그 애가 얼마나 똑똑한지 봤어? 책을 얼마나 많이 읽는지 알아?

닐스 말 들었어?

아니, 뭐라고 했는데?

노트북 말야. 처음에는 그게 뭔지 통 모르더래.

정말이야?

닐스 말이 전에는 그걸 한 번도 본 적이 없는데, 지금은 하루 종일 갖고 논대. 그렇게 빨리 익히는 아이는 처음 봤대.

소년은 일년째 여기에 살고 있었다. 소년은 어른들이 읽는 책이라는 것을 포함해 이곳에 있는 책을 몽땅, 그것도 여러 번 읽었다.

우리 엄마에 대해 나쁘게 말하지 마세요.

한 번인가 두 번인가 마음속에 있는 무언가가 밖으로 솟구쳐 나와 사람들이 엄마에 대해 나쁘게 말하지 못하도록 하고 싶었지만 가까스로 참았다. 소년은 점점 잘 참게 되었다. 사람들은 절대로 눈치채지 못했다.

정말 귀여운 아이야.

그래. 그렇지?

벽을 통해 들려오는 목소리들. 그것은 소년이 원하는 바였다. 소년은 처음 며칠 밤 동안 엿들었던 그런 말을 좋아하지 않았다. 담요 안이 꽤 따뜻했는데도 그런 말을 들으면 부들부들 떨렸다.

하지만 여기에서 지내는 것은 어떤 의미에서 좋았다. 무엇보다 많은 책들 때문이었다.

그리고 다른 아이들.

처음부터 그런 것은 아니었다. 아이들의 얼굴은 어른들의 얼굴과 마찬가지로 낯설었다. 하지만 일단 그들을 흉내내고, 자신을 버린 채 감정을 밖으로 드러내지 않으며 웃는 법을 알게 되자 상황이 나아졌다.

그러나 무엇보다 소년을 매료시킨 것은 노트북이었다. 처음 그것을 보여준 사람은 닐스라는 이름의 남자였다. 플라스틱으로 된 작고 네모난 물건은 그에게 완전히 새로운 세상을 보여주었다.

"너 정말로 노트북을 본 적이 없니?"

어린 소년은 하마터면 내면의 분노가 터져나올 것 같았지만 그런 표정을 짓지 않으려고 애썼다.

그 아이의 머리는 믿을 수 없을 정도로 좋아.

놀랍지 않아? 그런 환경에서 자랐는데, 그렇게 잘하다니.

아니, 내 말은 그게 아니고, 그 애는 베토벤 같아. 피아노를 본 순간 어떻게 쳐야 하는지 알았던 베토벤 말이야.

뭐라고?

다른 사람들과 달리 베토벤은 그냥 피아노에 앉아서 연주를 시작했어. 그 애도 보자마자 어떻게 해야 하는지 알더라고.

무슨 뜻이야, 닐스?

그 아이는 이전에 컴퓨터를 본 적이 없대. 그런데 컴퓨터 앞에 앉는 순간 본능적으로 어떻게 하는지 아는 것 같았어.

그 애가 잘한다니 다행이야.

아니, 너는 모를 거야. 그 애는 정말 특별해.

2년이 흘렀다. 소년은 온갖 맛의 사탕에 익숙해졌다. 여러 아이들이 들어오고 나갔지만 소년은 그들과 있는 것을 즐겼다. 죽음은, 돌아올 준비가 될 때까지 엄마를 돌봐주고 있는 중요한 존재임에 틀림없었다. 그러는 사이 소년에게는 이곳이 집처럼 느껴지기 시작했다. 엄마와 함께 살던 때와 같지는 않지만 그래도 괜찮았다. 벽 뒤에서 들려오는 목소리는 이제 소년에 대해 좋은 말뿐이었다. 아이들은 운동장에서 소년과 축구나 정글짐 오르기 하는 것을 즐거워했다. 소년은 죽음이 엄마와의 관계를 끝낼 때까지 이곳에서 기다리는 게 만족스러웠다. 밤에도 잠을 잘 잤다. 아침에 일어나면 언제나 행복감을 느꼈다.

어느 날 차 한 대가 집 밖 마당으로 들어오고, 소년을 돌봐주던 한 여인이 그에게 다가오기 전까지는 그랬다.

"넌 어떤 사람을 만나게 될 거야."

"네?" 소년이 웃는 얼굴로 되물었다.

"넌 새로운 집으로 가게 될 거야."

소년은 그 말뜻을 이해하려고 애썼다.

"안녕." 낯선 차에서 내린 금발의 여인이 인사했다.

"안녕하세요." 소년은 배운 대로 손을 내밀고 목례를 했다.

"내 이름은 헬레네란다." 웃음을 가득 머금은 여인이 말했다. "헬레네 에릭센."

"안으로 들어가서 서로 인사 나누죠?" 소년을 돌봐주었던 여인이 나섰다.

그들이 안으로 들어가자 테이블 위 접시에 바삭한 롤빵과 소년이 마실 붉은색 스쿼시가 차려져 있었다.

낯선 여인이 진지한 표정을 지으며 소년의 어깨에 손을 얹었다. "네가 이제 우리 가족이 된다니 기쁘구나."

소년은 어떤 일이 일어나게 될지 몰랐다. 그저 내면의 뭔가가 화가 나서 이빨을 드러냈다. 하지만 바깥세상에 보여주도록 배운 표정으로 그녀를 보며 애써 웃음을 지었다.

59장

미아 크뤼거는 커피잔을 테이블에 가지고 온 다음 신문을 집어들었다. 신문을 넘겨 기사를 보자 절망감이 밀려왔다. 미아는 뭔가 긍정적인 생각을 하려고 애썼다. 코르타도 커피의 맛. 첫 시도로 노다지를 캤다는 사실. 미아는 다른 부서에 도움을 청하는 게 내키지 않았지만 크리포스(국립범죄수사국에 속한 노르웨이 특수경찰)에서 파견된 수사관은 의욕이 넘쳤다.

단서도 못 찾은 경찰.

누가 카밀라 그린을 죽였나?

미아는 신문을 넘길 때마다 이것이 일종의 전투 같다는 느낌이 들었다. 경찰 대 살인범. 유치했다. 첫째, 경찰이 즉시 살인범을 잡지 못하면 그들은 비난을 받았다. 둘째, 어쩌면 그녀가 가장 싫어하는 것일 수도 있었는데, 범인들에 대한 언론의 과찬이었다. 범죄가 얼마나 잔인하든 그들에게는 신문 지면이 끊임없이 할애되었다. 미아는 커피를 한 모금 마시고 나서 뭉크의 말에 일리가 있을지도 모른다는 생각을 했다. 뭉크는 기자를 무시했다. 미아도 그들을 정말로, 결코 신경 쓰지 않았다. 심지어 마르쿠스 스코크에게 총을 쏘고 마요르스투엔의 호텔에 숨어지낼 수밖에 없던 시절 기자들에게 끊임없이 추적을 당했을 때도 그랬다. 멍청이들. 그들은 자신들이 문제의 일부라는 사실을 정말 모르는 걸까? 15분의 명성을 위해 무슨 짓이든 하는 사람들이 널려있다는 사실을?

그저 자기 이름을 신문에 싣기 위해, 존 레논을 총으로 쏜 마크 채프먼. 여배우 조디 포스터의 관심을 끌려고 도널드 레이건을 총격했던 존 힝클리. 기자들은 정말로 최근의 역사를 모른단 말인가? 그들은 자신들이 무슨 짓을 했는지 모르는 것일까?

의식을 가장한 살인사건 미제로 남을까.

뒤통수 맞은 경찰.

미아는 헤드라인을 읽지 않으려고 했지만 그것은 불가능했다. 자신은 신문을 내려놓았지만 주변 사람들은 여전히 신문을 들고 있었다. 언론이 진실을 말해준다는 변함없는 믿음을 가지고 점심을 먹으러 나가는 평범한 사람들.

전에 한 번도 만난 적이 없지만 미아가 그를 알아보는 것은 어렵지 않았다. 문으로 들어와 두리번거리며 미아를 찾는 모습이 마치 가슴에 이름표를 단 것 같았다.

크리포스.

사이버범죄 수사반.

수트 입은 남자는 미아를 보자 목례를 한 뒤 그녀의 테이블로 곧장 걸어와 악수를 나누었다. "로베르트 라르센이라고 합니다." 그가 자신을 소개한 뒤 의자에 앉았다.

"미아 크뤼거예요."

"드디어 만나뵙게 되는군요." 남자가 미소를 지었다. "오늘 연락을 받고 얼마나 기뻤는지 모릅니다."

"왜요?"

"크리스티안 카를센 때문에요." 라르센이 다시 살짝 웃었다.

"스컹크 말인가요?"

"맞습니다. 스컹크." 크리포스 수사관은 웨이터를 불러 자신도 같은 것을 달라는 듯 미아의 술잔을 가리켰다. 이윽고 그가 서류가방에서 파일을 꺼내 미아 앞에 내려놓으며 말했다. "당신의 전화를 받고 놀랐다는 것을 인정하지 않을 수 없군요. 한동안 그 녀석이 우리 레이더에 잡혔었는데 이렇게 심각한 일인지 몰랐습니다."

"무슨 말이에요?"

"살인사건요." 라르센이 설명했다. "우리도 그 녀석 때문에 바빴는데 이런 쪽으로는 전혀 생각하지 못했습니다."

"제가 전화로 말씀드린 것처럼 우리는 아직 잘 몰라요." 미아가 말했다. "다만 확인해볼 필요가 있다고 생각했을 뿐이에요."

"압니다." 크리포스 수사관이 웃으면서 미아에게 눈을 찡긋했다. "일급비밀이죠, 그렇죠?"

미아는 상대방이 별로 마음에 들지 않았지만 내색하지 않기로 했다. "당신이 알고 있는 게 뭐죠?"

"본명은 크리스티안 카를센." 라르센이 헛기침을 하며 앞에 놓인 파일을 펼쳤다. "블랙 해커. 그런 용어에 익숙하시죠?"

미아가 고개를 끄덕였다. 스컹크가 그 용어를 쓴 후 검색을 했었다. 해커에는 다양한 유형이 있었다. 미아는 가브리엘이 화이트 해커라고 믿었다. 선량한 해커.

"어나니머스에 대해 들어본 적 있으시죠? 룰즈섹은?"

"어나니머스는 들어봤어요." 미아가 대답했다.

"그들은 요즘 제법 유명인사가 되었죠." 라르센이 설명했다. 그때 웨이터가 커피를 가져왔다. "그들은 4chan/b/(인터넷 상에서 가장 트래픽 규모가 큰 화상형 커뮤니티 사이트—옮긴이)라는 사이트에서 유래됐어요. 거기에 대해선 들어본 적 있으시죠?"

"아니, 전혀요." 미아는 이게 그를 상대하는 가장 좋은 방법이라고 생각하며 피식 웃었다. 가브리엘이 어느 정도 설명해주었지만 무지한 척하기. 상대방은 과시하는 것을 좋아하는 사람처럼 보였고, 미아의 관심은 오로지 테이블에 놓인 서류철 안의 내용이었다.

"자세히 설명할까요, 아니면 간단히 할까요?" 라르센이 물었다.

"간단히 해주세요."

"좋아요. 4chan이라는 웹사이트는 얼치기들이 우글거리는 곳이에요. 일종의 부적응자들. 자기 같은 부류가 얼마나 많은지 깨닫기 전까지는 완전히 빠져서 드나들죠." 라르센이 커피를 마셨다.

"그렇군요." 미아가 대꾸했다.

"네. 그렇지만 지금 제가 말하는 아이들은 거기에 들어가지 않습니다. 그들은 이제 힘을 가졌죠. 문제는 이들이 기껏해야 14~15세라는 겁니다. 그런 애들이 원하면 사회도 마비시킬 수 있죠."

"어떻게요?"

"항공, 교통, 가로등, 은행, 상하수도 시설까지 지금은 모든 게 전산화되어 있죠. 그런 게 기사화되지도 않을 정도로. 이해하세요?"

"아, 네." 미아가 고개를 끄덕였다.

"D도스."

"뭐요?"

수트 입은 남자가 웃었다. "디도스 공격, 그게 뭔지 아세요?"

"아뇨."

크리포스의 실력자가 다시 싱긋 웃었다. 그는 자신의 지식을 늘어놓게 되어 무척이나 즐거운 듯 보였다. "기본적으로 수많은 해커들이 웹사이트에 한꺼번에 접속해서 엄청난 과부하를 일으키는 것을 말합니다. 그 결과 컴퓨터가 그것을 처리하지 못해 멈춰버리게 되죠. 그들은 주로 거대 기업을 공격하는데, 그럴 경우 기업은 불가피하게 웹사이트를 일시적으로 폐쇄할 수밖에 없죠."

"알겠어요." 미아가 대답하고 앞에 놓인 서류철을 흘끔 보았다. "그런데 그게 스컹크와 무슨 상관이 있죠?"

"우리는 크리스티안 카를센이 노르웨이에서 이런 공격의 배후에 있는 중요한 주동자라고 믿고 있어요. FBI에서도 우리 측에 그가 이런 일로 처벌을 받았는지 확인한 적이 있죠."

"확실한 증거를 갖고 있나요?"

"뭐에 대해서요?"

"스컹크가 여기에 연루됐다는 거?"

"우리는 거의 100퍼센트 확신합니다." 라르센이 대답했다.

"그건 아닐 수도 있다는 의미네요."

"아뇨. 우리는 단지 때를 보고 있을 뿐이죠."

"무슨 뜻이죠?"

"당신이 알아야 할 점은 이 해커들이 은신하는 데 대단한 재주를 지녔다는 겁니다. 내 말은 온라인에서요."

"그럼 그가 어디에 사는지 아세요?"

"현실에서요?"

"네."

"물론이죠. 우리는 오랫동안 그를 감시해왔죠."

"스컹크가 어디에 살고 있는지 아신다고요?"

"그걸 모른다면 업무 능력이 형편없다는 뜻이겠죠, 그렇죠?"

"혹시 제가 알 수…?"

미아가 말을 마치기도 전에 라르센이 서류철에서 종이를 꺼내 그녀 앞에 내밀었다.

"그가 사는 곳인가요?" 미아가 믿기지 않는 얼굴로 앞에 놓인 종이를 바라보았다.

수트 입은 남자가 고개를 끄덕였다. "당신은 나한테 빚을 졌어요." 라르센이 커피잔을 입에 가져가며 다시 미아에게 윙크했다.

"물론이죠." 미아는 억지 미소를 지었다. "고마워요."

"그럼 계속해서 새로운 정보를 알려주실 거죠?"

"그럼요. 다시 한 번 고마워요." 미아는 커피를 단숨에 마셨다. 그리고 재빠르게 카페를 나와 뭉크에게 전화를 걸었다.

60장

미리암 뭉크는 뒷자리에 마리온을 태우고 가르데모엔 공항에서 돌아오는 길이었다. 그녀는 거짓말을 했다는 사실에 죄책감을 느꼈지만 그런 감정은 예상보다 빨리 사라졌다. 주된 이유는 공항에 늦게 도착했기 때문이었다. 요하네스는 실제로 검색대를 뛰어서 통과해야 했고, 그 바람에 작별인사를 길게 나눌 시간이 없었다.

"상어한테 잡아먹히지 마." 마리온이 아빠를 껴안으며 말했다.

"약속할게." 요하네스는 미소를 지으며 미리암에게 재빨리 키스를 했다.

모녀는 그에게 손을 흔들었고 마리온은 아빠가 떠나자 약간 울적한 듯했다. 하지만 차를 타고 가는 지금은 회복된 상태였다. 무엇보다 미리암이 자신만의 규칙을 깨고 어린 딸에게 아이패드로 영화를 볼 수 있게 허락해주었기 때문이었다.

미리암에게는 아직도 마음을 바꿀 시간이 있었다. 지기를 다시 만나지 않아도 되고, 내일 밤 습격에서 빠질 수도 있었다. 하지만 그녀는 선택을 했고 너무 늦었다는 것을 알았다. 요하네스에게는 말하지 않았다. 남편의 여행을 망치고 싶지 않았다. 하지만 그가 돌아오면 말하리라 마음먹었다.

그러면 여러 모로 안심이 될 것 같았다. 더 이상 몰래몰래 다니지 않아도 되는 떳떳함. 미리암은 백미러를 흘깃 보았다. 스크린의 무언가를 보며 깔깔 웃는 딸에게 또 다른 죄책감을 느꼈지만 애써 무시했다.

마리온은 괜찮을 거야.

미리암은 그 점을 확신했다.

"나 할머니 집으로 가는 거야?" 뢰아에 위치한 흰색 집 밖에 차를 세우자 어린 딸이 물었다.

"응." 미리암이 고개를 끄덕인 뒤 차에서 내려 엄마에게 손을 흔들었다. 그녀는 그들을 맞으려고 벌써 계단에 나와있었다.

"야호!" 마리온은 환호성을 지르며 안전벨트를 뺄 때까지 가만히 있지 못했다.

"요하네스는 잘 갔니?" 마리안네 뭉크가 미리암에게서 손녀의 짐가방을 건네받으며 물었다.

"네, 조금 늦게 출발했지만 제시간에 공항에 도착했어요."

"할머니, 나 TV 봐도 돼요?" 마리온이 대답도 기다리지도 않고 곧장 집 안으로 뛰어가면서 말했다.

"수요일까지지?" 마리안네가 미리암을 보며 물었다.

"네, 괜찮으시죠?"

"그럼, 괜찮지. 네가 줄리를 도울 수 있어서 기쁘기만 한걸." 엄마의 말에 미리암은 다시 죄책감을 느꼈지만 거짓말을 하는 것만이 유일한 방법이었다. 미리암은 엄마에게 자신이 무엇을 하고 다니는지 털어놓지 않았다.

불법 습격,

아무한테도 말하면 안 돼요.

어느 정도는 하얀 거짓말이었다.

"그건 그렇고 줄리는 괜찮니? 줄리를 본 지도 오래됐구나."

"네. 그 애가 어떤지 아실 거예요. 엄청나게 예민해졌어요. 남자 문제 때문에요. 그래도 시간이 지나면 괜찮아질 거예요."

"그래, 알아. 쉽지 않겠지만 네가 있어서 다행이구나." 마리안네가 딸의 뺨을 가볍게 두드렸다. "엄마한테 작별인사 안 할래?" 할머니가 복도를 향해 소리치자 마리온이 달려나와 엄마를 재빨리 포옹했다.

"수요일에 데리러 올게." 미리암이 웃으면서 차로 돌아갔다.

"줄리한테 안부 전해다오." 마리안네는 손을 흔들고 돌아서서 흰색 집 안으로 들어갔다.

61장

조사실 창문 뒤에 뭉크와 나란히 서있는 동안 미아 크뤼거는 자신이 엄청난 실수를 저질렀다는 끔찍한 감정에 사로잡혔다. 검은 머리에 흰 줄이 난 젊은 해커는 미동도 없이 앉아있었다. 해커가 그들을 쳐다보았다. 비록 그들을 볼 수는 없지만 거기에 서있다는 사실은 알고 있었다. 경찰에 출석한 지 24시간이 넘었지만 그는 지금까지 한 마디도 하지 않고 이렇게 앉아만 있었다.

"아직도 말 안 해요?" 아네트 골리가 그들에게 끼어들며 물었다.

"그래요." 미아가 한숨을 내쉬었다.

"계속 똑같은 말만 해요?"

"응. 계속해서 똑같은 말만." 뭉크가 수염을 긁적이며 말했다.

"여전히 변호사를 선임하지 않겠대요?"

"변호사는 필요없대요." 미아는 자신들 쪽에 시선을 고정시킨 채 꼼짝도 않고 있는 젊은 남자를 돌아다보며 대답했다.

"음, 그의 말이 옳았어요." 골리가 말하며 의자에 앉았다.

"컴퓨터에서 아무것도 나오지 않았어?" 뭉크가 물었다.

"네." 아네트가 말했다. "우리 기술자한테 물어봤는데 아무것도 찾지 못했대요. 그가 감탄을 금치 못하더라고요."

"어떤 의미에서요?" 미아가 물었다.

"컴퓨터에 아무것도 없더래요." 골리가 두 손바닥을 내보였다.

"뭔가 있을 텐데?" 뭉크가 고집스럽게 물었다.

"아뇨. 전부 지웠어요. 완전히 텅 비었어요."

"무슨 뜻이에요?"

"컴퓨터에 *아무것도 없대요*. 그렇다고 혐의를 둘 만한 점이 없다는 뜻은 아니고, 그냥 깨끗했대요."

"이상하군." 뭉크가 중얼거렸다.

"그래서 실례를 무릅쓰고 가브리엘한테 어떻게 그게 가능한지 물어봤어요. 실례가 아니었으면 좋을 텐데. 가브리엘 기분이 별로 좋아 보이지 않더라고요. 무슨 일이 있었어요?"

"내 잘못이에요." 미아가 말했다. "내가 그에게 심하게 했어요. 사과했는데 어서 지나갔으면 좋겠어요."

"그랬군요." 아네트가 고개를 끄덕였다. "가브리엘이 스컹크와 아는 사이라고 그를 의심했군요. 하지만 가브리엘은 친구가 어디에 사는지도 몰랐다던데. 미아, 당신이 말하는 게 그거죠?"

미아는 빈정거리는 듯한 아네트의 말을 무시했다. 그녀의 머릿속은 다른 생각들로 꽉 차있었다. "내가 가브리엘한테 용서를 구할 거예요. 그리고 말했지만, 이미 사과했어요."

"그래야죠." 아네트가 말하고 한숨을 내쉬었다. "그건 별로 설득력이 없어요, 그렇지 않아요?" 이윽고 아네트가 뭉크를 바라다보며 짜증스럽게 물었다. "그리고 뭐죠? 도대체 저 사람 왜 아직 여기에 있는 거예요?" 아네트가 젊은 해커를 향해 고갯짓을 했다.

그는 여전히 미동도 없이 앉아있었다.

"저 친구가 우리한테 동영상을 갖다 줬어." 뭉크가 말했다.

"우리를 도와주려고요?"

"아마도." 뭉크가 주춤거렸다. "그런데…."

"참, 가브리엘이 뭐라고 해요?" 미아가 끼어들었다.

"뭐가요?"

"스컹크의 집에서 찾아낸 컴퓨터에 아무것도 없는 것에 대해."

"내가 물어본 다른 기술자들과 똑같은 반응을 보였어요." 아네트가 덧붙였다. "감탄하더군요."

"누가 나한테 어떻게 되어가고 있는지 설명해줄 사람?" 뭉크가 그들을 돌아보며 물었다. "나도 내 세대가 다르다는 거 알아. 게다가 이런 문제에 대해 늘 누군가 나에게 숟가락으로 떠먹여줘야 한다는 사실, 미안하게 생각한다고. 도대체 왜 저 친구의 컴퓨터에 아무것도 없는 거야? 왜 IT 쪽 녀석들은 그걸 감탄하는 거지?"

뚱보 수사관은 두 사람을 번갈아 바라보았다. 두 사람의 대화를 한 마디도 알아듣지 못하는 게 분명했다.

"그들이 컴퓨터에 도통한 괴짜들이기 때문에 감탄하는 거예요." 미아가 창문에서 눈을 떼지 못한 채 말했다. "스컹크는 틀림없이 대비를 했어요. 가령 우리든 다른 누군가가 자신의 벙커를 습격할 경우 모든 것이 삭제되도록 시스템을 구축해놓은 거예요."

"그래서 감탄한다⋯?" 뭉크가 여전히 어리둥절해서 물었다.

"왜냐하면 그게 쉽지 않기 때문이에요." 아네트가 설명했다.

"좋아." 뭉크가 다시 물었다. "그래서 우리가 알아낸 게 뭐지? 다음은 뭐야?"

"아무것도 없어요." 아네트가 대답했다. "우리가 알고 있는 것은 모두 추측일 뿐이에요." 아네트는 이제 다소 불안하게 미아를 바라보았다. "저 해커가 우리한테 동영상을 갖다줬다는 사실도요."

"그게 무슨 뜻이야?" 뭉크가 펄쩍 뛰며 물었다.

"무슨 뜻이냐고요?" 아트네 골리가 되물었다.

"그럼 저 해커를 얼마나 붙잡아둘 수 있는 거지? 이제 어떻게 해야 하지?"

"그는 자신의 권리를 아는 게 틀림없어요." 아네트가 젊은 해커를 힐끗 쳐다보며 한숨을 내쉬었다. "저 해커가 자기 이름과 출생년도, 그리고 주소만 말했다고요?"

"그것도 여러 번."

"알다시피 법적으로 그에게 요구할 수 있는 것은 그것뿐이에요." 경찰 변호사인 아네트 골리가 계속했다. "저 해커는 우리의 처지를 꿰뚫고 있어요. 네 시간 후면 우리는 그를 기소해야 해요. 그러고 나서 24시간 내에 재판을 받아 구류 처분을 내리도록⋯."

"우리도 어떻게 해야 하는지 알고 있어요." 미아가 다소 성급하게 아네트의 말을 가로막았다.

"일요일에 그를 체포했을 때," 아네트가 미아를 무시하며 말을 이었다. "그날은 평일이 아니었어요. 우리가 그를 기소했다면 더 오래 붙들어둘 수 있었을 텐데, 어제 그러지 못했어요. 그를 기소해야만 우리에게 도움이 되는데, 그런데 제가 확인한 바에 의하면 그의 행위는 범죄가 아니에요. 그러니까 우린 법을 위반하고 있는 거예요. 지금 이 순간에도."

아네트는 자신의 요점을 강조하기 위해 손목을 톡톡 쳤다. 미아는 더욱 초조해졌지만 골리의 말이 옳다는 점을 잘 알았다.

"그럼 우리는 그를 기소할 수 없는 건가?"

"그를 구속할 근거가 우리에겐 없어요." 아네트가 대답했다.

"지금 법의 정의 실현을 방해하는 거예요?" 미아가 슬쩍 물었다.

"뭐가요?"

"저 남자는 올레발스바이엔의 중고서점 서버에서 동영상을 발견했다고 했어요. 그런데 그뢴리에가 확인해보니 그런 곳은 존재하지 않았어요."

"용의자가 언제 그런 거짓 진술을 했죠?" 골리가 변호사다운 목소리로 물었다.

"이미 알잖아요, 술집에서." 미아가 대답했다.

"그렇다면 용의자가 그 말을 했을 때 술에 취한 상태였다는 거죠? 그가 경찰에게 진술을 했을 때 경찰 또한 알코올의 영향을 받은 상태였다는 거고요? 그것도 변호사가 입회하지 않은 상태에서? 난 그 점을 지적하고 싶은 거예요. 존경하는 재판장님, 피의자는 술을 좋아하지 않는 사람이고 평소에도 술을 마시지 않습니다. 그날 밤, 제 의뢰인은…."

"알았어, 알았어." 뭉크가 두 손을 들며 중재했다.

"우리에겐 아무것도 없어요." 골리가 되풀이해서 확인시켰다.

"뭐라고 했죠?" 미아가 불쑥 끼어들었다.

"우리는 무엇으로도 스컹크를 기소할 수 없다고요." 아네트가 다시 강조했다.

"아니, 그것 말고. 저 남자가 술을 마시지 않는다는 걸 당신이 어떻게 알았냐고요?"

"가브리엘이 말해줬어요."

"그런데 왜…," 미아가 젊은 해커를 노려보았다. "저 사람은 뭔지 모르지만 기분이 좋지 않았어요." 미아가 중얼거렸다.

"뭐라고?" 뭉크가 호기심을 보였다.

"만약 술을 마시지 않는다면, 왜 그날 밤은 마셨을까요? 왜 나를 추적했을까요? 저 해커는 죄책감에 시달리는 게 분명해요."

"당장 풀어줘야 해요." 경찰 변호사가 그들을 재촉했다. "이건 말도 안 돼요. 저 청년은 미아의 *직감* 때문에 지금 여기 붙들려 있는 거예요. 미아, 당신이 얼마나 뛰어난 수사관인지 잘 알아요. 하지만 보세요, 반장님? 그를 붙잡아두는 것은 불법이에요. 만약 그가 우리를 고소하려고 마음먹는다면 충분히 가능해요."

"크리포스 측은 뭐라고 해?" 뭉크가 아네트에게 물었다.

"그들에게도 근거가 없어요." 아네트가 한숨을 내쉬었다. "그들의 리스트에는 올라있지만, 그뿐이에요. 만약 그들이 어떤 이유로든 저 청년을 체포할 수 있었다면 진작 그랬을 거예요."

"확실해요? 평소에 술을 마시지 않는다는 것?" 미아는 아네트와 시선을 맞추지 않고 물었다.

"가브리엘이 그렇게 말했어요. 왜 그가 거짓말을 하겠어요?" 그녀가 다시 뭉크를 보며 두 손바닥을 내보였다. "저 청년은 자기가 발견한 동영상을 가지고 우리를 찾아왔어요. 우리의 수사를 도왔다고요. 그런데 오랫동안 저렇게 붙들려 있어요. 다시 말하지만 우리에겐 그를 기소할 근거가 없어요. 크리포스도 그를 어쩌지 못했어요. 저 청년은 결백해요."

"5분만 시간을 줘요." 미아가 말했다.

"반장님? 우리에겐 그럴 만한 근거가…."

미아는 아네트의 말을 끝까지 듣지 못했다. 그녀는 곧장 문을 열고 조사실로 들어갔다. 스컹크는 무릎에 두 손을 얹고 처음 여기에 왔을 때처럼 등을 꼿꼿이 세우고 앉아있었다.

"반가워요." 미아가 그의 맞은편 의자에 앉으며 인사했다.

스컹크가 미아를 노려보았다. "녹음기를 켜지 않나요? 현재 시각 18시 5분, 조사 시작됨. 안에 있는 사람은 미아 크뤼거…."

"아뇨." 미아가 두 손으로 머리를 감쌌다.

"내 이름은 크리스티안 카를센." 젊은 해커가 반복해서 말했다. "1989년 4월 5일 출생. 현재 주소는…."

"스컹크, 그건 우리한테 이미 말했어요. 당신은 지금이 어떤 상황인지, 당신의 권리는 무엇인지 등등을 다 알고 있어요." 미아가 의자에 등을 기대며 그를 똑바로 쳐다보았다.

검은 머리에 흰 줄이 난 해커가 그녀와 시선을 마주쳤다. 그러나 여전히 미동도 하지 않았다.

"내 말 좀 들어봐요…."

"내 이름은 크리스티안 카를센…." 그가 다시 시작했다. 하지만 미아가 그의 말을 가로막았다.

"좋아요, 스컹크. 내가 실수했어요. 내가 잘못했다고요."

해커는 여전히 꼼짝하지 않았다. 미아는 뭔가 짚일 듯했지만 그게 무엇인지 선명하게 보이지 않았다.

그가 미아를 찾아왔다.

술집 로리에서 미아를 찾아냈다.

그는 술을 마신 상태였다. 평소에는 술을 마시지 않는데도.

"당신이 녹음기를 켜지 않는 한 그 말은 인정되지 않아요." 스컹크가 말했다. "옆방에 있는 사람들이 녹음하지 않는 한 그 말은 소용없다고요. 내가 아는 한 조사받는 사람이…."

"알았어요, 스컹크." 미아가 손을 머리에 얹으며 다시 그의 말을 가로막았다. "우린 당신을 기소하지 않을 거예요. 당신을 기소할 근거가 없어요. 저기 있는 내 동료의 말에 의하면," 그녀가 창문을 손짓했다. "당신은 영웅이에요. 당신은 우리의 수사를 도와주었고 당신이 아니면 절대 알 수 없는 정보를 주었어요. 알았어요?"

앞에 앉은 젊은 남자는 여전히 미동도 하지 않았지만 더 이상 미아를 노려보지 않았다.

"내가 잘못했어요. 됐어요, 스컹크? 이 정도로 하면 되죠?"

"내 이름은 크리스티안 카를센…."

미아가 다시 말을 가로챘다. "난 이미 잘못했다고 말했어요. 미안해요, 알았어요? 가끔, 꽤 자주 이게 잘 듣지 않아요." 미아가 손가락으로 관자놀이를 톡톡 치며 희미하게 웃었다. "오늘 난 벌써 내가 좋아하는 젊은이, 정말로 헌신적으로 열심히 일하는 동료에게 쓰레기 같은 기분이 들게 했어요. 그래요, 다시 말할 게요. 내가 잘못했어요. 난 그저⋯." 미아가 다시 말을 멈추었다.

"녹음기를 켜세요." 스컹크가 말했다.

"난 줄곧 이 문제만 생각했어요." 미아가 계속했다. "당신은 아무 말 하지 않아도 돼요. 그저 내가 여기에 있게 해줘요. 괜찮죠?"

스컹크가 여전히 근육 하나 움직이지 않고 미아를 쳐다보았다.

"이건 내 생활이에요. 알아요? 그러니 당신에게 조금 말해도 되겠죠?" 미아가 숨을 돌리며 계속했다. "숲속에서 알몸의 소녀가 발견됐어요. 소녀는 살해되었죠. 누군가에게 목 졸려 죽었어요. 누군가 그녀의 시신을 새 깃털 위에 놓았어요. 촛불을 펜타그램 모양으로 켜놓고. 아직 어린 여자예요. 이해하겠어요, 스컹크? 이게 내 생활이에요. 내 직업이라고요. 그녀처럼 예쁘고 어린 여자애를 자기 멋대로 유린해놓고도 그냥 넘어갈 수 있다고 생각하는 나쁜 놈을 처벌받게 하는 것. 아침에 일어나서 밤에 자러 가는 순간까지 내가 생각하는 게 바로 그거라고요. 이해하겠어요?"

미아는 등 뒤 벽 너머에서 뭉크가 어떤 생각을 하고 있는지 들리는 것만 같았다. 아무 때라도 뭉크가 개입해주면 좋겠다고 내심 바랐지만 더 이상 상관하지 않기로 했다. 설령 자신들이 무엇으로도 스컹크를 기소할 수 없다고 해도, 설령 법이 그의 편이고 그에게 털어놓지 못하는 무언가가 있다고 해도.

미아는 다시 젊은 해커를 바라보았다. 지난 20시간 동안 굳어 있던 그의 얼굴 표정이 누그러졌다.

"녹음기를 켜세요. 만약⋯." 스컹크가 말끝을 흐렸다.

"좋아요." 미아가 그의 말을 무시하고 계속했다. "난 당신이 그랬을 거라고 생각하지 않아요. 우리는 무엇으로도 당신을 기소할 수 없어요. IT 업계 사람들은 당신을 대단하게 생각하더군요. 전문가들이 어떻게든 들여다보려고 노력했지만 당신은 컴퓨터를 깨끗이 지웠더군요. 나는 거기에 대해 신경 쓰지 않아요. 축하해요. 당신은 세계에서 가장 뛰어난 해커예요. 아니 당신이 무엇이 되고 싶든, 난 정말로 신경 쓰지 않아요."

앞에 앉은 젊은 해커는 여전히 반응이 없었다.

"이게 내 생각이에요." 미아가 계속했다. "당신은 이 사건과 전혀 관계 없어요. 당신은 누군가를 이렇게 해치는 짓은 결코 하지 않을 사람이에요. 당연히 그럴 거예요."

스컹크는 여전히 말이 없었다.

"하지만," 미아가 숨을 돌린 뒤 말했다. "나는 당신이 뭔가에 대해 죄책감을 갖고 있다고 생각해요. 당신이 나를 찾아온 이유도 그 때문이에요. 난 로리에서 왜 당신이 그렇게 술에 취했는지 궁금했어요. 그리고 이제야 당신이 평소에 술을 마시지 않는다는 사실을 알게 되었죠. 따라서 이렇게 추리하는 거예요."

앞에 앉은 해커는 여전히 침묵했지만 눈빛은 바뀌었다.

"그래서 당신이 나를 찾아온 거예요." 미아가 계속했다. "처음에는 당신이 어떻게 나를 찾았는지 이해할 수가 없었는데, 그게 얼마나 간단한 일인지 깨달았어요. 우리 팀원은 모두 GPS가 설치된 휴대전화를 갖고 있어요. 그거였어요. 당신이 우리의 시스템을 해킹

하고 우리를 추적하는 건 식은죽 먹기죠. 그런데 당신은, 나에게 말하고 싶은 중요한 뭔가가 있던 그 순간, 당신은 왜 그렇게 정신이 혼미해지도록 술을 마셨을까요?"

젊은 해커는 침묵을 지켰다.

"내 생각은 이래요." 미아가 말을 이었다. "당신은 이 동영상을 발견했고 우리가 그랬던 것처럼 당신 마음도 매우 불편했어요. 그런데 그때…."

미아가 말을 멈추고 스컹크를 쳐다보았다. 이제 그의 눈빛이 많이 부드러워졌다.

"그런데 그때 자신이 어떤 식으로든 연루되었음을 깨달았어요. 당신이 공범이라는 말이 아니에요. 또 당신이 돈을 받고 범죄에 이용된 무언가를 만들었다는 것도 아니에요. 그것들을 도대체 뭐라고 부르는지, 또는 그 차이가 무엇인지 나는 잘 몰라요. 자바스크립트, 플래시 프로그래밍 그런 거요. 난 내 이메일도 겨우 사용하니까요. 하지만 당신은 할 수 있을 거예요, 그렇죠? 당신은 최고니까. 우리 엔지니어들도 침이 마르게 당신을 칭찬하더군요. 당신이 정말 대단하다고. 그런데 어느 날 어떤 사람들이, 당신은 그들의 이름조차 모를 거라고 생각해요, 당신에게 무엇을 만들어 달라며 돈을 주었어요. 나야 잘 모르지만, 인터넷을 통해 전 세계로 라이브피드를 전송할 수 있게 해주는 프로그램을 만들어 달라고 부탁했겠죠. 그리고 당신은 그것을 만들었어요. 그래서 당신이 술을 마신 거예요. 평생 한 번도 마시지 않은 술을. 그리고 나를 찾아왔어요. 당신은 정부기관을 증오하는 사람이에요. 자신이 경찰을 돕는

다는 것은 꿈에도 생각해보지 않았죠. 그렇지만 당신은 나를 찾아왔고 나한테 털어놓으려고 했어요. 그렇지 않아요? 당신이 익명의 의뢰인을 위해 무엇을 했는지. 당신은 돈을 받았지만, 의뢰인은 당신을 이용했어요. 그게 당신이 나를 찾아온 이유예요. 내가 비슷하게 맞췄나요, 스컹크? 당신이 나를 찾아온 이유가 그건가요?"

검은 머리에 흰줄이 난 젊은 남자는 헤아리기 힘든 눈빛으로 미아를 바라보았다.

"내 이름은 크리스티안 카를센." 스컹크가 테이블에 시선을 고정한 채 말했다. "1989년 4월 5일에 태어났고, 현재의 주소는…."

그때 등 뒤 문이 열리고 뭉크가 들어왔다. "자네는 이제 자유야. 우리는 무엇으로도 자네를 기소하지 않을 거야. 규정보다 더 오래 붙잡아둔 거 미안하네. 만약 다른 방법으로 우리를 도울 수 있다면 정말 고맙겠네. 자네는 우리를 어디에서나 찾을 수 있으니."

미아는 젊은 해커가 일어나서 문으로 걸어가는 것을 지켜보았다. 그는 방을 나서기 전 잠시 걸음을 멈추고 아주 잠깐 미아를 돌아다보았다. 미아는 그가 뭔가 말하고 싶어한다고 느꼈지만 그는 입을 다물고 그대로 떠났다.

"미아?" 뭉크가 미아를 보며 말했다. "나 좀 봐."

미아는 의자에서 천천히 일어나 조사실을 나갔다.

7부

62장

미아는 아침에 일어나자마자 차를 탔다. 묘지에 도착할 때까지 동이 트지 않고 있었다. 브리핑 회의에 참석해야 했지만 휴가를 신청했고, 뭉크는 흔쾌히 허락했다. 애초에는 단 몇 시간만 외출을 하려고 했지만 뭉크는 필요할 만큼 얼마든지 시간을 써도 좋다고 했다. 어제 미아의 태도는 너그러운 상관으로 하여금 미아의 상태가 좋지 않음을 절감하게 만들었다. 그는 미아를 업무에 복귀시키지 말았어야 한다고 생각했다.

차에서 내린 미아는 뒷자리에서 꽃다발을 꺼내 천천히 무덤으로 걸어갔다. 먼저 할머니의 무덤으로 갔다. 그 다음 부모님의 무덤. 마지막으로 가장 큰 꽃다발을 들고 언제나처럼 깊은 슬픔에 잠겨 회색 비석 앞에 섰다.

시그리 크뤼거.

여동생이며 친구이자 딸.

1979년 11월 11일에 태어나 2002년 4월 18일 사망.

10년도 더 지난 일이지만 여전히 살고 싶지 않다는 생각이 미아를 무겁게 짓눌렀다. 사람들은 슬픔의 고통이 줄어들고 사라질 거라고 말했다. 시간이 가장 큰 치료약이라고 했다. 하지만 미아는 그렇지 않았다. 퇴엔의 더러운 지하실에서 여동생의 시신을 발견한 그날처럼 지금도 동생 잃은 슬픔을 진하게 느꼈다.

서리에 시든 꽃을 치우고 비석 앞 꽃병에 새 꽃을 꽂았다. 무릎을 꿇고 앉아 나뭇가지와 낙엽을 치웠다. 살갗에 닿는 풀이 차가웠다. 겨울이 너무 일찍 찾아왔다. 이제 더 추워지리라. 그리고 더 어두워지리라. 더불어 내 생각도. 아마 내가 없으면 그들은 더 잘 해나갈지도 모른다. 어차피 결심하지 않았던가? 이 모든 것을 두고 떠나기로?

미아는 자신이 인간처럼 느껴지지 않았다. 왜 그냥 참지 못하는 것일까? 그녀의 몸과 마음은 알코올이나 알약 같은 인위적인 자극제의 힘을 빌려 돌아가고 있었다. 어젯밤에는 다시 약통을 열었고 그 조그만 흰색 친구들 덕분에 잠을 이룰 수 있었다. 미아는 스컹크를 심문한 후 몹시 지쳤다. 몸속이 날카로운 가시들로 가득했다. 아네트 골리는 고개를 절레절레 흔들며 자신을 가르치려 들었고 — *내가 보기에 당신은 정신과 의사한테 가야 할 것 같아요*— 홀거조차 뭐라고 중얼거리며 미아를 복도에 혼자 서있게 했다.

그럼 물론이지. 얼마든지 쉬어, 미아.

필요한 만큼 얼마든지 쉬어.

그래서 미아는 무너졌다. 텅 빈 아파트에서. 정상적인 인간이 되려는 노력을 포기했다. 긍정적으로 생각하고 알약 끊기. 빌어먹을,

싫어. 미아는 그 자리에서 끝내버리고 싶었지만 가지고 있는 약이 충분하지 않았다. 훌거가 예상치 않게 문을 두드렸던 그날 오후 알약의 대부분을 먹었다. 그 후에는 약을 더는 구할 명분이 없었다. 미아는 몸속의 가시가 자신을 해치지 못하게 발버둥쳤다. 발코니에 웅크리고 앉아 담요를 덮고 눈앞에 춤추는 도시의 불빛이 나중에는 흐릿해져서 꿈을 꾸고 있는 건지 아닌지 모르게 될 때까지 바라보았다. 그러다 담요를 뒤집어쓴 채 얼어서 빨개진 얼굴로 비틀거리며 집 안으로 들어와 마지막으로 이런 생각을 했다.

나 갈게, 시그리.

그러나 미아는 어둡고 외로운 방에서 잠을 깼고, 더 이상 그곳을 견딜 수가 없었다. 더 이상 외롭고 싶지 않았다. 그들과 함께 있고 싶었다. 그녀가 있어야 할 곳은 여기였다.

미아는 몸을 일으켜 앞에 있는 무덤을 바라보았다. 동생 옆자리에 누우리라. 희미하게 미소가 떠올랐다. 전에는 하지 않았던 그런 생각이 위안이 되었다. 부모님도 당연히 같은 묘지에 누워있어야 하리라. 나는 얼마나 멍청했던가. 진작 시그리 옆에 누워야 했다. 당연히 그래야 했다.

시그리와 미아 크뤼거.

백설공주와 잠자는 숲속의 공주.

1979년 11월 11일 출생.

영원히 함께 잠들다.

"지금 무슨 약물을 복용하고 있죠?" 정신과 의사 마티아스 왕. 그것은 미아가 대답하고 싶지 않은 많은 질문 중 하나였다. "기분을 호전시키는 데 도움이 될 만한 새로운 약이 있는데, 그 약 먹어보는 건 어때요?"

미아는 기분을 호전시키는 데 별 관심이 없었다. 그들은 왜 이해하지 못할까? 왜 그렇게 이해해주지 못할까? 미아는 사라지고 싶었다. 그것이 미아의 목표였다. 세상을 등지겠다는 마음의 결정은 벌써 내린 터였다. 완벽한 장소도 알아두었다. 히트라. 하늘이 끝없이 펼쳐진 듯 바다에 떠있는 섬. 그때 뭉크가 나타났고 미아를 이리로 데리고 왔다. 그리고 미아는 그 사건을 해결했다. 하지만 미아는 여전히 자유롭지 못했다. 정직을 당했음에도 동료들이 자신의 새로운 가족이라는 믿음에 매달렸다. 직장에 복귀할 수만 있다면 모든 것이 잘될 줄 알았다. 하지만 그렇지 않았다.

이제 명백해졌다, 그렇지 않은가?

자신뿐만 아니라 다른 사람들에게도 그랬다. 아네트가 자신을 바라보던 시선. 필요한 만큼 쉬라고 말하던 뭉크의 시선.

미아는 털모자를 귀까지 잡아당겨 내려쓰고 오랫동안 맛보지 못한 평온한 마음으로 무덤 앞에 섰다.

어서와 미아, 어서 와.

집. 일종의 집. 서리 앉은 비석을 보며 서있는 지금, 미아에게는 그런 사실이 더 명확해졌다. 그만 끝내자. 애써 노력했지만 지금 분명한 것은 스스로 더 이상 그 직업을 감당할 수 없다는 사실이었다. 자신은 감각을 잃어버렸다. 남을 돕는 능력. 병든 사람들의 마음속으로 들어가는 능력. 자신은 정직을 당했다. 매일 밤 차가운 도시의 추운 아파트에서 고통을 겪었다. 자신은 더 이상 필요없었다. 그들은 나 없이도 잘 해낼 것이다.

필요한 만큼 쉬어.

그들이 나를 아쉬워할까? 아마도 그럴 것이다. 하지만 그래서 어쩌라고? 그게 무슨 소용이 있다고? 이 사건을 해결하는 데 도움이 된다고? 새로운 사건은 언제나 있을 것이다. 그들은 자기들을 도와달라고 평화로운 히트라에서 미아를 데려왔고, 미아는 그 역할을 해냈다. 하지만 그것으로 끝이 아니었다, 그렇지 않은가? 새로운 잔인함은 언제나 있었다. 미아 크뤼거는 생각하는 일로 먹고 살았고, 어쩔 수 없이 자신의 일부인 이런 어둠을 파헤쳐야 했다.

미아는 나직이 욕설을 내뱉었다. 자신에게 엄습하는 이 느낌이 싫었다. 이런 나약함. 그녀답지 않았다. 그녀는 스컹크라는 해커에게 실수를 저질렀다. 다른 사람들 앞에서 멍청한 짓을 했다.

시그리와 미아 크뤼거.

1979년 11월 11일 출생.

새로운 묘비명. 미아는 묘비명을 준비할 필요가 있었다. 그 문구가 제대로 쓰이도록 확실히 해둘 필요가 있었다.

영원히 함께 잠들다.

세 개의 묘비명은 모두 자신이 정했다. 네 번의 장례식. 자신이 사랑했고 자신이 처리했던 사람들, 가족 모두. 원하는 묘비명을 준비하려면 누구에게 연락해야 하는지 미아는 잘 알았다. 차갑게 곱은 손가락으로 주머니에서 휴대전화를 꺼냈다. 그때 처음 보는 전화번호가 뜨며 벨이 울렸다. 미아는 습관적으로 전화를 받았다.

"네?"

저편에서 낯선 목소리가 들렸다. 발신자가 무슨 이야기를 하는지 알기 위해 집중해야 했다. 나이든 여인의 목소리였다. "나는 루스 리라고 해요." 여인이 말했다. "미아 크뤼거 씨인가요?"

"네?"

"난 퇴옌의 자연사박물관에서 일해요. 당신이 연락을 바란다고 들었어요."

"루스 누구요?" 미아는 전화받은 것을 후회하며 물었다.

"리요." 그녀의 설명이 이어졌다. "자연사박물관요. 수석 큐레이터인 올센이 당신의 명함을 줬어요. 학교 단체방문에 대해 물어볼 게 있다고 하셨다고요."

미아의 두뇌가 서서히 움직이기 시작했고, 마침내 원상태로 돌아왔다. 토르 올센의 비서. 식물원에 있는 자연사박물관.

"네, 안녕하세요? 근데 뭐라고 말씀하셨어요?"

"우리가 그걸 갖고 있어요." 루스 리가 쾌활하게 말했다.

"뭘 갖고 있는데요?" 미아가 물었다.

"제가 지금 제대로 전화했나요? 미아 크뤼거 씨 맞나요?" 상대방은 미아가 큐레이터에게 남긴 명함을 확인하려는 듯 잠시 전화기를 내려놓았다.

"네, 저 맞아요." 미아가 헛기침을 했다.

"최근에 우리 박물관을 방문한 학교 명단을 찾으신다고요?"

"아, 네, 그래요." 미아가 침착함을 되찾으며 대답했다.

"제 앞에 지금 그게 있는데요." 그 목소리가 말했다. "특별히 관심을 갖는 학교가 있나요?"

"후룸란데 보육원요." 미아는 정신을 바짝 차리려고 애를 썼다.

"아하, 헬레네 원장의 보육원요?" 여자가 재잘거렸다.

"그들이 그곳을 방문했나요?"

"네, 그래요. 매년 여기 왔죠. 일반 학교와는 다르지만, 원장도 훌륭하고 우리는 언제나 그들의 방문을 환영하죠. 알다시피, 거기 애들은 온갖 문제를 갖고 있지만 그녀는 잘 해내고 있어요. 그래서 연락해올 때마다 반가워하죠."

"최근 그들이 방문했나요?"

"그럼요. 해마다 여름이면 오죠." 루스 리가 대답했다. "우리 식물원도요, 식물원 가보셨어요?"

"네. 가봤어요. 그들이 마지막으로 방문한 게 언제죠?"

"8월 3일이에요. 해마다 8월 초에 왔어요. 올센이 CCTV 기록에 대해 물었다고 하던데요? 도난사건 때문에 그렇죠?"

"네. 올빼미를 도난당했다고요?"

"신경 써주는 누군가가 있어서 다행이에요." 전화 속의 목소리가 말했다. "침입과 절도에 대한 경찰들 태도가 어떤지 아시죠? 마치 요즘은 뭘 훔쳐가도 대수롭지 않게 여기는 것 같아요."

"그 심정 이해해요." 미아는 열심히 대화를 따라가려고 애썼다. "그런데 갖고 있는 자료는 뭐죠?"

"박물관을 방문한 사람들을 촬영한 CCTV 기록 영상이에요. 그런데 밤시간에 방문한 영상기록은 없어요. 우리 예산이 거기까지 미치지는 않아서요. 하지만 개장시간 동안 방문한 사람들의 기록은 모두 갖고 있어요."

"후룸란데에서 온 방문객을 포함해서요?"

"물론이에요. 혹시 그들 중 한 명일 거라고 생각하나요?"

"뭐가요?"

전화 속 목소리는 여전히 자신이 맞는 사람과 통화하고 있는지 못 미더운 듯 잠깐 말을 멈추었다가 다시 물었다. "헬레네 보육원의 누군가가 올빼미를 훔쳐갔다고 생각하시나요?"

"아직 그건 몰라요." 미아가 다시 정신을 수습하며 말했다.

"정말이지 그러지 않기를 바라지만, 또 누가 알아요? 그들은 정규 학생이 아니잖아요, 그렇지 않아요?"

"그렇죠." 미아가 중얼거렸다.

"이 명단을 보내드릴까요?"

미아는 그대로 전화를 끊고 싶은 강한 충동을 느꼈다. 귀로 듣는 현실. 사람은 누구나 지옥에 갈 수 있다. 미아는 마음을 먹었지만 사람들은 그녀에게 돌아오라고 했다. 이후에는 그들이 하라는 대로 했다. 정신과 의사를 찾아가고, 개인적인 이익이 아니라 그들의 목적을 위해 자신을 이용할 수 있도록 정상이 되려고 노력했다.

"여보세요?" 전화의 목소리가 다시 말했다.

"보내주시면 고맙죠." 미아가 대답했다. "하지만 저한테 보내지 마시고, 제 동료 루드비 그륀리에에게 이메일로 보내주세요."

"그러죠." 루스 리가 선뜻 말했다. "그의 이메일 주소를 아세요?"

미아가 휴대전화에서 그륀리에의 이메일 주소를 찾아 상대방에게 전송했다.

"알았어요. 그 기록을 빨리 보내드리죠."

"네." 미아가 감사인사를 전했다. "정말 고마워요."

"도움이 돼서 기뻐요." 저쪽 목소리가 이렇게 말하고 사라졌다.

미아는 휴대전화를 바라보다 꺼버리기로 마음먹었다. 더 이상 전원을 켜둘 필요가 없었다. 세상과 연락할 필요가 없었다. 미아는 그렇게 마무리했다. 그렇게 다 끝냈다.

영원히 함께 잠들다.

휴대전화 윗부분을 손가락으로 누르려는데—*마지막으로 누르면 전화는 먹통이 될 것이다*— 벨이 다시 울렸다.

미아는 화면을 보았다. *쿠리였다.* 미아는 '끊기'를 눌렀지만 잘 안 됐다. 잠시 후 그의 이름이 다시 떴다.

"네?" 미아가 한숨을 내쉬며 전화를 받았다.

"어디야?" 쿠리가 물었다. 그는 마치 마라톤을 한 것처럼 숨을 헐떡이며 흥분한 목소리로 말했다.

"오스고르드스트란." 미아가 반쯤 넋이 나가서 대답했다.

"왜 브리핑에 참석하지 않았어?"

미아는 아무 말도 하지 않았다.

쿠리가 숨가쁜 목소리로 다시 말했다. "방금 수니바한테서 연락을 받았어. 좀 들어와야겠어."

미아는 고개를 가로저었다. 쿠리와 수니바. 난관에 부딪힌 파라다이스행. 미아는 더 이상 관심이 없었다.

"잠깐만…." 미아는 외면하려 했다.

"아니, 미아의 생각은 중요하지 않아." 쿠리는 미아의 마음을 읽은 듯했다. "수니바가 요 며칠 나에게 계속 전화를 했는데 내가 받지 않았어. 왜냐면….."

나무에 까마귀 두 마리가 앉아있었다. 쿠리의 목소리가 귀에서 웅얼웅얼 들리는 동안 미아는 그 모습을 바라보았다. 무덤가 나무에 앉아있는 새 두 마리는 평화로워 보였다. 머지않아 저 아래 무덤에도 두 사람이 함께 눕게 되리라. 까마귀가 창백한 10월의 태양을 향해 날아갔다. 미아는 그 모습을 바라보며 희미하게 웃었다.

"뭐라고?" 한순간 미아가 큰 소리로 말했다. 쿠리가 전하는 소식이 서서히 귀에 들어오기 시작했다.

"나도 알아." 쿠리가 열광적으로 떠들었다. "엉뚱한 소리처럼 들린다는 거. 하지만 난 수니바를 믿어. 그녀가 거짓말을 할 이유는 없어. 난 그녀를 잘 알아. 그녀는 절대로 그럴….."

"다시 말해봐." 정신이 돌아온 미아가 그의 말을 가로챘다.

"목사야. 호스피스 병동 환자인데, 그들이 어렸을 때 그들을 알았대." 저편에서 쿠리가 숨을 헐떡이는 소리가 들렸다. "헬레네 에릭센. 그녀에게 오빠가 있어." 쿠리는 이제 횡설수설했다. 낱말을 어순에 맞게 쏟아내지 못했다. "그가 자신의 죄를 자백하고 싶대. 그는 죽어가고 있어. 사실을 털어놓지 못하면 천국에 가지 못할까 봐 두려워하고 있어."

"헬레네 에릭센한테 죽어가는 오빠가 있다는 거야?"

"아니. 그가 아니라, 목사가. 그러지 말고 당장 들어오면 안 돼? 그들이 우리를 기다리고 있어. 난 혼자서 그녀를 만나고 싶지 않아. 미아도 알 거야, 오스트레일리아에 있는 어떤 종파에 대해. 목사는 그 대가로 돈을 받았어. 그래서 속죄를 하고 싶대."

"쿠리." 미아는 동료를 진정시키려고 했지만 소용없었다.

"그는 병이 들어서 귀국했어."

"목사가?"

"아니, 오빠. 정신병을 얻어서."

"쿠리."

"수니바가 지금 기다리고 있어. 우리한테 와줄 수 없냐고…."

"쿠리." 미아가 단호하게 불렀고, 마침내 불독이 입을 다물었다.

"왜?"

"지금까지 이런 일을 한두 번 겪었어?"

"뭘?" 쿠리가 대뜸 물었다.

"아무나 느닷없이 나타나서 자기가 죽였다고 자백하는 거."

"무슨 말이야?"

미아는 한숨을 내쉬었다. 그녀는 진작 휴대전화 전원을 끄지 않고 전화받은 것을 후회했다. "자전거 안전모를 쓴 푸글레상도 그렇고, 얼마나 많은 사람들이 전화를 했는지 모를 거야. 그 심리야 잘 모르지만 이런 사건이 일어나면 어떤 사람들은 속죄받고 싶은 충동에 시달려. 당신도 알잖아? 그런데 이제는, 누구라고 그랬지? 임종을 앞두고 있는 목사? 내 말은 나한테…."

"그는 여러 가지를 알고 있어." 쿠리가 계속 떠들었지만 미아는 또다시 딴생각을 하고 있었다.

아니, 됐어. 더 이상은 안 돼.

"내 생각에는 그들이 돈을 받았어." 쿠리는 단념하지 않았다. "고국으로 돌아올 때. 일종의 보상이었지. 그 돈으로 헬레네 에릭센은 보육원을 세웠고 오빠는 회복되자마자 식료품점을 열었어."

미아는 듣는 둥 마는 둥 했다. 까마귀는 이제 보이지 않았다. 묘지 주변에는 정적만 감돌았다.

"반장님께 말씀드려봐." 미아가 한숨을 내쉬었다.

"반장님은 기분이 꽝이야. 두 사람 싸웠어?"

"내 말 들어봐, 쿠리." 미아는 입을 열었지만 더는 힘이 없었다.

"나한테는 그럴 듯하게 들려." 쿠리가 굽히지 않고 지껄였다. "수니바가 전화를 해서 10분 동안 쉬지 않고 말해줬어. 그녀가 나한테 전화했다는 사실만으로도…."

쿠리가 전화기에 대고 계속해서 주절대는 동안 미아는 딴 생각을 하고 있었다. 그러다 뒤늦게 쿠리의 말이 귀에 들어오며 정신이 퍼뜩 들었다. "뭐라고 했지?"

"우리가 확인해야 할 건…."

"아니, 그것 말고. 헬레네 에릭센. 그 여자한테 오빠가 있다고?"

"응. 그 동네에서 가게를 하고 있어. 그것보다…."

짐 푸글레상.

"그렇지 않고는 그녀가 나한테 전화할 이유가 없어. 알다시피 수니바는 나한테 전화하기 싫어했…."

마당에 서 있던 흰색 밴.

"어쨌든 이 목사를 조사해볼 가치가 있다고. 우리가 달리 많은 정보를 갖고 있다면 모를까…."

수염을 기른 남자의 눈빛.

어디선가 갑자기 나타난 식료품 배달 차.

오싹한 느낌이 들었던 오두막 주변.

"반장님을 찾아." 미아가 재빨리 말하고 자갈길을 뛰듯이 걷기 시작했다.

밴 옆면의 로고.

후룸란데 슈퍼마켓.

"뭐라고?" 쿠리가 물었다.

"반장님한테 연락해. 반장님한테 거기에서 만나자고 해."

"거기에 뭔가 있다고 생각하는 거야?"

미아는 주머니를 더듬어 차 열쇠를 찾았다. "수니바가 어디에서 일한다고 했지"

"세인트 헬레나 호스피스 병원, 개인병원….."

"나한테 문자로 주소를 보내줘." 미아가 차에 올라타며 말했다.

"무슨 말이야? 오겠다고?"

"지금 가는 중이야. 반장님한테도 연락해요, 당장."

미아는 전화를 끊자마자 차의 시동을 걸었다. 자갈길을 굴러가는 바퀴 소리가 들렸다. 그녀는 액셀러레이터를 밟으며 백미러로 멀어져 가는 묘지를 바라보았다.

63장

이사벨라 융은 초조하게 침대에 앉아있었다. 아직 시간이 남았지만 이제 곧 다가올 것이다. 이제 곧 그 일이 일어날 것이다. 그녀는 옷을 차려입었다. 찢어진 청바지는 입지 않았다. 오늘은, 원피스를 입고 화장을 하며 거울 앞에서 몇 시간을 보냈다. 자신이 어떻게 보일지, 그것은 중요하지 않을지도 모르지만 그래도 예쁘게 차려입기로 했다. 머리도 매만졌다. 그녀는 빙그르르 한 바퀴 돌며 웃었다.

나와 만날래? 몰래.

너와 나만.

4시에 은신처 뒤편에서.

너는 선택된 사람?

열다섯 살의 소녀는 자신의 행운을 믿을 수가 없었다. 꿈만 같았다. 처음에는 엄마와 함메르페스트에서, 그 후로는 적응하기 힘들었던 낯선 집들에서 보냈던 지난 세월. 줄곧 뒤통수에서 조그맣게 속삭이는 소리가 들렸다.

오늘 하루.

아주 멋진 하루가 될 거야, 이사벨라.

모든 게 다 잘될 거야.

하지만 그냥 그렇게 될 것 같지 않았다. 그녀는 수없이 그 목소리에 화가 났었다. 자신에게 거짓말을 하고 조롱하고 듣기 좋은 말만 늘어놓는다고 생각하곤 했다. 올레발의 식이장애 클리닉에 입원했을 때는 희망을 거의 포기했었다. 그래서 부엌에서 발견한 칼로 자신의 머리를 찔렀다. 그 후 사람들은 미쳤다고 수군거렸지만 그녀는 미치지 않았다. 그저 그 목소리를 지우고 없어지게 하려고 그랬을 뿐이다. 그 멍청한 목소리는 이사벨라에게 수없이 약속했지만 언제나 거짓말이고 속임수였다. 하지만 결국 그 목소리는 사실로 밝혀졌다. 후룸란데 보육원에 도착하고 며칠이 지났을 때 이사벨라는 그 목소리에게 사과를 했다. 그 말이 맞았기 때문이다. 즉시 그런 것은 아니고 시간이 지나면서 알게 되었다. 평화와 안정감. 나만의 방. 꽃. 그리고 이사벨라로 하여금 자신을 좋아하고, 가치 있는 사람이 된 것처럼 느끼게 해준 헬레네 원장. 이사벨라는 밤마다 침대에서 수없이 미안하다고 했다.

미안해, 네가 맞았어.

그러자 목소리는 용서해주었다.

괜찮아. 그리고 넌 점점 좋아질 거야.

지금 이사벨라는 그 말이 무슨 뜻인지 깨달았다. 그녀는 침대에서 일어나 다시 한 번 거울에 자신을 비춰보며 뿌듯해했다. 미소를 지어보고 손가락으로 흰색 원피스를 쓸어내렸다.

은신처 뒤편 4시.

이제는 뺨이 얼얼했다. 이사벨라는 침대에 앉았지만 다시 일어나야 했다. 두 시간 전이었다. 하느님, 전 어떻게 대처해야 하죠? 손은 어떻게, 얼마만큼 천천히 움직여야 할까. 아주 천천히? 이사벨라는 남은 시간을 어떻게 보내야 할지 몰라 초조하게 방 안을 두 번쯤 왔다갔다 했다.

다 잘될 거야. 목소리가 말했다. *겨우 두 시간 남았어.*

이사벨라 융은 고개를 끄덕여 응답했다. 진작 그 말을 들었어야 하는데, 내내 무시한 것을 후회하며 다시 침착하게 침대에 앉았다.

다 잘될 거야.

모든 게 잘될 거야.

이사벨라는 눈을 감고, 그게 어떨지 상상하려고 애썼다.

은신처 뒤.

겨우 두 시간 남았다.

열다섯 살 소녀는 베개를 베고 누워 흰색 원피스가 구겨지지 않게 천천히 다리를 구부린 채 웃었다.

64장

뭉크는 다시 담배를 길게 한 모금 빨았다. 논리적인 사고가 어려웠다. 두통 때문이었다. 못이 머릿속을 찌르는 것 같았다. 그날 내내 진통제를 먹었지만 달라진 것은 없었다. 어제는 조사실에서 보인 미아의 행동과 아네트 골리의 태도 때문에 엉망이 되었다. 아네트 골리는 그들이 미아의 직감만 믿고 스컹크를 연행해서 가둔 것을 두고 법을 어겼다며 뭉크에게 따졌다. 아네트의 눈빛에서 뭉크에 대한 비난이 선명하게 읽혔다.

나는 어리석은 상관이었다.

뭉크는 더플코트에 달린 모자를 쓴 다음 피우던 담배를 버리고 새 담배에 불을 붙였다. 통증이 화살이 되어 관자놀이를 쏘는 것만 같았다. 그는 눈을 감고 심호흡을 하며 두통이 가라앉기를 기다릴 수밖에 없었다. 도대체 왜 이러지? 자신의 건강 상태가 우수하지 않다는 것은 알았지만 이런 통증을 느낀 적은 없었다. 예전에 딱 한 번 비슷한 통증을 겪었지만 그것은 15년도 더 지난 일이었다. 아버지가 돌아가셨을 때였다. 그때의 두통은 그 사고의 서곡이었다. 길 반대편의 트레일러 트럭과 술 취한 운전수. 그때와 비슷했다. 뭔가 끔찍한 일이 일어날 것이라는 신체적 증후인 듯 못이 계속해서 머릿속을 찌르는 듯한 통증. 비록 그는 그런 징조를 믿지 않았지만 말이다.

눈을 감고 있던 뭉크는 통증이 가라앉기 시작하자 새 담배를 꺼냈다. 그때 미아가 커다란 건물의 위풍당당한 현관문 앞에 나타났다. 이승 이후에 천당이 있다고 믿는 사람들. 자신들이 지어낸 창조주를 만날 수만 있다면 어떤 이야기라도 꾸며낼 권리가 있다고 확신하는 부자들을 위한 개인병원.

"괜찮아요?" 미아가 재킷을 단단히 여미며 물었다.

"응, 괜찮아."

미아는 입가에 웃음을 머금고 안절부절 못했다. "그래요?"

"그래요?" 뭉크가 툴툴거리며 따라했다. "그가 진실을 말했어?"

물어볼 필요도 없었다. 미아는 뭉크와는 반대로 쿠리로부터 들은 이야기가 사실이라고 믿는 게 분명했다.

미아는 털모자를 귀 아래까지 당겨 쓰고 걱정스럽게 바라보며 다시 물었다. "정말 괜찮아요?"

"뭐가? 그럼." 뚱뚱한 수사관은 고개를 끄덕이며 담배를 바닥에 내던졌다.

못으로 찌르는 듯하던 두통이 조금씩 가라앉기 시작했다. 뭉크는 다시 담배를 찾아 불을 붙인 다음 마음을 짓누르던 우울함을 떨쳐버리려고 애썼다. 도로의 엉뚱한 차선에 정차해 있던 트레일러 트럭. 엊저녁 복도에서 자신을 바라보던 아네트 골리의 눈빛.

"그런데 우리가 지금 뭘 기다리고 있는 거죠?"

"정말 그 노인의 말을 믿어?"

"믿지 못할 이유가 뭔데요?"

"난 악마의 옹호자 역할은 하고 싶지 않아." 뭉크가 한숨을 쉬었다. "설득력이 다소 떨어지지 않아?"

"맙소사, 반장님. 무조건 부정적으로 보지 마세요. 그건 제 전문 아닌가요?"

뭉크는 다시 담배를 한 모금 빨며 웃었다. "1970년대 초에 결혼을 하려고 목사를 방문한 커플이 있었어. 여자에겐 두 아이가 있어서 결혼이 불가능했지. 신랑은 선박왕의 상속자였는데, 그의 아버지는 가문의 혈통에 불순물이 섞이는 것을 원치 않았지."

"그래요." 미아가 고개를 끄덕였다.

"그 커플은 두 아이를 오스트레일리아로 보내고 결혼을 했어."

"맞아요."

"진지한 거야, 미아? 그 후 얼마 안 지나 아이들 엄마는 수상한 교통사고로 죽었어. 목사는 입을 다무는 조건으로 돈을 받았지. 몇 년 후 아이들은 고국으로 돌아오고, 이 백만장자는…."

"억만장자죠." 미아가 고쳐주었다. "카를 시그바르드 시몬센."

"그랬지." 뭉크가 다시 한숨을 내쉬었다. "이 억만장자는 고통을 겪은 데 대한 보상으로 남매에게 돈을 주었다? 여자는 자신처럼 힘든 어린시절을 보낸 아이들을 돕기 위해 건물을 사고, 오빠는 식료품점을 냈다? 말도 안 되는 소리야, 미아!"

"왜 안 되죠?"

"이건 또 다른 푸글레상일 뿐이야."

"맙소사, 반장님."

"그 목사 봤어? 목사는 사실상 이 세상 사람이 아니야. 오래 전에 말도 안 되는 몽상의 세계로 떠났다고. 이건 관두고 다른 단서를 추적해야 해."

"예를 들면요?" 미아가 물었다.

뭉크는 미아가 지금 자신한테 화가 났음을 간파했다.

"가발." 뭉크가 말했다. "그리고 스컹크라는 해커. 난 아네트의 말에 동의하지 않아. 여전히 거기에 뭔가 있을 거라고 생각해. 동영상, 거기에 틀림없이 뭔가 있을 거야. 문신. 동물해방전선. 이건, 막다른 길이야."

"내가 그를 봤어요." 미아가 뭉크를 똑바로 응시했다.

"누구?"

"오빠라는 사람."

"그래서…?"

"제가 그를 만났다고요. 푸글레상의 집 밖에서."

"자전거 안전모를 쓴 사내?"

미아가 고개를 끄덕였다.

"그 친구 디케마르크에서 주사를 맞고 있는 줄 알았는데."

"맞아요. 하지만 어쨌든 제가 그의 집에 갔어요."

"언제?"

"언제인지는 중요하지 않아요." 미아가 쏘아붙였다. "그런데 그가 거기에 있었어요."

"누가?"

뭉크는 담배를 바닥에 던지고 새 담배에 불을 붙이려 했다. 그때 현관문이 열리며 쿠리가 얼굴을 내밀었다.

"그가 다시 깨어났어요. 카나리아처럼 노래를 불러요. 제 생각에는 들어봐야 할 것 같아요."

뭉크가 미아를 쳐다보다가 말했다. "됐어, 오늘은 이만하지."

"맙소사." 미아가 실망해서 소리쳤다.

"아니야." 뭉크가 다시 담배를 꺼내며 고집을 부렸다. "난 지금 가지고 있는 단서에 집중할 거야. 이따 6시에 팀 브리핑 있어. 이건 부질없는 짓이야."

"어서요." 쿠리가 문가에서 재촉했다. "들어보셔야 해요."

"아니, 됐어." 뭉크가 주머니에서 자동차 열쇠를 찾으며 말했다.

"그가 올빼미처럼 치장하기 좋아했던 오빠 얘기를 하고 있어요." 쿠리가 다급하게 외쳤다.

뭉크는 가던 걸음을 멈추고 자신을 노려보는 미아와 시선을 마주쳤다.

"몸에 깃털을 붙였대요. 제 말은, 도대체 왜 그가 그런 말도 안 되는 이야기를 하느냐는 거예요, 반장님?" 미아가 다그쳤다.

뭉크는 미아를 힐끗 본 뒤 차 열쇠를 재빨리 주머니에 넣고 미아를 따라 계단을 올라갔다.

65장

이사벨라 융은 따뜻한 점퍼를 입어서 다행이라고 생각했다. 은신처 뒤편이 아주 추웠기 때문이다. 그녀는 원피스 안에 타이즈도 신었다. 별로 돋보이지는 않겠지만, 가을이 갑자기 겨울로 바뀌었기 때문이다. 여기에 앉아 벌벌 떠는 것도 그렇게 보기 좋은 모습은 아닐 터였다.

은신처 뒤편에서 4시에.

하지만 지금은 5시였고, 그는 아직까지 코빼기도 보이지 않았다. 이사벨라는 소매를 잡아당겨 손등을 덮으며 털모자를 가져오지 않은 것을 후회했다. 평소에는 머리 모양 따위에는 신경 쓰지 않았지만 오늘은 중요할 것 같아서 모자를 침대에 두고 왔다.

한 시간이 더 지났다.

기분이 썩 좋지 않았다. 신사답지 않은 행동이었다. 이사벨라는 아빠에 대해 생각하기 시작했다. 얼마 전에 아빠로부터 이메일을 받았다. 아빠는 지중해에 다녀왔다고 했다. 어떤 종류의 여행이었을지 짐작이 갔다. 그들은 거기에 술을 마시러 가곤 했다. 그들이란, 아빠와 아빠의 친구들이었다. 그들은 어느 한 명이 수당을 받거나 경마에서 돈을 따면 스페인행 비행기표를 사서, 번 돈을 모두 술로 탕진할 때까지 그곳에서 지내곤 했다. 외국에서 술을 마시는 게 더 싸기 때문이었다. 이사벨라는 어렸을 때 그 사실을 알았다.

짧은 기간이지만 아빠와 프레드릭스타에서 살았던 적이 있다. 종종 벽을 통해 아빠와 친구들이 떠드는 이야기가 들려오곤 했다. 그들은 언쟁은 하지 않았고 그저 술을 마시며 잡담을 나누었다. 가끔 음악을 듣고 카드게임도 했다. 간간히 술잔이 바닥에 떨어지거나 누군가 비틀거리며 화장실에 가는 소리가 들렸다. 하지만 그들은 절대 이사벨라를 괴롭히지 않았다. 아빠는 그 점에 각별히 신경 썼다. 실수로라도 이사벨라의 방에 들어가는 친구가 있으면 절대로 다시 집 안에 들이지 않았다.

이사벨라는 거실 소파나 바닥에 누워 자는 누군가가 있지 않은 한 매일 깨끗하게 씻고 단장을 했다. 그런 다음 자기 방에 있거나 밖으로 나가 정처 없이 쏘다녔다. 거실에 아무도 없을 때는 아빠가 일어났을 때 기분 좋으라고 집을 깨끗이 정리했다.

신사다운 행동이 중요했다. 벽을 통해 들려오는 아빠 친구들의 이야기는 그런 게 많았다. 숙녀를 위해 문을 열어줘라, 친절해라, 약속 시간에 늦지 마라, 뭐 그런 것.

그런데 이 남자는 시간을 잘 지키지 않았다.

7시가 되자 이사벨라는 포기했다. 그저 너무 추웠다. 귀는 빨갛게 얼었고 손가락은 잘 구부러지지 않았다. 은근히 심술이 나기 시작했다. 왜 몰래 만나자고 해놓고 나타나지 않는 거지? 이사벨라는 그가 보육원에 있다는 사실을 알았다. 아까 보육원에서 그를 봤다.

그 생각을 할수록 부아가 치밀었다.

이윽고 이사벨라는 앉아있던 나무 그루터기에서 벌떡 일어나 결연하게 숲을 빠져나갔다. 주위는 칠흑같이 어두웠다. 조금 겁이 났지만 머잖아 보육원 마당의 불빛이 보일 테고 그러면 안도감이 들 것이다.

이사벨라는 그에게 따지리라 생각했다.

이사벨라는 겨우 열다섯 살이었지만 배짱이 남달랐다. 자기 또래 남자아이들보다 더 거친 편이었다. 그의 행동은 절대로 받아들이기 힘들었다. 자신을 이런 식으로 취급한 대가를 반드시 치르게 할 것이다.

보육원 마당의 전등 불빛이 가까워졌을 때 본관 건물에서 달려나오는 파울루스를 발견했다.

타이밍이 기가 막혔다.

푸파 재킷을 입은 검은 곱슬머리 청년은 이사벨라가 있는 쪽으로 걸어왔다.

"지금까지 어디 있었던 거야?" 이사벨라가 그를 멈춰세우고 따져 물었다.

"뭐라고?" 파울루스가 어리둥절한 표정을 지었다.

"왜 나타나지 않았어?"

"뭐라고?" 파울루스는 고개를 가로저었다. "난 지금 바빠." 그가 그냥 지나치려고 하자 이사벨라가 가로막았다. "이사벨라, 네가 지금 무슨 짓을 하고 있는지 알아?"

"이거." 이사벨라가 주머니에서 쪽지를 꺼내 내밀었다.

나와 만날래? 몰래.

너와 나만?

은신처 뒤편에서 4시에.

너는 선택된 사람?

"왜 나타나지 않았어? 설마 지금 가려는 거야? 아니면 나를 갖고 논 거야? 겨우 그런 남자였어?"

"뭐라고?" 파울루스는 여전히 당혹스러운 표정을 지었다.

"이거 네가 쓴 거 아니야?" 이사벨라는 그의 푸파 재킷을 부여잡고 종이쪽지를 얼굴에 들이밀었다.

"아니야!" 파울루스가 냉정하게 쏘아보았다. "정말 아니라고. 도대체 날 어떤 놈으로 생각하는 거야?"

그가 노려볼 때 이사벨라의 머리에 진실이 스쳤다. 이건 그가 쓴 게 아니었다. 이사벨라는 얼굴이 화끈거리고 뺨이 빨개지는 것을 느꼈다. 그녀는 멱살 잡았던 손을 놓았다.

"미안해." 그녀가 중얼거렸다. "난 그저⋯."

"이봐, 나 진짜 이럴 시간이 없어." 파울루스는 그녀의 말을 이해할 수도, 신경 쓰고 싶지도 않은 듯했다.

"무슨 일이 있어?" 이사벨라가 물었다.

"그들이 원장님을 연행해 갔어."

"뭐!"

"그리고 오빠 헨리크도."

"왜? 왜?"

"카밀라 그린 살인사건으로." 그가 이사벨라를 엄하게 노려보며 더듬더듬 말했다.

"하지만….."

"미안해. 나 정말 가봐야 해." 파울루스는 중얼거리더니 쏜살같이 사라졌다. 열다섯 살짜리 소녀를 혼자 남겨두고.

66장

긴장 탓에 얼굴이 잿빛이 된 헬레네 에릭센은 미아와 뭉크가 작은 조사실로 들어오자 몸을 벌떡 일으켰다.

"우리 오빠는 아무 짓도 안 했어요. 제 말을 믿으셔야 해요." 헬레네는 애원하며 의자에서 일어났다.

"안녕하세요? 헬레네." 미아가 인사했다. "앉으세요. 우리는 한동안 여기에 있을 거예요."

"하지만, …제발 믿어주세요, 반장님."

평소 그토록 당당했던 후룸란데 보육원 원장의 모습은 예전 자아의 그림자일 뿐이었다. 그녀는 간청하듯 뭉크를 바라보다가 의자에 털썩 앉아 두 손으로 얼굴을 감쌌다.

"두 사람 모두 안색이 좋아 보이지 않는군요." 뭉크가 미아의 옆에 앉으며 말했다.

"나요?" 헬레네가 놀란 목소리로 되물었다. "난 아무 짓도 하지 않았어요."

"하지만 오빠가 그랬을지 모른다고 생각하죠?" 미아가 말했다.

"네? 아니에요. 우리 오빠는 아무 짓도 안 했어요. 맙소사, 오빠는 양처럼 순한 사람이에요. 누구를 해칠 사람이 아니에요. 사람들이 뭐라고 말했는지 모르지만 제 말을 믿으셔야 해요."

"사람들이 뭐라고 말했는데요?" 미아가 차분하게 대응했다.

미아는 뭉크를 쳐다본 뒤에야 테이블 한쪽에 녹음기를 내려놓았다. 뭉크는 남 몰래 고개를 절레절레 저었다.

"오빠는 어디 있죠?" 헬레네가 애타게 물었다.

"옆방에서 변호사를 기다리고 있어요."

"오빠는 변호사 필요 없어요." 헬레네가 말했다. "오빠는 아무 짓도 하지 않았어요. 내가 계속 말했잖아요."

"그에게는 변호사가 필요해요." 뭉크가 냉정하게 알렸다. "우리가 그에게 변호사를 선임하라고 조언했습니다. 몇 시간 있으면 카밀라 그린을 살인한 죄로 기소될 거예요. 밤새 유치장에서 보내기 위해 재판을 받게 될 겁니다."

헬레네는 뭉크를 곁눈질한 뒤 얼른 녹음기를 바라보았다. 하지만 뭉크는 또 고개를 절레절레 저었다.

"아니, 아니에요. 제 말을 믿으세요. 오빠는 아무 짓도 안 했어요." 헬레네 에릭센은 이제 눈물이 글썽해졌다. "사람들이 뭐라고 말했든 상관없어요. 하지만 반장님은 제 말을 들으셔야 해요. 부탁이에요. 게다가 오빠는 집에 없었어요. 오빠는 그때…."

"왜 사람들이 우리한테 뭔가를 말했을 거라고 생각하죠?" 미아가 그녀의 말을 가로막았다.

금발 여인이 멈칫하더니 다시 입을 열었다. "깃털 때문인가요?" 그녀가 나지막이 물었다. "사람들이 그렇게 비열할 수 있군요. 뒷말을 했군요. 자기 일에나 신경 쓸 것이지. 정말 그런 말을 들으니 미치겠어요."

"혹시 누군가를 죽일 수 있어요?"

"네?" 헬레네 에릭센이 놀란 얼굴로 미아를 쳐다보았다. "아뇨, 물론 못해요. 난 그저…."

"당신도 그 자리에 있었습니까? 아니면 그저 오빠를 도와 사건을 은폐했습니까?" 뭉크가 물었다.

"네?"

"미우나 고우나 당신의 오빠잖아요." 미아가 가세했다. "내 말은 그럴 수 있다는 거예요. 두 사람은 몹시 애틋하죠? 남매가 모든 역경을 함께 겪었잖아요?"

"그래요. 하지만…," 헬레네 에릭센이 더듬거렸다. "당연히 난 오빠를 돕지 않았어요."

"그럼 그 사람 혼자 했나요?"

"아뇨. 오빠는 아무 짓도 하지 않았어요. 왜 내 말을 듣지 않죠?"

"하지만 당신도 알고 있었잖아요. 뭐라고 말해야 할까, 오빠가 새처럼 치장하는 걸 좋아한다는 사실…."

"하지만 오래 전 일이에요. 내가 이래서 커튼 뒤에서 훔쳐보기 좋아하는 것밖에 하지 않는 시골이 싫다니까요. 가끔…."

"왜 그만두었죠?"

"뭘 그만둬요?"

451

"새처럼 치장하는 것?" 미아가 계속했다.

"이런, 맙소사. 내가 방금 말했잖아요…."

"관둔 지 얼마나 오래됐죠?"

"몇 년 됐어요. 그 후로는 전혀 그러지 않았어요."

"그러니까 오빠가 새처럼 치장하기 좋아했다는 사실은 인정하는 거죠?" 뭉크가 물었다.

"그래요. 하지만 그건 과거의 일이에요, 제가 말씀드렸듯이."

뭉크는 미아의 눈이 다시 반짝거리는 것을 눈치챘다.

"당신들이 오스트레일리아에서 돌아오기 전이었나요, 아니면 후였나요?"

헬레네 에릭센은 잊고 있던 시절로 돌아간 듯 조용해졌다.

"우리가 돌아온 직후는 아니었어요." 그녀가 나지막이 진술했다. "오빠에게는 도움이 필요했어요. 이해하지 못하겠어요? 사람들은 오빠를 괴롭혔어요. 오빠에겐 아무 잘못도 없는데. 거기에 있는 사이코들은 우리를 감금했어요. 우리로 하여금 온갖 것들을 믿게 했고 별 것도 아닌 규칙을 어겼다고 벌을 줬어요. 나는 오빠가 자랑스러워요. 그래요, 그 말을 하고 싶어요." 헬레네 에릭센은 의자에서 몸을 꼿꼿하게 세웠다. 그 순간 보육원에서 처음 보았을 때의 당당함이 엿보였다. "온갖 고초를 겪었지만 오빠는 대단히 잘 극복해왔어요. 난 오빠가 자랑스러워요. 그런 환경에서 살아남을 수 있는 사람은 많지 않아요. 오빠는 내가 아는 가장 강인한 사람이에요. 난 오빠를 위해 무엇이든 할 수 있어요."

"실제로 그랬죠." 미아가 대꾸했다.

"뭐라구요?"

"오빠가 카밀라를 죽였다는 사실을 언제 알았죠?" 뭉크가 나직하게 물었다.

"뭐, 뭐라구요?" 헬레네가 말을 더듬었다. "지금까지 제가 한 말 못 들으셨어요?"

"잠깐만요. 반장님." 미아가 뭉크를 보며 끼어들었다. "그렇게 질문하시면 안 되죠."

"응?" 뭉크는 헬레네가 아닌 미아를 돌아다보며 물었다.

"오빠가 그런 짓을 했을지 모른다는 *의심이* 든 게 언제냐고 물어보셔야죠."

"그렇군. 미안, 내가 실수했어." 뭉크가 웃으면서 다시 헬레네 에릭센을 돌아보았다. "헨리크가 카밀라 그린을 살해했을지도 모른다고 의심하기 시작한 게 언제죠?"

"몰라요." 금발의 여인이 손가락으로 초조하게 테이블을 두드리며 말했다. "혹시 그럴지도 모른다는 생각이 든 게 언제냐고 물으시는 거예요?"

"그래요. 오빠 헨리크의 이름이 처음 머리에 떠오른 때." 뭉크가 조심스럽게 고개를 끄덕였다.

"물론 신문에 난 사진을 봤을 때예요. 깃털로 뒤덮인 숲 바닥을 보았을 때요." 헬레네 에릭센이 두 사람을 흘끔거리며 망설이듯 대답했다. "짐작하시다시피, 카밀라가 누워있는 곳을 보았을 때요."

"오빠가 즉시 그런 행동을 그만두지 않았기 때문인가요? 제 말은, 오스트레일리아에서 돌아온 후에 말이에요." 미아가 다정한 목

453

소리로 물었다.

"무슨 뜻이죠?"

"새처럼 치장을 하는 것 말입니다." 뭉크가 설명했다.

헬레네 에릭센이 그들을 노려보았다. "하룻밤 사이에 완전히 회복될 순 없어요. 우리가 어떤 취급을 받았는지 아세요? 오빠가 어떤 일을 겪었는지? 그들은 오빠를 황폐한 지하실에 가두었어요. 한 번이 아니라 여러 번. 우리는 실험쥐처럼 다뤄졌어요. 세상에, 거의 3년이나. 오빠의 경우에는 5년. 우리가 거기로 보내졌을 때 어떤 고통을 겪었는지 아세요? 우리는 세상이 실제로 그런 줄 알았어요, 이해하시겠어요? 오빠가 병에 걸린 게 당연하다고 생각하지 않으세요? 마음속의 도피처를 찾는 게?"

"그래서 오빠가 그런 행동을 했다는 겁니까?" 뭉크가 물었다

"네. 그게 뭐 어때서요? 나는 오빠가 정말 자랑스러워요. 오빠는 혼자서 잘 헤쳐왔어요."

"매우 감동적이에요." 미아가 가죽재킷 안주머니에 갖고 있던 봉투를 꺼내며 말했다. "정상적인 상황이라면 두 사람 모두에게 미안한 생각이 들었을 거예요."

검은 머리의 수사관은 봉투를 열어 헬레네 에릭센의 앞 테이블에 사진을 내려놓았다.

겁에 질려 두 눈을 뜬 채
알몸으로 숲속에 버려진
카밀라 그린.

미아는 다시 뭉크를 쳐다보았다. 그는 녹음기를 켜라는 미아의

신호를 알아들은 듯 고개를 끄덕였다.

"지금 시각 20시 25분. 참석자는 마리뵈스가테 13번지 강력범죄반 반장 홀거 뭉크, 미아 크뤼거 수사관 그리고⋯."

녹음이 시작되자 헬레네 에릭센의 얼굴이 하얗게 질렸고, 이어서 미아가 내민 사진을 보자 나머지 색깔마저 몽땅 빠져버린 듯했다.

"이름과 생년월일, 현재의 주소를 말하세요." 미아가 녹음기를 가리키며 말했다.

수 초가 흘렀다. 미아가 여러 번 요청을 한 후에야 보육원 원장이 입을 열었다.

"헬레네 에릭센. 1969년 7월 25일생. 후룸란데 보육원, 토프테 3482번지."

하얗게 질린 입술 사이로 천천히 말들이 흘러나왔고, 그러는 사이 그녀는 끔찍한 사진들에서 시선을 떼지 못했다.

"당신은 변호사를 선임할 권리가 있어요." 미아가 계속했다. "만약 법적인 조언을 받을 형편이 안 되면 변호사를 배당받게 될⋯."

그때 문 두드리는 소리가 들리며 미아를 방해했다. 이어서 아네트 골리가 문 틈으로 얼굴을 들이밀고 뭉크에게 잠깐만 나와보라고 신호 보내듯 고갯짓을 했다.

"무슨 일이야?" 뭉크가 문을 닫고 나오며 물었다.

"문제가 생겼어요." 아네트가 설명했다. "그의 변호사가 왔어요."

"그래?"

"그는 외국에 나가 있었대요."

"뭐라고!" 뭉크가 이맛살을 찌푸렸다.

"헨리크 에릭센은 외국에 나가 있었대요."

"외국에 있었다고?" 뭉크가 되풀이했다.

"이탈리아에 농장이 있는데, 매년 여름 거기에서 여름을 보낸대요." 골리가 말했다.

"이해가 안 되는군."

"헨리크 에릭센은 카밀라가 살해되었을 때 노르웨이에 없었어요."

"그럴 리가 없어!" 뭉크가 소리쳤다.

"이제 어떻게 하죠?" 경찰 변호사가 물었다.

"아네트와 킴이…." 뭉크는 방법을 궁리했다.

"심문을 계속 하라구요?"

"기본적인 심문만 해. 한 20분 동안 될 수 있는 대로 많이 물어봐. 그리고 나서 여기에서 다시 만나."

"알았어요." 아네트 골리가 짧게 고개를 까딱했다. 뭉크는 문을 열고 다시 조사실로 돌아갔다.

67장

가브리엘 뫼르크는 이 상황을 어떻게 받아들여야 할지 판단하지 못한 채 마리뵈스가테의 사무실 책상에 앉아있었다. 어떻게 내가 이 사건과 관련 있다고 생각하는 거지?

"가브리엘?" 생각이 꼬리를 물고 이어지는데 누군가가 불렀다.

"네?"

"잠깐 시간 좀 내줄 수 있겠나?" 루드비 그륀리에였다. "신선한 눈이 필요해서 말이야."

"물론이죠." 젊은 해커는 나이든 경찰관을 따라 복도를 통해 그의 방으로 갔다.

이 사무실은 언제나 그렇듯 지금도 한적했다. 남아있는 직원이라고는 일바뿐이었다. 일바는 껌을 씹으며 모니터 앞에 앉아있었다. 다른 직원들은 모두 그륀란에 가있었다.

"뭔데요?" 가브리엘이 그륀리에의 의자 뒤에 자리를 잡았다.

"이 영상을 입수했어."

"아, 네."

"자연사박물관에서 보내온 거야. 자네도 그 얘기 들었지?"

"뭔데요?" 가브리엘이 물었다.

"잘 모르는군." 나이든 수사관이 데스크탑 모니터에 있는 아이콘을 더블클릭하자 흑백영상이 나타났다. 박물관 혹은 갤러리처럼 보이는 곳으로 들어오는 한 무리의 사람들이었다.

"이게 무슨 영상이죠?"

"퇴옌에 있는 식물원이야. 후룸란데 보육원이 단체관람을 왔어. 자연사박물관으로."

"그런데요?"

영상이 흔들리고 흐려졌다. 감시카메라 필름이 분명했다. 한 무리의 사람들이 흰 머리가 푸석한 남자와 마주치는 모습에 이어 몇 개의 계단이 나타났다.

"지금까지는 별 문제가 없는 것 같은데." 루드비가 계속 클릭을 하며 말했다. 가브리엘은 모니터를 뚫어져라 바라보았다. "그런데 갑자기, 자네는 어떻게 생각해? 이것 좀 봐."

영상 속 한 무리의 사람들이 다양한 동물이 전시된 방으로 들어가는 장면이 나올 때 그뢴리에가 가브리엘을 돌아보았다.

"약간 이상하지 않아?"

"뭐가요?" 가브리엘이 물었다.

"잠깐만 뒤로 가보자고." 루드비가 모니터의 커서를 움직였다. "여기 말이야." 그가 정지버튼을 눌렀다. "이제 보이지?"

가브리엘이 그 영상을 보며 고개를 절레절레 흔들었다. "뭘 말씀하시는 거예요?"

"출력해서 보자고." 나이든 수사관이 인쇄 키를 눌렀다.

이윽고 가브리엘은 그뢴리에를 따라 프린트물을 들고 비상상황실로 갔다. 루드비는 방금 출력한 사진을 이미 붙여놓은 다른 사진들 옆에 붙였다. "CCTV 사진 속에 보이는 거의 모든 사람들이 여기 있어, 그렇지?" 그가 출력한 사진을 가리키며 가브리엘을 돌아다보았다. "헬레네 에릭센, 파울루스 몬센, 이사벨라 융…."

가브리엘은 사진을 가리키는 루드비의 손가락을 따라가며 고개를 끄덕였다.

"그런데 이 사람은 누굴까?" 루드비가 사진 속 얼굴을 가리켰다.

가브리엘도 모르는 사람의 얼굴이었다. 다른 사람들과 대비되게 둥근테 안경을 쓰고 셔츠를 입은 젊은 남자는 전시실의 동물을 보지 않고 줄곧 감시카메라만을 주시했다.

"우리 리스트에 없는 사람 같네요." 가브리엘이 말했다.

"음, 그게 이상해." 그뢴리에가 대꾸했다.

"봐. 여기에 모두 있잖아? 교사들, 헬레네 에릭센, 파울루스 몬센 그리고 여학생들…. 그런데 이 젊은 남자는?"

가브리엘은 일찌감치 붙여놓은 보육원의 직원, 교사, 원생들 사진을 보았지만 그 낯선 얼굴은 어디에서도 찾을 수가 없었다.

"저 사람은 왜 카메라를 똑바로 쳐다보고 있을까?"

"그게 이상하네요." 가브리엘이 고개를 갸웃하며 동조했다.

"그래, 그렇지? 학교 단체관람이야. 아무리 따분해도 모두가 동물들을 보고 있는데, 이 청년만은 카메라를 보고 있잖아. 마치…."

"그게 어디에 있는지 확인하는 것처럼." 가브리엘이 말했다.

"그래. 난 본능적으로 의심이 생겼네. 그래서 신선한 눈이 필요했던 거야. 이게 우리한테 도움이 되겠지?"

가브리엘은 벽에 붙여놓은 새로운 사진을 뜯어보았다. 안경 뒤로 놀란 듯한 청년의 눈은 위쪽을 올려다보고 있는 반면 다른 사람들은 머리가 희끗한 남자가 가리키는 곳을 주목하고 있었다.

"와." 가브리엘이 셔츠 입은 젊은 남자에게서 눈을 떼지 않은 채 감탄사를 내뱉었다.

"그 사람은 여기에 없지? 자네 눈에도 안 보이지, 그렇지?" 그륀리에가 후룸란데 보육원 관련자들을 한 명 한 명 보여주는 사진들을 향해 손짓하며 다시 말했다.

"틀림없이 안 보여요."

"그러니까 내 눈이 이상한 거 아니지? 내가 잘못 본 거 아니지?" 루드비가 그를 보며 웃었다.

"대체 왜 감시카메라를 주시할까요?" 가브리엘이 물었다.

"카메라가 어디에 있는지 알고 싶어서 그랬을 거야."

"맞아요." 가브리엘은 최면에 걸린 듯, 카메라를 보고 있는 낯선 얼굴에게서 눈을 떼지 못했다.

둥근테 안경에 흰색 셔츠를 입은 젊은 남자.

"내가 미아한테 연락할게." 그륀리에가 휴대전화를 가지러 자기 방으로 달려가면서 말했다.

68장

어린 소년은 새로운 집이 이상스럽게 여겨졌고 익숙해지기 전까지 시간이 걸렸지만 그래도 점차 적응을 했다. 이곳은 책이 많지 않지만 벽이 두꺼워서 사람들 말소리가 들리지 않았다. 게다가 헬레네라는 원장 아주머니는 꽤 다정했다. 그녀는 다른 곳에서 사람들이 그랬던 것과 달리 소년을 이상하게 쳐다보지 않았다. 여기에 사는 다른 10대들과 똑같이 대해주었다. 이 집에 그처럼 어린 아이가 없기 때문이었지만, 그것은 중요하지 않았다. 어쨌든 이곳에서 함께 지내는 사람들은 점점 마음에 들었다.

일곱 명의 10대가 있었는데 그 중 매츠는 유일한 남자였다. 소년은 매츠가 정말 좋았다. 매츠를 보면 엄마 생각이 났다. 매츠는 세상이 얼마나 절망스러운 상태이며 정신이 병든 사람이 얼마나 많은지 이야기해 주었다. 하지만 엄마와 달리 매츠는 화장하는 것을 좋아했다. 그는 눈 주위를 검게 칠하고 손톱에는 검정색 매니큐어를 칠했다. 매츠는 검정색이라면 무엇이든 좋아했다. 그는 검정색 옷만 입었다. 벽에 붙은 음악밴드 포스터 속의 가수들도 검정색 옷차림에 얼굴에는 흰색 메이크업을 하고 스파이크가 달린 팔찌를 차고 있었다. 메탈. 그것이 그들이 연주하는 음악이었다. 어린 소년은 말을 별로 하지 않았다. 그는 매츠가 침대에서 음악을 연주하고 설명할 때 거의 듣기만 했다. 메탈 음악의 종류는 다양했다. 스피드 메탈, 데쓰 메탈, 매츠가 가장 좋아하는 블랙 메탈. 소년은 시끄러운 음악에 대해 별로 관심이 없었지만 음악 이야기, 특히 블랙 메탈 이야기를 좋아했다. 양을 제물로 바치고, 무대에서 알몸의 사람을 십자가에 매달고, 사탄과 죽음에 관한 노래를 부르는 밴드들.

일년 정도 지났을 때 소년은 그곳을 거의 집처럼 느꼈다. 물론 엄마와 살 때처럼은 아니지만 그곳은 다른 데보다 훨씬 좋았다. 그곳에는 온실도 있어서 나무와 꽃을 가꾸는 법도 배웠다. 공부도 좋아했다. 비록 그는 다른 학생들보다 나이가 어렸지만 가장 똑똑했고, 교사들은 방과 후에 그를 따로 가르치곤 했다.

벌써 이걸 끝냈니?

너에게 새 책을 몇 권 더 사줘야겠다.

소년은 모든 과목을 좋아했다. 영어, 국어, 수학, 지리. 새 책을 열 때마다 새로운 세상을 만나는 것 같았다. 아무리 공부해도 질리지 않았다. 소년은 특히 롤프라는 교사를 좋아했다. 그는 소년을 한껏 칭찬해주었다. 다른 아이들은 빼고 소년에게만 특별히 숙제를 내주곤 했다. 그리고 소년이 숙제를 완성하면 흐뭇한 웃음을 지었다. 소년에게 노트북을 선물해준 것도 그였다. 모두가 노트북을 가진 것은 아니었다. 소년은 한동안 거의 잠을 자지 않았다. 아니 자지 않아도 될 것 같았다. 배워야 할 게 많았기 때문이다. 소년은 노트북을 앞에 두고 책에 둘러싸여 밤을 새우는 게 좋았고, 다른 과제를 받을 때까지 기다릴 수가 없었다.

나머지 시간은 보통 매츠와 보냈다. 될 수 있으면 여자애들은 가까이 하지 않았다. 여자애들은, 엄마가 그에게 경고했던 말과 똑같다고 확신했다. 겉으로는 웃지만 속으로는 부정직하고 썩었으니 거리를 두는 게 가장 좋다. 매츠도 여자애들을 좋아하지 않았다. 사실 매츠는 메탈 외에는 아무것도 좋아하지 않았다. 책도 의식이라든지 피, 사탄, 사람을 죽음에서 불러오는 방법에 관한 것이 아니면 읽지 않았다.

"원장은 멍청해." 어느 날 저녁 침실에서 매츠가 말했다.

하지만 소년의 생각은 달랐다. 그는 헬레네를, 엄마 품에서 떨어져나온 후로 만난 가장 다정한 사람이라고 생각했지만 말은 하지 않았다. 혹시라도 매츠가 다시는 자기 방으로 오지 못하게 할까봐. 소년은 매츠와 사이가 틀어지는 것을 원치 않았다.

"하지만 원장 오빠는 멋져."

"헨리크? 가게 주인?"

"응." 매츠가 빙긋 웃었다.

"뭐가 멋진데?"

"그들이 어떤 종파에 속했었다는 거 알아?"

"아니." 소년은 종파가 무슨 뜻인지도 잘 몰랐다. 다만 매츠가 계속 웃어서 좋은 거라고만 여겼다.

"오스트레일리아에서," 매츠가 이야기를 들려주었다. "그들이 어린아이들이었을 때야. 패밀리라고 부르는 종파였지. 그들은 아이들에게 실험을 했어. 아이들에게 앤이라고 부르는 여자를 엄마로 생각하게 했지. 아이들은 똑같은 옷을 입고 머리 모양도 똑같이 해야만 했어. 그리고 온갖 약을 먹어야 했지. 아나텐솔, 할로페리돌, 토프라닐. 심지어 LSD까지. 상상이 가? 아이들은 작고 어두운 방에 혼자 갇혀있는 동안 점점 LSD에 중독되어 갔지."

이제 막 10대가 된 소년은 그게 무엇인지 몰랐지만 매츠는 약에 관한 한 전문가였다. 이유를 알 수는 없지만 매츠는 매일 약을 먹어야 했다. 그러니 매츠가 들려주는 이야기는 의심의 여지가 없었다.

"아이들은 완전히 미쳤어. 그 약들이 정신에 해로운 영향을 끼쳤거든." 매츠가 웃었다. "특히 헨리크는 자신이 올빼미라고 믿었지."

"올빼미?"

"응, 죽음의 새."

소년은 매츠의 말을 홀린 듯 들었다.

가게를 운영하는 원장의 오빠 헨리크는 정상적인 사람처럼 보였지만 가끔 몸에 깃털을 붙이고 울타리 옆 은신처에서 새를 죽여 사람들을 저승에서 불러오는 의식을 거행했다.

"오래 전 일이지만, 사실이야. 지금은 정상이라고 들었는데, 한동안 그는 완전히 미친 사람이었어. 너처럼."

"나처럼?" 소년은 매츠가 무슨 말을 하는지 이해할 수 없었다.

"그래, 너처럼. 너 예전에 엄마와 그 집에 갇혀 살면서 다른 사람들은 한 번도 본 적이 없다며? 너희 엄마, 그 미친 여자와 둘이 살았다며? 너와 나는 서로 닮았어. 넌 얼간이처럼 머릿속은 사실 정신병자야. 나도 그렇거든. 약간 정상이 아니지. 올빼미…, 그가 새 깃털을 자기 몸에 붙였어. 멋있지 않냐?"

매츠가 들판으로 데리고 가서 어떻게 죽은 사람을 불러내는지 보여주었을 때 소년은 별 느낌이 없었다. 그들은 둥지에서 작은 새를 꺼냈다. 매츠가 그 새를 운동화 끈으로 목 졸라 죽였다. 그런 다음 펜타그램 모양으로 켜놓은 촛불 가운데 새를 내려놓았다. 이어서 매츠는 책에 적힌 이상한 문구를 큰 소리로 읽었다.

소년은 별 느낌이 없었다.

그 후 부엌에서 훔친 칼로 매츠를 죽였을 때도.

어두운 땅바닥에 피가 흘러 스며들고, 검정색 화장으로 떡칠한 매츠의 눈이 멍하게 소년을 바라볼 때 그가 보인 반응은 단지 호기심이었다.

매츠는 무슨 말인가 하려고 애썼지만 끝내 못했다. 그저 마지막 움직임을 멈출 때까지 커다란 눈으로 소년을 응시했을 뿐이다.

"우리 엄마한테 그런 식으로 말하지 마."

아무 감정도 없었다. 그저 막연한 호기심이었다. 매츠의 입에서는 더 이상 숨결이 나오지 않았다. 매츠는 더 이상 살아있지 않았지만 눈은 감지 않았다. 죽음, 사실은 조금 실망스러웠다.

소년은 그렇더라도 죽은 새는 가여웠다.

소년은 매츠를 습지로 굴러 떨어뜨린 뒤 시신이 검은 흙속으로 사라질 때까지 지켜보았다. 그런 다음 꽃이 만발하고 나무 사이로 햇빛이 잘 드는 아름다운 곳에 새를 묻어주었다. 막대기로 십자가도 만들었다. 매츠의 침실 포스터에서 본 것처럼 거꾸로 된 십자가

가 아니라 묘지에 있는 평범한 십자가였다. 그날 밤 늦게 웅크린 채 담요를 덮고 누웠을 때 소년은 실망감을 누를 수가 없었다. 저 세상에 있는 엄마가 돌아오지 않았기 때문이다.

몇 년 후에도 같은 느낌이었다.

이제 소년은 10대 중반이 되었고, 교사들은 여전히 그를 칭찬했다. 롤프는 더 이상 학교에 근무하지 않았지만 다른 교사가 왔다. 그들 또한 소년에게 다른 10대들은 읽을 수 없는 책들을 주었다. 스스로 자전거를 마련한 소년은 원하는 곳 어디든 갈 수 있었다. 물론 자기가 살던 집에도 가보았다. 엄마한테. 그 집은 악취가 진동했다. 창문은 깨지고 온갖 동물들이 들어와 살고 있었다. 소년은 집을 깨끗이 치웠다. 그 후로 수업이 없거나 식물을 가꿔야 할 때면 자전거를 타고 옛 집에 갔다. 몇 달 후 집은 다시 예전처럼 말끔해졌다.

같은 느낌. 새는 동물 치고 너무 작은 게 틀림없었다. 그래서 이번에는 고양이를 택했다. 그는 매츠가 했던 대로 똑같이 촛불을 켜고 주문을 외웠다. 하지만 여전히 엄마는 돌아오지 않았다. 개를 가지고도 해보았지만 그래도 되지 않았다.

올빼미. 죽음의 새.

소년은 가게에서 접착제를 사고, 보육원에서 평소 계란을 구입하는 근처 농장 양계장에서 깃털을 훔쳤다. 그는 온몸에 풀을 바르고 그 위에 깃털을 붙였다. 그런 다음 개의 발을 매츠가 가르쳐준 대로, 매츠의 책에 스케치돼 있던 펜타그램에서 특정한 방향을 가리키게 꼬아놓았다. 하지만 이번에도 되지 않았다.

개를 가지고 의식을 치른 그날 밤 소년은 별로 기분이 좋지 않았다. 침대에 누웠지만 잠을 이룰 수가 없었다. 개의 선량해 보이는 눈이 생각났다. 고양이도 그랬다. 소년은 천장을 바라보다가 마음을 먹었다. 동물들은 잘못이 없었다. 엄마의 말이 옳았다. 사람들이 썩었다. 동물은 그렇지 않다. 동물은 그냥 자연스럽게 살 뿐이다. 동물을 잘 보살펴줘야 해. 동물은 절대로 너를 해치지 않아.

사람을 가지고 해야 할 것 같아.

엄마를 부르기 위해서는.

똑같이 닮은 사람.

엄마를 위해.

69장

미리암 뭉크는 프로그네르의 오스카르스가테에 있는 아파트 아래 길가에 서서 자신이 누구인지 잊고 있었음을 깨달았다. 한때는 은행에 돈 한푼 없는 반항적인 10대로 친구들과 함께 저항하고 말 탄 경찰들과 충돌을 일으켰다. 하지만 요즘은 출입구에 CCTV 카메라가 설치되어 있고 발코니로 독일 대사관의 전경이 보이는, 오슬로에서도 가장 고급한 주택가 아파트에서 의사 남편과 살았다. 게다가 원하는 것은 무엇이든 살 수 있을 정도로 돈이 충분했다. 그녀는 모종의 메스꺼움을 느끼며 초조하게 담배를 피웠다.

그녀는 검은 옷을 입고 있었다. 배낭에는 머리와 얼굴, 목까지 모두 가리는 방한모가 들어있었다. 살아있음. 그것이 미리암이 느끼는 감정이었다. 살아서 뭔가 중요한 역할을 한다는 느낌. 얼마 만에 맛보는 느낌인가. 버려진 바늘을 찾을 필요도 없이 마리온이 안전하게 뛰어놀 수 있는 놀이터가 갖춰지고, 학교 가는 길에 강도당할 걱정도 없는 프로그네르에서의 삶은 확실히 편안하고 쉬웠다. 하지만 그녀의 삶은?

나, 미리암의 삶은?

미리암은 새 담배에 불을 붙이려다 곧 도착할 차를 맞으러 갔다.

그럴 듯하게 핑계 됐어?

응.

미리암은 이미 줄리에게 털어놓았다.

어떤 남자와의 결별.

친구가 상심해 있어서 함께 있어줘야 해.

문제없어.

미리암은 결국 새 담배에 불을 붙였고, 담배를 거의 다 피워갈 무렵 기다리던 차가 도로 모퉁이를 돌아 그녀 앞에 멈춰섰다. 미리암은 담배를 던지고 웃으면서 차에 올라탔다.

"별 문제 없죠?" 운전석에 앉은 야코프가 인사를 했다.

"그럼요." 미리암이 물었다. "한데 지기는 어디 있어요?"

"그 친구는 게이르 차를 얻어타고 먼저 갔어요. 15분 전에."

"그랬군요." 미리암이 고개를 끄덕였다.

"이 일 틀림없이 할 거죠? 정말이죠?"

"기다리기 싫어요." 미리암이 웃으면서 안전벨트를 맸다. 둥근 안경테의 젊은 남자는 차에 기어를 넣고 후룸란데로 가기 위해 우라니엔보르그바이엔으로 차를 몰았다.

70장

미아 크뤼거는 흰색 플라스틱 컵을 올려놓고 버튼을 누른 뒤 고물 기계에서 쏟아져 나오는 커피를 바라보았다. 그러고는 뜨거운 플라스틱 컵을 들고 복도를 걸어 아네트 골리와 킴이 뭉크와 함께 있는 작은 방으로 갔다. 그들은 평소와 달리 얼굴이 어두웠다.

"확실한 거야, 아네트?" 뭉크가 말했다.

미아는 컵을 입으로 가져가다 말고 테이블에 내려놓았다. 커피 맛이 영 나빴다.

"내가 말한 대로예요." 골리가 킴 콜쇠를 보며 말했다.

"헨리크 에릭센은 여기 없었어요." 킴 콜쇠가 좀 더 구체적으로 내용을 전달했다.

"뭐라고요!" 미아가 소리쳤다.

"지난 여름, 그 소녀가 실종됐을 때요." 콜쇠가 재차 말했다.

"투스카니에 그의 별장이 있어요." 아네트 골리가 차분하게 설명을 해줬다. "매년 여름 거기에서 3개월을 보낸대요. 사건이 일어났을 때 그는 노르웨이에 없었어요."

미아가 다시 뭉크를 쳐다봤다. 뭉크는 가볍게 어깨를 으쓱했다.

"그러니까 그를 의심할 만한 물증은 없어요." 킴이 거듭 확인을 했다. "그는 국내에 없었어요. 그 사건이 일어났을 때…."

"하지만, 잠깐만요." 미아가 분통을 터뜨렸다. "어떤 남자가 온몸에 깃털을 붙이고 자신이 새라고 생각했어요…."

미아가 뭉크를 힐끗 보았다. 뭉크는 또다시 어깨를 으쓱하며 손으로 관자놀이를 눌렀다.

"그의 변호사 말이 그가 여름마다 이탈리아에 있었다는 사실을 확인해줄 목격자를 제시할 수 있대요." 아네트 골리가 말했다.

"말도 안 돼." 미아가 또다시 펄쩍 뛰었다.

"그는 이 나라에 없었어요. 우리에겐 그를 의심할 만한 증거가 없어요."

"하지만 헬레네 에릭센이 확인해줬잖아요? 깃털 말예요. 그들이 속했던 종파는 또 어떻고요? 그가 정신질환을 앓았다는 것도. 올빼미가 되고 싶어했다는 것도. 난 이해하지 못하겠어요…."

"그는 노르웨이에 있지 않았어요." 아네트가 되풀이했다.

"투스카니에 있었죠." 킴 콜쇠가 덧붙였다

"그가 돌아왔을 수도 있잖아요, 그럴 가능성은 없어요?"

"미안하지만 아니에요." 아네트가 다시 강조했다. "그는 내내 외국에 있었어요."

"그걸 우리가 어떻게 알죠?" 미아가 반발했다.

아네트가 뭉크 앞에 종이 한 장을 내밀었다. 뚱뚱한 수사관은 그것을 읽어보더니 고개를 끄덕였다.

"뭐죠?" 미아가 물었다.

"그의 전화통화 기록." 뭉크가 종이를 테이블 맞은편으로 밀며 한숨을 내쉬었다.

"그는 범인이 아니에요." 킴 콜쇠가 단언했다.

"하지만, 반장님." 미아는 뭉크가 내민 종이를 무시하며 말했다. "그럼, 깃털은요? 올빼미는요? 헬레네도 그것을 인정했잖아요!"

뭉크는 아무 대꾸도 하지 않고 두 손가락으로 양쪽 관자놀이를 눌렀다.

"그가 정신질환을 앓았다는 사실은요? 네, 반장님?"

"확신해?" 잠깐 침묵이 흐른 후에 뭉크가 물었다.

"저는, 100퍼센트예요." 골리가 대답했다.

"그는 노르웨이에 없었어요." 킴이 단호하게 말했다.

미아는 좌절감으로 무너졌다. 지난 한 시간 동안 백번쯤 진동하던 주머니 속 휴대전화가 다시 울렸다.

미아는 휴대전화를 꺼내 화면을 들여다보며 물었다. "그럼 우린 어떻게 하죠? 그들을 풀어줘야 하나요?"

루드비 그뢴리에게서 온 긴 미수신 목록. 그리고 사진 파일이 붙은 문자메시지 한 통.

전화 좀 받으면 안 돼?

이 젊은 남자가 누구지?

남자의 표정을 봐.

카메라를 보고 있는….

"네. 우리에겐 다른 방법이 없어요." 아네트 골리가 설명했다. "우리는 헬레네 에릭센을 붙잡아둘 수 있다고 생각했어요. 자기 오빠가 그랬을지도 모른다고 그녀가 생각했기 때문이에요. 하지만 언제까지 그럴 수 있을 거라고 생각하세요?"

"알았어." 뭉크가 고개를 끄덕였다. "그들을 풀어주자고."

학교 단체관람 사진. 미아가 방문했던 자연사박물관. 모두가 안내인과 전시실에 진열된 동물을 바라보고 있었다. 둥근테 안경을 쓰고 흰색 셔츠를 입은 젊은 남자만 빼고. 그는 호기심 어린 눈으로 감시카메라를 주시하고 있었다.

"그럼 이제 끝난 건가?" 뭉크가 물었다.

"원한다면 밤새 그들을 붙들어둘 수도 있어요." 골리가 말했다.

"전 헬레네와 아직 할 이야기가 있어요." 미아가 중얼거렸다.

"뭔데?" 뭉크가 궁금해하며 미아를 보았다.

"이 사람이 누구인지 알고 싶어서요."

미아가 자신의 휴대전화를 뭉크에게 내밀었다. 그의 눈이 가늘어지며 다시 머리를 감싸쥐었다.

"이건 또 뭐야?" 뭉크가 물었다.

"자연사박물관에서 보내온 CCTV 사진이에요."

"좋아." 뭉크가 나섰다. "그럼 하룻밤만 더 조사하자고."

"반장님?" 아네트 골리가 따지듯 나섰다. "어디 아프세요?"

"응? 응, 그냥…. 물이나 한잔 마셔야겠어." 뭉크가 중얼거리며 방을 떠났다.

세 명의 수사관은 서로 바라만 보았다.

"반장님 어디 아프신 거 아니에요?" 아네트가 우려 섞인 목소리로 두 동료에게 물었다.

킴이 어깨를 으쓱했을 때 미아는 벌써 조사실 쪽으로 발길을 돌렸다. 미아가 도착해보니 헬레네 에릭센은 책상에 두 손을 올린 채 엎드려 있었다.

"이게 누구죠?" 미아가 그녀 앞에 휴대전화를 놓으며 물었다.

"뭐죠?" 헬레네가 멍하니 중얼거렸다.

"이 젊은 남자." 미아는 루드비가 보내준 사진을 가리켰다.

헬레네는 미아가 방금 무엇을 물어봤는지 기억나지 않는 듯 혼란스러워 보였다. "누구요?"

"이 남자? 사진 속 이 남자가 누구죠?"

헬레네 에릭센은 천천히 휴대전화를 집어들고 자신이 왜 여기에 있는지 모르겠다는 듯 어리둥절한 표정으로 화면을 응시했다.

"학교에서 단체관람을 가셨죠? 자연사박물관으로. 8월에?"

"이건 어디에서 났어요?" 헬레네가 물었다.

"당신도 거기에 있었나요?"

"네, 왜요?"

"이 젊은 남자가 누구죠?" 미아가 다그쳤다.

헬레네는 얼굴을 찌푸린 채 미아를 올려다보더니 다시 사진 쪽으로 시선을 돌리며 웅얼거렸다. "야코프 말이에요?"

"이 남자 이름이 야코프인가요?"

"그래요." 헬레네가 고개를 끄덕이며 반문했다. "그런데 왜…?"

"왜 그가 여기 있죠? 원생도 아닌데. 게다가 보육원에서 일하는 것도 아니잖아요?"

"그래요. 하지만….."

"왜 우리가 받은 명단에는 그의 이름이 없었죠?"

"무슨 말이에요?"

"우리한테 전 직원과 원생들의 명단을 보내달라고 했는데, 이 남자는 거기에 없었어요."

"야코프는 한때 우리와 함께 살았어요." 헬레네 에릭센이 다시 사진을 보며 천천히 말했다. "하지만 오래 전 일이죠."

"단체관람에 같이 갔잖아요?"

"그래요. 그는 가끔 우리한테 놀러와요. 야코프는 한때 최연소 원생이었어요. 우리와 가장 오래 함께 지낸 아이고. 실제로 가족이나 다름없어요. 보육원에 종종 들러요. 우리 모두 그를 좋아하죠. 와서 컴퓨터 수리도 도와주죠. 돈도 받지 않고. 그러니까 엄밀히 말하면 고용인은 아니죠, 다만….."

"컴퓨터요? 그가 컴퓨터를 잘 아나요?"

"야코프요? 물론이에요." 헬레네 에릭센이 웃었다. "그는 천재예요. 영재였죠. 그가 지금껏 겪은 일을 생각하면 기적이죠."

"그의 정식 이름이 뭐죠?" 미아는 자신이 얼마나 다급한지 내색하지 않으려고 애쓰면서 물었다.

"야코프 마르스트란데르." 헬레네가 혼란스러운 표정으로 대답했다. "설마…, 그를 의심하는 건 아니죠?"

71장

E18 도로변 불빛에는 뭔가 매력적인 데가 있었다. 왠지 모르지만 미리암은 불빛을 보면 언제나 좋았다. 아무래도 어릴 적 볼보 자동차 뒷좌석에 앉아 할머니 댁을 방문했던 추억이 되살아나서 그런 것 같았다. 가로등에서 흘러나오는 따뜻한 불빛. 아스팔트에 닿는 바퀴의 느낌. 앞좌석에서 들려오던 부모님의 목소리. 라디오 음악 소리를 배경으로 부모님은 언제나 가벼운 신경전 끝에 서로 장난을 걸곤 했다. 엄마는 재즈를 좋아했고, 아빠는 클래식을 좋아했다. 그 시절 미리암은 얼마나 안정감을 느꼈는지.

"커피 더 줄까요?" 야코프가 안경을 콧등 위로 올리며 물었다.

"아직 남았어요, 지금은 됐어요." 미리암이 메탈 컵의 커피를 한 모금 마시며 웃었다. 이 일로 밤을 새워야 하는 그들은 어떻게든 깨어있어야 했다.

"보온병을 두 개 가져왔어요." 그가 차의 히터를 조금 더 올렸다.

밖이 추웠다. 사실상 겨울이었다. 하지만 미리암은 여전히 덥게 느껴졌다. 그녀는 시트의 헤드쿠션에 머리를 기대고 다시 불빛을 바라보았다. 어렸을 때의 천진난만함을 생각하니 자신도 모르게 미소가 흘러나왔다. 그때는 얼마나 순진하고 모든 게 아름다웠던지. 엄마는 손으로 아빠의 머리카락을 부드럽게 매만졌다. 아빠는 그런 엄마를 보고 싱긋 웃었다. 끝이 없을 것 같았던 시간. 어린시절은 그랬다. 매 순간 순간이 영원히 지속될 줄 알았다. 미리암은 커피잔을 비우고 혼자 미소를 지었다. 약간 졸음이 왔다. 지금까지 지나온 모든 가로등 덕분에 과거로의 아름다운 여행을 했다. 그녀는 최근 들어 10대 시절에 대한 생각을 많이 했다. 그때는 어른이 되는 것을 기다릴 수가 없었다. 이제야 돌이켜보니 그 시절은 얼마나 좋았는지. 그녀는 미소 지으며 보온병에서 다시 커피를 따랐다.

"이상하지 않아요?" 야코프가 말했다.

"뭐가요?" 미리암은 자꾸만 눈이 감겼다.

"이따금 계획은 많이 세우는데 그게 불필요했던 것으로 밝혀질 때가 있죠." 둥근테 안경을 쓴 남자가 미리암을 보며 히죽 웃었다.

미리암은 그의 얼굴이 약간 이상해 보였다. 마치 자신이 눈의 초점을 제대로 맞추지 못하는 것 같았다.

"내가 무슨 말을 하는지 알겠어요?" 남자가 물었다.

"아뇨. 잘 모르겠어요." 미리암이 커피를 마시며 대답했다.

미리암은 맑은 정신으로 경계를 늦추지 않을 필요가 있었다. 그 일은 시간이 걸릴 것이다. 어쩌면 밤새 있어야 할지도 모른다. 하지만 미리암은 벌써부터 꾸벅꾸벅 졸았다. 조짐이 좋지 않았다. 미리암은 커피를 더 마셨다. 야코프가 그녀를 돌아보며 웃었다.

"커피 더 마셔요." 야코프가 말했다. "혹시 커피를 좋아하지 않을 까봐 콜라와 생수도 가져왔어요."

미리암은 그가 무슨 말을 하는지 이해할 수 없었다. 그녀는 몸을 뒤로 젖히고 다시 불빛을 바라보았다. 기억 속 불빛보다 더 따뜻하고 노랗게 보였다. 빌리 홀리데이. 엄마는 언제나 그녀의 노래를 좋아했다. 미리암은 혼자서 빙그레 웃다가 갑자기 컵을 움켜쥐었다. 하마터면 컵을 놓칠 뻔했다.

"하지만 당신이 커피가 좋다고 말하는 바람에 다른 것들은 쓸모없게 되었어요." 야코프가 조그맣게 킬킬거리며 고개를 저었다. "그 시간을 다른 데 쓸 수도 있었는데, 그렇지 않아요?"

미리암은 꾸벅꾸벅 졸면서 그를 바라보았다. 하지만 그의 얼굴은 더 이상 거기에 없었다.

"거기까지…, 얼마나…, 남았어요?" 그녀가 웅얼거렸다. "사람들과…, 만나려면?" 미리암은 한참을 걸려서 겨우 말을 마쳤다.

"아, 그들은 우리 없이도 잘 해낼 거예요."

"무슨…, 말이에요?"

"우리에겐 더 중요한 일이 있어요. 그렇지 않아요?"

둥근 안경테 젊은 남자가 다시 미리암을 돌아다보며 웃었다.

하지만 미리암은 그를 보지 못했다.

그녀는 이미 잠들었다.

8부

72장

스위스의 휴고 랭은 어린애가 된 듯한 기분이었다. 흥분으로 온몸이 찌릿찌릿했다. 지난번 스크린에서 여자를 본 후로 이렇게 강렬한 느낌은 처음이었다.

두 사람은 함께 있었다. 지하실의 젊은 여자와 자신. 외로운 두 사람은 서로를 발견했다. 그런 만족감은 처음이었다. 두 사람은 오래도록 함께 할 것이다. 그는 여자가 잠들었을 때 그녀의 머리카락을 매만졌다. 여자가 쳇바퀴를 돌릴 때 그는 미소를 지었다. 여자가 쳇바퀴를 아주 잘 돌린 덕분에 기계에서 음식이 마구 떨어졌다. 그런데 갑자기 그녀가 사라졌고, 그의 그리움은 밑 빠진 항아리처럼 멎지를 않았다.

하지만 이제 여자가 돌아왔다. 같은 여자는 아니었지만 음, 거의 비슷했다. 그는 이미 그녀가 마음에 들었다. 어쩌면 지난번 여자보다 훨씬 더. 휴고 랭은 미소 띤 얼굴로 의자를 커다란 스크린 가까이 가져갔다.

미리암 뭉크.

이름이 이상하다는 게 그의 첫 느낌이었다. 하지만 이름은 중요하지 않기 때문에 순간 기분이 좀 나빴을 뿐이다. 그녀는 이제 그의 친구이며 포로이기에 함께 있을 수 있었다. 두 사람은 *함께*, 함께 있을 수 있었다. 첫날 그녀가 아무것도 하지 않아서 그의 신경을 건드렸다. 그녀는 그냥 앉아있기만 했다. 자신의 아름다운 몸을 가리고 있는 야윈 손가락 끝이 떨렸다. 눈은 거의 감고 있었다. 겁에 질려 혼란스러워 보이는 눈은 자신이 어디에 있는지 이해하지 못하는 것 같았다. 게다가 울기까지 했다. 아름다운 하얀 뺨에서 눈물이 흘러내렸다. 그런 뒤에는 문이고 창문이고 닥치는 대로 간절하게 두드렸다. 그는 그 모습이 마음에 들지 않았다. 그는 가운 차림으로 장작불이 타는 난로가 있는 거실로 가서 작은 코냑 잔을 들고 들어왔다. 그것은 불필요한 행동이었다. 정말 그랬다. 왜 우리는 이런 순간을 함께 즐기지 못할까? 하지만 결국 여자는 정신을 차렸고, 이제는 모든 게 괜찮았다.

휴고 랭은 웃으면서 스크린에 비친 여자의 뺨을 손으로 쓸어내렸다. 겨우 이틀밖에 지나지 않았는데, 예전의 여자보다 이 여자가 더 좋아지기 시작했다. 재미있었다, 정말로.

첫날에는 그녀가 탐탁지 않았다.

그녀는 이해하지 못했다. 이게 어떻게 돌아가는지. 하지만 그때 그가 우리로 들어왔고, 그 후로는 여자도 지시하는 대로 따랐다.

쳇바퀴를 돌려.

구멍으로 나오는 음식을 먹어.

휴고 랭은 코냑을 한 모금 더 마신 다음 가죽의자를 스크린 쪽으로 바짝 끌어당겼다. 스크린 속 여자의 머리카락을 쓰다듬은 뒤 그 여자의 입술에 키스를 했다.

버릇없이 굴거나 기분 잡치게 하지 마. 안 돼, 안 돼.

그냥 뺨에 가볍게 입맞춤하는 거야.

휴고 랭은 등을 뒤로 젖히고 잔을 들어올려 건배를 하고는 빙그레 웃었다.

73장

홀거 뭉크는 수도꼭지를 틀어 진통제를 삼킨 다음 쌕쌕거리며 세면대 위 거울에 비친 자신의 모습을 보았다.

도대체 왜? 얼굴에 찬물을 끼얹었지만 통증은 쉬이 가시지 않았다. 아무래도 의사의 말이 맞는 것 같았다. 건강하지 않아요. 운동을 더 해요. 담배를 줄여요. 왜 이렇게 불편하게 느껴지지?

뚱뚱한 수사관은 점퍼 소매로 얼굴을 닦고 나서 약효가 나타나기를 기다리며 천천히 숨을 들이마시고 내쉬었다. 다른 팀원들은 브리핑 도중 5분의 휴식을 취하는 중이었다. 흥분한 그들이 그를 기다리고 있었다. 마지막 이름이 등장한 후로 그들 모두가 흥분했다.

야코프 마르스트란데르.

뭉크는 처음에 의문을 가졌다. 이번 수사는 시작부터 어긋났고, 그래서 이미 많은 용의자가 있었다. 하지만 그는 이제야 확신이 들었다. 이 자가 자신들이 찾던 사람이라는 확신.

한 가지 문제는 야코프 마르스트란데르가 허공으로 사라진 것 같다는 점이었다. 이틀째 행방이 묘연했다. 그들은 JM 컨설턴트라는 1인회사인 야코프의 사무실을 습격했지만 행방을 알려줄 단서를 단 하나도 찾지 못했다.

나쁜 자식.

뭉크는 수도꼭지에 얼굴을 들이밀고 물을 더 마셨다. 마침내 진통제가 약효를 나타내는 느낌이었다. 그는 마지막으로 거울을 한 번 더 보며 손으로 얼굴을 문질렀다. 그리고 억지 미소를 지어보인 뒤 침착하게 비상상황실로 갔다.

"좋아, 어디까지 했지?" 뭉크가 스크린 옆에 자리를 잡으며 말했다. "루드비?"

"공항에선 아직 아무 연락도 없습니다." 그뢴리에가 브리핑을 했다. "물론 기차나 승용차로 도주할 수도 있지만 그런 이름이 국경선을 넘었다는 기록은 받지 못했습니다."

"그렇다면 아직 노르웨이에 있는 거죠?"

"확실히 모르지만 인터폴에 연락해놨습니다." 킴이 말했다.

"좋아." 뭉크가 고개를 끄덕였다.

"마르스트란데르의 사진은?"

"오늘 아침 모든 언론사에 배포했어요. 그게 반장님이 원하는 거죠?" 아네트 골리가 물었다.

"우리 모두 동의했잖아, 그렇지 않아?" 뭉크가 말했다.

"아뇨. 모두는 아니죠." 쿠리가 퉁명스럽게 내뱉었다.

"그만해요, 쿠리. 제발 그만해요." 골리가 한숨을 내쉬었다.

"왜요?"

"우린 모두 동의했어요." 루드비가 끼어들어 중재를 했다.

"어리석은 짓이었어요. 제 말은 그거예요." 쿠리가 다시 툴툴거렸다. "언제나 그랬잖아요. 일단 신문에 사진이 나오면 자기네 집 차고 주변에서 의심스러운 사람을 목격했다는 선의의 멍청이들한테 끊이지 않고 전화가 와요."

"내가 확인한 바에 의하면 나는 아직 이 팀의 책임자야." 뭉크가 엄격하게 말했다. "그리고 나는 오늘 그의 사진을 배포하라고 지시했어, 그렇지?"

"압니다." 쿠리가 대꾸했다. "전 다만⋯."

"벌써 인터넷에 올라왔어요." 일바가 자신의 휴대전화를 들어보이며 말했다.

"좋아. 성과가 있기만 바라자고." 뭉크의 머리가 더욱 지끈거렸다. 그는 테이블 위의 물병을 들어 마시며 방 안을 둘러보았다. "그런데 미아는 어디에 있지?"

"미아는 따로 할 일이 있어 늦는답니다." 그뢴리에가 대답했다.

"무슨 일이래요?"

"말하지 않았습니다."

"좋습니다." 뭉크의 목소리는 초조하게 들렸다. 그가 잠시 쉬고 나서 말을 이어갔다. "이틀이나 지났는데, 야코프 마르스트란데르의 머리털 하나 발견하지 못했다. 이걸로는 부족해. 누가 뭐라도 알아내야 해. 틀림없이 어디에선가 목격한 사람이 있을 거야. 그의 차가 오슬로를 벗어난 걸로 기록되어 있나?"

"어떤 유료도로에도 기록이 없어요." 킴이 대답했다.

"전화통화 기록은?"

"텔레노르에서 확인해줬는데 금요일에 그의 집에서 마지막으로 사용했답니다." 가브리엘이 대답했다. "그 이후 흔적은 없대요."

"그의 사무실에서 발견한 컴퓨터는?"

"아주 깨끗해요." 가브리엘이 다시 답했다.

"정말이야?" 뭉크가 한숨을 내쉬었다. "아무것도 없어?"

"보육원 원생들을 다시 조사해볼까요?" 킴이 물었다. "어제 조사 때 몇몇 소녀들이 뭔가를 숨기지 않았나 싶어서요."

"그래. 자네가 할 텐가?" 뭉크가 묻자 킴이 고개를 끄덕였다.

"우리가 발견한 그 전단 말이에요." 일바가 조심스럽게 나섰다.

"뭐?"

"뢰켄 농장의 행태를 중단시켜라. 동물보호연맹."

"응? 뭔가 알아냈어?"

"아직까지는 없지만, 뭔가 이상한 점이 있어요."

뭉크는 두통이 격렬하게 찾아와서 더는 참을 수 없는 지경으로 몰렸다. "다시 확인해봐." 그가 불쑥 말했다. "어떤 연결고리가 있 나 확인해봐. 그들을 공식적으로 어떻게 부른다고 했지?"

"동물해방전선."

"좋아. 다시 해봐. 거기에서 뭔가 건질 수 있는지 샅샅이 알아봐. 벌써 사흘째야. 이대로는 안 돼." 뭉크는 병에 담긴 물을 한 모금 더 마셨다. 그때 테이블에 놓아둔 휴대전화가 진동했다.

마리안네?

뭉크는 양해를 구하고 재빨리 발코니로 나왔다. "여보세요?"

"홀거?"

여러 해가 흘렀는데도 여전히 목소리로 그녀를 알 수 있었다.

뭔가 잘못되었다.

"여보세요, 홀거?" 그녀의 목소리가 떨렸다.

"그래, 마리안네. 무슨 일이야?" 뭉크는 주머니를 더듬어 담배를 찾았다.

"당신 미리암과 연락한 적 있어?

"뭐라고? 아니. 요 며칠 연락이 없었는데, 왜?"

저편에서 침묵이 흘렀다. "그게⋯."

"무슨 일이야?" 뭉크가 담배에 불을 붙이며 다시 물었다.

"미리암이 지난밤 마리온을 데려가기로 했는데, 연락이 안 돼."

"무슨 말이야?"

"내가 미리암을 찾으려고 해봤는데⋯."

"미리암이 없어졌어?"

"나도 잘 몰라." 마리안네가 머뭇거리며 말을 했다. "걱정 끼치고 싶지 않은데 연락할 사람이 생각나지 않아서."

"당연히 나한테 연락해야지."

"괜찮겠지?"

"물론이지. 아무 일 없을 거야." 뭉크가 애써 태연한 척 말했다. "당신도 미리암이 어떤 앤지 알잖아."

"그 애는 더 이상 열다섯 살이 아니야." 마리안네가 그의 말을 가로막았다. "난 걱정돼. 알고 보니 나한테 거짓말을 했더라고."

"무슨 말이야?"

"줄리한테 무슨 일이 생겨서 도와준다고 그랬거든. 한데 줄리한 테 연락해봤더니, 그보다 더한 일이 있는 걸로 밝혀졌어."

"더한 거, 뭐?"

"습격. 불법 습격…. 그 애는 줄리를 도왔던 게 아니라 줄리 핑계 를 댄 거였어."

뭉크는 정신을 차리려고 안간힘을 썼다. "습격이라니? 무슨 말 이야, 마리안네?"

"줄리가 말해주지 않으려고 하다가 결국 털어놓았어. 미리암이 다시 저항단체 일을 시작했어."

"미리암이?"

"그렇대, 홀거." 그녀의 목소리는 이제 떨렸고, 뭉크는 신경이 곤 두섰다. 그의 두통은 어느새 사라졌다.

"진정해, 마리안네." 뭉크가 담배를 한 모금 더 빨며 말했다. "걱 정하지 마. 전에도 이런 일 있었잖아, 안 그래? 딱 그 애다워. 당신 도 미리암이 어떤 앤지 알잖아. 그 애는 항상…."

"맙소사! 홀거, 미리암이 없어졌다고! 내 말 안 들었어?"

"물론 듣고 있어. 미리암이 습격하는 일에 가담했다고? 대체 어 떤 습격인데?"

"동물보호연맹이래." 마리안네가 대답했다. "후룸에 있는 어떤 곳이래. 미리암만 어젯밤 먼저 돌아오기로 되어있었대."

"처음부터 다시 말해봐. 미리암이 어딜 갔다고?"

"줄리가 그러는데 뭔가 잘못 됐대. 그래서 습격이 취소됐다고. 원래는 사흘간 잠입하기로 되어있었는데 무슨 일이 생겼나봐."

"미리암이 잠입을 한다고?" 뭉크는 도통 믿기지 않았다.

"그보다 미리암을 태워주기로 했다는 남자 사진이 인터넷에 떴어."

"누군데?"

"당신이 찾고 있는 사람이야. 다른 사건으로."

멀리 저편에서 마리안네는 힘이 다 빠진 목소리로 말했다. "나 무서워, 홀거." 마리안네가 나지막이 중얼거렸다.

"혹시 야코프 마르스트란데르 말하는 거야?"

"맞아." 마리안네가 중얼거렸다.

도대체 왜?

"당신 언제 줄리와 통화했어?"

말도 안 돼.

"조금 전. 2분 전쯤에."

어떻게 그런 일이…? 어떻게 그럴 수가?

"미리암이 그의 차를 탔다고 줄리가 확인해줬어?"

"줄리가 나한테 말해줬어. 줄리도 두려워하고 있어. 무슨 일이 일어난 거라고 걱정해. 아무도 그와 연락이 되지 않는대."

이럴 순 없어.

"줄리 지금 집에 있어?"

목소리가 흔들려선 안 돼. 마리안네를 더 걱정시켜선 안 돼.

"응, 묄레르가타에 있는 아파트. 그 애가 어디 사는지 기억나?"

미리암.

"그럼. 기억하지."

동물보호연맹이라.

"당신이 줄리와 통화할 거야?"

"알았어, 마리안네. 전화 끊자마자 줄리와 통화할 거야, 됐지? 당신한테도 곧 연락해줄게."

이럴 순 없어.

뭉크는 전화를 끊고 비상상황실로 달려왔다. 그리고 그곳에서 얼빠진 듯 바라보는 얼굴들을 마주했다.

"쿠리, 킴. 자네들은 나와 함께 갈 거야!" 뭉크가 소리쳤다.

두 사람은 놀란 얼굴로 뭉크를 쳐다봤다.

"나머지 사람들은, 들은 바에 의하면 며칠 전 동물보호연맹에서 후룸의 한 우리에 갇혀있는 동물들을 해방시켜주려고 습격을 계획했다. 그 계획에 대해 알아낼 수 있는 대로 모두 알아보도록. 우선 줄리 비크라는 인물부터 알아봐. 그녀도 용의선상에 있다. 지금은 그 정보가 필요하다."

"그럼 우리는 뭘…." 루드비 그륀리에가 물어보려고 했지만 뭉크는 이미 문 밖으로 나간 후였다.

74장

미리암 뭉크는 추위에 몸이 꽁꽁 언 상태에서 깨어났다. 그녀는 부들부들 떨며 뱃속의 아기처럼 조그맣게 몸을 만 채로 작은 담요를 잡아당겨 몸을 덮었다. 몇 시간 동안 손과 무릎으로 기었던 터라 지쳐 골아떨어졌지만 벽 틈으로 들어오는 찬 공기와 배고픔이 그녀의 잠을 깨웠고 악몽을 되살아나게 했다. 미리암은 여전히 충격에서 벗어나지 못했다. 그녀는 자동차에 앉아 E18 도로를 달리고 있었다. 부모님 생각을 했고, 어린시절의 추억으로 돌아갔다. 온몸이 나른하고 따뜻했다. 지금 있는 방에 비하면 훨씬 좋았다.

장난 같았다. 충격이 가라앉을 때쯤 처음 든 생각이 그것이었다. *여기가 어디지?* 얼음장 같은 바닥. 어두운 지하실. *누가 나를 이렇게 만들었지?* 끼익, 소리가 나며 문이 열리고 깃털로 뒤덮인 생명체가 들어왔을 때도 미리암은 사태의 심각성을 깨닫지 못했다. 꿈일 거라고 생각했다. *난 아직 자고 있는 거야.* 잠시 후에야 끔찍한 일이 일어났다. 처음에는 호기심으로 주변을 둘러보았다. 누가 지하에 이런 이상한 집을 지었을까. 그녀는 이 꿈속에서 아주 작은 존재가 된 것처럼 느껴졌다. 이상한 나라의 앨리스처럼. 자신은 작은 동물로 변했다. 그곳에는 그녀가 뛸 수 있는 커다란 쳇바퀴가 놓여 있었다. 벽에는 물을 마실 수 있게 주둥이가 달린 물병이 있었다.

아니야, 이건 아니야.

빨리 잠을 깨는 수밖에 없었다.

이럴 순 없어.

긍정적인 생각을 해야 하나?

제발, 하느님.

마리온. 마리온 생각을 해야 할까?

도와주세요.

그러면 잠을 깨는 데 도움이 될까?

제발, 누군가, 나를 도와줘요.

미리암은 눈을 가늘게 뜨고 배고픔을 잊으려고 애썼다. 구역질이 났다. 그녀는 쳇바퀴를 돌고 난 후 구석으로 가서 구토를 했다. 손바닥과 무릎이 얼얼했지만 더 이상 울지 않겠다고 마음먹었다. 벽에서 떨어지는 갈색 알갱이를 씹으려고 애를 썼다. 그것은 자신이 먹게 되어있는 음식이었다. 조금 삼켰지만 곧바로 토했다. 그녀는 이 짓을 하지 않으려고 했었다. *만약 그렇게 춥지만 않았다면.*

미리암은 천천히 앉은 자세로 바꿨다. 그런 다음 일어서려고 시도해보았다. 먼저 쭈그려 앉았다 천천히 일어난 다음 두세 번 어깨를 두드리고 뻣뻣하게 아픈 다리에 피가 통하도록 구부려보았다.

오, 하느님. 배가 너무 고파요.

미리암은 꽁꽁 언 손가락을 조금이라도 녹이려고 뿌연 입김을 내뿜었다.

제발, 하느님.

빨리 깨어나는 수밖에 없었다.

도와주세요.

엄마, 마리온, 아빠.

누구라도, 제발.

그때 문이 열리더니 몸에 깃털을 붙인 생명체가 문가에 나타났다. 미아는 놀라서 벌떡 몸을 일으켰다.

"야코프." 미리암은 공포에 질려 뒷걸음질치며 애원했다.

"당신은 별로 똑똑하지 않군." 깃털 단 남자가 그녀에게 권총을 겨누며 위협했다.

"야코프. 난…." 미리암은 애원하려고 했지만 목소리가 나오지 않았다. 입술 사이의 웅얼거림은 이내 추운 방이 삼켜버렸다.

"입 다물어." 깃털 붙인 생명체가 명령했다. "뭐라도 하는 게 어때? 여기가 어떻게 돌아가는지 내가 설명해줬잖아. 하지 않겠다는 거로군. 잠깐 잘하나 싶더니 아직 이해하지 못하는 것 같군. 내가 다시 어떻게 하는 건지 설명해줘야 해?" 깃털을 치장한 젊은 남자가 한 발짝 다가와서 미리암의 얼굴에 총구를 들이댔다.

"아뇨, 제발." 미리암은 두 손을 들어 방어하며 더듬더듬 말했다.

"당신 멍청이야, 뭐야?" 그의 눈동자는 검었다. 그가 총을 쥔 깃털 달린 손을 앞으로 뻗으며 고개를 저었다. "한동안 잘하더니 왜 안 하는 거지? 멍청해서 그런가?"

"아니에요." 그녀가 더듬거렸다.

"그 이유는 아마도, 이건 어렵지 않아. 이게 어려워?"

"아뇨, 아니에요." 그녀가 울먹이며 애원했다.

"혹시 누가 구해주러 올 거라고 생각하는 거야? 남자친구라도?" 그가 미리암을 보며 씩 웃었다. 깃털로 뒤덮인 얼굴 사이로 흰 이빨이 번쩍거렸다. "아니면 아빠가? 당신 아빠가 경찰이라고? 아빠가 구해주러 올 거라고 생각하는 건가? 딸을 구하러?"

미리암 뭉크는 공포에 사로잡혀 부들부들 떨었다.

"아무도 오지 않아." 그녀 앞에 선 깃털 생물체가 말했다. "그들도 똑똑하지만 난 더 똑똑하거든. 그들은 절대로 당신을 찾아내지 못해." 그가 총열 반대편에서 다시 킬킬거렸다. "난 당신을 명중시킬 수도 있지만, 그럼 시청자들이 재미없어 할 거야. 그렇지?"

미리암은 그가 말하는 시청자가 누군지 알지 못했다.

"이건 쇼야. 내가 모든 것을 기획했지. 똑똑하지 않아? 창의적인데다 점잖은 쇼처럼 보이고. 고객들이 기꺼이 돈을 낼 만하지."

미리암은 여전히 그가 무슨 말을 하는지 이해할 수 없었다.

"넌 운이 좋은 편이야. 정말이야." 깃털로 치장한 남자가 웃었다. 차갑고 영혼 없는 눈 아래 긴장한 미소. "아주 운이 좋은 편이지, 정말로." 그가 계속 중얼거렸다. "넌 이제 스타야. 사람들이 너를 보려고 100만 크로네를 지불했어. 심지어 넌 선택되지도 않았는데 말이야." 남자가 총구로 미리암의 머리를 긁으며 킬킬거렸다. "믿을 수 있겠어? 너는 선택받지도 않았다고. 다른 여자는 세 표를 받았어. 사람들은 어린 애들을 좋아하지만, 이건 어디까지나 내 쇼거든. 내가 고안해냈지. 쳇바퀴. 벽에 쓴 글씨. 그러니까 결정은 내가 해. 난 너를 선택했어. 네가 마음에 들기 때문이야. 넌 특별해. 너희 아빠는 경찰관이거든. 멋있지 않아? 사람들은 다른 여자한테 표를 던졌지만 내가 그 여자를 선택하지 않은 거 말이야?"

미리암이 천천히 고개를 끄덕였다. "야코프…." 그녀가 망설이다 입을 열었다. 입 속에 사포를 물고 있는 느낌이었다.

"아니, 아니." 차가운 눈빛의 남자가 다시 총을 겨누며 말했다. "우린 대화하지 않아. 그냥 듣기만 해."

미리암은 입을 다물고 바닥을 응시했다.

"난 이번에만 내려오고 더 이상 내려오지 않을 거야." 깃털 달린 남자가 명령했다. "내가 시키는 대로 해. 그러지 않으면 결국 다른 여자를 데리고 와야 하거든. 돈을 지불한 사람들에게 뭔가 보여주는 게 중요하니까. 그렇지 않아?"

"그렇겠죠." 미리암이 고개를 숙인 채 대꾸했다.

"지금 내 총에 맞고 싶어, 아니면 시키는 대로 하겠어?"

"시키는 대로 할게요." 미리암이 나지막이 중얼거렸다.

깃털로 치장한 남자는 미리암이 약속을 지킬지 못 미덥다는 눈길로 잠깐 바라보다 이내 총을 내리고 흰 이빨을 드러냈다.

"좋아." 그는 킬킬거리며 방에서 나갔다.

그녀만 어둡고 추운 방에 내버려두고.

75장

그런 직감이 어디에서 생겼는지 말할 수 없지만, 미아가 보기에 갑자기 나타난 흰색 오두막에는 뭔가 이상한 데가 있었다. 지난번에 다녀간 후로 그곳이 자꾸만 자신을 부르는 듯한 느낌을 떨쳐버릴 수가 없었다. 짐 푸글레상의 집. 주위에 아무것도 없이 홀로 떨어져 있는 집. 서리 앉은 나무들. 정적. 하지만 바닷가에 서면 갈매기의 울음소리가 들리던 히트라의 평화로움과는 다른 정적이었다. 이곳은 달랐다. 신경을 곤두서게 만드는 이상한 정적이었다. 미아는 차에서 내려 흰색 오두막으로 향하는 동안 경계심을 늦추지 않고 주위를 살폈다. 이번에는 무장을 한 덕에 자신이 있었다. 지난번에는 아무것도 입지 않은 느낌에다 다소 겁이 났다. 그것은 자신의 성향에 맞지 않았다. 그 집에서 돌아왔을 때 미아는 무엇 때문인지 모르지만 그 집에 강하게 마음이 끌렸다. 그래서 다시 한 번 가봐야겠다고 생각은 했지만 진행되고 있는 다른 일들 때문에 이제야 시간을 냈다. 어쩌면 이것은 여전히 우선순위가 아닐지 모르지만 몇 시간쯤 이렇게 시간을 낸다고 해서 해로울 일은 없으리라. 게다가 아직 해가 있을 때 이 일을 끝내고 싶었다.

미아는 오두막으로 걸어가다 걸음을 멈추고 마음을 바꿨다. 대신 숲으로 나있는 작은 오솔길을 선택했다. 집 안에는 이미 들어가보았다. 그녀가 찾고 있는 게 무엇이든 그것은 거기에 없었다.

날씨가 좋으면 14분.

짐 푸글레상은 몇 년 전에 사진을 찍었다. 그리고 사진을 앨범에 붙였다. 고양이. 개. 깃털을 깐 바닥에 펜타그램 모양으로 세워놓은 초들.

그랬다. 미아는 대부분의 사람들과 달랐다. 그녀는 아주 외진 이곳에 묘하게 끌리는 이유를 정확히 설명할 수가 없었다. 다만 그게 거기에 있었다. 미아에게는 그게 더 없이 단순한 이유였다. 감정 따위는 제쳐둘 수 있었다. 사람들한테 설명할 수 있을지는 중요하지 않았다. 중요한 것은 짐 푸글레상이 동물과 관련된 범죄현장 사진을 찍었고, 그 사진들이 카밀라 살인사건과 직접 연관이 있다는 사실이었다. 그 사진은 이 근처 어딘가에서 찍혔다.

돌아올 때는 16분.

그녀는 지난번 방문했을 때의 기억을 떠올렸다. 집으로 가는 길은 하나뿐이었고, 그 외에 숲으로 난 오솔길이 있었다. 그는 물론 다른 곳에서 사진을 찍었을 수도 있다. 사실, 어디에서도 찍을 수 있었다. 하지만 그럴 가능성은 낮았다. *날씨가 좋으면 14분, 돌아올 때는 16분.* 이 말이 자전거 안전모를 쓴 사내에게는 익숙한 곳이라는 사실을 뒷받침해준다고 미아는 확신했다. *날이 좋으면. 그*

는 이 길에 익숙했다. 돌아올 때. 돌아온다는 것은 집에 온다는 것을 의미한다, 그렇지 않을까? 갈 때는 14분. 올 때는 2분 더 걸린다. 그렇다면 거기까지는 내리막길이고, 돌아오는 길은 오르막일 것이다. 미아는 털모자를 잡아당겨 귀를 덮었다. 이 오솔길이 푸글레상이 말한 그 길일 거라고 확신했다.

호수로 가는 길.

빌어먹을, 왜 이렇게 초조한 거지?

평소에는 아무것도 겁나지 않는데.

네 개의 흰색 바위.

나무들 사이 공터에 도착해 짙푸른 호수 가장자리에서 그것을 보았을 때 미아는 거의 펄쩍 뛰었다. 한때 선착장이었을 법한 어떤 것 앞에 가지런히 놓인 네 개의 하얀 바위. 게다가 한때는 새것이었지만 지금은 썩어 반쯤 호수에 잠겨있는 보트를 보는 순간 심장이 두방망이질 쳤다. 붉은색 나무로 된 소형 보트. 썩은 보트의 측면 윗부분에 흰색 글씨가 쓰여있었다.

마리아 테레사.

미아 크뤼거는 위를 둘러보다 100미터쯤 떨어진 곳에서 작은 건물을 발견했다. 호수에서 다소 떨어진 언덕 위의 작은 집. 벽에 칠한 페인트가 벗겨진 듯 잿빛 판자를 쳐서 막아놓은 창문까지 사람이 살지 않고 버려진 듯했지만….

미아는 가죽재킷 주머니를 더듬어 휴대전화를 꺼냈다.

굴뚝에서 연기가 피어오르고 있었다.

날이 좋으면 14분.

돌아올 때는 16분.

네 개의 하얀 바위.

마리아 테레사.

그래, 이거야.

미아는 떨리는 손으로 뭉크의 전화번호를 눌렀지만 이 작은 장
치는 그녀의 뜻을 따라주지 않았다.

신호가 가지 않았다.

젠장.

미아는 호숫가를 오르내리며 허공에 대고 휴대전화를 흔들면서
다시 통화를 시도해보다 낡은 선착장으로 내려왔다. 여전히 신호
가 가지 않았다. 미아는 나지막이 욕설을 중얼거리며 전화기를 주
머니에 집어넣었다. 걸음을 멈춘 뒤 전경을 살펴보았다 그러고는
짙푸른 호숫가 왼쪽 길로 돌아가기로 했다.

벽이 잿빛 널빤지로 된 버려진 집.

굴뚝에서 피어오르는 연기.

나무들 때문에 지나가기가 힘들었다.

오솔길 막다른 곳.

울퉁불퉁한 땅바닥.

미아가 다시 휴대전화를 꺼냈다.

여전히 신호가 가지 않았다.

나뭇가지가 얼굴을 휘갈겼다.

젠장.

호수에서 멀리 떨어진 버려진 집 가까이 갔을 때 재킷 아래 심장

이 콩닥콩닥 뛰었다.

판자를 덧댄 창문들.

창문은 모두 닫혀있었다.

그리고 낡은 초록색 볼보.

작은 마당을 살금살금 가로지른 미아는 차창 안을 조심스럽게 들여다보았다. 보온병. 탄산음료 캔. 검은 가방. 미아는 차 문을 열고 조수석으로 기어 올라갔다. 핸드백에 화장지와 립스틱, 그리고 운전면허증이 든 지갑이 들어있었다.

자신을 보고 있는 운전면허증 속 얼굴을 발견한 순간, 미아는 하마터면 심장이 멎을 뻔했다.

미리암?

도대체 미리암이 왜 여기에?

76장

미리암 뭉크는 지하실 바닥을 힘겹게 기어가서 벽에 난 구멍에서 떨어지는 조그맣고 딱딱한 알갱이를 주워먹었다. 다시는 이런 형편 없는 알갱이를 먹지 않겠다고 맹세했지만 더 이상 버틸 수가 없었다. 배가 너무 고팠다. 그녀의 몸은 음식물을 애타게 찾고 있었다. 미리암은 쳇바퀴에서 거의 실신한 상태에서 네 발로 기어 바닥으로 내려올 수밖에 없었다. 계속할 힘이 없었다. 배를 채워야 했다. 그렇지 않으면 죽을 것 같았다. 꼭 그렇게 느껴졌다.

나는 이 얼음장같은 지하실에서 죽어갈 거야.

당장 무엇이라도 먹지 않으면.

미리암은 바닥에서 대여섯 개의 알갱이를 주워 입에 넣었다. 그 게 무엇으로 만들어졌는지 생각하지 않으려고 애쓰면서 괜찮은 척 이빨로 부쉈다. 그리고 커다란 물주전자 주둥이 밑에 머리를 들이 밀고 애써 삼켰다. 이번에는 입 밖으로 나오지 않았다.

하느님, 감사합니다.

미리암은 알갱이 몇 개를 더 혓바닥에 올려놓고 같은 방법을 썼다. 머리로 딴 생각을 하면서 최대한 씹은 뒤 물과 함께 꿀꺽 삼켜버렸다.

도와주세요.

미리암은 담요로 몸을 단단히 감싸고 눈을 감았다. 상상을 하려고 했다. 이건 현실이 아니었다. 그녀는 지금 여기 없었다. 다른 어떤 곳, 그렇다, 집에 있었다. 아침 식탁. 마리온이 방금 잠에서 깼다. 갓 내린 신선한 커피 냄새가 풍겼다. 잠이 덜 깬 마리온은 파자마를 벗지 않은 채 엄마의 무릎에 앉아있고 싶어했다. 미리암의 상상 속에 곤충은 없었다. 콘크리트 바닥을 기어다니는 벌레는 없었다. 바닥 틈으로 너무 빨리 찾아온 겨울의 한기는 없었다. 그곳 바닥에는 난방이 들어왔다. 마리온은 머리를 하나로 묶어달라고 했다. 요하네스가 모녀의 모습을 보며 웃었다. 그는 아무데도 가지 않았다. 오스트레일리아에도 가지도 않았다. 세 사람이 함께였다. 그들은 하루 종일 함께 보냈다. 그날은 근무가 없었다. 온 가족이 팝콘을 먹으며 영화를 볼 예정이었다.

왜 아무도 오지 않지?

나를 도와줘요, 제발.

미리암은 문이 열려있다는 사실도 몰랐다. 그때 깃털로 치장한 남자가 한 손에 권총, 다른 손에는 뭔가를 들고 눈앞에 나타났다.

"계획이 바뀌었어."

"뭐라고요?" 미리암은 머릿속에서 주방의 온기가 사라지는 것을 거부하며 중얼거렸다.

"일어나." 남자가 미리암을 발로 차며 소리쳤다.

미리암은 담요를 더욱 단단히 감싸쥔 채 천천히 일어나 앉았다.

"계획이 바뀌었어." 검은 눈의 남자가 다시 말했다. "다른 여자를 시켰어야 하는데. 넌 별로 안 좋아. 이제 모든 게 망했어."

미리암은 천천히 눈을 뜨고 그를 쳐다보았다. 쭉 뻗은 팔에는 총이 쥐여있고, 허공에 뭔가 나부꼈다. 노란색 가발이었다.

"하지만 아직 이거 할 시간은 있어." 검은 눈의 남자가 말했다. "이것 써봐."

미리암은 그가 무슨 말을 하는지 이해할 수가 없었다.

"써봐. 어떤지 보고 싶으니까."

"야코프, 제발." 미리암은 애원했지만 자기 입에서 말이 나왔는지조차 알지 못했다.

"써보라고." 남자가 가발을 내밀며 피식피식 웃었다. "내가 그들을 과소평가했어. 사진? 나를? 그들이 그걸 어떻게 찾아냈는지 상상할 수 있겠어?"

"무슨 말이에요?" 미리암은 여전히 자기 입에서 말이 나오는지도 모르는 채 중얼거렸다.

"써보라니까." 깃털로 치장한 남자가 차갑게 명령했다.

미리암은 천천히 고개를 끄덕인 뒤 가발을 머리에 미끄러뜨려 썼다. 젊은 남자가 곁눈질로 미리암을 보았다.

"음, 비슷해 보이는군." 그가 웃었다. "좋아. 어쨌든 시간낭비는 아니었어."

미리암은 뭐라고 말하고 싶었지만 할 수가 없었다.

"내 걱정은 하지 마." 남자가 말했다. "난 괜찮을 거야. 조금 이르다는 것은 인정하지만, 어쨌든 그들은 3개월치를 지불했으니…. 우리가 해야 할 일을 하는 한 그건 문제되지 않아. 안 그래?"

"나한테, 어쩌려는 거예요?" 미리암이 더듬거리며 물었다. 이번에는 큰 소리로 말한 게 분명했다. 깃털로 치장한 남자가 호기심 어린 눈으로 반응했기 때문이다.

"난 너를 죽일 거야. 내가 뭘 할 거라고 생각했어?"

미리암은 놀라서 말문이 막혔다.

"난 좀 더 기다리려고 했는데, 그들이 인터넷에 내 사진을 올렸어. 누군가 이리로 오기 전에 되도록 빨리 의식을 치르는 게 낫겠어." 깃털 달린 남자가 희미하게 웃었다. "자," 그는 미리암의 가발을 조심스럽게 쓰다듬었다. "내가 밖에 모든 준비를 해놨어."

77장

미아 크뤼거는 볼보에서 천천히 내린 뒤 재킷 안쪽에서 권총을 꺼내들었다. 다행히 이번에는 준비를 하고 왔다. 미아는 직감만 믿고 여기까지 왔다. 짐 푸글레상의 집. 사진들. 심문 당시 중얼거렸던 푸글레상의 말. 네 개의 바위. 붉은색 보트. 짙푸른 호수 맞은편에 있는 버려진 집. 그곳은 야코프 마르스트란데르의 은신처였다. 다른 곳일 수 없었다. 틀림없었다. 하지만….

미리암은?

미리암이 도대체 여기에서 뭘 하는 거지?

야코프 마르스트란데르와?

대체 무슨 일이지?

미아는 최대한 작게 몸을 웅크린 채 차 가장자리를 따라 이동하며 앞에 있는 허름한 집의 문에서 시선을 떼지 않았다.

굴뚝에서 연기가 피어오르고 있었다. 하지만 여전히 집 안에 인기척은 없었다. 미아는 낮게 웅크린 채 휴대전화를 사용할 수 있을 만한 곳을 찾았다. 작은 언덕이라든지 아무 곳이나. 미아는 한 손으로 주머니에서 휴대전화를 꺼내고 다른 손에는 글록 권총을 단단히 쥐었다. 하지만 소용없었다. *신호가 가지 않았다.*

어디에서나 잘 터진다고 자랑했던 통신사의 광고가 새삼 저주스러웠다. 아슬아슬하게 옷을 입고 산 정상에 서있던 여자들. 강에서 수상스키를 타며 웃던 남자들. 아, 이렇게 필요한데 신호가 왜 안 가느냔 말이다. 다시 시도했지만 소용없었다.

빌어먹을.

미아는 멀지 않은 곳에 있는 언덕을 발견하고는 낡은 집에서 시선을 떼지 않은 채 살금살금 그쪽으로 올라갔다. 몇 걸음 더 가자 마침내 휴대전화에 불빛이 들어왔다. 발신가능 지역이었다. 아니, 다시 신호가 끊겼다. 그래, 들어왔다. 아니, 이런 쓰레기 같으니….

미아는 뭉크의 전화번호를 눌렀다. 받지 않았다.

루드비의 전화.

빌어먹을.

그때 갑자기 전화 연결이 되었다.

"그뢴리에입니다."

"저예요, 미아." 미아가 속삭였다. "제 말 들리세요?"

"여보세요?" 루드비 그뢴리에가 저 멀리에서 소리쳤다.

"제 말 들리세요?" 미아가 감히 큰 소리로 말했다.

"아, 미아? 어디에 있어? 반장님이…."

"반장님은 잊어요." 미아가 목소리를 낮추고 속삭였다. 그때 그뢴리에가 다시 사라졌다. "마르스트란데르를 찾았어요. 그리고 왠지 모르지만 미리암이 여기에 있어요. 여기로 와주셔야….”

“여보세요?” 그륀리에가 다시 말했다.

“제 말 들리세요, 루드비?”

“미아, 내 말 들려?”

“네, 저예요. GPS로 제 위치를 추적하세요. 제가 마르스트란데르를 찾았어요. 틀림없어요. 그리고 이유는 모르지만….”

“미아? 들려?” 그륀리에가 다시 멀리에서 말했다.

“GPS로 저를 추적하세요, 루드비. 저를 찾으세요. 저는….”

“여보세요?”

“루드비?”

“미아? 어디야?”

미아는 큰 소리로 욕설을 내뱉느라 등 뒤에서 헤더나무 가지가 꺾이는 소리도 듣지 못했다.

“아셨어요, 루드비?”

“여보세요, 미아?”

“루드비, GPS로 저를 추적하세요.” 미아가 간절하게 말하고 돌아서는 순간 깃털 달린 손이 허공을 가르며 얼굴로 날아왔다.

미아는 자신을 치려는 것이 무엇인지도 모른 채 본능적으로 두 손을 치켜들었다. 무언가의 그림자. 머리를 필사적으로 방어하려는 미아의 차가운 손가락에 닿은 금속.

미아의 휴대전화는 더 이상 손에 있지 않았다. 그때 또 한 번 쉭 소리와 함께 어떤 물체가 허공을 가르며 돌진해왔다. 심지어 이번에는 더 큰 힘으로. 미아가 그림자 속에서 방어하려는 순간 **뼈와**

살갗에 닿는 금속에 손이 굴복했다.

차가웠다.

그때 소리가 들렸다.

마당에 누군가 있었다.

손가락이 부러지는 소리였다.

미리암이었다.

통증이 시작되기도 전에.

손이 묶여있었다.

눈 위쪽 관자놀이에서 흘러나온 피가 입가로 흘러내렸다.

눈가리개를 하고, 금발로 된 가발을 쓰고 있었다.

숲속 어딘가에 떨어진 미아의 휴대전화에서는 아직까지 미아를 부르는 소리가 흘러나오고 있었다.

"미아, 어디야?"

겁내지 마, 미리암.

육중한 금속이 두 번째로 허공을 휙 갈랐다.

내가 지켜줄게.

세 번째 가격.

아무 일도 없을 거야, 미리암.

하지만 그때.

네 번째 가격.

미아는 더 이상 깨어있지 않았다.

78장

젊은 여자의 얼굴에서 하염없이 눈물이 흘러내렸다. 홀거 뭉크는 어떻게 해야 눈물을 그치게 할지 몰라 난감했다.

그만 울어.

그는 무엇보다 그 말을 하고 싶었다.

그만 울어라, 제발. 그리고 나한테 어떻게 된 일인지 말해줘.

"줄리." 뭉크는 미소 띤 얼굴로 젊은 여자를 차분히 달랬다. "괜찮아. 진정해. 우리는 곧 그 놈을 찾을 거야."

"전 정말…." 젊은 여자가 흐느꼈다.

"물론이야. 넌 몰랐어, 줄리. 이건 네 잘못이 아니야. 하지만 네가 아는 대로 우리한테 말해주는 게 중요해. 알았니? 그러니까 가능하다면, 할 수만 있다면…. 부디 우리에게 도움이 될 만한 게 있으면 무엇이든 떠올려봐."

쿠리와 킴 콜쇠는 두 개의 물음표처럼 방 뒤편 벽에 구부정하게 기대어 서서 현명하게 아무 말도 하지 않았다.

"그게 잘못 됐는지도 몰랐어요." 줄리가 마침내 남은 말을 마저 끝내며 흐느꼈다.

"뭐가 잘못 됐지? 어떻게 된 거야?" 뭉크가 줄리의 팔을 부드럽게 다독이며 물었다.

"습격 시도요." 줄리는, 그들이 묄레르가타에 있는 아파트에 도착한 후 처음으로 뭉크를 제대로 보며 말했다.

"미리암과 함께 있었니?"

"네?"

"농장 습격 논의 때 말이다. 미리암도 역할을 맡았니?"

"네." 젊은 여자는 벽에 기대어 서있는 두 명의 수사관을 힐끗 보며 고개를 끄덕였다.

"왜?" 뭉크는 말을 내뱉자마자 그것이 잘못된 질문이었음을 깨달았다.

"무슨 말씀이세요?" 줄리가 물었다.

"야코프 마르스트란데르 말이야." 뭉크가 다시 줄리의 손등을 톡톡 치며 달래주는 목소리로 질문했다. "내가 물어보고 싶은 것은 그 둘이 어떻게 알게 되었냐는 거야. 미리암이 어떻게 야코프를 알게 되었지?"

"무슨 말씀인지 잘 모르겠어요." 줄리가 눈물을 훔치며 말했다.

"그냥 궁금해서." 뭉크가 최대한 인내심을 발휘하며 말을 이었다. "왜냐하면 난 미리암의 친구 중에 그런 이름을 들어본 적이 없거든. 그리고 난…."

"지기요." 줄리가 망설이며 말했다.

"지기?"

"지기 시몬센을 아시죠?"

"아니."

"그 사람이…, 음…, 야코프의 친구예요. 지기가 누구인지 모르세요? 미리암이 아무 말도 안 했나요?"

줄리 비크는 이제 그를 보며 더 말해야 할지 망설이는 눈치였다.

"응." 뭉크가 대답했다.

"모르셨어요, 정말?"

"으응. 난…."

"미리암이 아버지께 말씀드린다고 했어요." 줄리가 점퍼 소매로 얼굴을 닦았다. "미리암이 말하지 않았다고요?"

뭉크가 어깨 너머로 쿠리와 킴 콜쇠를 흘깃 보며 고개를 끄덕였다. 처음 듣는 이름이었다.

지기 시몬센.

쿠리는 휴대전화를 꺼내며 방을 나섰다.

"미리암이 나한테 무슨 말을 하려고 했는데?" 뭉크가 줄리의 팔을 쓰다듬으며 조심스럽게 물어보았다.

줄리는 이제 눈물을 그치고 호기심 어린 눈으로 뭉크를 바라보았다. "자신과 지기에 대해서요. 미리암이 말하지 않던가요?" 줄리가 다시 물었다.

"아니." 뭉크가 부드럽게 대답했다. 그때 주머니 속 휴대전화가 울렸다.

"그럼 저도 말하지 않는 게 좋겠어요." 줄리가 다시 시선을 떨구고는 중얼거렸다.

"줄리." 뭉크가 그녀를 달랬다.

그의 전화가 다시 울렸다.

"전 몰라요." 줄리가 다시 눈물을 흘리며 고개를 저었다.

"네가 알고 있는 것을 말해줘야 해." 뭉크가 자신의 의도보다 더욱 완고하게 말했다. "야코프와 미리암은 서로 아는 사이고, 그 둘이 실종됐어. 너는 이게 우리에게 얼마나 중요한 정보인지 알고 있을 거야, 그렇지?"

또다시 전화벨이 울렸지만 이번에는 그의 주머니가 아니라 방의 다른 어떤 곳이었다.

"알아요, 하지만 전⋯." 줄리가 그를 올려다보았다.

"반장님." 뒤에 있던 킴이 불렀지만 뭉크는 손을 저어 물리쳤다.

"미리암과 야코프가 어디에 있는지 아니?"

"반장님." 킴이 다시 불렀지만 뭉크는 무시했다.

"전 그저⋯."

"반장님." 이번에는 킴이 뭉크의 어깨를 툭 치며 불렀다.

"왜?" 뭉크가 짜증스럽게 대꾸했다. 킴 콜쇠가 그에게 휴대전화를 내밀었다.

"반장님?" 갑자기 루드비 그뢴리에의 목소리가 들렸다.

"왜 그러십니까?" 뭉크가 퉁명스럽게 받았다.

"미아가." 루드비가 말했다.

"미아가 왜요?"

"그들을 찾아냈답니다."

"누구요?"

"미리암과 야코프 마르스트란데르."

"뭐라구요?"

"두 사람이 어디에 있는지 안다고요."

"누가요?"

"반장님? 제 말 안 들립니까? 그들을 발견했다고요."

뭉크가 자리에서 벌떡 일어났다. "어떻게요?"

"미아의 휴대전화로요. 미아가 나한테 전화를 걸어서 GPS로 자신을 추적하라고 했어요. 미아가 그들을 봤답니다. 그들을 찾아냈답니다. 그들을 찾았어요. 구체적인 주소를 알고 있어요. 후룸입니다. 그들이 그곳에 있어요. 우리가 그들을 찾아냈습니다."

"나한테 헬리콥터를 보내줘요." 뭉크가 벌써 문 밖으로 나서며 재촉했다.

"뭐라고요?" 그뢴리에가 물었다.

"지금 당장 그리로 갈 거예요. 헬레콥터를 보내줘요. 지금 당장! 3분 안에 거기로 갈 겁니다."

79장

손의 통증을 참기 힘들었다. 미아는 자신이 얼마 동안이나 의식을 잃었는지 기억나지 않았다. 눈을 뜨고 비틀비틀 일어나 걸었다. 본 능적으로 왼팔을 가슴 가까이 대고 자신이 어디에 있는지 알려고 애썼다. 추웠다. 땅바닥이 얼어있었다. 몸은 저항했지만 그럼에도 똑바로 서려고 안간힘을 썼다. 고개를 숙인 채 비틀거리며 걷는 동 안 천천히 현실이 와닿았다.

미리암.

미아는 짐 푸글레상이 뇌까린 수수께끼 같은 말을 추적해왔다. 사진. 흰색 바위 네 개. 붉은색 보트. 버려진 집을 찾았다. 그리고 자신이 우연히 마주친 게 무엇인지 너무 늦게야 깨달았다. 야코프 마르스트란데르였다. 그런데 미리암이 거기 있었던가? 휴대전화가 연결되지 않았다. 그래서 짜증이 난 나머지 조심하지 못했다. 그때 그가 뒤에서 공격을 했다. 보이지 않는 주먹이 그녀의 뒤통수를 강 타했다. 팔을 쳐들었던 것은 천만다행이었다.

빌어먹을.

미아는 앞으로 한 걸음 내디뎠지만 순간 자신을 통제하기 어렵다는 것을 깨달았다. 머리는 뭔가를 지시했지만 몸이 말을 듣지 않았다. 미아는 고꾸라질 뻔하다 서리 앉은 헤더 풀을 밟았고 찌르는 듯한 새로운 통증을 느꼈다. 그가 미아의 손을 부러뜨렸던 것이다. 팔을 움직일 수가 없었다. 그리고 눈. 흐르는 피 때문에 왼쪽 눈이 보이지 않았다. 찝찔한 피 맛이 느껴졌다. 미아는 천천히 몸을 일으켰다. 정신을 차리려 애쓰면서 멍하니 황량한 땅 위에 서있었다.

아마추어 같으니. 내 총은 어디 있지?

의식을 잃으려는 찰나 이제야 기억이 나기 시작했다. 무언가 머리를 강타했다. 자신은 왼손을 들어 머리를 보호하려고 했고, 그 바람에 손을 쓸 수 없게 된 것이다. 미아는 비틀거리며 몇 걸음 더 걸었지만 어느 방향으로 움직이고 있는지 몰랐다. 글록 권총은? 그한테 총을 빼앗겼나?

미리암.

그가 미리암을 유괴했다. 깃털로 치장한 젊은 남자.

도대체 왜…?

미아는 다시 넘어질 뻔했다. 얼굴이 헤더 풀에 닿았지만 간신히 몸을 지탱했다. 왼손을 재킷 안으로 넣었다. 손가락이 모두 부러진 것 같았다. 그 자가 강타하는 것을 막으려다 그렇게 된 것이다. 하지만 자신이 아직 살아있는 것도 그 덕분이었다. 얼마나 의식을 잃었던 것일까? 미아는 오른손을 바지 안으로 미끄러뜨려 넣은 뒤 피를 없애려고 두 눈을 질끈 감았다. 왼쪽 눈은 보이지 않았지만 오른쪽은 괜찮았다. 이제 볼 수 있었다. 미아는 자신이 어디에 있는지 가늠이 되었다. 글록 17 권총은, 어디에서도 보이지 않았다. 그가 빼앗아간 게 틀림없었다. 하지만 그때, 바지 허리춤에 끼워져 있는 총열의 금속을 느꼈고 기분이 좀 나아졌다.

작은 권총, 글록 26. 지난번에 왔을 때 너무 낯선 장소인 데다 무기조차 없는 자신이 취약하다고 느꼈다. 이번에는 다시 그런 느낌에 빠져들지 않기 위해 두 가지 무기를 소지하고 왔다. 미아는 권총을 꺼냈다. 마침내 자신이 어디에 있는지 또렷이 생각나기 시작했다. 집. 차. 숲으로 들어가는 가는 길.

야코프 마르스트란데르.

미아는 왼손을 가죽재킷 안으로 더 깊숙이 넣어 통증을 진정시키고 그들이 갔을 법한 방향으로 걸어갔다.

도대체 미리암은 여기에서 뭘 하는 거지?

잿빛의 황폐한 집.

문은 이제 활짝 열려있었다.

그리고 안에는 아무도 없었다.

호수로 가는 길.

푸글레상의 집으로 돌아갈까, 아니야.

오솔길.

미아는 글록 권총의 안전장치를 풀고 권총을 단단히 쥐었다. 마침내 다리는 뇌의 명령에 복종했다. 그녀는 집 뒤편 숲속 공터로 걸어갔다. 두 사람이 그쪽으로 갔을 가능성이 높았다.

내가 얼마나 의식을 잃었던 것일까?

200~300미터쯤 더 갔을 때 갑자기 구역질이 났지만 간신히 참았다. 뱃속에 있는 것이 밖으로 나오려고 했다. 미아는 나무에 기댈 수밖에 없었다.

이 길이 맞아, 미아. 그냥 가.

다시 구토가 나오려는 것을 간신히 억눌렀다. 비틀거리며 걸어갈수록 안정감을 되찾았다. 깃털로 몸을 뒤덮은 남자. 눈가리개를 하고 두 손이 묶인 미리암. 그들은 아직도 숲속 어딘가에 있어야 했다. 미아는 권총을 앞으로 뻗은 채 겨우 발을 떼며 걸어갔다. 그때 그들이 눈에 들어왔다.

나무들 사이 공터에 무릎을 꿇은 미리암이 보였다.

앞에 뭔가 있었다. 뚜렷하지 않지만 그게 무엇인지 알 듯했다.

제단의 장소.

펜타그램 모양의 촛불. 땅바닥 위의 깃털.

오, 안 돼.

주변을 둘러보던 미아는 자신이 더 나아갈 데가 없음을 깨달았다. 계속 걸어가면 그의 눈에 띄고 말 것이다. 미아는 재빨리 길을 벗어나 공터 가장자리에 있는 나무 뒤에 몸을 숨겼다.

공터.

그가 무언가를 하고 있었다.

미리암은 옷을 입지 않고 있었다.

목 둘레에 뭔가를 두른 채.

두 손이 묶인 미리암이 알몸으로 공터를 기어갔다.

미아는 더 자세히 보려고 나무 사이로 조심스럽게 움직였다. 글록 권총을 들었지만 손이 덜덜 떨렸다. 총구를 겨누자 깃털을 뒤집어 쓴 짐승뿐만 아니라 미리암까지 사정권에 들어왔다.

젠장.

저 자가 지금 뭘 하고 있는 거지?

미아는 조금 더 가까이 다가갔다.

공터는 그리 넓지 않았다. 미아는 주변을 둘러보았다. 마침내 그림이 완전히 이해가 될 정도로 두뇌가 작동하기 시작했다. 자신이 지나온 길이 보였다. 나무들이 반원 모양으로 서있고, 그 뒤에 지금 자신이 숨어있었다. 미리암 뒤편으로 지평선이 보였다. 미아는 원근을 헤아리기 위해 눈을 가늘게 떠야 했다.

가파른 낭떠러지였다

그는 벼랑 끝 공터에 제단을 만든 것이다.

안 돼.

미아는 나무 사이로 살금살금 움직였다. 드디어 몸이 두뇌에 온전히 반응하는 것 같았다. 왼쪽 눈은 머리 상처에서 흘러나온 피로 끈끈하게 달라붙었지만 아무래도 상관없었다. 다시 움직일 수 있게 되었기 때문이다. 미아는 헤더나무 덤불을 뚫고 한 걸음 한 걸음 다가갔다. 깃털로 치장한 남자는 미리암의 등 뒤에서 손에 무언가를 쥔 채 걸어가고 있었다.

맙소사.

그는 미리암의 목에 밧줄을 걸었던 것이다.

목이 졸려 펜타그램 모양의 촛불 안에 놓여있는.

미아는 더 가까이 다가갔다. 지금이 아니면 안 되었다. 지금 뭔가 하지 않으면 놈은 미리암을 죽일 것이다. 그녀는 글록 권총을 다시 눈높이로 들어올렸지만 여전히 무엇을 겨냥해야 할지 결정하지 못했다.

그 순간 하늘에서 굉음이 울려퍼졌다. 반사적으로 위를 쳐다보는 남자의 표정이 멍해졌다.

두두두두.

헬리콥터였다.

그들이 결국 자신의 메시지를 받은 것이다.

하지만 그때였다.

미아 크뤼거는 앞으로 몇 주일 동안 영화 필름처럼 지나간 이 장면을 밤마다 머릿속에서 재생하게 되리라. 땀에 젖은 베개. 비명을 지르며 잠에서 깰 것이다.

슬로모션.

깃털로 뒤덮인 젊은 남자는 적막한 숲을 삼켜버린 굉음에 놀라 하늘을 올려다봤다. 그러고는 당황해서 두 손을 떨어뜨렸다.

미리암은 앞으로 기어가고 있었다, 알몸으로.

헬리콥터.

구원의 소리.

자유의 소리.

마침내 미리암이 뛰기 시작했다.

미아는 글록 권총을 든 채 공터로 뛰어들었다.

안 돼, 안 돼.

"미리암!"

남자는 갑작스러운 변화에 놀라 돌아가는 상황을 파악하려고 애썼다. 하늘에는 헬리콥터가 떠있고, 미아는 그를 겨누었다. 미아의 시야에 자신에게서 빼앗은 권총을 쥔 남자의 손이 들어왔다.

"미리암!"

영화는 계속되었다.

두 손이 묶인 채 자유를 찾아 벼랑 끝으로 달려가는 맨 다리.

안 돼, 미리암. 안 돼!

미리암은 그제야 헬리콥터를 발견했다. 젊은 남자의 총이 미아를 겨눴다. 하지만 미아는 총알이 자신의 발 주변에 떨어지는 것도 알지 못했다. 미아는 자신에게 있는지도 몰랐던 힘을 끌어냈다.

"미리암!"

미아는 권총을 오른쪽 눈 가까이 든 채 공터를 달려갔다. 헬리콥터의 날개 소리가 들렸다. 그 기계로 된 짐승은 벼랑 바로 위 허공을 맴돌았다.

그 순간, 미리암이 시야에서 사라졌다.

미리암 자신은 그것을 느끼지도 못한 듯했다.

벼랑에서 떨어진 것을.

깃털로 뒤덮인 젊은 남자는 여전히 눈앞에서 벌어지는 일을 이해하지 못했다. 마침내 그가 미아의 사정권에 들어왔다. 탄창의 총알은 곧장 그에게 날아갔다.

"미리암!"

깃털 달린 남자의 하얀 손가락에서 쥐고 있던 권총이 떨어졌다. 이어서 무릎이 꺾이며 남자는 차가운 바닥에 주저앉았다.

뭉크의 눈을 볼 수는 없지만, 미아는 가늠할 수 있었다. 공중으로 추락하는 알몸의 딸을 목격한 그의 눈을.

미아는 자신의 마지막 세 발이 목표물에 명중했음을 알았다.

그의 눈에 담긴 헤아리기 힘든 표정.

깃털 안에서 부들부들 떨고 있는 몸.

그러고 나서 그는 목숨이 끊어졌다.

벼랑 끝으로 달려간 미아는 저 아래 바닥에 뒤틀린 채 쓰러져 있는 허연 알몸을 보았을 때 제정신이 아니었다.

미리암.

미아는 무릎을 꿇었다. 눈앞이 가뭇가뭇하고 의식이 몽롱해졌다. 손에서 총이 미끄러져 떨어졌다.

안 돼.

제발.

헬리콥터 소리가 멀어져 갔다.

그리고…,

미리암.

그녀는 더 이상 절벽 아래에 없었다.

9부

80장

교회 종소리를 기다리기라도 한듯 눈이 내리기 시작했다. 12월 22
일이었다. 신문은 며칠 동안 소소한 기사들을 실었다. 올해는 화이
트 크리스마스가 아닐 거라고. 하지만 가믈레 아케르 교회에서 울
리는 무거운 장례식 종소리에 맞춰 탐스런 함박눈이 날리기 시작했
다. 크리스마스와 이렇듯 가까운 장례식이라니. 재킷을 단단히 여
민 미아 크뤼거는 서둘러 비석들 사이를 지나 커다란 교회 문으로
걸어갔다. 다가갈수록 기분이 침울해졌다.

　그들 모두 여기에 모였다. 킴. 쿠리. 미켈손. 아네트. 그륀리에.
검정색 수트. 검정색 코트. 어두운 표정. 푹 숙인 얼굴. 작은 끄덕
임. 뭉크는 어디서도 보이지 않았다. 그는 벌써 안에 들어가 있을
것이다. 아무래도 그가 가장 가까운 사람이니, 모든 과정을 주관할
것이다. 관. 꽃. 묘비명. 친구나 동료들과의 마지막 작별인사. 미아
는 근 두 달 동안 뭉크와 별다른 대화를 나누지 않았지만 그가 잘
처리했을 거라고 짐작했다. 그때 붉게 녹슨 교회 문이 열렸다. 줄

을 서서 천천히 교회로 들어가는 추모객들 틈에서 미아는 그 사실을 확인할 수 있었다. 맨 앞줄, 꽃으로 뒤덮인 흰색 관 바로 옆에 고개를 숙이고 앉아있는 뭉크의 뒷모습이 보였다.

장례식은 간소하지만 장엄했다. 그렇게 경건한 장례식은 처음이었다. 하느님이 당신의 왕국에 오는 사람들을 어떻게 환영하고 보살펴주는지 목사가 설교하는 동안 미아는 왜 사람이 자신 외에 어떤 것을 믿어야 하는지, 왜 낡은 건물에 와서 불편한 의자에 함께 앉아있는지 도통 이해할 수 없었다. 그럼에도 짧은 장례식에서 단계별로 진행되는 아름다운 의식에는 감동받을 수밖에 없었다. 슬픔으로 하나가 된 마지막 작별인사.

오르간 연주. 목사의 몇 마디 말. 뭉크의 추도사. 뭉크는 상심한 듯했지만 걱정했던 것보다는 나아 보였다.

훨씬 나쁠 수도 있었다.

관이 교회 밖으로 옮겨질 때 미아는 이런 생각에 잠겼다. 관을 메는 여섯 명 중에는 뭉크와 미켈손이 포함되어 있었다.

미리암일 수도 있었다.

관이 땅 속으로 내려질 때 미아는 조금 담담했다. 거의 옛 동료로, 미아가 잘 알지 못하는 낯선 얼굴들로만 이루어진 별로 크지 않은 모임. 페르 린드크비스트, 그는 그랬다. 그것은 그가 선택한 삶이었다. 수사관이 먼저였고 개인적인 삶은 그 다음이었다. 75세. 뭉크에게는 아버지나 다름없는 존재였다. 자신의 직업에 모든 것을 희생했으며 은퇴 후에는 적응하기 힘들어했던 훌륭한 경찰. 하지만 그것은 적어도 그가 원하는 삶이었다.

더 나쁠 수도 있었다.

사람들이 악수를 나누고 목례를 한 뒤 천천히 흩어졌다. 조문객 접대는 나중에 있을 예정이었다. 몇 명은 린드크비스트가 원했던 대로 유스티센에서 노래를 부르겠지만 미아는 거기에 참석할 기운도 없었다.

미아는 그를 알기는 했지만 잘은 몰랐다.

전설적인 경찰. 나이든 팀원들에게는 좋은 친구였다. 하지만 미아는 그냥 집으로 가고 싶었다. 크리스마스 사흘 전이었다. 그녀는 살아남으려고, 잘 견뎌내려고 노력할 것이다. 존경을 표하기 위해 장례식에 참석했지만 미아에게는 내심 다른 이유가 있었다.

홀거와의 대화.

그녀의 상관은 2개월 전 미리암에게 그 일이 일어난 후 프라이버시를 요청했다. 미아와 다른 팀원들은 그 점을 존중했다.

미아는 한쪽에 물러나 있다가 뭉크가 관을 들고 마지막 안식처까지 동행한 후 근처 눈 쌓인 나무 아래 혼자 서있을 때 그에게 다가갔다.

"안녕하셨어요, 반장님." 미아는 멀찌감치 떨어져 마치 몇 마디 나눠도 괜찮은지 물어보는 듯한 제스처를 하며 조심스럽게 입을 열었다.

"응, 잘 지내지, 미아?" 다소 지친 표정의 뭉크가 그녀의 접근이 반가운 듯 고개를 끄덕이며 웃었다.

"어떻게 지내세요?" 미아는 자신이 입에서 튀어나온 말들이 낯설게 느껴졌지만 달리 할 말이 없었다.

"잘 지내."

"미리암은요?" 미아가 망설이듯 조심스럽게 물었다.

뭉크는 두툼한 입술을 꾹 다물고 잠시 말이 없었다. "잘 버터낼 거야. 하지만 의사들은 별 다른 얘기를 하지 않아."

"뭘요?"

뭉크는 잠시 생각에 잠겼다가 입을 열었다. "미리암은 아직 걷지 못해. 의사들 말이 앞으로 걸을 수 있을지 잘 모르겠대. 하지만 말은 몇 마디씩 하기 시작했어. 어제는 나를 알아봤어."

"잘됐어요." 미아는 이 말을 해도 괜찮은지 몰라 망설여졌다.

"응, 그래."

침묵이 이어졌다. 섬세한 눈송이가 사방으로 떨어졌다.

"그동안 인터폴과 공조했는데 그들이 다섯 명을 모두 체포했어요." 미아가 말했다. "라이브피드에 접속했던 모두요. 한 명은 프랑스 국적이고, 한 명은 돈 많은 스위스인이에요. 결국 세간의 이목을 끄는 사건이 되고 말았어요. 아시는지 모르지만 미국에서는 황금시간대에 CNN에서도 방영되었어요. 우리는 연루된 사람들 모두를 체포했어요."

"그래? 잘했군." 뭉크는 무심한 척 대꾸했다.

"그리고 시몬센 말이에요, 억만장자." 미아는 여전히 조심스러웠지만 계속했다. "그도 조사했어요. 예전에 산데피오르에서 일어난 사건. 그가 아이들, 그러니까 헬레네 에릭센과 그녀의 오빠를 오스트레일리아로 보냈다는 목사의 말은 사실로 밝혀졌어요. 그들의 어머니는 병에 걸렸던 것 같아요. 정신질환. 시몬센을 설득해서 아이들을 보낸 것은 그녀였어요. 오로지 돈 때문에 그와 결혼했던 거죠. 그녀는 교통사고로 죽었어요. 제가 산데피오르 경찰에 확인해봤는데 잘 모르더라고요. 그보다는 다른….”

뭉크는 이제 미아를 바라보지 않았다. 그는 담배가 손가락 사이에서 그냥 타게 내버려둔 채 시선은 오직 내면을 향하고 있었다.

“시몬센에 따르면, 아이들이 이상한 종파가 운영하는 시설로 보내져 안전하지 않다는 사실을 알게 된 후 돈을 주어 그들을 돕기로 했대요. 공부도 시키고 헬레네에게는 보육원, 헨리크에게는 가게를 내주었다는군요. 적어도 두 사람의 말은 사실이었어요….”

뭉크는 손가락 사이를 내려다보다 담배가 타들어가고 있음을 알아챘다. 그는 담배를 버리고 더플코트 주머니를 더듬어 새 담배를 꺼내 입에 물었다.

“앞으로 얼마나 좋아질지 모르지만,” 뭉크가 입을 열었다. “마리안네와 나는 최선을 기원하고 있어. 그게 우리가 할 수 있는 전부야.” 뭉크는 딴 생각을 하는 듯한 눈으로 미아를 보며 웃었다.

“미리암은 다시 걸을 수 있겠죠?”

“나는 믿어. 그게 중요해, 그렇지 않아?” 뭉크가 미아를 돌아다보았다. “긍정적으로 생각하는 거 말이야.”

“물론이죠.” 미아는 약간 메스꺼움을 느끼며 고개를 끄덕였다.

“나는 믿어.” 뭉크가 다시 힘주어 말했다.

“제가 할 수 있는 일이 있으면 말씀해주세요.” 미아가 재킷을 단단히 여미며 덧붙였다. “그리고 미리암에게 안부 전해주세요. 문병을 갈 수 있으면 기쁠 거라는 말도요.”

몇 초가 흘렀다. 뭉크는 라이터를 담배 끝으로 가져가려다 멈췄다. 굵은 손가락이 허공에 떠있었다. "그럴게. 와줘서 고마워."

미아는 뭉크의 포옹을 원했지만 단지 어색하게 작별의 악수만 나눴다. 아무리 해도 그의 마음은 이곳에 있지 않았다.

미아는 모자를 귀까지 내려쓰고 재킷을 단단히 여민 다음 사람들의 시선을 무시한 채 교회 바깥을 향해 출발했다. 한순간도 더 여기에 있고 싶지 않았다. 그녀는 비슬레트로 걸음을 옮겼다. 눈이 더 펑펑 내리기 시작했다.

크리스마스까지는 3일이 남았다. 미아는 자신과 약속했지만 지킬 수 있을지는 확신하지 못했다. 추운 아파트에서 혼자 보내는 크리스마스이브. 또다시 이런 처지가 되었다. 하지만 사라질 수는 없었다. 미리암은 울레볼 병원의 침대에 누워있었다. 움직이지도 못하고, 말도 거의 하지 못한 채. 뭉크를 봐서라도 그럴 수는 없었다. 자살. 적어도 지금은 아니었다.

미아는 눈앞을 가리는 세찬 눈을 맞으며 도로를 건넜다. 오슬로는 온통 흰색이었다. 모두가 사랑하는 크리스마스. 미아는 발자국을 또렷이 남기며 집으로 걸어가다 주머니에서 열쇠를 찾았다.

오직 미아가 나타나기만 기다린 듯한 표정으로 문가에 서있던 빨간 재킷 차림의 여자. 그녀가 간절한 손길로 문손잡이에 뭔가를 걸어놓은 뒤 계단을 내려가는 것을 미아는 알아채지 못했다.

그리고 여자는 눈 속으로 사라졌다.

옮긴이 **이은정**

숙명여대 영어영문학과를 졸업한 뒤 전문 번역가로 활동하고 있다.
옮긴 책으로 《나는 혼자 여행 중입니다》《와일드우드》《언더 와일드우드》《와일드우
드 임페리움》《성채》《보드워크 엠파이어》 등 수십 권이 있다.

올빼미는 밤에만 사냥한다

첫판 1쇄 펴낸날 2017년 7월 10일
첫판 2쇄 펴낸날 2019년 11월 5일

지은이 | 사무엘 비외르크
옮긴이 | 이은정
펴낸이 | 지평님
본문 조판 | 성인기획 (010)2569-9616
종이 공급 | 화인페이퍼 (02)338-2074
인쇄 | 중앙P&L (031)904-3600
제본 | 서정바인텍 (031)932-8755
후가공 | 이지앤비 (031) 932-8755

펴낸곳 | 황소자리 출판사
출판등록 | 2003년 7월 4일 제2003-123호
주소 | 서울시 종로구 송월길 155 경희궁자이 오피스텔 4425호
대표전화 | (02)720-7542   팩시밀리 | (02)723-5467
E-mail | candide1968@hanmail.net

ⓒ 황소자리, 2017

ISBN 979-11-85093-55-0 03850

* 이 도서의 국립중앙도서관 출판시도서목록(CIP)은 서지정보유통지원시스템 홈페이지
(http://seoji.nl.go.kr)와 국가자료공동목록시스템(http://www.nl.go.kr/kolisnet)에서 이용
하실 수 있습니다.(CIP제어번호: CIP2017011453)